宋诗三百首

陈伉　编著

 远方出版社

图书在版编目(CIP)数据

宋诗三百首 / 陈伉编著. -- 呼和浩特：远方出版社, 2019.4
（国学经典精神家园丛书）
ISBN 978-7-5555-1228-8

Ⅰ.①宋… Ⅱ.①陈… Ⅲ.①宋诗－诗集 Ⅳ.①I222.744

中国版本图书馆CIP数据核字(2019)第057412号

宋诗三百首
SONGSHI SANBAI SHOU

编　　著	陈　伉
责任编辑	王　叶
责任校对	王　叶　蔺　洁
装帧设计	晓　乔　王改英
出版发行	远方出版社
社　　址	呼和浩特市乌兰察布东路666号　邮编010010
电　　话	（0471）2236473 总编室　2236460发行部
经　　销	新华书店
印　　刷	河南瑞之光印刷股份有限公司
开　　本	170mm×240mm　1/16
字　　数	370千
印　　张	19
版　　次	2019年4月第1版
印　　次	2019年4月第1次印刷
印　　数	1—3 000册
标准书号	ISBN978-7-5555-1228-8
定　　价	46.80元

如发现印装质量问题，请与出版社联系调换

问渠那得清如许

——宋诗刍议

一

中晚唐和五代藩镇割据的混乱局面，随着赵宋王朝的建立而告终结。宋太祖赵匡胤"杯酒释兵权"，实行重文轻武的治国方略，加强了中央集权，虽然带来了文化的高度发展，却导致了国防力量被削弱的弊端。宋代文学艺术的发达，就是在这样一个大背景下呈现的。

宋代诗歌在承接唐诗成就的基础上，又有新的发展。在诗歌史上，宋诗是继唐诗而取得显著成就的又一高峰。这首先表现在宋诗的思想内容和艺术风格都有新的开拓和创新；其次是宋诗的作者和作品数量之多，远远超过唐代。由北京大学组织编辑的《全宋诗》共收两宋11万余位诗人的20多万首诗作，作者人数、卷数、字数均为《全唐诗》的5倍；第三，宋代的文论比唐代内容更丰富，形式更多样，论争更激烈，在文论、诗论、词论方面形成了多元化的特点，大有百花齐放、百家争鸣的气象。

对于唐诗和宋诗之优劣，自来争议甚烈，见仁见智，各有雄辞，成了文学史一大公案。统而言之，有两种截然不同的观点，或者肯定，或者否定。肯定者理由有三。

其一，大唐盛世，国富民强，四海来朝；而有宋一代，积贫积弱，辱国偏安。如此不同的国运，反映在文艺领域，宋代文学创作的审美取向已经无力保持唐诗的雄浑壮阔，转而为新奇瘦劲了；社会心理普遍喜静而不喜动，喜深微而不喜壮阔，诗文的意趣向内收敛而不欲向外扩张。此诚如缪钺先生所言："一人之诗，足以见一人之心，而一时代之诗，足以见一时代之心也。"[1]以山水景观来比喻，欣赏唐诗有如登高望远，气宇宏阔，风光无限，景象万千；欣赏宋诗有如园林寻幽，水阁游廊，小桥叠石，尽可搜奇觅绝，静观慢赏。唐诗和宋诗，如春花秋月，各擅胜场，因此不应厚彼薄此。

其二，宋代由于西北边疆始终被辽、金、西夏所占据，边界争夺和民族矛盾格外激烈，因此爱国主义逐渐成为诗歌创作的最强音，特别是在靖康南渡后，几乎没有哪个诗人不参加到这一时代大合唱中来。其中的代表人物有陈与义、辛弃疾、陆游、文天祥等。爱国主义的慷慨悲歌，陆游唱得最热烈、最执着、最高亢，爱国忧民几乎成了他终生的伤痛、终生的梦想。他不仅用诗歌来表现其故国之思、亡国之痛，而且在梦中都渴望"拥马横戈"，复国雪耻。直到临终，他还在《禹寺》一诗中说："尚余一恨无人会。"并且带着"但悲不见九州同"的遗憾含恨而逝。其他爱国诗人的创作同样热情激昂、动人心弦。可以说，无论就爱国忧民的诚挚昂扬，还是形诸诗篇的数量之多，没有哪个时代超过宋朝。正是因为有了宋代这些用血泪谱写的爱国主义诗章，才为铸就后来无数志士仁人"留取丹心照汗青"的民族精神植入了基因。

其三，与宋代文学相向而行的宋诗，参与创作的人数和作品数量，都居历代之首。特别是由于印刷技术的空前发展，为文学作品的出版与传播提供了前所未有的便利，为全社会的读书、写作提供了载体，这也为宋诗的繁荣创造了客观物质条件。倘若从超过唐诗五倍的宋诗中精选出五分之一，其艺术品位未必不可以与唐诗比量。

对宋诗采取否定态度的，其理由同样有三。

其一，认为宋诗爱讲道理，爱发议论，而所讲的道理往往粗浅，议论往往陈

---

[1][6] 缪钺：《论宋诗》。

旧[2]。实事求是说，"以理入诗"古已有之，《古诗十九首》中有好几篇就是申说人生哲理的，韩愈、白居易等人也有不少诗是以理取胜的，更不必说像外国大诗人诸如但丁、歌德、雨果、海涅等人的许多名篇了。裴多菲的那首"生命诚可贵，爱情价更高，若为自由故，二者皆可抛"句句说理，至今不是还在被人传诵吗？可见读者在接受诗词作品时，根本不管文论家的意见，只要符合他们的口味，才不去理会读到的诗歌是抒情的还是写景的。

宋人以理入诗，有其深刻的意识形态原因，这就是北宋以陈抟、邵雍为代表的道学，到南宋以程、朱熹为代表的理学，成了当时整个社会的主流思想。以此，宋人在思想意识方面力求精微深致。表现在创作上，唐诗与宋诗的差异突出表现在：唐诗的审美意趣重在情景，即使叙事说理，亦寓于情景之中，故而含蓄婉曲，多以神韵擅长；宋诗的审美意趣在意态而不在形貌，贵静洁隽永而不贵繁丽妖艳，即使写景抒情，也要见出其思理之深致精细，故而多以筋骨理智取胜。如果因此而否定宋诗，不是太偏执了吗？

其二，贬低宋诗的第二个理由是说宋人把"抄书当作诗"，甚至是公开的"盗窃"——杨亿等人代表的西昆体是"认准了一家去打劫"，黄庭坚代表的江西派是"挨门排户大大小小人家都去光顾"[3]。更有甚者，有一个叫苏平的明人，认为宋人的近体诗只有一首可取，而且还有毛病；明人陈子龙干脆说"终宋之世无诗"；李攀龙有个从商周到明朝的诗歌选本，宋诗一首也不选。常言道："偏见比无知离真理更远。"无知者顶多说不知道，可偏见者却会出于个人好恶，总要找些歪理歪曲事实。这种极端偏激、武断的意见和做法，因袭的是南宋末年严羽对宋诗的一段评论："近代诸公乃作奇特解会，遂以文字为诗，以才学为诗，以议论为诗。"[4]殃及后代，便不断有人指责宋诗都是偷抄古书拼凑出来的。对这种偏见，无须援引许多宋诗作为例证予以反驳，单就宋人主张博览群书、加强学养来提高写作功底而言，有什么不对吗？因提倡多读书而否定宋诗的人，不也时或要引用杜甫"读书破万卷，下笔如有神"来证明为文之道吗？

---

[2][3][5] 钱钟书：《宋诗选注·序》第6、第17、第7页。

[4] 严羽：《沧浪诗话·诗辨》。

诚然，宋人以博闻强记来弥补才情之不足是事实，这在黄庭坚身上表现得尤其明显。他自己就曾坦率地说："诗意无穷而人才有限，以有限之才追无穷之意，虽渊明、少陵不得工也。"于是他发明了所谓换骨法、夺胎法、点铁成金法之类的手段予以补救。黄庭坚要求通过多读书提高诗人自身的学养，为的是更加完美地表现诗歌的内容，丰富作品的精神内涵和艺术形式。他自己身体力行，对诗歌的表现手法进行了多方面的试验，也取得了相当高的成就。可以说，王安石、苏东坡、黄庭坚三人读书之多、学问之博，超过了以往许多诗人，是宋诗变革的典型代表，也是以才学为诗的翘楚。可是不应当因此就说宋诗都是拼凑出来的。

毋庸讳言，黄庭坚的诗因太注重才学，每每因拼凑典实、用字古奥而显得生硬晦涩，令人费解，让人读起他的诗来磕磕绊绊，不甚舒畅。学究式的形式主义在黄庭坚的诗中比较突出，这种流弊对宋诗确实产生了不良影响。指出这一点是应该的，可是我们不能泼脏水连婴儿也倒掉吧？

其三，不看好宋诗的第三个理由是说宋人写爱情的诗少得可怜，而且这些数目不多的爱情诗都写得淡薄、笨拙、套板[5]。宋代的爱情诗不多是事实，可要说都这么糟糕，就有些过分了。仅拿寇准的《虚堂》、晏殊的《无题》、石延年的《代意寄师鲁》、刘放的《别茶娇》、陆游的《沈园》等（这几首诗本书皆已选赏）以及秦观、姜夔、朱淑真等人的爱情诗，就都写得很好。至于宋代的爱情诗为什么不多，缪钺先生分析得非常得当，他说：

"盖自中晚唐词体肇兴，其体较诗更为轻灵委婉，适于发抒人生情感之最精纯者。至宋代，此新体正在发展流衍之时，故宋人中多情善感之士，往往专藉词发抒，而不甚为诗，如柳永、周邦彦、晏几道、贺铸、吴文英、张炎、王沂孙之伦是也。……由此可见，宋人情感多入于词，故其诗不得不另辟疆域……夫感物之情，古今不易，而其发抒之方式，则各有不同。唐人中工于言情者，如王昌龄、刘长卿、柳宗元、杜牧、李商隐，若生于宋代，或将专长于词；而宋代柳周晏贺吴王张诸词人，若生于唐，其诗亦必空灵蕴藉。……宋人非不知诗，惟前人发之于诗者，在宋代既多为词体夺之以去，故宋诗之内容不得不变，因之其风格亦不得不殊异也。"

研究一个时代的文学现象，或者一个诗人的文学创作，力求客观公正，是对文艺评议者最起码的要求。倘若屈从于某种舆论氛围，或只从个人的好恶出发，就会说出一些令人齿冷的浑话。譬如对待陈师道其人其诗，说读他的诗"就仿佛听口吃的人或病得一丝两气的人说话"[6]，未免有点儿尖酸刻薄。陈师道这个人，一生贫穷潦倒，连家室都养活不了，不得不把妻子儿女寄养在岳丈家，但他穷得有骨气。他和赵明诚的父亲赵挺之是连襟，只因赵挺之曾两次诬陷苏轼，所以他虽然没有衣服过冬，却耻于穿妻子从赵家借来的绵衣。他把毕生精力都献给了诗歌创作。杜甫说："为人性僻耽佳句，语不惊人死不休。"作起诗来，师道比老杜还能下死功夫。为觅好句，他常常闭户蒙被，驱逐儿女至邻家，苦吟累日，诗成方起。他自称"此生精力尽于诗，末岁心存力已疲"。因为他的发奋刻苦，创作成就令人刮目，于是赢得了"黄陈"并称的美誉。对于这样一位诗人，我们在同情之余，理应敬重，而不应嘲笑、挖苦。

　　总而言之，我们尽管对唐诗和宋诗的差异可以做出种种不同的鉴别，但宋诗毕竟是承唐诗之意绪而求新，故唐代诗人如杜甫、韩愈、白居易等实为开宋调者；宋之张耒、姜夔、九僧、四灵等则为有唐音者。

　　要之，有如南宋戴昺所言：

不用雕锼呕肺肠，词能达意即文章。

性情原自无今古，格调何须辨宋唐。

二

　　不要忘记，宋人在开拓诗苑新路时，面对着的是唐诗这座无法逾越的高峰。他们在"山重水复疑无路"的困境面前，一开始仿佛是一个刚过门的小媳妇，不得不看着婆婆的足迹，谨小慎微、诚惶诚恐地学步；到了后来，才慢慢甩开了膀

---

　　[6] 钱钟书：《宋诗选注》第103页。

子，放开手脚，大步前进。经过呕心沥血、筚路蓝缕的探索，终于走出了一条新路，于宋仁宗到徽宗的八十年间，由于绝世奇才苏轼的出现，宋诗迎来了第一个高峰，与当时古文、歌词、通俗文学的繁荣交相辉映，共同形成了文坛欣欣向荣的局面。宋诗的第二个高峰出现在靖康之难后到南宋光宗约七十年间，代表人物是陆放翁、杨万里、范成大等人。他们都不是靠模仿而是靠探索走出自己的路子，写出时代的风貌的。而在南宋亡国前后，文天祥、谢枋得等爱国志士和大批遗民以震撼人心的爱国篇章，为宋诗画上了一个光辉的句号。

如果按较通行的研究宋诗的方法，依北宋前后期、南宋前后期这样的时间节点，对其创作的发展轨迹可以做这样粗略的梳理。

【北宋前期】北宋初的诗人继承唐诗的硕果，还没有来得及创新发展。他们以王禹偁为代表，主要是师法白居易、贾岛、李商隐等人。王禹偁自称："本与乐天为后进，敢期子美是前身。"

效法李商隐的是杨亿、刘筠等，史称"西昆体"，曾风靡一时，但因绮靡生僻，颇为后人讥讽。元好问《论诗》云："诗家总爱西昆好，独恨无人作郑笺！"意思是说，人们都说"西昆体"诗好，可惜没有人像当年郑玄注释《诗经》那样去研究它。

与杨、刘同时期的有一位隐逸派诗人，其人品之高洁可与陶渊明媲美，此人就是林逋。他隐居孤山，终身不娶，唯于田园中植梅畜鹤，曰"梅妻鹤子"。他的诗澄淡高逸，一如其人。他的《山园小梅》几乎成了历代咏梅诗的典范。

这一时期的主流诗人是苏舜钦、梅尧臣和欧阳修。这一派共同的倾向是重视思想内容，爱在诗篇中发议论。因此有人批评他们是"以文为诗"。以《醉翁亭记》和"六一居士"名闻千秋的欧阳修是一代宗师，是大文学家、大诗人兼大词人。他的人品道德，备受后人尊崇。他的词比他的诗成就更高。

【北宋后期】其时当为诗歌繁荣期。当时诗人辈出，流派纷呈，主宰诗坛风尚的是王安石、苏轼和黄庭坚三人。王安石的诗严厉峻峭，和他的为人，和他的文章，风貌完全相同。他喜欢以诗为论，用诗说理，遂为后人所讥。其实王安石也自有他别出心裁的绝妙好句。晚年退居金陵，心情恬淡，诗风也为之一变，温婉从容，雅丽绝俗。苏东坡原是反对王安石变法的人，可是在元丰（宋英宗年号）时，与安石交游甚欢，并有诗云：劝我试求三亩宅，从公已觉十年迟！"

看《警世通言》中的《王安石三难苏学士》，王安石以茶试才，不难想象他们的学识与交情。

在北宋诗人中，真正光芒万丈、才气纵横的，当推苏东坡。后人曾称宋之有东坡，犹唐之有李白。东坡的诗和他的词一样，以豪放著称，另有一种崭新的境界，与唐诗全然不同。因东坡才气极高，故所作诗魅力之大，几无古人。如《百步洪》组诗和《腊日游孤山》等；七绝更多清新隽永之作，为人乐道的有《题西林寺》《惠崇春江远景》等。

东坡以崇高的诗文名气，天下学人从游者甚众，名声最大的是黄庭坚、张耒、晁补之、秦观，人称"苏门四学士"。

黄庭坚字山谷，是北宋讲坛一位杰出的奇才，虽是苏轼的晚辈，却与之齐名，人称"苏黄"。东坡见了他的诗文，击节叹赏曰："超轶绝尘，独立万物之表，世间久无此作。"

山谷作诗挖空心思，以求奇崛。常人作诗力求流利，他却偏要生涩；诗中当用平韵处，他偏用仄韵；又喜用奇事、奇字。陈师道本是苏门六君子之一，见到山谷后，"尽焚其稿而学焉"，自称见到黄庭坚才学到了真正的"诗法"。追随山谷的人很多，当时自陈师道以下有二十多人，因此形成了一个在宋代影响最大最深远的诗歌流派，即所谓的"江西诗派"。这一诗派，辗转相传，声势达二百多年。后来研究宋诗的，认为王安石、苏东坡与黄山谷为北宋三巨子，无人能出其右。由于这一流派诗法特别，后人毁誉不一，推崇者赞誉备至，说前无古人；批评者则认为生硬造作。袁子才曾说："苏东坡的诗如丈夫见客，大踏步便出；山谷的诗如女子见人，先有许多妆里作相。"

【南宋前期】南宋的尤袤、范成大、杨万里、陆游，人称"四大家"。尤袤诗集已佚。范诗以轻灵胜，杨诗以奇峭胜，而陆游的诗则以悲壮胜。

范成大号石湖居士，是宋代的田园诗人，他的《石湖集》中的诗作差不多都是写农村生活的，风格类似王维，流丽轻漫，自成一家。

杨万里人称诚斋先生，同代诗人周必大说他诗思健捷，无论大篇短章，七步而成，一字不改，有横扫千军、倒倾三峡之势。

南宋的第一位大诗人当推陆游。他自幼天资聪颖，性情忠厚。他是范成大的属下，二人为诗文之交，不拘礼法，有人讥其放纵，因自号放翁。他是伟大的爱国主义诗人，同时又是位多产作家，平生所作诗有一万四千之巨。生当南宋季世，目睹山河破碎，因而在他的诗集里充满慷慨悲愤之情。他的许多诗，都是有血有肉的史诗，其成就有似杜甫。《唐宋诗醇》中说：

"观游之平生，有与杜甫类者。少历兵间，晚栖农亩，中间浮沉中外，在蜀之日颇多。其感激悲愤、忠君爱国之忱，一寓于诗。酒酣耳热，跌宕淋漓。至于渔州樵径，茶碗炉熏，或雨或晴，一草一木，莫不借歌咏以寄其意。"

中国诗人，大都反战，所以多咏从军之苦；唯独放翁，为激扬民族精神，喜咏从军之乐。所以梁启超有诗曰：

诗界千年靡靡风，兵魂销尽国魂空。

集中十九从军乐，亘古男儿一放翁。

【南宋后期】徐玑、徐照、翁卷、赵师秀四诗人都是永嘉人，人称"永嘉四灵"。他们一生努力矫正江西诗派的流弊，诗近晚唐。

江湖派以临安（即杭州市）一个书商陈起刻印的《江湖集》而得名。陈起会诗，结交了一批江湖诗人，有流落不遇者，有出身寒微者，其创作难免触犯权贵，故遭禁毁。其中较有成就者是戴复古。

宋亡前后的代表诗人是文天祥、汪元量、郑思肖等。他们有的投身抗元斗争，至死不屈，壮烈牺牲；有的转徙流离，悲歌慷慨。他们从"四灵"派和江湖派的狭小天地中挣脱出来，抒写国破家亡的"黍离"之思，以沉郁悲壮的诗风为宋末讲坛增添了最后的光彩。

应该特别强调的一点是，宋一代许多文学家天赋超凡，才情绝世，诗词文章无不精湛，都是开宗创派的全才。譬如范仲淹，不但是政治家、军事家，其诗词境界壮阔，气魄雄放，一篇《岳阳楼记》饮誉千古；改革派首领王安石是唐宋八大家之一，所作以精悍胜人，对后代影响甚大；苏轼的前后《赤壁赋》足以辉照古今；其他如黄庭坚、秦观、李清照、陆游等，莫不如是。

有一种观点认为，宋代诗人都患上了流行性感冒，而且这次感冒一直延续到明代都没有好。这样评价宋诗，未免有失公允。像苏东坡那样才华横溢、卓绝千古的不世奇才，像陆放翁那样慷慨激昂、气冲霄汉的爱国豪情，像文天祥那样大义凛然、丹心映日的英雄血性……能说有丝毫流感症状吗？

平心而论，就反映社会历史之内容而言，宋诗较唐诗更为广阔；就艺术技巧而言，宋诗较唐诗更为精细。然而自古创新总是伴随着失败或不足，所以不能因为宋诗与唐诗各有千秋，或者因为宋诗没有超过唐诗，就将其贬得一无是处。

三

讨论宋诗，同时应当简略地谈谈辽国和金国的诗人和诗作。

崛起于辽河流域的鲜卑族契丹人，所建立的辽王朝，立国二百余年（1125—907年），占有黄河以北大片疆域，为当时一军事强国。耶律氏族在吸收汉文化的基础，虽也建立了自己的辽文化和辽文字，可惜毕竟没有形成自己独立的文化体系。辽代文学的作者多为帝王后妃和朝廷重臣，较有成就的是耶律楚材。令人瞩目的倒是契丹妇女作家，道宗皇后萧观音尤为著名，她的《回心院》《咏史》等，后人评价颇高。

女真于公元12世纪初兴起于东北极地的白山黑水。金太祖阿骨打所建立的金帝国，灭辽后，尽取其地。立国一百余年（1116—1234年）间，一方面积极接受汉文化，一方面大力进行军事扩张，直至汴京（今开封市）沦陷，宋高宗赵构南渡，偏安余杭。

女真族原来文化相当落后，立国之初甚至没有文字。它的文化发展，主要借助于辽宋归附的文人学士。金太宗完颜晟罗致了宋朝的许多文士，如宇文虚中、蔡松年、吴激等，其后有蔡珪、党怀英、王庭筠等人。金代文学对后世影响最大的人当推元好问。

元好问系鲜卑族贵族拓跋氏人，七岁能诗，人称神童。在他青年求学时期，正当蒙古大军横扫中原大地之际。格于时局，他以自己与生俱来的天赋，加以毕生对文学创作和文学研究的倾心，在我国文学史上取得了足以与历代大家抗衡的非凡成就。他对唐宋文学的传承、诗词流派的渊源了然于心，因此才会有《论诗绝句三十首》这样的力作。元好问今存诗一千三百六十余首，词三百七十七首，散曲九首，以婉约、豪放兼而有之的风格，多方面地反映了当时的社会生活。

最后想补充说明的一点是，以往的宋诗选本，或者省略辽金而不顾，或者单辟一章，辽金诗歌成了被打入另册的对象。这种做法有悖于辩证唯物主义史学观。我们知道，是凡魏晋诗文的选本，都将魏、蜀、吴的作品一视同仁。有宋一代，华夏大地的格局与三国时期颇为相似，宋为南北、辽灭金兴、西夏虎踞西北，拉锯般地逐鹿中原，不能说天下一定应该是赵宋王朝的天下，关键是看谁能赢得民心。所以对待当时的历史，宋、辽、金应当具有同样的地位，而不应该因袭传统的民族沙文主义的思想。遵从这样的原则，我们在本书中，仍将辽金诗人与宋代诗人放在一起，按照生卒年先后予以编排，希望能被读者理解。

凡　例

❖　本书所选诗歌，一是注重启迪心智和审美情趣，二是结合中小学课文中
　　的古诗词进行解读与鉴赏。

❖　本书编撰体例：作者简介、注解、赏析、名家点赞。

❖　作者依生年先后编排，生年不详者依卒年，生卒年皆不详者，依其登
　　第、仕宦年代，列于经历相仿者前后。

❖　凡历代皇帝，皆将帝号、姓名一并标出；编排顺序与其他诗人均按生卒
　　年先后出之。

❖　辽金诗人与宋代诗人一视同仁，以生卒年先后次序编排。

❖　注解只求便于疏通文义，对一些典故不做详尽的引述、例释。

❖　赏析重点放在艺术境界和审美意趣的开拓上，并通过赏析，使人掌握古
　　诗鉴赏法。

❖　只要有名家评点的，皆择其精辟者用之。

❖　凡组诗只选数首者，皆标出首句，以便查阅。

❖　若无必要，通假字皆改用现代汉语通用字，以省却注释，方便读者。

❖　书末所附"格言名句"，已选诗作中已有者不重出。。

目 录

国学经典精神家园丛书

四

国学经典精神家园丛书

国学经典精神家园丛书

赵匡胤

宋太祖赵匡胤（927—976年），中国北宋王朝的建立者。960—976年在位。涿州（今河北涿州市）人。原为后周殿前都指挥使，在陈桥发动兵变，代周称帝。在进行统一战争的同时，逐步加强中央集权，结束了五代以降的战乱，对宋初经济恢复与社会安定起了积极作用。事具《宋史·本纪第一·太祖》。

咏初日

太阳初出光赫赫，千山万山如火发。
一轮顷刻上天衢，逐退群星与残月。

【赏析】

唐末诗人林宽有诗曰："莫言马上得天下，自古英雄皆解诗。"如何解读？这可以用曹雪芹的那句"世事洞明皆学问，人情练达即文章"来回答。英雄豪杰，倘若对人情世故不能洞若观火，他也不可能争得天下；有千古绝唱流芳后世的，必是性情中人，而够得上英雄豪杰的，也必是性情中人。因此可以说，能够廓清尘宇、立国拓疆的帝王，在本质上都具有诗人的素质，但因为他们必须把精力投用在政务国事上，没有闲情逸致吟风弄月，所以不会以诗人称著。尽管如此，如果他们在诗苑中偶尔露峥嵘，便是千古绝唱，譬如刘邦的《大风歌》、曹操的《短歌行》等。赵匡胤的这首即兴而作的诗，一气呵成，诗意质朴粗犷，境界开阔壮观，真实地反映了这位未来帝王当时的宏伟志向。诗以红日初升自况，以群星、残月比喻当时的割据势力，并以红日逐退星月，普照大地，象征自己统一天下的景象。所以南宋陈岩肖赞叹说："混一之志，先形于言，规模宏远矣。"

如果说，雄才大略的帝王，由于其地位和使命所决定，审视世界的眼界和心胸必然与常人不同，诗的意境必然高远宏阔，这不难理解。令人诧异的是当他们还是一个普普通通的平民百姓时，所作的诗中即已磅礴着一种帝王气象。陈岩肖《庚溪诗话》说，赵匡胤未发迹时，有客人咏《初日》诗，语虽工而意浅陋，赵匡胤听了不喜欢。客人想听听他的意见，赵匡胤应声朗诵了这首《咏初日》。

从诗学的角度来看，这首诗算不得上乘之作，但从气象而言，不能不让人刮目相看。

赵匡胤建立宋朝后不久，表明了"卧榻之侧，岂容他人鼾睡"，准备消灭南唐李煜时，这种以太阳自居的心态就更加毫不掩饰了。

花蕊夫人

五代时号花蕊夫人的有两人：一为前蜀主王建淑妃徐氏（约883—926年），一为后蜀主孟昶妃（即本诗作者），亦姓徐，一说姓费，青城（今四川灌县）人，生卒年不详。得幸蜀主孟昶，赐号花蕊夫人。"花蕊"一词，系当时美人之特称。幼能文，尤长于宫词，世传《花蕊夫人宫词》百余首。或当为前后二花蕊夫人之合集。

述国亡诗

君王城上竖降旗，妾在深宫那得知？
十四万人齐解甲，更无一个是男儿！

【赏析】

四川自古为天府之国，成都古号锦城。李白曾有诗这样形容成都的富庶和秀丽：

九天开出一成都，万户千门入画图；

草树云山如锦绣，秦川得及此间无？

由于四川特殊的地理环境，民谣有"天下未乱蜀先乱，天下未治蜀先治"的说法。唐亡后，神州出现了五代十国的大混乱局面，四川先后建立过前蜀、后蜀，然而流芳千古的并非帝王将相，而是花蕊夫人。

宋太祖乾德二年（964年），六万宋军攻破成都，孟昶自缚，出城请降，花蕊夫人随降臣入宋。赵匡胤为花蕊夫人之才貌所倾倒，一次宫宴，要她即席吟诗，花蕊夫人吟道：

初离蜀道心将碎，离恨绵绵，春日如年，马上时时闻杜鹃。

三千宫女皆花貌，共斗婵娟，髻学朝天，今日谁知是谶言。

这是她离开蜀国途经葭萌关时，写在驿站墙壁上的一首《采桑子》。宋太祖听罢，要她再赋新词，花蕊夫人随口吟出这首《述国亡诗》。诗的前二句在为自己辩护，隐含对"红颜祸水"的嘲讽：君王率领着文臣武将在城头竖起降旗，我一个弱女子知道是怎么回事？知道又能如何？史载，破蜀宋军仅六万余人，后蜀则有"十四万人"之众，全无丝毫男子汉气概。"十四万人齐解甲，更无一个是男儿！"既表现出一个弱女子对亡国的羞愤，也是对后蜀君臣的轻蔑。压抑了许久的愤懑终于爆发：没有一个是男子汉！骂得痛快淋漓，读之不难想象这位国破家亡的美妇人的愤激之情，及其泼辣鲜明的个性。

谙熟历史的人都知道，自古集才华和美貌于一身的女子至为难得。唯独花蕊夫人，美丽却不妖艳，聪颖而博学强记。她的宫词富丽浓艳，不乏清新朴实之作，如"三月樱桃乍熟时，内人相引看红枝。回头索取黄金弹，绕树藏身打雀儿"就写得十分生动活泼，富有生活情趣。令人惋惜的是她和历史上的所有才貌双全的美女一样，都逃脱不了悲惨的命运。她虽然得到宋太祖一时的宠幸，却因宫廷内斗，在一次狩猎中，被赵匡胤的弟弟赵光义，也就是后来的宋太宗射杀。花蕊夫人有《宫词》百首，其中有些虽以宫廷生活为内容，视野狭窄，但文采斐然，写得也新颖生动，对今天的读者了解当时的宫廷生活不无帮助。选录几首供欣赏：

龙池九曲远相通，杨柳丝牵两岸风。
长似江南好风景，画船来去碧波中。

春风一面晓妆成，偷折花枝傍水行。
却被内监遥觑见，故将红豆打黄莺。

殿前宫女总纤腰，初学乘骑怯又娇。
上得马来才欲走，几回抛辔抱鞍桥。

内人追逐采莲时，惊得沙鸥两岸飞。
兰棹把来齐拍水，并船相斗湿罗衣。

张　泌

张泌，字子澄，生卒年不详。初官句容尉，上书陈治国之道，南唐后主征为监察御史，累官至内史舍人。随李煜归宋，入史馆，迁虞部郎中。后移家毗陵（今江苏常州）。

寄人二首

别梦依依到谢家[1]，小廊回合曲阑斜。
多情只有春庭月，犹为离人照落花。

酷怜[2]风月为多情，还到春时别恨生。
倚柱寻思倍惆怅，一场春梦不分明。

【注释】

〔1〕谢家：以东晋才女谢道韫代指所爱慕之女子。

〔2〕怜：古诗中常作"爱"解。

【赏析】

诗从梦境写起。在梦中，诗人依稀又来到当年与情人相识相恋的地方，依然是曲径幽廊，雕阑回环，可是景象依旧，伊人不见。他的梦魂绕遍回廊，倚尽阑干，他失望地徘徊着，追忆着……

这时候，月光如水，清辉满园，映照片片落花，月光、落花显得柔情脉脉，似乎只有它们还没有忘记一对情侣曾在这里相偎相依。最后两句其实是诗人默默地对他苦苦思念的人所说的话。

由《词坛纪事》可知，这首诗的创作背景实有其事。诗写因相思成梦及醒后情景，寄语婉曲，真切感人。

四

赵延寿

赵延寿，五代时常山（今河北正定）人，本姓间，为赵德均养子。曾任后唐枢密使，后与赵德均降契丹，为幽州节度使，封燕王，诱契丹南下，企图代晋称帝。契丹灭晋后，任赵为大丞相中京留守，不久为契丹永康王耶律阮所执，死于契丹。今所存辽诗极少，赵诗仅存此一首，亦约略可见辽诗风貌。

国学经典精神家园丛书

赵延寿生卒年不详，契丹于公元946年灭后晋，赵不久即死于耶律阮之年，可知他所生活的年代略早于宋太祖位登大宝。

失　题

黄沙风卷半空抛，云重阴山雪满郊。
探水人回移帐就，射雕箭落著弓抄[1]。
鸟逢霜果饥还啄，马渡冰河渴自跑。
占得高原肥草地，夜深生火折林梢。

【注释】

〔1〕"射雕"句："射雕箭落"即"箭射雕落"，古诗中因格律要求常有此句法。"著弓抄"意谓用弓把射落的飞禽拾起来。草原牧民常在马背上用手或工具抄取地上物品，这是他们的特技。

【赏析】

此诗纯是叙事写景。作者以洗练、冷峻的笔墨，把北疆大漠风光和游牧民族的生活情景描写得让人有如身临其境，甚至令人在感官上都产生一种枯寒、荒漠的感觉：黄沙蔽空，雪满阴山，鸟啄坚果，马饮冰河，牧民们只要找到一处水肥草美的地方，就支起帐篷，折取树枝，点燃篝火……这是一幅多么真实生动的游牧生活图啊！

作者遣词造句非常考究，比如"半空抛"的"抛"字，"著弓抄"的"抄"字等，以及颈联两句，都颇传神。作者身为辽人，生活在北宋初期，对汉文化的造诣已经达到如此水准，可知不管北方少数民族地区如何动荡不安，华夏文明仍然是他们的主流文化。

陈　抟

陈抟（871—989年），字图南，自号扶摇子。自称为晋州崇龛（今重庆市潼南县崇龛镇）人。北宋著名道家学者、易学家和内丹家。后唐长兴中，举进士不第，隐居五当山，又于邛州天庆观学习胎息法。后晋天福四年（939年），游峨眉山讲学，并拜麻衣道者为师，从事《易》学研究；后又隐居华山云台观。周世宗召至阙下，赐号白云先生；宋太宗再召见，待以宾礼，赐号希夷先生。因执意不仕，遂放还山，化形于张超谷。后世誉为道祖儒师。著有《无极图》（今刻于华山石壁）与《先天图》。另著有《指玄篇》，言导气及还丹之事。

归　隐

十年踪迹走红尘，回首青山入梦频。
紫陌[1]纵荣争及睡，朱门虽贵不如贫。
愁闻剑戟扶危主，闷见笙歌聒醉人。
携取旧书归旧隐，野花啼鸟一般春。

【注解】

〔1〕紫陌：京师郊野的道路。这里代指京都。或作"紫阁"，指帝王宫殿。其意相近。

【赏析】

陈抟称得上是一个真正的奇人。作为一个经历了唐末五代战乱的道家祖师，他既表现出对世事的关心，又想方设法逃避世俗的纷争。当他听到赵匡胤登基的消息时，高兴得拍手大笑，说是"天下从此定矣"；当宋太宗赵匡义请他入朝，想让他参与朝政时，他一连数日蒙头大睡，连交谈的机会都不给。他为什么要这样？这首《归隐》就是最好的回答。

首联是这位隐士对自己往返于华山和五当山修行求道经历的简述。他虽然奔走在红尘中，但依然心系苍生，回顾自己走过的万水千山，往事历历，频频入梦。这样的情怀，并不是因为他贪恋功名利禄、荣华富贵。在他看来，"荣"也罢，"贵"也罢，都不如酣然大睡，安贫乐道。当年周世宗想让陈抟传授点石成金之术，召他入朝，把他锁在一间密室中，月余始开，见他熟睡如故，并奉上《对御歌》表明心志，其诗云："臣爱睡，臣爱睡。不卧毡，不盖被。片石枕头，蓑衣铺地。震雷掣电鬼神惊，臣当其时正酣睡。闲思张良，闷想范蠡，说甚孟德，休言刘备。三四君子只是争些闲气，争如臣向青山顶头，白云堆里，展开眉头，解放肚皮，但一觉睡。管什么玉兔东升，红轮西坠。"

"紫陌纵荣争及睡，朱门虽贵不如贫"这两句可以说是对《对御歌》的高度概括。

如果说颔联的要义在每句的结尾一字"睡"和"贫"上，那么颈联的要义则在每句的第一个字"愁"和"闷"上。虽然他是"睡仙"，但他也有"愁"。愁什么？他在为那些行将被赶下台的"危主"为了保住自己的那一片残山剩水而刀兵相见，致使民不聊生、山河破碎而"愁"；轻歌曼舞在别人眼里，是赏心乐事，但是在这位辟谷期间只饮几杯酒的"醉人"看来，歌舞纯属聒耳的噪音，只会让他感到气"闷"。曾经数次进出于周世宗和宋太宗皇宫的陈抟，受够了这种红尘喧嚣的折磨，因此毅然决然要"携取旧书归旧隐"。所谓"旧书"，自然是指那些他钻研古代秘籍的著述，如《指玄篇》《太极图》等；所谓"旧隐"，自然是指华山云台观了。在那里，有万紫千红的野花慰怀，有关关啼鸟悦耳，那里才是人生的归所，才有真正的春天。

这首七律的作者虽然是一位隐士，但从美学的角度来看，其谋篇布局、炼字造句可与大家比肩。诗人用通俗流畅的语言，对当时局势的动荡，对人生真谛的认知，对自己的以往和未来做出了艺术化的概括。

王禹偁

王禹偁（954—1001年），字元之，巨野（今属山东）人。出身农家，世代贫寒，九岁能文。太宗太平兴国八年（983年）进士，授成武县主簿。雍熙元年（984年），迁知长洲县。端拱元年（988年）应中书试，擢直史馆，次年迁知制诰。淳化二年（991年）因为徐铉辩诬，贬商州团练副使。五年，再知制诰。至道元年（995年）兼翰林学士，坐谤讪罢知滁州，未几改扬州。真宗即位，复知制诰。咸平元年（998年）预修《太祖实录》，直笔犯讳，降知黄州。四年后为蕲州知，卒于所。他是北宋初首先反对绮靡文风的诗文家，特别推崇杜甫和白居易。作品较多反映社会现实，风格清新平易。他的人品和诗格受到欧阳修、司马光、苏轼等人赞赏。苏轼称赞他"以雄文直道独立当世……耿然如秋霜夏日不可狎玩"。著有《小畜集》等。

泛吴松江[1]

苇蓬疏薄漏斜阳，半日孤吟未过江。
唯有鹭鸶知我意，时时翘足对船窗。

【注解】

〔1〕吴松江：又名吴江，即今流经苏州、上海等地的苏州河。

【赏析】

诗作于宋太宗至道元年（995年），其时作者被第二次贬谪吴江。

首二句写夕阳西下，江面上漂荡着一叶孤零零的小舟。诗人透过从稀疏的苇蓬中斜照下来的阳光，凝望着黄昏时分的江面，独自一人吟诗抒怀，已经有整整一个下午了。但他依然不想离开，想到"宦途日日与心违，人事纷纷任是非"（《言怀》）的无情现实，不由自主地被一种孤独寂寞、世无知音的怅惘所笼罩。正当诗人彷徨无依的时候，一只鹭鸶曲颈翘立，对着船窗深情地望着他。鹭鸶仿佛能听得懂诗人的苦吟，明白诗人的心思，时不时地窥视他、探望他。古人常将鹭鸶视为孤高雅洁的象征，诗人此时突然发现，世无知己，"唯有"鹭鸶，其内心之感动可想而知。这也证明了，他对污秽的官场的厌恶得到了雅洁脱俗的鹭鸶的认同，在他处于人生低谷、倍感失落之际，这该让他多么喜出望外啊！

村　行

马穿山径菊初黄，信马悠悠野兴长。
万壑有声含晚籁〔1〕，数峰无语立斜阳。
棠梨〔2〕叶落胭脂色，荞麦花开白雪香。
何事吟余忽惆怅？村桥原树似吾乡。

【注解】

〔1〕晚籁：傍晚时山壑中的空穴因风而发出的声响。

〔2〕棠梨：杜利，又名白梨、白棠。一种落叶乔木，木质优良，叶含红色，果实可食。

【赏析】

诗作于商州。其时诗人被贬，只能以山水自慰，歌咏释怀。首联即是他这种心境的自述。颔联写山行所见原野景物。山壑本来无声，因山风而成天籁；峰峦本不能语，望之却似对斜阳而沉思。颈联从色彩着墨，尾联流露了作者惆怅的思乡之情，因为原野上的村落、江桥、树木，无不与故乡的景象相像。

狄遵度

狄遵度，字元规，潭州长沙人。以父荫为襄城主薄，年二十卒于任。好为古文，嗜杜甫诗，有集十二卷，已佚。

佳城篇

佳城[1]郁郁颓寒烟，孤雏乳兔号荒阡。
夜卧北斗寒挂枕，木落霜拱雁连天。
浮云西去伴落日，行客东尽随长川。
乾坤未死吾尚在，肯与蟪蛄论大年[2]。

【注解】

[1] 佳城：喻指墓地。语出《西京杂记》："滕公驾至东都门，马鸣局不肯前，以足刨地久之。滕公使士卒掘马所刨地，入三尺所，得石椁。滕公以烛照之，有铭焉……曰：'佳城郁郁，三千年见白日。吁嗟滕公居此室！'滕公曰：'嗟乎天也！吾死其即安此乎？'死遂葬焉。"

[2] "肯与"句：化用庄子《逍遥游》语意："朝菌不知晦朔，蟪蛄不知春秋，此小年也。"意思是说，短命的动植物不知道岁月的悠长。这里是反其意而用之。

【赏析】

作者虽然英年早逝，奇怪的是他能预先知道自己的死期！据宋陈正敏《遁斋闲览》载："狄遵度幼而聪慧。弱冠为文，词气豪迈，有韩柳之风。其为歌诗，每以子美为法。既而友人有往湘中者，乃为文，使之耒阳，吊子美之坟。数日，忽梦子美与之反复咏诵其平生所为诗十余篇，皆世所未闻者。及觉，仿佛可记，才十余字。"

由诗题自注可知，这首诗作于十六岁时，是根据作者在梦中听到的杜甫的两句诗续写而成。赵令時的《侯鲭录》说遵度梦见杜甫"自诵其逸诗。既觉，犹记其两句：'夜卧北斗寒挂枕，木落霜拱雁连天。'遵度因足成"。首联是诗人对自己未来的归宿墓地景象的描绘：野坟笼罩在浓重的寒烟中，孤独的小鸟和刚出窝的幼兔飞奔在荒凉的小路上。着墨如此逼真，已是不祥之兆，正如沈括在《梦溪笔谈》中所说："狄遵度梦中句有丘墓间意，不数月卒。"

　　颔联说的杜甫在梦中给他吟诵的两句诗，确然有杜诗的风范。颈联的"浮云"和"行客"皆指已经或即将谢世的芸芸众生，或西去，或东行，都要一一各自寻找自己的归宿。而作者呢？他虽然对自己不久于人世已有预感，换作他人，在不到二十岁就要告别尘世，势必要陷入深深的悲痛与绝望中。但是作者却要与庄子讨论"小年"与"大年"的关系。他特意把永恒的天地与行将辞世的自己放在一起，因为在他看来，永恒即瞬间，瞬间即永恒。用现代科学术语来讲，在多维度空间，永恒和瞬间是可以转换的。

　　这首绝命诗所表达的理念固然豁达超脱，但诗中的意象却阴气森森，令人窒息。

潘　阆

　　潘阆（？—1009年），字梦空，自号逍遥子，大名（今属河北）人，一说广陵（今江苏扬州）人。居钱塘，卖药为生。至道元丰（995年），潘浪因宦官王继恩推荐，得太宗召见，赐进士及第，不久追还。后因参与立太子事，获罪逃亡中条山。经曹彬求情，真宗赦免为滁州参军。因言行"狂妄"得罪权贵，被撵出汴梁，漂泊江湖，流浪西湖多年。从其诗歌酬唱，知与王元之、林和靖、寇准等皆有交往。王禹偁《寄潘阆处士》一诗形容他说："烂醉狂歌出上都，秋风时节忆鲈鱼。江城卖药长将鹤，古寺看碑不下驴。"著有《逍遥集》。人称"潘逍遥"。

秋日登楼客次怀张覃[1]进士

闻说飘零亦异乡，登楼吟望益悲凉。
当时欲别言难尽，他日相逢话更长。
蝉噪水村千万树，雁过云岫两三行。
明朝策蹇[2]还无定，空倚危栏到夕阳。

【注解】

〔1〕张覃：潘阆友人，太宗朝进士。潘尚有《与张覃秀才邺中途次言别》等诗。

〔2〕策蹇：意谓乘蹇驴或驽马上路。

【赏析】

潘阆的五律不被诗家称道，认为是对唐人如贾岛、刘长卿的刻意模仿。倒是他的七律，像这首怀友思人之作，语浅而情深，疏放而自然，大为诗论家所赞赏。

这是诗人客旅异乡时，在一个秋日的傍晚，登楼远望，怀念好友时写的一首七律。作者首先言简意赅地交代了写作此诗的背景：听说朋友在异乡飘零，登楼吟诵，眺望远方，无比悲凉。"亦"字妙，将自己与朋友同为"独在异乡为异客"的处境，只此一字，就都表述明白了。"益"字更妙，同病相怜，其悲凉之意自然愈发浓重了。第三句是对昔日分别情景的回忆，紧接着转入对来日相逢情景的设想。然后一反起首写景的传统手法，在颈联才开始对登楼时的眼前景象进行描述，"蝉噪水村千万树，雁过云岫两三行"，不但写景生动，更感人的是在这水墨般的迷离秋景中，融入了诗人婉转跌宕的惆怅。想到明朝将向何方，作者自己都不知道，"飘零"之苦，不言自明。最后以"空倚危栏到夕阳"收束，把诗人独立苍茫的形象留给读者去想象，韵味深远悠长。

诗的意境辽阔深厚，情景交融，用时空大幅度转换的手法，对表现起伏跌宕的情思，起到了很好的作用。

魏　野

魏野（960—1019年），字仲先，号草堂居士，先世蜀人，后徙陕州陕县（今属河南）。一生不仕，居陕县东郊。真宗大中祥符四年（1011年）被荐征召，力辞不赴。广交僧道隐者，与当时名流寇准、王旦等亦有诗赋往还。天禧三年（1019年）十二月九日卒，赠秘书省著作郎。有《草堂集》，生前已行于世。死后其子魏闲总其诗重编为《钜鹿东观集》十卷。

寻隐者不遇

寻真误入蓬莱岛，香风不动松花老。
采芝何处未归来，白云遍地无人扫。

【赏析】

唐诗人贾岛有名篇《寻隐者不遇》，那是诗人寻访"云深不知处"的高人；魏野的这首七绝是隐者寻隐者，意趣更为高妙。仅看作者对这位往来于蓬莱仙境中的真隐者起居环境的描绘，就能猜想出其仙人般的风采。而这一令人遐想不已的缥缈形象，全是用朴素自然的语言渲染出来的：虽有香风，却凝然不动；松花郁郁，而四季常青；白云满地，任其来去……在这美不胜收的仙境中，影影绰绰飘忽着一位不知到何处去采摘长生不老之药的世外高人的形象，真是空灵神秘到了极点！

寇　准

寇准（961—1023年），字平仲，华州下邽（今陕西渭南县）人。北宋政治家、诗人。少时不拘小节，飞鹰走犬。太夫人性严，常为此而生气，一次用称砣投之，伤足流血，由是折节苦学。及贵，母已亡，扪足痕辄哭。太宗太平兴国五年（980年）进士，授大理评事，知归州巴东县，移大名府成安县。官至同中书门下平章事，集贤殿大学士。契丹攻宋，力谏真宗亲征，至澶州（今河南濮阳），迫和立盟，是为"澶渊之盟"。不久被王钦若等人排挤罢相。晚年再起为相，坐请太子监国、禁皇后预政、奉真宗为太上皇事，贬道州司马，再贬雷州司户参军。以疾卒于雷州（今广东海康）。赠中书令、莱国公，赐谥忠愍。以直言知名，屡受贬谪，当时京城有民谣云："欲得天下好，不如召寇老。"

莱公七绝蕴藉深婉，风骨秀逸。司马光说他"才思融远"。有《寇忠愍公诗集》三卷。

国学经典精神家园丛书

江南春·杳杳烟波隔千里

杳杳烟波隔千里，白蘋香散东风起。
日落汀洲一望时，柔情不断如春水。

【赏析】

寇准在世时，诗名颇著，据吴处厚《青箱杂记》云：

魏野尝从莱公游陕府僧舍，各有留题。后复同游，见莱公之诗已用碧纱笼护，而野诗独否，尘昏满壁。时有从行官妓，颇慧黠，即以袂就拂之。野徐曰："若得常将红袖拂，也应胜似碧纱笼。"莱公大笑。

后来"碧纱笼"便成了常用的典故，意谓诗以人重。但是这首诗不应当因人而论，诗本身确实写得很美。

开篇呈现在读者面前的是一幅江南春日夕阳西下时分的绮丽美景：江面上烟波浩渺，东风吹送着阵阵清香。此时诗人正伫立在江边的一处平地上凝神眺望。面对这一江春水，诗人的心中陡然涌起一片柔情，一时间惆怅、忧伤，绵远无尽……为什么会这样？作者不说，读者只能凭自己的悟性去想象。

莱公有一首同题小词，说不定可以为解读此诗提供参考。其词曰："波渺渺，柳依依。孤村芳草远，斜日杏花飞。江南春尽离肠断，蘋满汀洲人未归。"

书河上亭壁

岸阔樯稀波渺茫，独凭危槛思何长。
萧萧远树疏林外，一半秋山带夕阳。

【赏析】

诗作于宋太宗景德三年（1006年），莱公罢知陕州（今河南陕县）前后。

这是一首写在黄河边一座亭壁上的绝句，所以诗人把全部笔墨放在了对"黄河之水"的描写上。

第一句从三个方面来写黄河，一是"岸阔"，二是"樯稀"，三是"渺茫"。没有了"百舸争流"的场景，河水自然显得更广阔，烟波更渺茫。面对这浩瀚汹涌的大河，诗人心胸中澎湃跌宕的会是怎样的思潮呢？"思何长"大概就是对这一问题的回答吧。

此时此刻，这位政治家想到的也许是李白的"耐可乘流直上天"，也许是"欲渡黄河冰塞川"，也许是"黄河落天走东海，万里泻入胸怀间"……

诗人正当思情澎湃、不能自已之际，幸好在萧萧疏林外，辉照着一半秋山的明丽的夕阳给人以抚慰，令人心安。一个遭到贬谪的一代名相，被这普照四海的无私的阳光感动了——虽然它只有"一半"，另一半还在黑暗中，但这已经足够了。至于那黑暗中的一半，此时是何境况，用得着去理会吗？在这里，我们不难窥测到，政治家和纯诗人，同样是写景抒情，其言外之意是多么的不同。

虚　堂

虚堂寂寂草虫鸣，欹枕难忘是旧情。
斜月半轩疏树影，夜深风露更凄清。

【赏析】

这是一首情意绵绵、悱恻感人的爱情诗。诗人孤身夜卧寂寥清冷的空堂上，听到的是庭院草丛中寒虫凄凉的鸣叫声，难以忘怀的"旧情"悠悠然袭上心来，因此使他彻夜难眠，心潮荡漾——他在苦苦思念着一位昔日的恋人。

按照一般的情思轨迹，接下来应当是对难忘的旧情的追述。然而诗人点到即止，最后两句转向对夜景的描述。诗人凝目窗外，西斜的月光表明夜色已深。月光透过纱窗的上半部分，将疏疏落落的树影投射在堂屋的地上；一阵寒风带着深夜露水的潮气吹进来，诗人感到寒意袭人，这使他萦绕心头的思情仿佛也染上了深夜的"凄清"。

前两句抒情戛然而止，后两句写景同样戛然而止。诗人巧妙地把全部情思隐藏在"欲言又止"后面，让读者用自己的想象去补充，此即司空图所谓"不着一字，尽得风流"也。

有鉴赏文章说，这不是一首爱情诗，而是一首政治诗，理由是没看到寇准一生有过风流韵事。可是文字没有记载，不见得事实上没有。看下面蒨桃的诗即可知道，寇公的诗正是写在蒨桃去世后，也就是被贬江南时。难忘的"旧情"为什么不能是蒨桃呢？他是不是直到此时，才想起这位贤惠的侍妾临终的金玉良言呢？

蒨 桃

蒨桃，寇准妾。余不详。

呈寇公二首

一曲清歌一束绫，美人犹自意嫌轻。
不知织女萤窗下，几度抛梭织得成？

风动衣单手屡呵，幽窗轧轧度寒梭。
腊天日短不盈尺，何似妖姬一曲歌！

【赏析】

蒨桃的这两首诗是针对寇准的一次豪举而作。据正史和野史记载，寇准在历史上是一位比较正直、于世有功的朝臣，因此在民间备受赞颂，但他在生活上却非常豪华奢侈，《宋史》本传说他"少年富贵，性豪侈"。据《苕溪渔隐丛话》记载："公自相府出镇北门，有善歌者至庭下，公取金钟独酌，令歌数阕，公赠之束彩，歌者未满意。荷桃自内窥之，立为诗二章呈公云。"

第一首双管齐下，首先指责"美人"的贪婪，唱一首歌就得到一束锦绫，仍然不满足。这个"善歌者"大概是当时所谓的明星，灯红酒绿的侈靡时尚培养了她们的这种恶习，而蒨桃对此极其反感。不过这是明笔，背后显然暗藏着对"寇公"挥金如土的不满，只不过不便明说，只好采用这样的曲笔。作者紧接着摆出一束绫"不知织女萤窗下，几度抛梭织得成"这一不争的事实，与歌女的贪婪、寇公的挥霍形成了鲜明的对比，使诗的意旨显得格外沉重而有力。

第二首是进一步具体而形象的描写：在寒风凛冽的冬夜里，衣单身薄的织女借窗下萤火虫似的微光投梭织绫。天冷极了，她不时地呵着手，一整天织绫不足一尺。尽管如此艰辛，都比不上"妖姬"的"一曲清歌"——歌清而人妖，作者完全愤怒了。

作为地位低贱的侍妾，她或许是出身寒门吧，所以能如此真切地了解织女的苦寒，同时把达官显贵的豪奢、以声色媚俗的歌女的贪婪，放在同样的层面上，表现出无法遏制的轻蔑和愤恨。作者用双重对比——第一首前两句和后两句对比，第一首和第二首对比——直言不讳地阐明了自己的观点。不幸侈靡成风，积重难返，尽管她把话说得如此明白，这位"早贵豪侈"的名相却大不以为然，他步第二首诗的原韵，写了一首《和蒨桃》作为回答：

将相功名终若何？不堪急景似奔梭。

人间万事君休问，且向樽前听艳歌。

他还是要我行我素，及时行乐。蒨桃的诗等于白作。

不畏权贵，正直敢言的蒨桃直到临终，仍旧不忘对寇莱公良言相劝。《苕溪渔隐丛话》后集云：这件事后不久，莱公便被贬谪岭南。蒨桃卧病，对他说："妾必不起，幸葬我于天竺山下……相公宜自爱，亦非久居人世者。"蒨桃去世不久，寇准不幸而被言中，果真死在了雷州（今属广东）。

林　逋

林逋（967—1028年），字君复，钱塘（今浙江杭州市）人。少孤力学，恬淡好古。早年漫游江淮间，后隐居西湖孤山二十年，种梅养鹤，时谓其以梅为妻，以鹤为子。足不及市，以布衣终身。真宗闻其名，诏长吏岁时劳问，及卒，真宗赐谥和靖先生。以诗著称，尤长于咏梅，《山园小梅》最负盛名。著有《林和靖先生诗集》四卷。

山园小梅

众芳摇落独暄妍[1]，占尽风情向小园。
疏影横斜水清浅，暗香浮动月黄昏。
霜禽欲下先偷眼，粉蝶如知合断魂。
幸有微吟可相狎，不须檀板[2]共金尊[3]。

【注解】

〔1〕暄妍：明媚美丽。

〔2〕檀板：用檀木做的拍板，唱歌时用以击节伴奏。这里是指歌舞。

〔3〕金尊：金杯，这里指饮酒。

【赏析】

　　林逋生性淡泊，无意功名，隐居于杭州西湖之畔，终身不娶不仕，唯好植梅养鹤，世称"梅妻鹤子"。其诗澄澈高逸，如其为人。据说他吟诗自娱，写罢随手散去，从不留稿。人或问之，答曰："我不欲取名于时，况后世乎?"倘若他能知道自己的这首咏梅诗，惹得骚人墨客千百年来喋喋不休，不知做何感想?

　　诗中作者首先赞叹梅花凌霜傲雪、卓然不群的风骨，抒发自己不畏权贵、遗世独立的情怀。颔联化用五代南唐江为的残句："竹影横斜水清浅，桂香浮动月黄昏。"江为写的是竹和桂。林逋改"竹"为"疏"，改"桂"为"暗"，使梅花有了灵性，遂被誉为千古绝唱。元人方回《瀛奎律髓汇评》说："'疏影''暗香'之联，初以欧阳文忠极赏之，天下无异辞。"颈联以设想之词，借"霜禽"之眼、"粉蝶"之意，极言梅之清丽动人，折射出诗人对梅的情有独钟。

　　以上三联借景言情，以眼中之梅写心中之梅。尾联诗人直抒胸臆，用词清丽，委婉体现其孤芳自赏之情操委婉逗出。这两句的意思是说，幸好在恬静的山林中可以与我的"梅妻"相知相伴，不被俗人打扰，能自由自在、自得其乐地浅吟低唱。世俗间的那种檀板金樽的喧嚣，只能败人雅兴。这是何等高洁清雅的境界！正如苏轼在《书林逋诗后》所云："先生可是绝伦人，神清骨冷无尘俗。"

　　有的学者认为这篇作品其实也是一首词，题名应为《瑞鹧鸪》，亦见收于《全宋词》。

杨　亿

　　杨亿（974—1021年），字大年，建州浦城（今属福建）人。他不但是北宋文坛巨擘，而且自幼不凡，史称七岁能文，年十一太宗召试，授秘书省正字。累官知制诰、工部侍郎、翰林学士，显赫一生。预修《太宗实录》，又与王钦若同修《册府元龟》。赠礼部尚书，卒谥文。咸平、景德年间，他与钱惟演、晏殊、刘筠等首变诗格，皆宗李商隐，"丰富藻丽，不作枯瘠语"，号西昆体。三公以新诗更相唱和，极一时之誉。杨亿将这些诗编辑成集，名为《西昆酬唱集》。其中的一些咏史诗借古讽今，有现实意义，因此对西昆体不能因尊崇李商隐而全盘否定。

留　别

梦笔山[1]前君别我，下沙桥[2]上我思君。
黄昏更过西阳岭，满目青山与白云。

【注解】

〔1〕梦笔山：原名孤山，在今福建浦城。江淹被贬为浦城（当时称吴兴）县令，他常到境内名山大川流连忘返，而对孤山特别钟爱。相传一夕宿山中，梦得一管五彩笔，日后文思如涌，诗文多佳句，遂有"妙笔生花"之成语，孤山亦改名为梦笔山。

〔2〕下沙桥：在浦城南。

【赏析】

诗虽伤于雕琢，然五代以来芜鄙之气由此尽矣。诗的意旨和字句明白如话，无须多言。

杨亿诗崇义山，现举他的一首《无题》，即可见与李商隐的《无题》亦相差无几。

巫阳归梦融千峰，辟恶香消翠被浓。

桂魄渐亏愁晓月，蕉心不展怨东风。

遥山黯黯眉长敛，一水盈盈语未通。

漫托鹍弦传恨意，云鬟日夕似飞蓬。

文学艺术重在首创，模仿之作即使惟妙惟肖，毕竟已等而次之矣。

杨亿少而神异，在当时便已广为人知。《三朝正史》云："杨亿祖父杨文逸，是南唐玉山县令。杨亿将生，其父梦一道士，自称怀玉山人。没几天，杨亿呱呱坠地，有紫毛被体七尺余，经月方落。"《古今诗话》云："杨文公少时数岁不能言，一日家人抱登楼，忽触其首，便会开口说话了。家人问：'既能言，可为诗乎？'杨亿答：'可。'遂吟《登高楼》：'危楼高百尺，手可摘星辰。不敢高声语，恐惊天上人。'"

这些事委实有些离奇，因此有人开始质疑。《西清诗话》说此乃李白诗，首二句为"夜宿峰顶寺，举手扪星辰"。周紫芝《竹坡诗话》亦言，见一石刻乃太白夜宿山寺所题，且云"布衣李白作"。岂好事者窃太白诗以神杨亿耶？抑太白之碑为伪耶？

此事虽可质疑，然十一岁时，太宗试诗，却确有其事（详见轶事）。事为释文莹所记，说谎为佛教第三大戒律，谅文莹不敢犯此大戒，故所记实可信。

穆　修

穆修（979—1032年），字伯长，郓州汶阳（今山东汶上）人。真宗大中祥符二年（1009年）赐进士出身，调泰州司理参军，后官颍州文学参军，徙蔡州。曾倡导古文，为宋理学之先导。有《穆参军集》。

贵侯园

名园虽自属侯家，任客闲游到日斜。
富贵位高无暇出，主人空看折来花。

【赏析】

这真是绝妙的讽刺！百花争艳、姹紫嫣红的名园，非豪门显贵，谁能拥有？然而虽是私家花园，位高权重的主人却没有闲暇前去观赏，而游人却可以自由往来，整日游览。据《东京梦华录》记载，北宋时的都城汴京，每年元宵节之后，市民有出城探春的习俗。当是时，权贵门第的私家花园也"放人春赏"。首二句写的就是当时的实情，但诗人的用意并不在此，而在"主人空看折来花"这句点睛之笔。

作者先说在这倾城而出的大好春光里，主人却无暇出来体验一下春天如诗似画的美景。为什么？因为他"富贵位高"，可见世人向往的荣华富贵呀，位高权重呀，这时反而成了套在身上的枷锁，使人没有了自由。贵族们纵然坐拥名园，却难得一至，只能打发下人折上几枝园花聊以自慰。"主人空看折来花"的"空"字妙，非常深刻。水灵灵的鲜花，一旦被折下来，便失去了生命力。主人"空看"这失去了生命活力的花儿，不也是在暗示被财富和权势架空的名园主人，与"折来"的花同样离开了地气，成了一具没有生命活力的空皮囊吗？

诗论家反复指责宋诗是在炒唐人的冷饭。可是这首《贵族园》却全然是宋人自己的家当，绝不是唐人的残羹剩饭。

胡从义

胡从义，萍乡（今属江西省）人。淳化三年（992年）进士。官员外郎。

纵　鱼

放汝入长江，养教鳞角出。
风云际会时，莫道不相识。

【赏析】

自从佛教传入华土后，放生不但是善男信女们修行中的一项重要内容，后来也逐渐成了平民生活中积德行善的习俗。唐诗人李群玉有《放鱼》诗曰："早觅为龙去，江湖莫漫游。须知香饵下，触口是铦钩！"诗人对回到江湖中的鱼儿的嘱咐可谓深情款款。这首诗也是诗人对鱼儿的深情咐嘱，但不是关心它前程的险恶，而是预测到这似乎是一尾龙种，因此临别的叮咛充满了殷切的期待。风云际会，通常是指君臣遇合。诗人发现鱼儿披鳞带甲，心想它将来投胎转世，一旦成为真龙天子，君臣相遇时，希望它不要说不认识他。

做了善事，希望得到回报，这是人之常情。佛法的教诲比这种意识更高一层，认为无相布施才会福德无量；做了好事一心想得到回报，其福德便大打折扣了。不过话说回来，能做好事，就应该偷得为之点赞了，不能奢望凡夫俗子有佛菩萨的境界。

杨正伦

杨正伦，宋太宗朝进士，与权臣陈尧佐同时。余待考。

华清宫

休罪明皇与贵妃，大都衰盛两相随。
惟怜一派温泉水，不逐人心冷暖移。

【赏析】

　　诗人借华清宫的温泉，对历史事件的功过是非和人情世故的炎凉冷暖，说出了自己独到的见解。因唐明皇和杨贵妃所导致的大唐悲剧，自来公说婆说，众说纷纭，莫衷一是。作者认为，没必要过分怪罪这两个人，没有唐明皇和杨贵妃，大唐王朝也会衰落的。因为盛极而衰，物极必反，这是自然规律。同样的道理，对于人情反复，世态炎凉，也无须太过敏感，唯一应该怜爱的倒是那柔情脉脉的温泉水，只有它千古不易，四季恒温，不会因为人心的冷暖而改变。这里的"人心冷暖"寓意很广，既指唐明皇对杨贵妃的先宠后弃，也指诗论家事不关己的见仁见智，更是指自古以来的人心难测。

范仲淹

　　范仲淹（989—1052年），字希文，吴郡吴县（今苏州）人。幼母再嫁，依继父姓朱，进士及第时名朱说。后请于朝，始复旧姓。宋仁宗时官至参知政事（副宰相）。历知苏、饶、润等地。他在陕西守卫边疆多年，为四路宣抚使，西夏不敢犯，说他"胸中自有数万甲兵"。范仲淹是北宋改革派的先驱，为守旧派所阻，屡迁外官，后于赴颍州途中病死。赠兵部尚书，楚国公，谥文正，世称范文正公。工于诗词、散文，是北宋诗文革新运动的先行者之一。所作《岳阳楼记》为散文名篇，"先天下之忧而忧，后天下之乐而乐"的名句影响国人至今。黄庭坚称赞他是"当时诸公间长一品人"。他的诗词散文皆有名篇传世。著有《范文正公集》。

江上渔者

江上往来人，但爱鲈鱼美。
君看一叶舟，出没风波里。

【赏析】

这首小诗语言朴实，形象生动，反映了渔民劳作的艰辛，旨在唤起人们对民生疾苦的关心。这与作者那"先天下之忧而忧，后天下之乐而乐"的情怀息息相通。鲈鱼味美，渔人却艰辛备至。"江上"和"风波"两种环境，"往来人"和"一叶舟"两种情态，"往来"和"出没"两种境况，对比强烈，小诗主旨不明言而自出，非宅心之仁厚者不能为。

范仲淹的五绝和七绝大都清美可爱，下面所选的几首亦然。

寄林处士

片心高与月徘徊〔1〕，岂为千钟〔2〕下钓台。
犹笑白云多事在〔3〕，等闲〔4〕为雨出山来。

【注解】

〔1〕"片心"句：称赞林逋心志高洁。徘徊：相伴、同游的意思。

〔2〕千钟：千钟的禄位，指高官厚禄。钓台在浙江富春江畔，为东汉严光（字子陵）隐居垂钓之处。他不应故人汉光武帝刘秀征聘，后遂用作隐世高遁的典故。李白有诗曰："严陵不从万乘游，当卧空山钓碧流。"所以"下钓台"意谓离开隐居之所去做官。

〔3〕在：唐宋时口语，为语尾助词，相当于"啊"。

〔4〕等闲：无缘无故地。

【赏析】

范仲淹二十七岁入仕，曾多次游历杭州，与著名隐士林逋多有唱和，《寄赠林逋处士》《寄西湖林处士》《和沈书记同访林处士》等诗，皆清绝高逸，这是其中之一。

纵观诗人一生之行处，实为入世有为之人，而林逋则为出世高隐。按理说，二人不属同道中人，但高尚卓越的品格却使他们心心相印。范仲淹的人品由其名作《岳阳楼记》可知，历史上把他视为"完人"，评价之高无人可比。但他并没有因自己积极济世而蔑视高标遁世的林和靖，反而觉得这位结庐孤山的逸士心与日月同明，视富贵如烟云；白云尚且无端"多事"，会偶尔出山行云布雨，与林逋相比，犹有不及。历来诗文对杭州孤山这位隐逸之推崇，恐怕没有超过范仲淹的吧？

诗用明月比喻林逋品格之高洁，用胜过白云行雨推崇隐士之脱俗，构思新颖，想象奇妙，大有唐人风味。

书扇示门人

一派青山景色幽，前人田地后人收。
后人收得休欢喜，还有收人在后头。

【赏析】

宋人"以文入诗，以论入诗"，此即明显一例。这里没有传统诗法所谓的情景交融，但以韵文阐述的哲理仍然让人颇受启迪，值得玩味。此诗意在奉劝世人不要太愚妄，太贪婪。不是吗？你难道没发现青山绿野中的大片良田都是前人留下的，可如今已经全被后人接收了；如今接收了田地的人也别太高兴了，因为日后准备接收你们田地的人正在后面等着呢！

诗人虽然是在用农耕社会的田产说事，然而其道理依然实用于今天。钱财本是身外之物，幻想把钱财永远抓在手里，纯属痴心妄想。大千世界，滔滔如水，世上人事，代代流逝，世人只因太过贪痴，看不透呕心沥血，拼搏一生，到头来不过是"为他人作嫁衣裳"的真相，命终之时，还不是两手空空，呜呼哀哉？

陆 轸

陆轸，字齐卿，号朝隐子，山阴（今浙江绍兴）人。生卒年不详。陆游的高祖。真宗大中祥符五年（1012年）进士。历官员外郎、集贤校理、吏部郎中。康定元年（1040年）知会稽。后分司南京。赠太傅、谏议大夫。

七岁作

昔时家住海三山，日月宫中屡往还。
无事引他天女笑，谪来为吏在人间。

【赏析】

南宋陈鹄《耆旧续闻》云："陆太傅轸，神采秀异，七岁犹不能语。一日，乳妪携往后园，俄而吟诗云云（即上诗）。后仕至兵部郎官，归老稽山。朱元宪、杜祁公皆有诗送行。篇中多及神仙事，盖公雅志也。"

开篇两句，这位只有七岁的孩童说他本是天界中人，只因与天女开玩笑，本来没有什么邪念，仍然受到了责罚，被打到人间，做了一个小小官员。看来仙人不可以动凡心，否则就是触犯"天条"。

此事委实离奇，通常把这类奇异或者当作迷信一言以"毙"之，或者解释成好事者为神秘其人而杜撰的无稽之谈。然而陆轸并非什么权倾朝野的显贵，也不是世人仰求的富豪，为什么要神化他呢？事情的真伪，现已无从考证了，留待未来的人去破译吧。

晏　殊

晏殊（991—1055年），字同叔，抚州临川（今江西抚州）人。少年时便是有名的神童，七岁能文，十五岁赐同进士出身，授秘书省正字。同叔为人诚实，仁宗极为赞赏，卒至大用。庆历初，拜集贤殿大学士、同中书门下平章事兼枢密使。在他任宰相的两年中，颇能知贤荐能，世称贤相。先后出知应天、江宁、河南府以及亳、陈、颍、许、永兴等州军。后以疾回京师。卒赠司空兼侍中，谥元献，世称晏元献。

晏殊一生是个志得意满的达官贵人，性情刚直，学识渊博，且豪俊好客。当时名士如范仲淹、王安石、欧阳修等皆出其门下。但他不喜欧公，特爱宋祁才情，雅欲旦夕相见，遂于宅旁为其租一豪舍，其亲密如此。他是北宋词坛最早的一位大词人，其词多描写四季景物、男女恋情、诗词优游、离愁别恨，反映富贵闲适的生活。善于捕捉事物特征，熔铸佳句，脍炙人口。平生作诗万余首，惜多散佚，遂被词名所淹。诗风灵活轻快，优雅玉润，大多创作于诗酒宴游活动中。原有文集二百四十卷，今仅存《珠玉词》一卷。清人辑有《晏元献遗文》。

吊苏哥

苏哥风味逼天真，恐是文君〔1〕以上人。
何日九原〔2〕芳草绿，大家携酒哭青春。

【注解】

〔1〕文君：指卓文君。
〔2〕九原：墓地。

【赏析】

这是一首悼亡诗。

据《西清诗话》载："元献初罢政事，守毫社，每叹士风凋落。一日，营妓曰刘苏哥，有约终身，而其母禁之至苦，不胜郁悒。方春物暄妍，驰骏马出郊，登高冢旷望，长恸而卒。元献云：'士大夫受人盼睐，随燥湿变渝，如翻覆手，曾狂女子不若。'为序其事，以诗吊之云。"可见这首诗的背后隐藏着一个凄艳的爱情故事。晏殊将一位出身微贱的"狂女子"与日渐偷薄的士风相比较，感慨万端，因而作诗寄慨。

在宋人为数不多的爱情诗里，这算是其中的一首，而且不是虚张情感，实乃事出有因。晏殊罢相，出任地方官，营妓（宋时的营妓卖艺不卖身）苏哥与他相约终身，没想到她的母亲死活不同意（蠢透了！），于是苏哥殉情而卒。诗人在追悼她的时候，首先赞美了她的纯真，觉得她比卓文君更解风情。他希望有朝一日苏哥的墓地上长满绿草时，他就和同僚们一起携酒去她的坟前一洒悲悼之泪，共同祭奠她的芳魂。绿草和青春对举，使人联想到亡者正值如花似玉的妙龄，竟然香消玉殒，自然都会满怀同情伤感之情。

诗的语言看似平淡，寄寓的情感却深沉悠长，非亲身经历，难以至此。

无　题

油壁香车[1]不再逢，峡云无迹任西东[2]。
梨花院落溶溶月，柳絮池塘淡淡风。
几日寂寥伤酒后，一番萧索禁烟[3]中。
鱼书[4]欲寄何由达？水远山长处处同。

国学经典精神家园丛书

【注解】

〔1〕油壁香车：油漆涂饰的车子。

〔2〕"峡云"句：意谓情人分散，不知下落。峡指巫峡。自宋玉作《高唐赋》，"巫山云雨"就成了情人欢会的代名词。

〔3〕禁烟：古代习俗，清明节前二日不举火，谓之"禁烟"。

〔4〕鱼书：信札。诗词里常把鱼、雁作为书信的代名词。

【赏析】

诗题一作《寄远》或《寓意》。首句一作"宝毂香轮不再逢，峡云巫雨杳无踪"。

这是一首爱情诗，而且写得深情款款，清雅蕴藉。作者自己对这首诗也颇为自负，常在人前自夸。

起首两句写昔日的恋人飘忽无定，如烟似梦。她驾着"香车"，来去无踪，有如巫山之云。颔联用似真实幻的笔法，写诗人的对景伤情。"梨花院落"一联清丽淡雅，音韵流美，深情全于景中见出。据说晏殊自己对这一联也极为得意，常在客人面前吟咏。颈联写伤心人借酒浇愁的苦涩和沮丧。尾联拓开一笔，自问自答，让人想起他在《鹊踏枝》中的那句"欲寄彩笺无尺素，山长水阔知何处？"表达的同样是相见无由、书信无望的难言之隐。

这首诗的最大特点是含蓄，诗魂在"怨"，字字句句，无一处不以"怨"贯串。这样的艺术趣味，正像司马光《迂叟诗话》所说："意在言外，使人思而得之。"

这确实是一首难得的佳作，可总让人想起李商隐的《无题》来。

假中示判官张寺丞王校勘〔1〕

元巳清明假未开〔2〕，小园幽径独徘徊。
春寒不定斑斑雨，宿醉难禁滟滟〔3〕杯。
无可奈何花落去，似曾相识燕归来。
游梁赋客多风味〔4〕，莫惜青钱万选才〔5〕。

【注解】

〔1〕判官：宋制，各州府设签书判官厅公事和节度判官，为州府长官的幕僚，分管日常行政事务。张寺丞：张亢，字公寿，曾任大理寺丞。王校勘：王琪，字君玉，天圣三年授大理评事、馆阁校勘。张、王同为晏殊的幕僚。

〔2〕元巳：即上巳，农历三月的第一个巳日，后专指三月三。古时风俗，上巳日休假游春，到水边修禊，以驱除不祥。假未开：假期未满之意。

〔3〕宿醉：隔夜犹存的余醉。滟滟：本义为水光闪动，这里是形容杯中酒的光泽。

〔4〕游梁赋客：梁指梁园，在今河南开封东南，为汉梁孝王宴宾游赏之地，当年司马相如、枚乘等辈皆为其座上客。后遂以梁园赋客指宴集中有才华的宾客。这里是指张亢、王琪。风味：风采、情趣。

〔5〕"莫惜"句：意思是说，张、王很有风采，正好借此机会赋诗，自当尽显文才。此句用唐代张鷟典故。张鷟有才，员外郎员半千说他"文辞犹青铜钱，万选万中"。张遂有"青钱学士"之称。

【赏析】

这首七律的颈联"无可奈何花落去，似曾相识燕归来"也是晏殊的得意之句。他还把这一联嵌入《浣溪沙》词中令歌妓吟唱，因而广为流传。其词曰：

"一曲新词酒一杯，去年天气旧亭台。夕阳西下几时回？

无可奈何花落去，似曾相识燕归来。小园香径独徘徊。"

据南宋苕溪渔隐（胡仔）言："天圣五年（1027年），晏殊赴杭过维扬，息大明寺，瞑目徐行，嘱侍从诵壁间诗，戒勿报作者姓名。"许多诗篇没有读完就被晏殊打断了，只有一首诗，读完后晏殊问是谁写的，告以"江都王琪"。晏当即召之同游池上，时春晚，已有落花。晏曰："每得句书壁，或弥年未尝有对，如'无可奈何花落去'至今未有偶对。"王琪应声曰："何不用'似曾相识燕归来'？"晏殊大喜，因此为王琪辟置馆职。

首联勾勒出来的是一个徘徊幽径的孤独形象。颔联是对周遭之景象、内心之惆怅的具体描述：迷蒙的春雨带来阵阵轻寒，本欲借酒浇愁，旧愁未去，宿醉未醒，却仍然禁不住泛光飘香的美酒的诱惑。诗人低回的愁绪犹如那斑斑细雨，无休无止。颈联以"花落去"和"燕归来"的眼前之景，引出"无可奈何"与"似曾相识"的迷惘，虚实相间，情理交融，新奇而贴切，的确是佳句，无怪乎诗人自己都爱玩不已。

结尾作者以梁孝王自喻，对自己不惜钱财奖掖后进、延客雅宴颇为自得，其宰相风度尽显无遗。

全诗写春愁而不颓唐，伤迟暮又不失气度。含蓄缠绵，回环委婉，以理入诗而情致美雅。看来诗的优劣不在于是否"以理入诗"，而在于"理"是否启人心智，"入"得是否水乳交融。

晏 颖

晏颖，临川人，丞相元献公晏殊之弟。童子时有美声，真宗召试翰林院，赋《宫沼瑞莲》，赐出身，授奉礼郎。颖闻报，闭书室高卧。家人呼之不应，掊锁就视，则已蜕去。旁得一纸，大书小诗二首。其年十八岁也。

临蜕遗诗

兄也错到底，犹夸将相才。
世缘何日了？了却早归来。

江外三千里，人间十八年。
此行谁复见？一鹤上辽天[1]。

【注解】

〔1〕一鹤上辽天：典出东晋陶渊明《搜神后记》："丁令威，本辽东人，学道于灵

虚山，后化鹤归辽，集城门华表柱。时有少年举弓欲射之，鹤乃飞，徘徊空中而言曰：
'有鸟有鸟丁令威，去家千年今始归，城郭如故人民非，何不学仙冢累累！'遂高上冲
天。"按丁令威化鹤事，唐宋词人常用之，辽阳、千山及江浙一带许多地方均留有丁令威
之"仙迹"。

【赏析】

晏殊的这个弟弟看来与乃兄大异其趣，在人生的价值取向上全然背道而驰。晏殊一
生富贵闲适，权倾天下；晏颖却认为他眼见一错再错，已经"错到底"了，还要以将相之
才自满自夸。这位神童奇葩为其兄深感惋惜，不知道他的世俗尘缘何日可了，只希望"了
却"尘缘后，能早日"归来"。去哪里呢？自然是无色界天。

第二首是对自己的真实身份的交代。他说自己是来自"三千里"之外的某一天界，在
这人间游荡了十八年后，如今要走了。谁能再见到他的行踪呢？只有化鹤成仙的丁令威。
根据宋王暐《道山清话》记载，当年宋真宗赐这一神童进士出身，并授奉仪郎，他却"闭
室高卧"，呼之不应。无奈之下，家人砸开门锁，发现他已然"蜕去"——脱去皮囊而仙
化矣；谢世前还大书此小诗二首，以告世人。

小诗本身直白如话，问题是第二首所讲的事情真伪莫辨。如果是假的，那么有何材
料证明是什么人杜撰，为何要杜撰？如果是真的，那就属于佛道的轮回说了，这不是以
物质世界为对象的科学所能破解的。历代文献中，类似记述甚多，传统的做法是一概以
"迷信"予以否定。但是爱因斯坦说，科学的任务不单是证明"有"，更重要的是证明
"无"。这就绝不是一句简单的"迷信"所能做到的了。

张 元

张元，北宋永兴军路华州华阴（今属陕西）人。少时"负气倜傥、有纵横才"，累
试不第，遂叛宋投奔西夏。宋仁宗景祐年间，亦即西夏元昊建国前的广运、大庆年间，与
好友吴昊颇得元昊信任，称帝建国后不久，即任命张元为中书令；宋仁宗康定二年（1041
年）好水川之战中，辅助元昊，大败韩琦统率的宋军，被封为国相。事见《容斋三笔·记
张元事》。

咏 雪

五丁[1]仗剑决云霓，直取银河下帝畿[2]。
战罢玉龙[3]三百万，败鳞残甲满天飞。

【注解】

〔1〕五丁：神话传说中的五个大力士。

〔2〕帝畿：皇城郊区。这里是指玉皇大帝的灵霄殿。

〔3〕玉龙：喻雪。

【赏析】

张元其人其诗，因被主流史学家定性为"汉奸之作"，宋以后均不收录其诗，残篇断简及事迹仅存于宋人笔记中。这首《咏雪》，因其中两句为毛泽东于长征途中所作《念奴娇·昆仑》的自注引用而广为人知。自注原文云："前人所谓'战罢玉龙三百万，败鳞残甲满天飞'，说的是飞雪。"《念奴娇·昆仑》之"飞起玉龙三百万，搅得周天寒彻"实乃化用张元《咏雪》诗意。

撇开对张元其人其事的评价，就诗论诗，《咏雪》写得确实不错。作者立意高远，设喻瑰丽。在作者的想象中，大力士仗剑决战于天界的云海中，而且直接取银河水斗法，一场大战下来，被战死的"玉龙"竟有三百万之多，这些"玉龙"的败鳞残甲纷纷扬扬落下来，化作铺天盖地的茫茫大雪，漫天飞舞。没有生命的雪花，在诗人的笔下，不但变成有声有色的活物，而且是天界神人斗法所致。这就使司空见惯的自然现象具有了惊天动地的神奇效果和令人心动的审美意趣。这样的好诗，在唐宋诗苑中，应占一席之地。

张元残存的一些其他诗句同样风骨非凡，如《白鹰》一诗中有句云："有心待搦月中兔，更向白云头上飞。"

《咏雪》诗，版本不同，字句颇异，如宋陈鹄《西塘集耆旧续闻》卷六作："七星仗剑搅天池，倒卷银河落地机。战退玉龙三百万，断鳞残甲满天飞。"末二句或作"战死玉龙三十万，败鳞风卷满天飞"等。

石延年

石延年（994—1041年），字曼卿，又字安仁。其先幽州人，迁家宋城（今河南商丘）。真宗选三举进士不中者授三班奉职。仁宗天圣四年（1026年），知济州金乡县。后改通判乾宁军、永静军。入为大理评事、直集贤院，明道元年（1032年），加馆阁校勘，通判海州。康定元年（1040年），奉使河东。二年二月，以太子中允、秘阁校理卒于京。有《石曼卿集》一卷。

曼卿磊落英才，知名当世，风貌雄伟，饮酒过人。与进士、词人刘潜同被世人称作"酒仙"。两人对饮终日，不交一言。仁宗爱其才，尝对辅臣言，欲其戒酒。曼卿闻旨戒酒，孰料却因此成疾而卒。

代意寄师鲁[1]

十年一梦花空委，依旧河山损桃李[2]。
雁声北去燕西飞，高楼日日春风里。
眉黛石州[3]山对起，娇波泪落妆如洗。
汾河[4]不断天南流，天色无情淡如水。

【注解】

〔1〕代意：代人写作。据《诗话总龟》言，这首诗是作者在平阳酒会中代人而作。师鲁：尹洙，字师鲁，是曼卿好友，当时任陕西泾原经略安抚司判官，处在抵御西夏的前线。

〔2〕"十年"二句：意谓分别十年，青春虚度；山河依旧，容颜已老。"花空委"喻年华虚度，"损桃李"喻容颜衰老。

〔3〕石州：宋代置州，治所在今山西离石区，管辖吕梁山地区。

〔4〕汾河：源出山西宁武县，流经平阳，西入黄河。

【赏析】

这是石延年的名作，当时即已为人称赞。宋仁宗康定元年（1040年），西夏侵宋，作者奉命征调民兵防边，诗即作于是时。

体味诗意，作者所代之人当是一位闺中思妇。诗人以她的口吻，表达了对尹师鲁的思念之情。起首两句说明这位思妇与尹曾经有过一段隐秘的恋情。曼卿的朋友关咏曾将此诗改作词，谱写成《迷仙引》，于是人争咏之。其词云：

"春阴霁。岸边柳参差，袅袅金丝细。画阁昼眠莺唤起。烟光媚。燕燕双高，引愁人如醉。慵缓步，眉敛金铺倚。嘉景易失，懊恼韶光改。花空委。忍厌厌地。施朱粉，临鸾鉴，腻香销减摧桃李。独自个凝睇。暮云暗，遥山翠。天色无情，四远低垂淡如水。离恨托，征鸿寄。旋娇波，暗落相思泪。妆如洗。向高楼，日日春风里。悔凭阑，芳草人千里。"

将词与诗参读，诗意也就无须详释了。

偶　成

年去年来来去忙，为他人作嫁衣裳。
仰天大笑出门去，独对春风舞一场。

【赏析】

诗人用常年无休无止的忙碌，引出秦韬玉《贫女》一诗的成句"为他人作嫁衣裳"，目的是为了接着引出最后两句的牢骚。《贫女》诗中的这句名言，仿佛醍醐灌顶，让他猛然醒悟，明白了往昔的一切太荒唐，太不值当。因此他哈哈大笑，拂袖而去。他要对着春风，独自一人醉舞狂歌，把压抑在心中的闷闷不乐、愤愤不平统统抖落干净，痛痛快快地重新活过。抒发愤懑、压抑的这两句诗，形象地传达了诗人豪迈不羁的气度，读来不禁让人释然开怀。

宋 祁

宋祁（998—1061年），字子京，安州安陆（今属湖北）人。天圣二年（1024年），与其兄宋庠同举进士第一。宋庠后为宋仁宗时宰相；子京为翰林学士，助欧阳修撰《新唐书》列传。昆仲二人俱有文名，时称"二宋"。初官复州军事推官，累官国子监直讲、三司度支判官、知制诰、翰林学士、史馆修撰，预修《唐书》。十余年间出入内外，以史稿自随，成列传一百五十卷。历知寿、陈、许、亳、成德、定、益、郑等州军。官终翰林学士承旨。卒谥景文。有集一百五十卷，已散佚。清四库馆臣从《永乐大典》辑其诗文，编为《景文集》六十二卷。诗词工丽，描摹生动。诗学杜甫，曾抄写杜诗一过。论文主张自名一家，作诗反对模仿。

二宋在世时乡人即传，其母梦朱衣人持一大珠授母，既而生宋庠；后又梦前朱衣人携《文选》一部，遂生子京，故宋祁的小名叫选哥。其事见宋王得臣《麈史》。

落花（二首选一）

坠素翻红[1]各自伤，青楼[2]烟雨忍相忘。
将飞更作回风舞[3]，已落犹成半面妆[4]。
沧海客归珠迸泪[5]，章台[6]人去骨[7]遗香。
可能无意传[8]双蝶，尽付芳心与蜜房[9]。

【注解】

〔1〕坠素翻红：坠落的白花，凋谢的红花。

〔2〕青楼：墙壁涂以青色的楼房，汉唐时指贵妇人住所，元明以后逐渐成了妓院的代称。这里仍用本义。

〔3〕回风舞：典出《洞冥记》。汉武帝宫人丽娟在芝生殿唱《回风曲》，庭中花皆凋落。

〔4〕半面妆：典出《南史·后妃传》。梁元帝独目，徐妃出来见他时，故意只在半边脸上化妆，帝大怒。这里只喻落花，没有嘲讽之意。

〔5〕"沧海"句：化用李商隐《锦瑟》"沧海月明珠有泪"句意。古代传说，南海有鲛人，泣泪成珠。这里以蚌生珠喻人落泪。

〔6〕章台：西汉都城长安中的一条繁华街道，旧时指妓院。

〔7〕骨：指花瓣。

〔8〕传：招引。

〔9〕蜜房：蜂窝，指蜂藏蜜之处。

【赏析】

这是一首构思十分精巧的咏物诗。美学家认为，摹写物景，大体有三个层次：首先是形似；其次是形神兼备，要从事物的外部特征见出蕴藏于事物中的精神；最高的境界是遗形取神；换言之，诗人有时故意忽略事物的外部特征，让读者由其神韵自行去想象。在这首诗里，三种艺术手法都用上了。

首联写绿暗红稀的时节，落花的迷离凄苦之状。落花在自伤飘零之际，对青楼烟雨依然流连难忘，无情之物倏然间仿佛也有了人性。状物形象而有情思暗藏。颔联一反以花喻美女的老套，而用美女的舞姿来形容落花之飘飞，坠落在地，仍不甘香消玉殒，犹以"半面"待人。花的人性显得更加传神。作者表面上咏物，实际上却把自己的精神不露痕迹地融入了落花之中，读者依稀仿佛感觉到一种"虽九死其犹未悔"的不屈不挠的风骨。颈联以沧海客归、章台人去、骨尚遗香，比喻落花的精诚专一，暗喻诗人的忠贞不渝。末联谓花经蜂采，已将"芳心"和香蜜全部奉献给了蜜蜂，不可能再去招引蝴蝶了。忠贞专一之情，借落花和盘托出，令人为之感动。这首诗受到后世的赞许，并被千古传诵，良有以矣。

诗人明咏落花，暗寄自己的高洁情操，文采飞扬，且带清贵之气。安陆知州夏竦推荐宋祁为宋真宗的文学侍臣，就是因为看了这首诗。

秋园见蝶

扑粉曾过宋玉墙〔1〕，一身生计托流芳〔2〕。
不须长结东风怨，秋菊春兰各有香。

【注解】

〔1〕宋玉墙：典出宋玉《登徒子好色赋》："王以登徒子之言问宋玉……玉曰：'天下之佳人莫若楚国，楚国之丽者莫若臣里，臣里之美者莫若臣东家之子……然此女登墙窥臣三年，至今未许也。'"这里作者以蝶自喻，说自己曾为追逐意中人，不惜越墙追芳。

〔2〕流芳：流传美名。

【赏析】

如果不知道诗题，你能看出这是一首咏蝴蝶的诗吗？古代诗学家认为，咏物诗讲究的是所谓"不着一字，尽得风流"。所谓"不着一字"，是指诗名中不直接点明所咏为何物，如咏莲在句子里不出现"莲"字，咏蝉不出现"蝉"字等；所谓"尽得风流"，是说诗人在具体描写上用拟人、比喻、双关、借代等修辞手法，精妙地捕捉所咏之物的神采，即可使读者立刻明白诗人歌咏的是什么，同时能感同身受般地体会出作者所寄寓的思想情感，如李商隐的"本以高难饱，徒劳恨费声。五更疏欲断，一树碧无情。薄宦梗犹泛，故园芜已平。烦君最相警，我亦举家清"，一眼就可以看出这是在咏蝉，并且是通过蝉的形象抒发自己的清贫孤高而又徒劳费声的"牢骚"。欣赏这样的咏物诗，有点像是猜谜，古人称作"隐语"。实际上，谜语不但是中外描写诗的始祖，也是诗中"比喻格"的基础。《诗经》第一篇《关雎》的入首两句"关关雎鸠，在河之洲"就是隐语。

宋祁的这首《秋园见蝶》也一样。诗人在秋天的花园里，看到一只彩蝶不甘寂寞，仍旧在寻芳逐艳，突然联想到了自己的身世。他说，自己当年才华毕露，无非是像浓施粉黛的蝴蝶飞越墙垣追逐帅哥那样，是为了博得名流的青睐，是将一生的理想寄托在了万古流芳上。如今虽然功成名就，却错过了花前月下的卿卿我我，自己也不想埋怨命运没有给过他这样的机会，就像蝴蝶不该埋怨春风没有给过它游戏百花的机会一样；在日暮桑榆、来日无多的晚年，他要好好享受一下依红偎翠的风流生活——春兰秋菊，各有千秋。错过了春光，秋天照样不是有菊黄桂香吗？

宋祁一生有不少风流艳遇，无须多说。宋魏泰《东轩笔录》载，子京晚年知成都府，带《唐书》刊修。每次宴请宾客后，洗过澡，打开寝室，垂下帘幕，点燃二支如椽巨烛，姬婵夹侍，和墨铺纸，远近观者，都知道这是尚书在编修《唐书》，远望有如神仙。宋祁内宠很多，有一次在锦江宴集，天气微寒，他传令宠婵取马甲来，没想到每人送来一件，有十余件多。子京怕有厚此薄彼之嫌，竟不敢服，忍冷而归。由此来看，这首以蝶自喻的七绝完全是作者真实的内心独白。

包 拯

包拯（999—1062年），字希仁，合肥人。仁宗天圣五年（1027年）进士。历知建昌、天昌县，徙知端州（今属广东），迁殿中丞。后权知开封府。以枢密副使致仕。卒谥孝肃。为官一生，以廉洁著称，执法严峻，不畏权贵。他的事迹长期流传民间，民众一向称他为"包青天"。

国学经典精神家园丛书

书端州郡斋壁

清心为治本，直道是身谋。
秀干终成栋，精钢不作钩。
仓充鼠雀喜，草尽兔狐悲。
史册有遗训，勿贻来者羞。

【赏析】

包拯本有不少诗词，可惜传世的仅此一首，并被后人恭敬地悬挂在开封包拯祠内。可以说，这是他为官一生的座右铭，也是自己勤政廉洁的真实写照，并给后人以耐人咀英的无穷回味。全诗以朴实无华的言辞，把为官从政的根本原则讲得清清楚楚。这位在历史上以刚正不阿、廉洁爱民称著的清官，开篇便直指当官从政的最高原则：清洁的心灵是治国理政的根本；公正无私，奉行天道和人道是立身的基础。看看历史上那些被钉在耻辱柱上的历史罪人，哪一个不是因为违背了这两条法则而遗臭万年的？

"秀干终成栋，精钢不作钩"是说挺秀的树木，终将成为国家的栋梁；优质的钢材，人们从来不会拿来制作铁钩。这是在提醒资质优秀的人才，切勿大材小用，自暴自弃。

颈联对"鼠雀"和"狐兔"满怀鄙夷不屑。作者将粮草比作国家资源，那些觊觎公共财产的"鼠雀"，当国库充盈时，便窃窃自喜，因为他们有了损公肥己的机会；当国库空虚时，"兔狐"之辈则会因无机可乘而悲戚。包拯一生，对清官表示出崇高的敬仰之情，而对贪官则深恶痛绝，他曾说："廉者，民之表也；贪者，民之贼也。"他还曾为家族中人立下一条严格的家训："后世子孙仕宦，有犯赃者，不得放归本家，死不得葬大茔中。不从吾志，非吾子吾孙也。"在古代，被逐出家门、不入祖坟等于被取消了做人的资格，这样的惩罚比判死刑都可怕。末联"史册有遗训，勿贻来者羞"说的就是这层意思。

这首诗句句说理，句句刻骨，这可能入不指责宋诗"以理入诗"的那些文论家们的法眼。可我却认为这不但是一首好诗，而且应当成为所有国家公务员的座右铭。如果能按照这首诗所说的去做，就不会有那么多贪官污吏。

梅尧臣

梅尧臣（1002—1060年），字圣俞，行二，又称二十五，宣城（今安徽宣州）人。初以从父梅询荫补太庙斋郎。任桐城、河南、河阳三县主簿，知建德县、襄城县，赐同进士出身，为国子直讲，累迁至尚书都官员外郎。有《宛陵先生文集》六十卷。

圣俞在仕途上不太得志，欧阳修总结他的生平经历，得出"诗穷而后工"的观点。作为诗人，他有时也能在常人不经意处发现诗意。虽然刘克庄推崇他为宋诗"开山祖师"，但朱熹对他评价不高，说他的诗"不是平淡，乃是枯槁"。朱夫子的话一点儿也不过分。纵观梅尧臣一生浸淫于诗酒，存诗近万首，终因才情所限，未达至境。赋诗是他的日课，实在没有灵感的时候，就拿无聊丑陋的琐事凑，以致连喷嚏、蛆虫、肠鸣都拿来入诗。这哪里是诗，不过是有韵的消遣罢了。这也正是梅圣俞"诗多好的少"的原因之所在。

悼亡三首

结发为夫妇，于今十七年[1]。相看犹不足，何况是长捐[2]！
我鬓已多白，此身宁久全？终当与同穴，未死泪涟涟。

每出身如梦，逢人强意多[3]。归来仍寂寞，欲语向谁何？
窗冷孤萤入，宵长一雁过。世间无最苦，精爽此销磨[4]。

从来有修短，岂敢问苍天？见尽人间妇，无如美且贤。
譬令愚者寿，何不假其年[5]？忍此连城宝，沉埋向九泉！

【注解】

〔1〕十七年：诗人与妻谢氏于天圣六年（1028年）成婚，至庆历四年（1044年）妻去世，共十七年。

〔2〕长捐：这里指永远失去。

〔3〕"每出"二句：意谓每次出门，神情恍惚，见人只能勉强寒暄。

〔4〕"世间"二句：意思是说，人世间没有比丧妻更痛苦的了，自己的神智全被消磨尽了。

〔5〕"譬令"二句：意谓上天假如能让愚人长寿，为什么不借一些给贤者呢？

【赏析】

宋仁宗庆历四年（1044年），诗人与妻谢氏乘船返汴京，偏偏是在七巧日这一天，谢氏死于舟中。诗人伤痛欲绝，于是写下这组诗来悼念亡妻。

第一首是总写。结发十七年，"相看犹不足"，正当相爱如此深厚，情感如此真挚，相看犹嫌"不足"之时，顷刻之间就永远失去了，钻心的悲痛可想而知。这几句看似出语平淡，用情却深切至极。元稹在《遣悲怀三首》中说"昔日戏言身后意，今朝都到眼前来"，写妻亡后的"眼前"事比较笼统；梅尧臣则写得很具体，他说自己现在已两鬓斑白，料想也不久于人世了，总有一天要与妻子"同穴"而栖，可是在"未死"之前，却只有啼泪"涟涟"地等待那一天的到来。悲绝情态，读之如闻其声，真是痛不堪言！

第二首则具体刻画"未死"的起居情况。诗人先从自己的"出门"与"归来"写起。至亲至爱的人一旦阴阳相隔，生者的灵魂仿佛也被死者带走了，昏昏沉沉地出门，恍惚如梦地飘移，见了人如痴如呆地周旋应酬——这样的描写既真实又动人。如果说"出门"时还有人可以聊纾悲怀，可是回到家里呢？人亡室空，连可以说句话的人也没有了，不难想见，这时候悲伤、寂寞、痛苦、孤独会一齐像大山般地压下来。"窗冷孤萤入，宵长一雁过"则是只有在这种痛不欲生的心境下才会看到的景象。世上没有比这更悲惨的事了，残存的神智都要被消磨殆尽了。人生在世，还有比这更镂心刻骨的痛苦吗？

第三首以"问天"的形式，将悲痛之情进一步扩展。"阎王路上无老小"，人的寿命有长有短，这本属自然现象，但为什么愚者寿而贤者天？那就要"问苍天"了。让诗人更不明白的是，妻子既然是人间最贤最美的人，苍天为什么不能把愚者的寿命借一点给"美且贤"的人呢？结尾是一声无可奈何的呼喊："忍此连城宝，沉埋向九泉！"不如此，还能怎么样！

梅尧臣论诗，认为"惟造平淡难"；以平淡写深情，更难。但他做到了，因此有诗评家认为这三首悼亡诗甚至超过了潘岳和元稹的悼亡诗，最真挚，最纯情，当为千古第一。不过这样的评价有些言过其实。一首诗的结尾往往是最见功底的所在，但是这组诗第三首的结句"忍此连城宝，沉埋向九泉"明显暴露了梅尧臣才气不足。将贤惠和美貌天下无双的爱妻，用财宝来比喻，纵然是价值连城的财宝，总觉得有点俗气。说实在的，这组悼念亡妻的诗作，还不如他痛哭幼子夭折的那一首《书哀》：

天既丧我妻，又复丧我子。两眼虽未枯，片心将欲死。

雨落入地中，珠沉入海底。赴海可见珠，掘地可见水。

唯人归泉下，万古知已矣。拊膺当问谁，憔悴镜中鬼。

陶　者

陶尽门前土，屋上无片瓦。
十指不沾泥，鳞鳞居大厦。

【赏析】

别小看这首只有四句二十字的小诗，它是宋诗中被传诵不已的名篇。作者站在劳动者的立场上，控诉了封建社会劳者不获、获者不劳的不公平现象。诗句明白如话，无须诠释。像这类为劳动者鸣不平的诗篇，唐宋之际逐渐多了起来，比较有名的有张俞的《蚕妇》，还有叶茵的《织女叹》《蚕妇叹》和赵汝鐩的《耕织叹》等。区别只在于取材不同，角度不同，主题思想大体上没有什么差别。

梅尧臣反映的是烧窑工人的疾苦，张俞等人反映的是农家男耕女织的劳苦。对于以小农经济的观念看待这类社会现象的唐宋作者而言，这种批判，这种愤慨，不乏其合理性和进步性；然而在今天生活在商品经济中的人们看来，就有些不可思议了。今天享受衣食住行方面的品牌商品的人们，不要说亲自去生产了，恐怕连这些商品的产地都不知道。

我这样说，并不是要这些作者超越他们所生活的那个时代的思想局限，更没有否定这些作品的社会意义和艺术价值的意思。我只是想说，任何轰动一时的古典文学杰作，无论中外，随着时过境迁，都会变成只有史料价值，而没有认知价值的文献资料。我们可以将之保存在档案馆里，但不能否定它们。

诚然，读者仍然可以按照主流观点欣赏这首小诗，理解作者对社会不公平、不合理的愤怒（而不公平不合理现象只要人类存在，就永远不会根绝），对不劳而获者的痛斥，对劳动者的真诚同情，但不应当因袭文学评议中那些故步自封的观念。

危拱辰

危拱辰，字辉卿，南城（今属江西）人。太宗淳化三年（992年）进士，官光禄卿。

新　月

未审初三月，嫦娥怨阿谁？
懒开十分镜，只画一边眉。

【赏析】

这首小诗有作者原注云："十五岁代父为吏作。"一个还未成人的少年，能写出如此新巧的诗章，实属不易。不过在古代，这可是司空见惯的事情。

小诗人的这首五绝，是一首地地道道用形象思维构思的作品。他看到初三的新月，马上想到了对镜梳妆的嫦娥，可他不明白，这位月宫佳人为什么只打开半个镜子，只画一道眉呢？她是在埋怨谁呢？

正如所有的咏物诗一样，差不多都是在借物抒怀。由作者的自注可知，这位小诗是因为"代父为吏"而作。一个十五岁的少年，正当青春期，却让他投身到充满风波的宦海中受苦受难，满腹幽怨在所难免。这怨气明显是冲他父亲而发，可又无法明言，于是借咏新月发泄不满，得体而蕴藉，新颖而高明，想必他父亲看了，不但不会生气，倒要为有此佳子而欣喜若狂吧？

欧阳修

欧阳修（1007—1072年），字永叔，自号醉翁，晚年崇信佛教，号六一居士。吉州庐陵（今江西吉安）人。幼年丧父。永叔尝自言有一兄，未满周岁而夭，母痛不欲生，梦神人别以一子授之，白毫满身。母既娠，白毫无数，永叔生，毛渐脱尽。未几，母亡，由继母抚育成人。永叔自幼家境苦寒，买不起纸笔，继母用芦荻画地教子写字，世称"画荻教子"。天圣八年（1030年）中进士，年仅二十四岁。庆历三年（1043年），知谏院，擢同修起居注，知制诰。庆历四年（1044年），为河北都转运使。庆历五年（1045年），庆历新政失败，因力为新政主持者范仲淹、韩琦、杜衍等申辩，贬知滁州，徙扬州、颍州。至和元年（1054年），权知开封府。后历任枢密副使、参知政事、刑部尚书等。以太子少师致仕。谥文忠。

欧公早年支持范仲淹改革，因而屡遭贬谪。晚年转而反对王安石变法。他是北宋的大政治家，也是大文豪，诗词文章皆冠绝一时，成为时人的楷模，且多方矫励末俗，奖掖后进。苏轼父子、曾巩、王安石等几位名列八大家的文坛中坚都是他的门下。他为人刚正无私，在政坛上主持清议，疾恶如仇，人谓其道德文章，光芒万丈。胡仔说："欧公作诗，盖欲自出胸臆，不肯蹈袭前人。"故而欲以宋人的诗歌创作全是模仿唐人因此一概否定的观点是不能成立的。

王安石曾经形容欧诗说："犹转积水于千仞之溪，其清快孰能御之？"这种不同于前人的风格，从诗歌语言风格的角度来看，标志宋诗的风骨确立于欧阳修之手。

醉翁与宋祁合修《新唐书》，独撰《新五代史》。著有《欧阳文忠公集》百五十卷。词有《六一词》《醉翁琴趣外篇》。宋胡柯编有《庐陵欧阳文忠公年谱》。

别　滁 [1]

花光浓烂 [2] 柳轻明，酌酒花前送我行。
我亦且如常日醉，莫教弦管作离声 [3]。

【注解】

〔1〕滁：滁州，今安徽滁县。

〔2〕浓烂：浓丽烂漫。

〔3〕离声：送别的悲伤乐曲。

【赏析】

欧阳修于宋仁宗庆历五年（1045年）八月贬为滁州知州，在那里做了两年多的地方官。他的著名散文《醉翁亭记》即作于那里。庆历八年（1048年），改任扬州知州，这首《别滁》就是在父老亲朋送别他的时候写的。此诗和《醉翁亭记》虽然同样着眼一个"醉"字，但《记》是写游宴之乐、山水之美，此诗表现的是与故人分手之际的离情别绪。

首句写景情，点明别滁的时间。次句叙事，写当地吏民特意为他饯行，且有丝竹助兴，气氛显得热烈而隆重。后两句是抒诗人在滁州任职期间，颇有惠政。饯行时当地父老向他表示的真挚友好的感情，使他感慨万千：两年多的贬谪生活即将过去，这里民风淳厚，作者特别对以前在滁州琅琊山的游宴情景念念不忘；此时离别在即，滁州的山山水水、吏民的热情叙别，使诗人的心情久久不能平静。"我亦且如常日醉"写出了诗人与众宾客一起开怀畅饮时的神情心态。结句用的是反衬手法，饯别宴上作为助兴而奏的音乐，本为诗人平时所爱听，但因离别在即，音乐越是动听，他的心里反而越是难受。

与一般描写离愁别绪之作不同，此诗写得平易流畅、清新动人。作者这样做，显然是在刻意矫正北宋初年盛行的"西昆体"那种华而不实、矫揉造作的诗风。

丰乐亭[1]游春三首

绿树交加山鸟啼，晴风荡漾落花飞。
鸟歌花舞太守醉，明日酒醒春已归。

春云淡淡日辉辉，草惹行襟絮拂衣。
行到亭西逢太守，篮舆酩酊插花归。

红树青山日欲斜，长郊草色绿无涯。
游人不管春将老，来往亭前踏落花。

【注解】

〔1〕丰乐亭：在滁州西南丰山北麓，琅琊山幽谷泉上。此亭为欧阳修任知州时所

建，并写有《丰乐亭记》纪叙建亭经过，由苏轼书后刻石。景美，文美，书美，三美兼具，从此成为著名的游览胜地。

【赏析】

将这组诗与《醉翁亭记》参照欣赏，情趣更浓，体会更深。

这组诗首写爱春，次写醉春，再写惜春。

第一首的结句"明日酒醒春已归"。表面上说太守亦即诗人醉了一天，实际上是醉了整整一个春天。此句用夸张的语言，既写出了春天的短暂，也表明了因春景之迷人而使诗人如醉如痴的爱怜之情。

第二首用太守双鬓和衣襟上插满了花卉，坐在竹轿上大醉而归这种戏剧性的镜头，把作者因春而醉的率真表述得活灵活现。

第三首写青山红树，白日西沉，萋萋碧草，一望无际，把对春天的眷恋之情写得既缠绵又酣畅。

综观三诗，都是先写景后抒情。写景，鲜艳斑斓，多姿多彩；抒情，明快爽朗，情深意切。（此诗不同版本，几处用字各有不同，今择善从之）

唐崇徽公主手痕[1]

故乡飞鸟尚啁啾，何况悲笳出塞愁。
青冢埋魂知不返，翠崖遗迹为谁留？
玉颜自古为身累，肉食[2]何人与国谋？
行路至今空叹息，岩花野草自春秋。

【注解】

〔1〕诗题：唐代宗时与回鹘和亲，以崇徽公主嫁其可汗。传说公主出嫁时，路经山西灵石，以手托石壁，遂有手痕，后世称为"手痕碑"。唐李山甫有《阴地关崇徽公主手迹》一诗刻石纪之。

〔2〕肉食：即"肉食者鄙，未能远谋"的略词。语出《左传·庄公十年》，意谓居高位、享厚禄的人目光狭隘短浅。

【赏析】

今山西灵石崇徽公主手迹碑尚存。这首诗既然是李山甫《阴地关崇徽公主手迹》原韵的唱和之作，有必要先看看李诗：

一拓纤痕更不收，翠微苍藓几经秋。

谁陈帝子和番策，我是男儿为国羞。

寒雨洗来香已尽，澹烟笼著恨长留。

可怜汾水知人意，旁与吞声未忍休。

欧诗在深化这一历史事件的悲剧意义的同时，对宋朝的苟且偷安表现出深深的忧虑。

诗从对比开始，诗人的眼前出现了当年崇徽公主远嫁时的凄凉情景，作者在这里倾注了自己对她的怜惜同情。诗中借用昭君和亲的故实，特别拈出一个"魂"字来刻画历史上和亲少女的悲剧形象，她们的冤魂至今仿佛仍在"翠崖遗迹"间飘荡。诗人愤慨地扣问苍天：自古以来，有几个肉食者能为国家的富强而出谋划策？又有多少美丽可爱的女子遭受远嫁的厄运，成为对外执行妥协政策的牺牲品？"玉颜"反为"身累"，"肉食"不与"国谋"，议论深切痛快，而又对仗工整，《朱文公语录》推崇此联道："以诗言之，第一等诗；以议论言之，第一等议论也。"末联，作者笔锋一转，长叹一声，无可奈何之情袭人心怀，行路人至此只能叹息，而孤魂栖止的岩花野草春秋更替、年复一年。这里以无情衬有情，颇有韵致。

欧阳修所处的时代，正是宋朝由盛而衰的转折期，边境军备废弛，受到东北部契丹和西北部西夏的不断侵扰。尽管欧阳修等少数大臣主张选将练兵，巩固边防，可是朝廷仍旧苟且偷安，忍辱求和。诗人为国家蒙受的耻辱而感到羞愧、愤慨，但又对此无能为力。在这痛苦的心情中，诗人借崇徽公主远嫁这一历史悲剧，为现实唱出了一曲饱含愤懑的悲歌。

和王介甫明妃曲二首

胡人以鞍马为家，射猎为俗。

泉甘草美无常处，鸟惊兽骇争驰逐。

谁将汉女嫁胡儿？风沙无情貌如玉。

身行不遇中国人，马上自作思归曲。

推手为琵却手琶[1]，胡人共听亦咨嗟。
玉颜流落死天涯，琵琶却传来汉家。
汉宫争按新声谱，遗恨已深声更苦[2]。
纤纤女手生洞房，学得琵琶不下堂。
不识黄云[3]出塞路，岂知此声能断肠？

汉宫有佳人，天子初未识。
一朝随汉使，远嫁单于国。
绝色天下无，一失难再得。
虽能杀画工，于事竟何益？
耳目所及尚如此，万里安能制夷狄[4]？
汉计诚已拙，女色难自夸。
明妃去时泪，洒向枝上花。
狂风日暮起，飘泊落谁家？
红颜胜人多薄命，莫怨春风当自嗟[5]。

【注解】

〔1〕"推手"句：琵琶本为象声词，用以为乐器名。《释名·释乐器》云："琵琶本出于胡中，马上所鼓也。推手前曰琵，引手却曰琶，象其鼓时，因以为名也。"

〔2〕"汉宫"二句：意思是说，明妃寄托遗恨的思归曲却被汉宫中的宫女们当作新声来演奏。

〔3〕黄云：指塞外风沙。

〔4〕"耳目"二句：意思是说，自己身边的事情尚且要受蒙蔽，还说什么制胜万里、抵御外敌呢？此二句借讽汉元帝，暗指宋室。

〔5〕"红颜"二句：意思是说，美貌非凡的女子，命运注定不幸，所以明妃只应自叹红颜薄命，也不必怨天尤人。春风：这里是比喻命运际遇。

【赏析】

欧阳修的这两首诗是为唱和王安石的《明妃曲》而作。

历来题咏王昭君和亲史实的诗词俯拾皆是，杜甫、李白、刘长卿等名家皆有佳构传世。但欧阳修对他的这两首怀古诗，由叶梦得所记述的轶事可知，是他平生最为得意之作。那么诗到底好在哪里呢？

众所周知，北宋自立国，塞外广大疆域一直为北方少数民族所割据。有宋一朝，辽金、西夏交侵，宋朝君臣却粉饰太平，忍辱苟安，不以边患为虑。前人写昭君出塞，大多因其个人遭遇而抒慨叹之情，或借明妃抒发怀才不遇之慨。欧阳修却从国事着眼，对偃武修文、无意振作的大宋君臣借古喻事，予以揭露谴责。这就是他高于前人之处，也是他睥睨自得之因。

前篇首四句，破空突兀，以散文笔墨写胡人游猎生活，暗示胡、汉之异。然后用一句"谁将汉女嫁胡儿"接到王昭君身上，再定格在琵琶和传入中原的"新声"上，脉络清晰，笔力矫健。作者把聚焦点集中在琵琶"传入汉家"后的反应。按理说，明妃的"思归曲"本应引起"汉家"的悲悯、同情和愤慨，然而"汉宫"中却将其视为"新声"来争相弹奏，以流落荒蛮的绝代佳人之苦难，作为供自己娱乐的资源。"遗恨""苦声"并没有激起应有的反响，令人痛心的悲哀莫过于此矣！

后篇首四句化用李延年"北方有佳人，遗世而独立"的诗意，略述明妃故事；"绝句"两句，紧承前四句，妙在完全用"重色"的君王用自己口吻说话；"虽能"两句转向责备汉元帝，就事论事，但这只是为下边两句做铺垫。"耳目"两句为全篇要点：眼前的美丑尚不能辨，万里之外的边防情势，怎么能指望这些居高位者制定万全之策呢？不能"制夷狄"，则必为"夷狄"所制，"汉计诚已拙"是必然的结果。言汉实为言宋。汉代和亲与宋代的"岁输"同样是乞求和平，只不过手段不同罢了。

"明妃去时泪"四句，用泪洒花枝、风起花落渲染悲剧气氛，以引起结尾二句。要明妃自嗟"红颜薄命"，不必埋怨春风无情，主题已明，退一步说法，较之直斥"天子"荒唐无能更其意味深长。

欧阳修的这两首诗叙事、抒情、议论纵横交错，转折跌宕，而又写得自然流畅，意象鲜明，虽以文为诗而不失诗趣，确然值得骄人。

梦中作

夜凉吹笛千山月，路暗迷人百种花。
棋罢不知人换世[1]，酒阑无奈客思家。

【注解】

〔1〕"棋罢"句：典出南朝梁任昉《述异记》："晋时王质进山打柴，见两童子对弈，置斧旁观，未几斧已烂，归家人世已换，悟而弃世出家。"后以"烂柯"指世事变幻于瞬间。

【赏析】

在古典诗歌中，写梦或梦中作诗的为数不少，清赵翼在《瓯北诗话》中曾说陆游的集子里，记梦诗竟多至九十九首。此诗四句分叙四个不同的意境，都是梦里光景。此诗四句分叙四个不同的意境，都是梦里光景，不少诗评家认为欧阳修此诗主旨不易捉摸，因为诗人表达的是一种曲折而复杂的情怀。实际上只要对佛法稍有常识的人，都不难看出这首诗是受佛理的启发，再结合人生的现实有感而发。佛教认为，人生一世，如梦如幻，"一切有为法，如梦幻泡影，如露亦如电，应作如是观"。众生是正在梦中的凡夫，佛是已经醒悟的觉者。

诗的前两句说的正是这层意思：千江有水千江月，千山天籁千山笛——月比喻人皆具足的妙明真心，而吹彻千山的笛声即是佛音；道路昏暗，根源即在世俗中人被"百种花"迷惑引诱，不能迷途知返。此二句意境朦胧，语言幽隽。

第三句是古诗中常用的典故，"洞中方一日，世上已千年"，人生百年，只不过是弹指间的事情；红尘滚滚，你争我夺，有如博弈，推盘一笑，哪有输赢？实在没有什么好计较的。此句反映了作者超脱人世之想。

末句写酒兴已阑，思家之念油然而生，表明作者虽然超脱，毕竟不能忘情于世。众生迷途于世路，亦如游子漂泊他乡，回归本土是其唯一的归宿。"客思家"的"家"指的是什么呢？在这首梦中作的诗中，既可以说是世俗意义上的"家乡"，也可以说是佛国乐土。夜凉、路暗、棋罢、酒阑四种景象，围绕的宗旨只有一个，那就是迷途知返，看破红尘，回归本性。

张方平

张方平（1007—1091年），字安道，号乐全居士，应天府宋城（今河南商丘）人。仁宗景祐元年（1034年），举茂材异等科，为校书郎，知昆山市。后历官知制诰、御史中丞、三司使、礼部尚书、参知政事等，与王安石政见不合，又转徙外职，以太子少师致仕。方平为人刚正，不计毁誉，宋神宗称赞他"可谓独立杰出"。他与苏舜钦等人都是开学杜诗风的倡导者。苏轼乌台诗案发，他亦受牵连。卒赠司空，谥文定。有《乐全集》四十卷。

过沛题歌风台[1]

落魄刘郎作帝归，樽前感慨大风诗[2]。
淮阴反接英彭族[3]，更欲多求猛士为。

【注解】

〔1〕沛：沛县，在今江苏西北，属徐州，刘邦的故乡。歌风台：故址在沛县东泗水西岸，台上有歌风亭，相传是刘邦作《大风歌》的地方。

〔2〕"樽前"句：据《史记·高祖本纪》载，刘邦称帝，于公元前195年平定英布，过沛县，置酒召故人，酒酣，击筑歌曰："大风起兮云飞扬，威加海内兮归故乡。安得猛士兮守四方。"

〔3〕淮阴：指淮阴侯韩信，他与张良、萧河并称汉兴三杰。后被杀，灭三族。反接：反绑双手。英：指英布，从刘邦灭项羽于垓下，封淮南王。韩信、彭越被杀后，起兵反，战败被杀。彭：指彭越，追随刘邦屡建战功，有人告发谋反，为刘邦杀，灭三族。族：封建社会株连灭族（父母、兄弟、妻子家族）的酷刑。

【赏析】

从前贫穷潦倒的刘邦，做了皇帝之后，趾高气扬地回到故乡，召集父老乡亲，酒酣高歌："大风起兮云飞扬，威加海内兮归故乡，安得猛士兮守四方！"这一历史故事历来被当作豪迈之举，后人题咏不断，大多是歌颂其英雄伟业。张方平一反世俗之见，从刘邦言行不一、自相矛盾切入，对刘邦反唇相讥：你酒席筵前感慨没有得到大量猛士为你守卫疆土，那你为什么接二连三要诛杀功臣呢？先是韩信、彭越，后是英布，辅佐你打天下的元老几乎都被你杀光了，你要那么多"猛士"还想干什么？这样的责问，诛心挞肺，太尖锐也太雄辩了。诗人见识之高，妙在即事发生，以其矛攻其盾，确然振聋发聩，因此这首诗受到世人的推崇，被誉为绝唱。

苏舜钦

　　苏舜钦（1008—1048年），字子美，原籍梓州铜山（今四川中江东南）。曾祖时移家开封（今属河南）。仁宗景祐元年（1034）进士，历任蒙城（今属安徽）、长垣（今属河南）县令，入为集贤殿校理。时杜衍、富弼、范仲淹执政，主持"庆历新政"。苏舜钦为杜衍婿，同为改革派支持者。后为人倾陷，以监守自盗罪削职为民，闲居苏州，筑沧浪亭，以诗文寄托愤慨。后复为湖州长史。

　　诗与梅尧臣齐名。以他和石延年、张方平为代表的汴京诗人群推崇杜甫，有力地促进了仁宗朝诗风的转变。有《苏学士文集》十六卷。

淮中晚泊犊头[1]

春阴垂野草青青，时有幽花[2]一树明。
晚泊孤舟古祠下，满川风雨看潮生。

【注解】

〔1〕犊头：即犊头镇，在今江苏淮阴区境内。

〔2〕幽花：幽静偏暗之处的花。

【赏析】

　　这是苏舜钦的名作，被历代传诵不衰。宋《王直方诗话》说，大诗人黄庭坚非常欣赏这首诗，多次用"真草与大字"书写之。前人说此诗"极似韦苏州"（韦应物）的《滁州西涧》：

　　独怜幽草涧边生，上有黄鹂深树鸣。

　　春潮带雨晚来急，野渡无人舟自横。

　　苏诗取景与韦相近，但立意和抒情特征完全不同。这首小诗题为"晚泊犊头"，内容却从日间行船写起，后两句才是停滞不前泊船过夜的情景。"春阴垂野"——春天的阴云笼盖着原野，给人一种压抑感。这时虽因"移步换形"的作用，在小船随波漂流之际，时或有一树野花使人眼前一亮，可惜很快就日落天黑了，诗人只好停船靠岸，在一座阴郁的古庙下抛锚过夜。顷刻之间，风雨大作，河水猛涨，上游的春潮汹涌而至。对比此诗与韦诗，苏是置身于风雨孤舟中，韦则处于春潮野渡之外；苏诗更富主观体验，折射出起伏不平的内心活动，而韦诗则以旁观者的角色出现，表现了从容悠闲的意味。可见二人取景的视角完全不同。

同时，欣赏这首绝句，应注意抒情主人公和景物之间的动静关系。日间行舟水上，人在动态之中，岸边的野草幽花是静止的；夜里船泊犊头，人是静止的，风雨潮水却是动荡不已的。这种动中有静、静中有动的艺术构思，将诗人起伏不平的内心世界表达得非常形象，非常生动。

石象之

石象之，字简夫。生卒年不详。新昌（今属浙江）人。庆历二年（1042年）进士，官太常丞。

咏　愁

来何容易去何迟，半在心头半在眉。
门掩落花春去后，窗涵[1]残月酒醒时。
柔如万顷连天草，乱似千寻[2]币[3]地丝。
除却五侯歌舞地，人间何处不相随？

【注解】

〔1〕窗涵：窗棂，窗格子。

〔2〕千寻：形容丝长而多乱。寻，古代长度单位，八尺为一寻。

〔3〕币："匝"的异体字，遍地、满地的意思。

【赏析】

"愁"是一种什么样的心绪？人们煞费苦心，试图说明它。今天的人们只会说"愁死人了”；古人却不是这么图省事，说词可就多了。曹植有一篇《释愁文》，把“愁”说成是一种莫名其妙的东西；辛弃疾想说明它，为此曾写下那首千古绝唱《丑奴儿》：

少年不识愁滋味，爱上层楼。爱上层楼，为赋新词强说愁。

而今识尽愁滋味，欲说还休。欲说还休，却道天凉好个秋。

词写得很妙，可到底还是没有说明“愁”是什么。石象之的这首《说愁》诗，则说得比较形象，比较鲜明。

首联可用李清照《一剪梅》的那句“此情无计可消除，才下眉头，却上心头”来注释，说明“愁”来得快而去得慢的原因在于“半在心头半在眉”。“愁”的踪影一下子便被捕捉住了。

颔联说明“愁”是何时偷偷潜入人的心田的。诗人认为，“愁”最容易潜入人心的时机有二：一是在“门掩落花春去后”的时节，断肠人见此情景，最易勾起愁绪。“更能消几番风雨，匆匆春又归去。惜春常怕花开早，何况落红无数！”辛弃疾的《摸鱼儿》就是对这一句的具体化。二是“窗涵残月酒醒时”。诗人每每想借酒浇愁，可是当他从沉醉中醒来，看见残月斜照窗纱，种种伤感之事又涌上心头，借酒麻醉的精神防线顷刻之间便被冲垮，这时愁人才明白，愁情于“眉间心上”，是“无计可回避”的。

颈联写“愁”来时之情状和头绪之多。诗人说，“愁”之来也，简直是铺天盖地。铺天——“如万顷连天草”；盖地——“似千寻币地丝”。人被包裹其中，想挣脱都不可能，因为它既“柔”且“乱”。

尾联以“愁”之无处不在作结。除了达官贵人，终日灯红酒绿，醉生梦死，或许暂时不知“愁”为何物，否则“愁”在“人间何处不相随”！

李　觏

李觏（1009—1059年），字泰伯，建昌军南城（今属江西）人。曾举“茂才异等”不第，创建盱江书院，教授生徒，从学者常达数百人，人称盱江先生。仁宗皇祐初，由范仲淹等荐，试太学助教，后为直讲。他的学说独到，在北宋自成一家。著有《盱江文集》。

读长恨辞（二首选一）

蜀道如天夜雨淫，乱铃声里倍沾襟。
当时更有军中死，自是君王不动心。

【赏析】

　　杨贵妃在马嵬坡的惨死，和安史之乱的连天战祸，是紧密联系在一起的。究竟该怎么评价导致大唐衰微的这场历史巨变，不是简单褒贬能够说清的。白居易的叙事鸿制《长恨歌》抱着对唐明皇和杨贵妃同情的态度，抛开历史上的许多重大事件，以热情浪漫的笔墨，歌颂了李、杨的爱情。李觏读了《长恨歌》后，提出了完全不同的看法：在安史之乱这场巨大的灾变中，因战祸而蒙难的百姓，为扫平叛乱而浴血的将士，何止千万！你唐明皇对他们的牺牲不闻不问，毫不关心；让你悲伤得死去活来的只有杨贵妃一人，可她又是你在马嵬坡下令赐死的。说穿了，你所念念不忘的无非是"春从春游夜专夜""温泉水滑洗凝脂"之类的荒淫无度罢了。

　　诗人特别拈出唐明皇在马嵬驿前面对"宛转蛾眉马前死"的遗址而泪流"倍沾襟"的画面，与面对因这一荒唐的宫廷艳史而丧命的将士却毫"不动心"，两相对比，把封建帝王的荒淫自私、冷酷无情揭露得入骨三分。"自是君王不动心"的"自是"二字冷峻尖锐极了，无异于说唐明皇对因他而死的万千将士置若罔闻完全是他的本性使然；反过来再看，他悼念杨贵妃似乎非常真挚深情，真的是由于他本性慈善吗？非也！那仅只是因为失去了一个可以供他淫乐的理想对象罢了。

　　以李、杨之事为题材的诗词曲赋不少，有指责唐明皇醉生梦死的，如杜牧的《华清宫》；有为杨贵妃鸣不平的，如李商隐的《马嵬二首》；有想破解历史兴衰之深层根源的，如孔文卿的《一枝花·禄山谋反》……但都不如李觏这首七绝深刻有力，一针见血。

残　叶

一树摧残几片存，栏边为汝最伤神。
休翻雨滴寒鸣夜，曾抱花枝暖过春。

与影有情唯日月，遇红无礼是泥尘。

上阳^[1]宫女多诗思，莫寄人间取次^[2]人。

【注解】

〔1〕上阳：唐宫名。玄宗时，杨妃擅宠，貌美官人多被遣居于此。

〔2〕取次：意为随便、草草、等闲。

【赏析】

　　唐玄宗时，杨妃专宠，凡是美貌的宫人都被迁居上阳宫。由此可知，诗人是在以残叶比喻人老珠黄、君宠不再的宫妃，造语新颖，寄情真挚。对"残叶"同情，就是对宫女的同情。

　　深秋时分，诗人凭栏眺望，发现在凄风苦雨的摧残下，树上的树叶纷纷凋落，只有几片残叶还在树枝上摇曳颤抖。诗人看到这几片残叶仍旧那么依恋母枝，不惧风雨，顽强地坚守着，因此诗人为它们倍感神伤。出于同情，或许是出于同病相怜，诗人叮嘱"残叶"：不要再忍受秋雨的吹打，在寒夜中悲鸣了吧？曾经抱着花枝，享受春光雨露，度过温暖的春天，这样美好温馨的时光已经成为往事了。如今还守望枝头，想重温旧梦，完全是不可能的了。五、六句预想残叶在未来的遭遇：只有日月还可能会怜悯它们，为它们留下忠贞不渝的恋枝瘦影；一旦经霜，坠落的红叶就要遭到泥尘的玷污。结尾两句设想残叶的归宿，寄托着作者的美好愿望：你如果能遇上富有才情的宫女，她题诗流红，说不定会成为有缘人的媒介；千万不要落入轻浮浪子的手里，否则既辜负了题诗人的一片痴情，也辜负了你残叶的一片苦心。作者这样说，显然是因联想到红叶题诗的故事而感慨系之。唐德宗时，顾况得大梧叶，上题诗曰："一入深宫里，年年不见春。聊题一片叶，寄予有情人。"后终成好事。类似不同主人公、不同情节的故事还有许多。作者借写残叶而寄怀，翻陈出新，能开拓出别有情趣的意境，确属佳构。

邵　雍

　　邵雍（1011—1077年），字尧夫。祖籍范阳（今河北涿州），早年随父移居共城（今河南辉县）苏门山下，筑室百源读书，人称百源先生。与周敦颐、程颐、程颢齐名，以治易经先天象数著称。仁宗皇祐元年（1049年）定居洛阳，以教授为生。嘉祐七年（1062

年），西京留守王拱辰就洛阳天宫寺西天津桥南五代节度使安审琦宅故基建屋三十间，为雍新居，名安乐窝，因自号安乐先生。仁宗嘉祐及神宗熙宁初，曾两度被荐举，均称疾不赴。富弼、司马光、吕公著等退居洛阳时，恒相从游。卒赐谥康节。

邵雍的诗别是一家，代表了理学家诗歌的另一种类型——不拘诗法，不讲音律，不计工拙，虽不受诗论家赞赏，但有不少率真自然之作，颇有情趣，其境界与陶潜甚是接近。

有《伊川击壤集》二十卷传世，其《皇极经世》对历史家甚有影响，《梅花易数》是占卜者必备的手册。

安乐窝

半记不记梦觉后，似愁无愁情倦时。
拥衾侧卧未欲起，帘外落花撩乱飞。

【赏析】

邵雍的儿子邵伯温在《邵氏闻见录》中说，他父亲有《安乐窝》诗，司马光见而爱之，"请书纸帘上，字画奇古，某家世宝之"。所谓"安乐窝"者，本取"安贫乐道"之意，富弼有《和<安乐窝中好打乖吟>》云："先生自卫客西畿，乐道安闲绝世机。"并在"乐道安闲"四字下自注：窝义。

诗的主题意在表现心境空灵、不怵不求、恍惚忘我、冥然契道的境界。作者将"半记"与"不记""似愁"与"非愁""梦觉"与"情倦"一一对举，恰如其分地描写出了酣睡初醒归分迷离恍惚的潜意识心理状态，而这种状态恰恰是遗情坐忘，达到明心见性境界的一种必经的过程。后二句则是对这一境界的进一步刻画：拥被侧卧，心无一物，欲起不起，唯其如此，才能任凭"帘外落花撩乱飞"而不为所动。"撩乱飞"情景如绘，不仅暗点出前时梦睡的甜酣，也显示出此时之所以欲"拥衾"恋枕的那种安恬、闲逸的心境。对景生情，是导致心情散乱的直接原因。能够做到"心如止水鉴常明，见尽人间万物情"，至此境地，则离大道不远矣。

闲适吟

南窗睡起望春山，山在霏微烟霭间。
千里难逃两眼净，百年未见一人闲。
情如落絮无高下，心似游丝自往还。
又恐幽禽知此意，故来枝上语绵蛮[1]。

【注解】

〔1〕绵蛮：鸟鸣声。语本《诗经·小雅·绵蛮》："绵蛮黄鸟。"韦应物《听莺曲》："绵绵蛮蛮如有情。"

【赏析】

邵雍是易学大家，对天地万物的象数之理有独到的研究。对于宇宙万物的起源，他认为都可以用表示阴阳、动静、水火等等相互对立的阴爻（0）和阳爻（1）这样的数理法则（亦即二进制）找到规律；对于认识论，他主张"以物观物"，反对"以我观物"。以物观物，则可做到客观的认知；以我观物，就必然要带上主观成见。这首《闲适吟》，写的虽然是对闲适生活的感受，表现的则是"以物观物"时内心的感悟。这时候，他依稀仿佛感觉到"幽禽"似乎也明白了他的心意，所以特地飞到树枝上来细语缠绵。

此诗发前人所未发，反映了一位思想家对自己意识活动的特别关注，用他的话来说，这是一种精通物理的"反观"。善于"反观"的人，可以做到"用天下之耳为己耳，其耳无所不听矣。用天下之口为己口，其口无所不言矣。用天下之心为己之心，其心无所不谋矣"。达到这一境界的，就是圣人。

月陂[1]闲步

因随芳草行来远，为爱清波归去迟。
独步独吟仍独坐，初凉天气未寒时。

【注解】

〔1〕月陂：在洛阳城西，是洛水流经宫内的偃月形水泊，俗称月陂。是当时的风景区。

【赏析】

诗如随手而成，情趣却宛若天籁。诗人因自然美景而流连忘返，又不执着于外物，洒脱悠闲之情流露在字里行间，无不生动如画。这与邵雍的哲学观和人生观完全符合。

周敦颐

周敦颐（1017—1073年），原名敦实，避英宗讳改。字茂叔，号濂溪，世称濂溪先生。道州营道（今湖南道县）人。历南安军司理参军、虔州通判等，有政绩。熙宁中知郴州、南康军。卒谥元。喜谈名理，精于《易》学，程颢、程颐从之受业。为理学创始人。

周敦颐对自然万物有独特的理念，其诗同样体现了他的哲学观念。有《太极图说》《通书》和文集，后人合编为《周子全书》。

暮春即事

双双瓦雀行书案，点点杨花入砚池。

闲坐小窗读周易，不知春去几多时。

【赏析】

两只麻雀旁若无人地在书桌上悠然漫步，点点杨花随风飘落到砚台的墨海中，竟然无人拂拭。书房里真的无人吗？非也。主人正在窗下专心致志地读书呢，他的全部心思完全被所读的书吸引了，以至于对书房里发生的事情竟然毫无知觉。什么书能让他如此专注呢？是《周易》！他岂止是今天如此，他的全部心神，一整个春天都被《周易》吸引去了，以致"不知春去几多时"。

姑且不说这首七绝生动地说明了诗人为什么会成为影响后世近千年的易学大家，应当解读的是《周易》为什么会让他如此痴迷？作者的另一首七绝《读易象》也许可以为我们回答这一问题。其诗曰：

　　书房兀坐万机休，日暖风和草色幽。

　　谁道二千年遗事，而今只在眼前头。

　　这位易学家形如枯木般地端坐在书房里，尽管窗外风和日丽，春草碧绿，他依然物我两忘。他何以会进入如此玄妙的境界呢？原来他通过精研《周易》，从夏商周到作者所生活的北宋中期的一部中华通史，如今顷刻之间全部呈现在他的眼前了。"易象"者，六十四卦及卦爻辞也；"象"者，逐卦逐爻破译六十四卦和三百八十四爻之密码也。

　　"闲坐小窗读周易，不知春去已多时""谁道二千年遗事，而今只在眼前头。"作者用诗的语言为我们揭示了《周易》的神奇，让我们在享受艺术之美的同时，有可能引导我们走进中华文明的伟大殿堂，我们应当因此而对这位易学巨子肃然起敬。

题春晚

花落柴门掩夕晖，昏鸦数点傍林飞。

吟余小立阑干外，遥见樵渔一路归。

【赏析】

　　黄庭坚说周敦颐"人品甚高，胸怀洒落，如光风霁月。廉于取名而锐于求志，薄于徼福而厚于得民，菲于奉身而燕及茕嫠，陋于希世而尚友千古"。这一评价，观周所作之《爱莲说》即可知端倪；读其诗，同样可以让人感觉到他"无所待"而逍遥的老庄气度。

　　在这首描写暮春晚景的七绝中，诗人伫立"阑于外"、小息片刻之时，夕阳西下，花落柴门也罢，傍林低飞的数点寒鸦也罢，都没有像其他诗人那样"融情于景"，反而给人一种神游物外的感觉。尽管第三句主人公仿佛有意无意地出现在了画面的中心，那一路归来的打柴人也罢，捕鱼人也罢，都是自然而然地进入他的眼帘，而不是他主动自觉地去观望的。花自"落"，鸦自"飞"，吾自"立"，人自"归"——万物任其自然，万物又同为一体。这才是这首小诗的主旨所在。

　　周敦颐是北宋理学的鼻祖，而理学的基础性理论来源于佛学和老庄，因此不应该像主流学者那样，用儒家思想来解读理学家的诗文。

文 同

　　文同（1018—1079年），字与可，号笑笑先生。人称石室先生，北宋梓州永泰（今四川盐亭东）人。宋仁宗皇祐元年（1049年）进士，初仕邛州军事判官。历任江南一带地方官。赴湖州任时，途中卒于陈州。

　　作为诗人，宋人说他"高才兼诸家之妙，诗尤精绝"，连苏轼都赞赏他的名句"美人却扇坐，羞落庭下花"；作为画家，文同尤以墨竹知名，画家称文湖州竹派。他"好水、石、松、竹，每佳赏幽趣，乐而忘返，发于逸思，形于笔妙，摹写四物，颇臻其极"。故而他作诗往往以画家的心眼取景结构，情思清新别致。与苏轼为表兄弟，交谊深厚，常相唱和。苏轼说他有"四绝"：诗、楚辞、草书、画。后人编有《丹渊集》。

涵碧亭[1]

轩窗晓吹[2]清，枕簟晴光冷。
亭上逍遥人，满身摇水影。

【注解】

〔1〕涵碧亭：蒲氏别墅（在诗人故乡永泰县）中的一座小亭。

〔2〕晓吹：晓风。

【赏析】

　　文同是大画家，习气使然，使他以诗描写自然风景时，常将画法糅入其中。自他之后，画法、诗法在诗作中同时并用，几乎成了中国写景诗的惯技，西方要到十八世纪才有类似的例子。

　　线条分明的轩窗，光色明亮的凉席，特别是在诗人满身摇晃的水光，这一切只有和绘画原理联系起来方可窥其端倪。文同的友人说他"襟韵潇洒，如晴云秋月，尘埃不到"，这首小诗目的不在于写景，实乃是"亭上逍遥人"尘埃不到的胸襟的真实写照。诗人之所以感到"逍遥"，是因为他把自己完全融合到自然美景中了。

国学经典精神家园丛书

亭　口〔1〕

林下翩翩雁影斜，满川红叶映人家。
岩头孤寺见横阁，有客〔2〕独来登暮霞〔3〕。

【注解】

〔1〕亭口：今陕西亭口镇，在邠州城西四十里处的泾水之滨。

〔2〕客：诗人自谓。

〔3〕登暮霞：意谓在晚霞中登临观景。

【赏析】

　　林下秋雁翻飞，山家掩映在如火的红叶之间，耸立在峰顶的深山孤寺，有楼阁横空飞架……直到结尾，主人公才悄然出现在这如画的美景中，原来这一切都是他在晚霞中登临时所见到的。李商隐有"西楼倚暮霞"之句，"倚"字用得固然新奇，但文同的"登"字更富动感，更值得体味。

刘　敞

　　刘敞（1019—1068年），字原父，或作原甫，新喻（今江西新余）人。仁宗庆历六年（1046年）进士，以大理评事通判蔡州。曾为官各地，多有政绩。学问渊博，天文地理、医卜数术、诗文佛道，无所不通。欧阳修读书若遇到难题，常写信向他求教。宋人以学问为诗，刘敞是代表之一。以集贤院学士、判南京留守司御史台致仕。私谥公是先生。有《公是集》。

春 草

春草绵绵不可名，水边原上乱抽荣。
似嫌车马繁华地，才入城门便不生。

【赏析】

　　春草繁荣生长在人迹罕至的原野上、溪水旁，这是一个人人皆知的自然现象。正因为司空见惯了，所以很少有人去留意，而诗人敏锐地抓住了这个自然现象，并赋予春草人性化的知觉，说它似乎是厌烦大城市的"车马繁华"，因此一到城门便不再生长了。诗人借咏春草，寄寓他对一种人生品格的赞颂。自白居易之后，在咏春草的诗中，堪称佳构。

　　任何文章，除有作者的本意外，按照接受美学的观点，还有一种"读者义"。换句话说，作者的文本原无此义，读者根据自己的理解，可以赋予新的含义，就像用他人的旧瓶装自己的新酒一样。譬如"子在川上曰：逝者如斯夫，不舍昼夜"一语，西汉人认为"逝者"为一往无前的精神——这是作者义；东汉后将"逝者"理解为时间，川上之叹是伤逝情怀的流露——这是读者义；如今，"时间过得真快啊！"又成了"逝者如斯夫"的现代通释。这首《春草》的作者义是厌恶滚滚红尘中的烦扰与喧嚣，所以断然拒绝厕身其间，突显了春草（诗人）不同凡俗的豁达品格。我们在理解作者的这一本义时，将原作解读为只要有人类活动，就势必会对自然生态造成难以避免的破坏，不也是合情合理的吗？

曾 巩

　　曾巩（1019—1083年），字子固。建昌军南丰县（今属江西）人，世称南丰先生。仁宗嘉祐二年（1057年）进士。历知齐、襄、洪、福、明、亳、沧诸州。理宗时追谥文定。

　　曾巩出欧阳修门下，以散文著称，为唐宋八大家之一。他的诗成就不如文，然亦不乏格调高远之作。有《元丰类稿》。

国学经典精神家园丛书

城南二首

雨过横塘水满堤，乱山高下路东西。
一番桃李花开尽，惟有青青草色齐。

水满横塘雨过时，一番红影杂花飞。
送春无限情惆怅，身在天涯未得归。

【赏析】

熙宁十年（1077年），曾巩知福州。

前章描写雨后野外的自然风光。诗人以轻快的笔墨，渲染出了一幅色泽斑驳的闹春图。

春雨迅猛，池塘水满，群山参差，山路崎岖，热闹了一阵的桃李花开过后，眼前唯有春草蔓蔓，碧绿一片。诗人似乎是在暗示：桃李虽美，活力却不足；青草虽质朴，生命力却很顽强。

次章写暮春时节大雨过后的山野景象。当诗人看到杂花乱飞，知道春将归去，而自己却"身在天涯"，不能随春同归，惆怅无限，自不待言。

两首诗用的是顶真格修辞法。第二首的第一句紧接着第一首的第一句语意而来；第二句承接第一首第三句的语意，引发游子思乡之情。这样的修辞手法，适于表现柔肠百折的婉转情思，因而获得了很好的艺术效果。

咏　柳

乱条犹未变初黄，倚得东风势便狂。
解把飞花蒙日月[1]，不知天地有清霜。

【注解】

〔1〕"解把"句：意谓只知道可以用飞舞的柳絮蒙蔽日月。

【赏析】

倘若只从字面上看，这是一首描写柳絮在春风中狂舞乱飞的写景诗；如果是会读诗的人，一眼便能看出这是一首借咏柳而讽世的讽喻诗。

我们知道，曾巩登第后受知于改革派欧阳修和王安石，在改革派主导朝政的大趋势下，有一帮政客乘势投机，使用种种手段窜入高层为非作歹。此类政界小人品行不端，不学无术，却有一样法宝，那就是溜须拍马，蒙蔽皇上。这首讽喻诗的第一句首先揭露的就是这帮小人还在稚嫩无知的时候，有如零乱的柳枝嫩芽刚刚泛黄的时候，"春风"一吹，"好风凭借力，送我上青云"，得势便猖狂，要作威作福了。仅此二句，作者便把势利小人的斤两和得势的原因揭示得一清二楚了。

第三句借飞絮蔽日揭露得势政客是如何专权固宠的。包围、蒙蔽集权力于一身的皇帝，这是所有奸臣通用的手段。但是作者以不容置疑的判断警告这帮政客：你们别以为只要精通固宠专权的伎俩，就可以为所欲为了；你们难道不知道天地有正气，肃杀的严霜一至，所有惑乱视听的妖草都将被扫荡一空吗？对于为害人间的魑魅魍魉，这样的裁判比一切詈骂更有力量。

如果了解曾巩的身世简历，就不难理解他对在官场中招摇撞骗的不学无术的政客之痛恨了。曾巩十八岁应试，直到三十九岁才金榜题名。这期间的坎坷困顿，使以文章和人品名世的他深知成为一个品学兼优的正人君子有多么困难。随后九年潜心古籍整理，传统文化对他品德修养的浸润；十七年辗转出知多处州府的阅历，锻造了他爱憎分明、睿智通达的高尚人品。我们在欣赏他的这首《咏柳》时，对如何理解"文如其人"这句古训，就会有一个具体而深刻的体认了。

司马光

司马光（1019—1086年），字君实，陕州涑水乡（在今山西闻喜县南）人。自幼聪敏过人，嗜读史书。仁宗宝元二年（1039年）进士。仁、英、神、哲四朝重臣。神宗时，擢翰林学士，因反对王安石变法退居洛阳，全力治史十五年，完成了贯串古今、空前精详的编年通史巨著《资治通鉴》。哲宗即位，复起君实，尽废新法。同年卒，封温国公，谥文正。著有《司马文正公集》。传世歌词仅三首。

司马温公高才令德，品格端庄，中外属望。因无子，夫人、亲朋为其置妾，略不一顾。公薨，民众送葬者数万。京师刻像祠祭者不计其数。

夏日西斋书事

榴花映叶未全开，槐影沉沉雨势来。
小院地偏人不到，满庭鸟迹印苍苔。

【赏析】

此诗作于司马光辞官居洛阳时。

四句全是写景，这在古诗中比较少见。诗人以细腻的笔触描绘了一幅幽静恬美的"夏日幽景图"：将开未开的石榴花鲜艳欲滴；风雨欲来，槐树浓荫变得更加阴沉；人迹罕至的小院里，苍苔斑斑，上面布满飞鸟留下的足迹。诗人恬淡的心境完全融合在了这幽寂宁静的画面中了，再抒发情感，似乎就显得有些多余。

如若只想将这首诗当作写景诗，也未尝不可；如若按所谓诗词"贵在有寄托"，想做进一步的解读，那就应该知道司马光写作此诗的背景。

公元1058年，宋神宗执政。这个二十岁继位的皇帝雄心勃勃，依重徒有济世之心而无政治智慧的理想主义者王安石，推行了一场因不切实际而事与愿违的变法。第一个起来公开反对的就是稳健的保守派代表司马光，而王安石不但是一个容不得不同意见的人，而且是一个不惜用最残酷的高压手段排斥异己的人。在新旧两党经过一场狂风骤雨般的较量后，于神宗熙宁四年（1071年），这位德高望重的朝臣辞官退居洛阳，从此不问政事，全身心投入《资治通鉴》的编撰上。放在这样的背景下，再来解读这首诗，说反映了诗人宁静的心境，就显得有些勉强了。说作者此时的心情孤独寂寞，抑郁寡欢，倒是比较切合实际，这从"槐影沉沉""小院地偏""满庭鸟迹"这类选词造句上，都可以体会出来。特别是"雨势来"三个字，联想唐诗人许浑的那句常被用来形容局势之险恶的"山雨欲来风满楼"，作者对时局的关注，对国家命运的担忧以及朝野动荡给他带来的不安，就流露得格外明显了。

王安石

王安石（1021—1086年），字介甫，号半山，抚州临川（今属江西）人。出生时，"有獾入其室，俄失所在，故小字獾郎"（见《邵氏见闻录》）。幼年随父官居韶州，旋游京师。十九岁丧父，二十一岁举进士。安石家贫好学，守道自重，历任鄞县知县、常州知州和江西提点刑狱，为官一方，颇能因宜权变，士民无不称便。曾巩和宰相文彦博一致极力举荐，遂为神宗重用。嘉祐三年（1058年），入为度支判官，献万言书力陈当世之务。神宗熙宁二年（1069年），除参知政事，推行新法。次年，拜同中书门下平章事。七年，因新法迭遭攻击，辞相位，以观文殿学士知江宁府。为相三上三下，晚年居江宁钟山。封舒国公，卒赠太傅，谥文。

王安石文学成就甚高，影响巨大。他才气纵横，动笔如飞，初若不经意，既成，见者无不服其精妙。文章一如其人，以峻峭见长，奇峰迭出，气势非凡。近代史学家梁启超最推崇王安石，言其文章"或如长江大河，或如层峦叠嶂。或拓介子为须眉，或笔东海于袖石。无体不备，无美不受，昌黎而外，一人而已"。其词风如文风，主张以议论为诗，"直道其胸中事"。宋人以学问为诗，他虽未开其风气，却起到了推波助澜的作用。然前后期诗风明显不同，特别是五言、七言绝句，在宋代诗人中算得上是佼佼者，即使是诗学观点不同的人，对他晚期的绝句也异口同声地予以称赞。

王安石著述等身，有《临川集》一百卷。

登飞来峰〔1〕

飞来山上千寻塔，闻说鸡鸣见日升。
不畏浮云遮望眼，只缘身在最高层。

【注解】

〔1〕飞来峰：又名灵鹫峰，位于西湖灵隐寺前。

【赏析】

宋仁宗皇祐二年（1050年）夏，作者知鄞县(今宁波)，任满回乡，路经杭州，登临灵隐寺飞来峰有感而作此诗。时年三十。

这首诗奇在最后两句，也好在这两句，把一个满怀雄心壮志、睥睨天下的青年俊才的形象描述得活灵活现。起首两句照例是写景，不过特意突出"闻鸡见日"的奇观已经暗示着他要一鸣惊人，且为下面的抒情蓄势。"不为浮云遮望眼"语本李白《登金陵凤凰台》"总为浮云能蔽日"而反其意用之，将作者居高临下，此时已把天下形势尽收眼底、一览无余的气概表达得几乎不留余地。为什么能有如此高屋建瓴之势？"自缘身在最高层"也！很明显，此番进京，他已经下定决心要跻身高层了。

仁宗当政时期，北宋国情表面上平静，其实各种矛盾正在日渐尖锐。年轻的王安石把国势衰弱的痼疾看得清清楚楚，他已经腹构了一套完备的改革方案，盼望有一天能付诸实践。他认为国家所以到了这种地步，完全是因为庸吏把持朝政，蒙蔽皇上所致。古人一向用浮云蔽日来比喻奸邪蒙蔽、架空皇帝。陆贾《新语·慎微篇》云："邪臣之蔽贤，犹浮云之障日也。"这位决心变法的改革家明白，只有拨云见日清君侧，他的理想才能实现。这是此诗最后两句的另一层含义。后来的事实证明，他登临飞来峰望日之时，这一澎湃于心胸间的期盼后来真的如愿以偿了。

示长安君〔1〕

少年离别意非轻，老去相逢亦怆情〔2〕。
草草杯盘供笑语，昏昏灯火话平生。
自怜湖海三年隔，又作尘沙万里行〔3〕。
欲问后期何日是，寄书应见雁南征〔4〕。

【注解】

〔1〕长安君：王安石的大妹王文淑是工部侍郎张奎妻，封长安县君。

〔2〕"少年"二句：意谓年轻时与亲人离别，心情自然沉重，可是到老来却连相逢也令人感伤。

〔3〕"又作"句：意谓自己即将出使契丹，远行万里。

〔4〕"寄书"句：是说到了大雁南飞的秋天，我会寄信回来，告诉你重逢的日期。

【赏析】

宋仁宗嘉祐五年（1060年），王安石四十岁，使辽临行前，与大妹话别，写下此诗。

王文淑"工诗善书，强记博闻，明辨敏达，有过人者"（王安石《长安县君墓志铭》），她比王安石小四岁，兄妹二人自幼骨肉情深，凡是在他写给她的诗中，都视之为兄弟。二人尽管惺惺相惜，但自从她十四岁出嫁，随夫宦游各地，总是离多会少。当此不惑之年，蓄意大展雄图的壮志仍然遥遥无期，如今与妹妹三年不见，才逢又别，不知何日再会，况且自己即将远行万里，出使风沙弥天的辽国——这就是"少年离别意非轻，老去相逢亦怆情"所表述的特定背景和别样心情。

次联写手足之情、天伦之乐，亲切温馨，十分感人。"供笑语"极言相逢之欢悦，"话平生"则有说不尽的人生沧桑之感叹。王安石说他的这个妹妹"衣不求华，食不厌蔬"，可见这是妹妹在为远行的哥哥饯别，"草草杯盘"既显示了她俭朴持家的一贯作风，也生动地反映出"家不叙常礼"的兄妹二人的相知相亲。在"昏昏灯火"的气氛中"话平生"，蕴含的则是心情的沉重和千言万语难尽"怆情"的伤痛。

第三联的"自怜"与"又作"生气流注，一意贯通，既表达了诗人心中的感慨，又暗示了此行的任重道远，同时回应了开篇两句的意旨，兄妹间深情厚谊于不经意间流露得十分自然，十分动人。

结尾可以看作是对妹妹的安慰。约定再会之期，实则表现的是难舍难分。

统而言之，这首诗语言朴素，情感真挚，对仗工整，内涵丰富，受到历代好评，良有以也。

书湖阴先生〔1〕壁（二首选一）

茅檐长扫静无苔，花木成畦手自栽。
一水护田将绿绕〔2〕，两山排闼〔3〕送青来〔4〕。

【注解】

〔1〕湖阴先生：杨德逢，号湖阴，元丰年间王安石居住金陵时的邻居和朋友。他是一位躬耕田园的隐士。

〔2〕将绿绕：用绿色围绕。这里是形容环绕、浇灌园田的水流。

〔3〕排闼：推开门。

〔4〕青：指山色。

【赏析】

这是宋诗名篇，受到诗评家的交口称誉。

前两句赞美朋友居家的环境之洁净清幽，说明主人对自己住所的珍爱。虽然房舍非常简陋，只有茅屋数间，由于主人经常清扫，院子里没有一点儿青苔和杂草。花木虽然品种丰富，由于主人的亲手"自栽"，分畦栽种，显得格外整齐美观。

庭院环境美化得如此喜人，显示出主人对自己这片小天地的热爱和不同流俗的高雅。当诗人的目光从院内转向周遭的山水时，看到门前有一条小河，一片农田，远处是两座青山。因为有志趣高洁的主人，山水似乎也有了人情味：倒映在河水中的葱绿，仿佛是水流自己带来的，缓缓地环绕着农田，又好像是在小心翼翼地护卫着田地里的秧苗。尤其是最后这一句，在精心护美的主人面前，在懂得审美的诗人面前，似乎真的动了感情，竟然反客为主——"两山排闼送青来"：推门而入，献出了醉人的青翠。后两句被誉为"神来之笔"，成了千古传诵的名句。

元　日〔1〕

爆竹声中一岁除，春风送暖入屠苏〔2〕。
千门万户曈曈〔3〕日，总把新桃换旧符〔4〕。

【注解】

〔1〕元日：这里是指农历正月初一，即春节。

〔2〕屠苏：屠苏酒。古代民俗，除夕夜用屠苏草泡酒，吊在井里，元旦取出来，全家老小面向东方饮之，表示迎春之喜。

〔3〕曈曈：日出时光亮而温暖的样子。全句的意思是说，初升的太阳照遍了千家万户。

〔4〕"总把"句：意思是说，每到新旧年交接之时，人们总是拿新门神换掉旧门神。桃符：古时每到新年，家家户户都用两块桃木板子，画上神像挂在大门上，说是可以

捉鬼除妖。后来逐渐被春联代替。

【赏析】

王安石变法是北宋王朝的一大转折。宋朝建立不到百年，国家已日渐显出积贫积弱的衰颓之象，至神宗，不得不寻求除弊兴国之策。神宗胸怀大志，雄心勃勃，急于变法；王安石个性执拗，深知时弊，独立特行，才识超绝。君臣知遇，一拍即合，变法迅速在全国推行开来。

王安石是宋代难得的政治家，变法的初衷也是无可非议的，可惜他操之过急，新法推行不久，就遭到了朝中保守派的反对，而反对最有力的又都是极具时望的名臣，如司马光、吕公著、韩琦、富弼、欧阳修、苏轼等。政见之争渐次演变成了党争，结果造成了人事与政治上的重重矛盾。变法推行七年，介甫罢相，八年再相，次年又被迫辞职，隐居金陵半山堂，以参禅学佛聊度残年。这首诗可以说是他借描写新年气象，来抒发对自己的新法在全国推行的欣喜自得，以及对除旧布新、强国富民的乐观自信。

作为政治家兼诗人的王安石，当他听到除夕夜里响彻四野的鞭炮声时，情不自禁地兴奋了。送旧迎新，期盼福祉，这是民众亘古不变的希望。他相信，自己的新政会像"春风送暖入屠苏"一样，只要人们迎着旭日初升的东方喝下去，"千门万户"都将迎来光明灿烂的"曈曈日"，无限美好的前景就会来到他们面前。"总把新桃换旧符"——他坚信新事物终将取代旧事物是社会发展的必然规律，所以他满怀信心，认为自己的变革一定会胜利。

然而后来事情的发展完全出乎他的预料。正如一位伟人所说：历史喜欢和人开玩笑，当你想走进一个房间时，却发现走入的是另一个房间。王安石的变法不但没有成功，反而导致了北宋王朝的一蹶不振，最后终于导致了中原沦陷、南逃临安（杭州）的悲剧。

泊船瓜洲[1]

京口瓜洲一水间，钟山[2]只隔数重山。
春风又绿江南岸，明月何时照我还。

【注解】

〔1〕瓜洲：在今江苏扬州市南，长江北岸，京杭运河入长江口处。熙宁元年（1068

年）初，王安石自江宁府赴汴京任职，途经京口（今江苏镇江，与长江北岸的瓜洲隔水相望），在金山寺与僧宝觉会晤，留宿一夕。告别后泊舟瓜洲，作此诗赠宝觉。

〔2〕钟山：即紫金山，又名蒋山，在南京市东。这里代指南京。

【赏析】

鉴赏这首诗的文论家，都喜欢将笔墨放在王安石对于修辞炼句的考究上。"春风又绿江南岸"是王安石颇为得意的佳句，据说他在草稿上修改过十几次，才选定这个"绿"字；最初是"到"字，改为"过"字，又改为"入"字、"满"字，等等。用"绿"字来形容春到人间，在唐诗中屡有所见，如"东风何时至？已绿湖上山"（丘为）；"扬州春草年年绿，未去先愁去不归"（刘长卿）；"主人山门绿，不隐湖中花"（常建）……同时还涉及作者用的是"自绿"，南宋洪迈《容斋续笔》引述此诗时，变成了"又绿"，于是开始分析究竟是"自绿"好，还是"又绿"好？有名家还提出，这里"发生了一连串的问题："王安石的反复修改是忘记了唐人的诗句而白费心力呢，还是明知道这些诗句而有心立异呢？他的选定'绿'字是跟唐人暗合呢？是最后想起了唐人诗句而欣然沿用呢？还是自觉不能出奇制胜，终于向唐人认输呢？"（钱钟书《宋诗选注》）

说实话，我们在欣赏古诗文时，为了准确深刻地理解原作的人文价值和审美意蕴，实事求是地说明创作背景，进行认真的文字考证，还其本来面貌，是十分必要的。可是一旦陷入烦琐考究或炫耀学问的误区，不但冲淡了艺术欣赏的快感，而且会引起一种莫名其妙的厌烦，徒然败坏了人的胃口。

首先应该肯定的是，这是一首公认的好诗，好就好在诗的意蕴感情真挚、内涵丰赡，好在诗人以爽朗的笔触表明了自己功成身退的夙愿。作者十七岁随父定居江宁（在南京市东南），随后一直生活在那里，故此他视江宁为家乡。熙宁元年（1068年），王安石应翰林学士召，初离江宁，北上赴任，在镇江与好友释宝觉相见，并留宿金山寺。当他离开金山寺，泊舟瓜洲时，作此诗向宝觉表明自己的心志。开头两句先说明京口（镇江）、瓜洲两地隔水相望，到南京赴任，只不过隔着"数重山"而已。换句话说，彼此相距其实很近，日后随时都可以来往。"京口瓜洲一水间，钟山只隔数重山"说的既是事实，也暗含着对友人的宽慰。

接下来的两句是诗人对自己前程的预想和规划。此去应召远去汴京，终于等到了实现自己抱负的机会，心情自然格外舒畅；同时回望乡关，又流露出对家乡江宁的依恋不舍。此时停船四望，只见大江两岸，碧绿千里，春意盎然。可是官场自来云谲波诡，前程未卜，万一壮志难酬，变革失败，最好的出路只能是归隐回乡。想到这里，于是又发出"明月何时照我还"的感叹——希望届时能辞官回家，安度晚年。

应当说，《泊船瓜洲》一诗，情调固然明快生动，然则隐藏在字句后面的感情其实是复杂的。作者曾在多首诗中反复表露过这种情感，甚至不惜重复同样的句子。综合欣赏，完全可以帮助我们准确解读这首名篇，如：

老于陈迹倦追攀，但见幽人数往还。

忆我小诗成怅望，钟山只隔数重山。

世间投老断攀缘，忽忆东游已十年。

但有当时京口月，与公随我故依然。

钟山即事（三首选一）

涧水无声绕竹流，竹西花草弄春柔。
茅檐相对坐终日，一鸟不鸣山更幽。

【赏析】

变法失败的王安石，罢相退位，隐居金陵后，从前豪迈俊健的诗风一发而为清丽儒雅，寄寓政治情怀的诗少了，描写山光水色的诗多了。这时候，他身上素有的诗人气质才更加鲜明地显露了出来。

人一旦离开利益斗争的旋涡，回到生活中来，回到自然中来，仿佛一切都立刻变得鲜活起来了。对于像王安石这种朝野瞩目的焦点式的人物，情况更是这样。你瞧，如今在他的感触中，一切都是鲜活的——"涧水"是鲜活的，其时正在竹林间回环流动，无忧无虑、欢歌笑语地奔向远方；"花草"是鲜活的，它们正在融和的春意中花枝招展、妩媚娜娜地卖弄风骚；同时，一切又都是幽静的——幽静的"涧"，幽静的"竹"，连群山都是那么幽静，甚至没有一只鸟鸣叫！然而正是在这万籁俱寂中，酝酿着无限的勃勃生机，蕴含着无穷的生命活力。在这无比鲜活、无比幽静的环境中的诗人，一整天默默无闻地坐在廊檐下，面对青山，他在想什么呢？还是在守候着什么？是在品味仕途失意后的孤独寂寞，还是在等待时来运转的东山再起？这只有他自己知道了。

整首诗写得明白如话，可是如若结合作者的经历试图解读，可以找到多种不同的甚至截然相反的说法。这也许就是所谓"形象大于思维"，亦即艺术作品的魅力之所在吧？

北陂杏花

一陂春水绕花身，花影妖饶各占春。
纵被春风吹作雪，绝胜南陌碾成尘。

【赏析】

诗作于王安石贬居江宁之后，是他晚年心境的真实写照。

一、二句写景状物，描绘杏花临水照影之娇媚。首句点明杏花所处地理位置，一池塘碧绿的春水环绕着杏树，预示着勃发的生机。诗人托物言志，从杏花的姿容和在水中的倒影着墨，以"各占春"三字暗示"花"和"影"各有佳致，从而表明自己不能做"花身"，即做"花影"的志向。但无论如何，绝不零落阡陌，做任人践踏的残花枯叶。陈衍在《宋诗精华录》中说："末二语恰似自己身份。"大凡会赏诗的人，都应当看穿这一点。

很明显，陆游的《卜算子·咏梅》即脱胎于此诗。

招叶致远^[1]（二首选一）

山桃野杏两三栽，嫩叶商量细细开。
最是一年春好处，明朝有意抱琴来。

【注解】

〔1〕叶致远：叶涛，字致远，处州龙泉（今属浙江）人。王安石兄王安国之婿。熙宁六年（1073年）进士，为国子直讲，以事免官。后官至中书舍人，罢知光州，以龙图阁待制得举崇禧观。

【赏析】

这是一首采集句诗。所谓"集句"，就是采用前人诗句，重新组合成一首语意完整的诗，表现一个新的意境。集句诗虽然不能算作创作，然而倘若不是博览群书，记忆力极强，也不是一件容易的事。王安石晚年尤精此体，正好证明了他的那句自诩博闻强记是真话："某自百家诸子之书至于《难经》《素问》《本草》，诸小说无所不读。"

这首诗四句依次分别采自唐人雍陶的《过旧宅看花》、杜甫的《江畔独步寻花》、韩愈的《早春呈水部张十八员外》和李白的《山中与幽人对酌》。前三句赞美大好春光，末句点题，邀叶致远聚会。

王安石好弈但棋艺不精，而且棋风甚差，悔棋赖棋是家常便饭。然则他却对此自有说法，他有一首《棋》诗写道：

莫将戏事扰真情，且可随缘道我赢。

战罢两奁分黑白，一枰何处有亏成？

叶致远不但是王安石的棋友，他的许多咏围棋的诗几乎都与叶有关，其中有一首《用前韵戏赠叶致远直讲》的长诗，几乎是一篇棋经和棋史的简编。

这首邀请叶致远来和他手谈的诗，虽然是集句而成，好在语意完整饱满，不但把春景真的表现到了"最好处"，对棋友的殷切期盼之情表述得恰到好处，特别令人佩服的是，把作者的博学、才华、爱好和友情也全都表现出来了。

江　上

江北秋阴一半开，晚云含雨却低回。
青山缭绕疑无路，忽见千帆隐映来。

【赏析】

作者晚年辞官，在江宁城东与钟山之间的"半山园"赋闲隐居，"诵诗说佛"，追求心境的宁静，写了不少淡雅工致的绝句。此诗就是他在这种心境中，远望秋江帆影，灵感一闪而形诸笔墨。

前两句写天——秋日的高空半晴半阴，半明半暗，显得灵光开合不定；向晚的云霞不但失去了以往璀璨明丽的色彩，而且饱含雨意，低回涌动，悠然静穆，不知意欲何为？后两句写地——诗人放眼远望，青山迂回盘旋，山路掩隐，这时候突然上千船帆影绰绰，点点飘来。诗人观景体物，敏锐入微，千帆的时显时隐，与秋江的半晴半阴有着合乎逻辑的关系。后面的这两句让人不由自主地会和南宋诗人陆游的"山重水复疑无路，柳暗花明又一村"联系起来。

和女诗

青灯一点映窗纱，好读楞严〔1〕莫忆家。
能了诸缘如幻梦〔2〕，世间唯有妙莲花〔3〕。

【注解】

〔1〕楞严：指《楞严经》，佛祖因堂弟阿难受摩登伽女诱惑犯戒，释尊以色欲入题，为十方三界菩萨广说心意识与物质世界的真实关系。这部经典囊括了万有世间的认识论和本体论，举凡一切宗教的、哲学的、心理学的或生理学的问题，都可以在《楞严经》中找到答案。因此佛门向有"自从一读楞严后，不看人间糟粕书"之说。

〔2〕"能了"句：这一句概括佛法之十八界、因果律和《金刚经》"一切有为法，如梦幻泡影，如露亦如电，应作如是观"等基本原理而简言之。

〔3〕"世间"句：大意是说，宇宙万有，只有妙明真心不生不灭、不增不减，永世长存。只要真心依照佛法修炼，人死之后，真如本性就会像莲花出淤泥而不染一样，脱离苦海，回归本原。

【赏析】

据宋僧惠洪《冷斋夜话》说：王安石的女儿安持，是蓬莱县君的妻子，工诗多佳句。她把自己的诗寄给父亲，王安石赠送她一本《<楞严经>新释》，并付此《和女诗》。此诗不被《全宋诗》收载，不知何故。

学佛是大丈夫事，非帝王将相所能为。为什么？因为学佛的先决条件是耐得住寂寞。"青灯一点映窗纱"——诗人率先描写了一个幽寂的环境，证明他的女儿是虔诚的佛弟子，否则是不可能忍受如此清冷的环境的。接着说明他赠送《楞严经》的用意，希望她认真研读，不要想家。结尾二句仿佛是在与女儿交流学佛的心得体会：人这一生，是诸缘和合所致，"缘起性空，性空缘起"，诸缘一了，此生亦了，以往种种，犹如梦幻。但是生命的终结，并不是说什么都没有了，像"妙莲花"那样的如来藏识，亦即真如本性还在，他将回到生命的本原，坚守原有的"空性"，等待新的因缘再起。

看来王安石对佛法造诣不浅，不懂佛法的人是讲不清这些道理的。

俞紫芝

俞紫芝（？—1086年），字秀老，金华（今属浙江）人，寓居扬州。少有高行，不娶，得浮屠心法。工于诗，风格修洁丰赡，意境高远，为荆公赏识。其弟俞子中出家为僧，释名紫琳。兄弟二人"皆江湖扁舟不受流俗人拘忌束缚者"。黄庭坚曾说王安石晚年门下多佳士，俞氏兄弟二人即为其代表者。

宿蒋山栖霞寺〔1〕

独坐清谈久亦劳，碧松燃火暖衾袍。
夜深童子唤不起，猛虎一声山月高。

【注解】

〔1〕蒋山：即钟山，又名紫金山，在南京市东北。栖霞寺：在钟山东栖霞山上，始建于南朝齐，北宋初一度改称普云寺。

【赏析】

若想解读此诗，首先应当知道秀老是一个精通佛法的居士。否则起首第一句便无法理解。

"独坐清谈久亦劳"——既然是"独坐"，那怎么会有人与他"清谈"？既然还有"童子"，怎么能说是"独坐"？我们不妨这样推测：诗人起初确实是在与人"清谈"，对象就是童子，可是这个童子听不懂诗人的话，时间久了，便酣然睡去。这情形有似欧阳修《秋声赋》中的"欧阳子"对"童子"大讲秋声与人生哲理，而那"童子"却"垂头而睡"一样。因此可以说是"独坐清谈"。此其含义一。

其二，夜深人静，秀老与童子又在栖霞寺借宿，环境和气氛所引发的话题大概是佛法

七四

吧？可惜"童子"尚幼，于法不甚了了，听诗人侃侃而谈，时间久了，自然会睡去。诗人只好独自枯坐，不免会觉得有些清冷，于是点燃松枝，温暖被褥和衣袍。夜是那么宁静，宁静得有点儿让人害怕，诗人想叫醒童子，可童子睡得是那么死，怎么也叫不起来。就是在这时候，突然间传来山中猛虎骇人心魂的长啸声，犹如当年佛祖说法的"狮子吼"惊醒无数梦中人一样，诗人悚然一惊，猛然觉醒。他举目远望，只见一轮明月高高悬挂在群峰之上。高僧传中有许多僧俗弟子因种种机缘成熟而豁然开悟的，如闻鸟叫、听瀑布、见花开等而悟道。此时，诗人是否也因此而猛然悟道了呢？诗人没说，在一首只有四言的七绝中也无法表述这么复杂高深的法理，他只能留给读者去猜想。

这是我们的深层解读，就诗论诗而言，诗的意境孤高深远，读之令人耸然动容。特别是"夜深"二句屡被宋人诗话称引。

刘 攽

刘攽（1023—1089年），字贡父，人称公非先生。临江军新喻（今江西新余）人。与兄敞同举庆历六年（1046年）进士。久历州县官，后拜中书舍人。以博学著称，曾助司马光修《资治通鉴》。诗作清新可诵。善作回文小诗。有《彭城集》与《公非集》传世。

题古画山水障子[1]

应是尘外境，不随陵谷迁。
江山犹旧日，松柏又千年。

【注解】

〔1〕山水障子：绘制有山水画的屏风。

【赏析】

这首小诗构思新奇，造句工稳，不知诸家选本为什么不录，单单是因为作者创作于六岁，觉得不足凭信吗？那就应当给出不是写于六岁的证据呀！

由诗题可知，这是小诗人在观赏一架屏风上的古画时，灵光一闪，有感而作。想必屏风是一年代久远的古物，以屏风为载体的"古画"呈现在小诗人面前的，似乎是千百年前的"江山"风貌，"松柏"也已生长有"千年"之久了吧？如果换作普通人，见到这样古风奇崛的图画，是不是会想：这是哪位名家巨匠的大手笔啊？又怎么会流传至今啊？倘若拍卖，会不会价值连城呢？然而小诗人想到的是：这是红尘外的仙境，它不会随着时光流逝、沧海桑田而变迁。换言之，只有心灵的产品才是永恒的。

或许，正因为小诗表达的是一个如此深刻的哲学性的理念，诗论家们不相信能出自一个六岁幼童之手，所以略而不论吧？

国学经典精神家园丛书

别茶娇

画堂银烛彻宵明，白玉佳人唱渭城。
唱尽一杯须起舞，关河风月不胜情[1]。

【注解】

〔1〕"关河"句：意谓即便是边关的山川景物都无法控制其情感，而不为之动容。关河：本义是函谷等关塞与黄河，后来泛指边关山川。

【赏析】

据南宋范公偁《过庭录》载："长安妓有茶娇者，以色慧称，贡父惑之。被召造朝，茶娇远送，贡父作诗别之。至阙，永叔去城四十五里逆。贡父适病酒未起，永叔曰：'非独酒能病人，茶亦能病人矣。'"可见这首诗的背景是一个真实的故事。

诗人对这位名叫茶娇的妓女用情甚深，赞美备至。他仅以一次酒宴为背景，便将"佳人"如花似玉的美丽，以及歌舞绕梁遏云的风姿展现出来了。诗人说，"白玉佳人"的歌声嘹亮到整个渭城都可以听到，舞姿让边关的山水景物都如痴如醉。唐宋之际，描写美女之歌舞迷人的诗词多矣，像刘攽这样赞美的，还真没看到。难怪他要为之相思病重，连欧阳修出城"四十五里"去迎接他，都"病酒"不起；而醉翁不愧是解人，说使人致病的并不只有酒，"茶亦能病人"啊！"茶"在这里当然是代指茶娇了。

新　晴

青苔满地初晴后，绿树无人昼梦余[1]。
唯有南风旧相识，偷开门户又翻书。

【注解】

〔1〕昼梦余：昼寝梦醒之后。

【赏析】

　　这是一首夏日即景诗。"春风不相识，何事入罗帷"——这是李白《春思》中的句子；"昨日春风欺不在，就床吹落读残书"——这是唐人薛能《老圃堂》中的句子；"闲眠尽日无人到，自有春风为扫门"——这是宋释显忠《闲居》中的句子，然而都不如敩的这首七绝来得亲近。他没有埋怨，也不惊讶，而是非常欣喜地把"南风"当作自己的老朋友，仿佛风也充满了如饥似渴的求知欲，趁他不在的时候，偷偷掀开门户，来翻看他正在读的书。

　　当时诗人在哪里，为什么会允许他的老朋友"南风"进入住处呢？原来那是一个赤日炎炎的暑天，雨后的青苔碧绿如染，庭院里安静极了，读书累了的诗人正躺在树下的草地上午休呢。就是在这时候，他的老朋友"南风"钻了空子，前来观察他看的是什么书。

　　诗人的这首诗自然是受前人类似诗词的启发而别出心裁创作的。

　　说一句题外话。刘敩在创意翻新前人诗句的基础上，写下了这篇佳作。清代某文人一日在窗前读书，风吹书页，口占一句曰："清风不识字，何必乱翻书！"清朝认为他是讽刺入主中原的爱新觉罗氏没文化，结果酿成文字狱，掉了脑袋。悲夫，秦始皇首创的中国文字狱！

雨后池上

一雨池塘水面平，淡磨明镜照檐楹[1]。
东风忽起垂杨舞，更作荷心万点声。

【注解】

[1]檐楹：房檐和厅堂前部的柱子。

【赏析】

诗写雨后池塘，既写静态，又写动态，动静相衬，组成了一幅摇曳生姿的雨后池塘春景图。

首联展现的是雨后池上春景的静态美：雨后的池塘仿佛是被打磨的明镜，亭台楼阁的廊檐和楹柱一一倒影在池面上。尾联展现的是池塘声色俱佳的动态美：东风忽起，垂杨欢舞，摇落了树叶上的无数雨滴，洒落在池中舒展的荷叶上，发出阵阵清脆的声响。

这首七绝描写的不过是人人都可能见到的一幕雨后池塘的景色，可是如何能通过对一些常见的普普通通的景象的观察和描绘，将自己怡然恬静的心境表现出来，玩赏这首诗，也许可以得到启发。

王安国

王安国（1028—1074年），字平甫，抚州临川（今属江西）人。十二岁即以文名世，然数举进士不第，神宗召试，赐进士第，官秘阁校理。他是王安石同母弟，但与其兄政见不合，反对新法。诗风秀雅清丽，意象丰满。大概因兄弟二人诗风相近，作品常被交错混杂。周紫芝《竹坡诗话》便说王安石的"浓绿万枝红一点，动人春色不须多"和"春色恼人眠不得，月移花影上阑干"等名句是王安国的诗。有《王校理集》。

记　梦

万顷波涛木叶飞，笙箫宫殿号灵芝。
挥毫不似人间世，长乐^{〔1〕}钟声梦觉时。

【注解】

〔1〕长乐：汉宫名，此处代指宋宫。

【赏析】

关于这首诗，惠洪《冷斋夜话》说："王平甫熙宁癸丑岁直宿崇文院，梦有邀之至海上。见海水中宫殿甚盛，其中作乐、笙箫鼓吹之妓甚众，题其名曰'灵芝宫'。邀之者欲俱往，有人在宫侧，隔水谓曰：'时未至，且令去，他日当迎之。'至此，恍惚梦觉，时禁中已鸣钟。平甫颇自负不凡，为诗记之。"

由这段记录可知，这件事发生在宋神宗熙宁六年（1073年）。前三句记述梦中之境。深夜，诗人沉沉入梦。恍惚之中，觉有人邀其到海上，便飘然随其人凌万顷波涛而去。海风呼啸，挟带起两岸木叶。顷刻间，来到了宏伟华丽的宫殿前。诗人立定，但见眼前楼阁鳞次栉比，隐隐传出笙箫鼓吹之声。细细观赏，只见"灵芝宫"三个大字。

末句写梦醒之后。正当诗人为梦中之景陶醉不已、流连忘返时，突然听到一阵钟声，发现自己原来是在崇文院。诗人觉得事属离奇，赶忙铺笺挥毫记录之。

这则轶事不仅《冷斋夜话》记录，其他宋人笔记如彭乘的《墨客挥犀》、赵令畤的《侯鲭录》等亦有记载，而魏泰的《东轩笔录》则据"时未至，且令去，他日当迎之"加以推演说四年后作者去世，果真去了"灵芝宫"。

王　令

王令（1032—1059年），字逢原，祖籍元城（今河北大名），后随叔祖移居广陵（今扬州）人。五岁而孤，长从王安石游。英年早逝，寿仅二十八岁。王安石对其文章和为人甚推重，亲为之作铭。妻吴氏，荆公夫人之妹。有《广陵先生文集》。

春　晚

三月残花落更开，小檐日日燕飞来。
子规[1]夜半犹啼血，不信东风唤不回。

【注解】

〔1〕子规：杜鹃鸟的别名。传说为蜀帝杜宇的魂魄所化。常夜鸣，声音凄切。古诗词常以此典故抒发悲苦哀怨或怀念故里之情，如李商隐《锦瑟》："庄生晓梦迷蝴蝶，望帝春心托杜鹃。"

【赏析】

这是一首写景的七言诗，表现了暮春时节的景象和诗人的感受。前两句写景，后两句由景生情，抒发作者的生活态度和追求。

暮春三月，花落还会重开；燕子去了，明春还会回来；然而那眷恋春光的杜鹃，半夜三更还在悲啼，不相信东风唤不回来。后两句以拟人化的手法写杜鹃鸟，塑造了一个执着而悲苦的形象，借此表现自己留恋春天的情怀，字里行间充满凄凉的美感。

诗人是王安石的连襟，年仅二十八岁即夭折。年纪轻轻便发出近乎绝望的悲鸣，以之作为他的绝命诗，亦不为过。

程　颢

程颢（1032—1085年），字伯淳，人称明道先生。著名理学家。世居中山，徒洛阳。嘉祐二年（1057年）进士，调鄠县主簿。因与王安石政见不合，出知扶沟县。哲宗立，召为宗正丞，未行而卒，谥纯公。与其弟程颐合称"二程"。其诗自然平实，常写观物之乐，表现出一种与天地万物怡然相得的乐趣。诗文皆收入《二程全书》。

秋日偶成

闲来无事不从容，睡觉东窗日已红。

万物静观皆自得，四时佳兴与人同。

道通天地有形外，思入风云变态中。

富贵不淫贫贱乐，男儿到此是豪雄。

【赏析】

周敦颐、邵雍、张载这三个人，是宋明理学的奠基人。但最后的定型，则由程氏昆仲完成。《宋史》本传说程颢"资性过人，充养有道，和粹之气，盎于面背"。他的哲学理念是"万物皆备于我"，天理"推之四海而皆准"；欲得天理，须知阴阳象数之学；欲知象数之学，须摒私心，离物欲，与天地为一体，静观默察。简言之，只有在静观中，进入"形而上"的境界方可悟得道体，亦可懂得"形而下"之物理。

明白了程氏哲学的这一大要点，即可看出这首诗是他的哲学理念的韵文化。前四句要告诉人们的就是如何才能"静观"万物的凝定状态。颈联讲的是进入与物同化的状态时，才能明白"道"无形而通天地，而人的思想情感则随时处在因世界万物的变化而变化中。

尾联是结论。"富贵不淫"是对孟子"富贵不能淫，贫贱不能移，威武不能屈，此之谓大丈夫"语意的概述；"贫贱乐"是《文子·上仁》"圣人安贫乐道，不以欲伤生，不以利累己"语意的化用。诗人认为，只有做到这两点，那才是真正的英雄。

理学家通常不屑于为诗，偶尔为之，必有惊人之句。

徐守信

徐守信（1033—1108年），海陵（今江苏泰州）人。年十九，入天庆观为道士，发运使蒋之奇以神翁呼之。徽宗崇宁二年（1103年），赐号虚静冲和先生。卒赐大中大夫。

诗三首（选一）

遥望南庄景色幽，前人田土后人收。
后人不用心欢喜，更有收人在后头。
汲汲光阴似水流，随时得过便须休。
儿孙自有儿孙福，莫与儿孙作马牛。

【赏析】

尾联两句，已经成了人们的口头禅，大概很少有人知道最初出自道士虚静冲和先生之手，不知来历者甚至传言是八仙之一的铁拐李留下来的。或许是因为这句格言与百姓生活息息相关吧，自宋代以来，不仅在民众间，在文人学者间也被广为传播。

为了引出主题思想，作者虚拟了一个写景镜头：遥望村庄南方，沃野千里，良田万顷，人们不禁要问，这是哪位富豪的田产啊？他是用怎样的手段和方法创办下这么大的家业的呢？如此雄厚的财富，家族再大，也用不尽啊！想必是为留给儿孙的吧？殊不知这万顷良田千百年前就有了，不知换了多少主人，一代又一代的地主都是抱着为子孙聚敛财富的百年大计，当牛做马在所不惜，才创下一份家业。谁曾想，人算不如天算，后辈儿孙不是没有守住，就是各有各的命运，到后来一份偌大的产业不知又几经转手，便宜了谁？诚如唐人王梵志所言："世无百年人，常作千年调。打铁作门限，鬼见拍手笑。"

遗憾的是，尽管"儿孙自有儿孙福，莫与儿孙作马牛"这句醒世名言被重复了上千年，至今仍点不醒梦中人。从前田产是财富的实体，人们当牛做马的为儿孙聚敛田产；如今财富已经转变成房地产和货币，于是父母又开始当牛做马地为子孙发疯似的买房存款，更不必说那些贪官污吏将不义之财和妻子儿女一起转移海外了。可是他们忘了："乱哄哄你方唱罢我登场，反认他乡是故乡。甚荒唐，到头来，都是为他人作嫁衣裳！"

蔡 确

蔡确（1037—1093年），字持正，泉州晋江（今属福建）人。嘉祐四年（1059年）进士。历知制诰、御史中丞、参知政事。坐讥讪，贬英州，卒贬所。

书舍竹

窗前翠竹两三竿，萧洒风吹满院寒。
常在眼前君莫厌，化成龙去见应难。

【赏析】

　　谚语说：贵人遭磨难；又说：吃得苦中苦，方为人上人；还说：宝剑锋从磨砺出，梅花香自苦寒来。能不能在经受苦难的时候，将其转化为改变命运的动力，关键要看遭受苦难时坚持一种什么样的心态。对于这一问题，此诗的作者用自己的亲身经历做了回答。

　　蔡确自幼贫苦，马永卿《懒真子》说："持正二十许时，家苦贫，衣服垢蔽。"难得他好学不倦，无力就学，不得不寓居僧舍，勤奋苦读。范公偁《过庭录》云："蔡持正少于泗州道中读书，僧厌其久，书舍有竹，书一绝壁间云云（即所选诗），已有宰相气味。"他后来果然位至哲宗朝宰相。

　　诗的前两句是对僧舍亦即读书处所环境的描述。两三竿翠竹在寒风中摇曳不定，透露出一介书生的孤独清苦。寓居僧寺，饮食日用自然也要靠寺院施舍。僧人们看他整天什么事也不干，只知埋头读书，不时还手捧书本，在眼前晃来晃去，势必心存厌恶，没有好脸色。面对有失尊严的嫌弃，这位未来的贵人有何感想、如何应对呢？"常在眼前君莫厌，化作龙去见应难"——你们现在用不着讨厌我，有朝一日，我青云直上，出人头地，那时怕你们想见我一面都不可能呢！

　　此即这首小诗给我们的启迪：在苦难面前，不但永不灰心，永不言弃，而且对那些习难你的人要暗暗感谢，因为他们就是磨剑的砥石，育香的苦寒；没有他们，你就不会锋利，也不会有馨香！

苏　轼

　　苏轼（1037—1101年），字子瞻，号东坡居士。眉州眉山（今属四川省眉山市）人。二十二岁中进士。王安石变法，他极力反对，出为杭州等处地方官。元丰二年（1079年）徙湖州，发生"乌台诗案"，沈括等数小人揭发他作诗攻击朝政，被捕入狱，后贬为黄州

（今湖北黄冈县）团练副使（执掌地方军事的助理官）。哲宗朝，旧党当权，召还为翰林学士。新党再度秉政后，又贬惠州（今广东惠阳区），并以六十三岁的高龄远徙儋州（即海南岛）。次年赦还，死于常州。

苏轼的一生都是在新旧两党的残酷斗争中度过的。他主张政治改革，但反对盲目冒进；反对王安石变法，但并不固执保守。乘变革之势窜入高层的一帮小人如李定、舒亶、沈括、章惇之流，对苏轼的迫害无处不用其极。尽管他的一生艰难困顿，饱经忧患，但他始终以一颗赤子之心为国计民生奔走呼号，将个人的生死安危置之度外。他为人处世光明磊落，襟怀坦荡。这样的生活阅历和融儒释道思想为一体的思想境界，直接反映到了他的诗歌创作中来。现存二千七百多首诗，其题材之广泛，内容之丰富，性情之真率，在宋诗中罕有其匹。清人叶燮《原诗》说："苏轼之诗，其境界皆开辟古今之所未有，天地万物，嬉笑怒骂，无不鼓舞于笔端。"宋代以文为诗、以议论为诗、以才学为诗，从欧阳修肇始以来，至苏轼、黄庭坚而登峰造极。尤其是在苏轼这位绝世奇才的手里，能把书本语言用活，把口语化为诗的语言，鬼斧神工般地把汉语言文字运用到"百炼钢化为绕指柔"的境地，有史以来，只有苏轼一人而已。正如有诗评家所说："人所不能比喻者，东坡能比喻；人所不能形容者，东坡能形容。"

苏东坡的书法、散文、辞赋同样是后人难以企及的艺术宝典。总而言之，他的思想、文学、艺术，乃至他一生的言行，千百年来，受到各阶层民众的衷心赞赏和钦佩。诚如林语堂《苏东坡传·原序》所言："像苏东坡这样富有创造力，这样守正不阿，这样放任不羁，这样令人万分倾倒而又望尘莫及的高士，有他的作品摆在书架上，就令人觉得有了丰富的精神食粮。"

国学经典精神家园丛书

和子由渑池^{〔1〕}怀旧

人生到处知何似？应似飞鸿踏雪泥。
泥上偶然留指爪，鸿飞那复计东西^{〔2〕}？
老僧已死成新塔，坏壁无由见旧题^{〔3〕}。
往日崎岖还记否？路长人困蹇驴嘶^{〔4〕}。

【注解】

〔1〕子由：即苏辙，字子由，苏轼弟。小传见后"苏辙"篇。渑池：在今河南省西部。苏辙曾在嘉祐五年（1060年）任渑池县主簿。

〔2〕"人生"四句：意思是说，人生所到之处留下的踪迹就像雪泥上鸿雁的爪印，很快就会消失。"雪泥鸿爪"是苏轼著名的比喻，现已为成语。

〔3〕"老僧"二句：苏辙原诗"旧宿僧房壁共题"句自注："辙昔与子瞻应举，过宿县中寺舍，题其老僧奉闲之壁。"其时在嘉祐元年（1056年）。苏轼再经渑池时，老僧奉闲已故，寺壁上旧日的题诗已不复存在。

〔4〕"往日"二句：苏轼原有注："往岁马死于二陵，骑驴至渑池。"往岁，指嘉祐元年赴京应试时。二陵，指在渑池县西崤山中之夏后皋之陵和周文王之陵。

【赏析】

苏东坡的这首诗，是为唱和他的弟弟苏辙的《怀渑池寄子瞻兄》一诗而作的。

嘉祐元年（1056年），苏轼、苏辙兄弟二人随父苏洵同赴汴京应试，途经渑池，曾有访僧留题之事。五年后，兄弟二人于郑州分手后，苏辙再过渑池，作诗寄兄，诗曰：

相携话别郑原上，共道长途怕雪泥。

归骑还寻大梁陌，行人已度古崤西。

曾为县吏民知否？旧宿僧房壁共题。

遥想独游佳味少，无方骓马但鸣嘶。

苏轼从这首诗的"雪泥"二字引发，化实为虚，创造出"雪泥鸿爪"的名喻，以示人生的飘然无定之慨，诗的前四句传达的就是这一意旨。在苏轼看来，不仅日常生活行无定踪，整个人生都充满变数，了不可知，就像鸿雁在飞行过程中，偶一驻足雪上，留下印迹，而鸿飞雪化，一切又都不复存在。那么，在冥冥中到底有没有一种力量在支配这些行为呢？如果说，人生是由无数个坐标点组合而成，那么，这些坐标点有没有规律可循？这就是青年诗人当时对人生产生的疑问。

这首诗的理趣也主要体现在这四句上，"雪泥鸿爪"也作为一个成语被后世广泛传诵。纪晓岚曾说："前四句单行入律，唐人旧格；而意境恣逸，则东坡之本色。"

后四句应和弟弟诗中的怀旧之情："老僧已死成新塔，坏壁无由见旧题。"兄弟二人从前曾在渑池僧寺投宿，都有诗题壁，如今老僧已故，塔林新成，而旧日的题诗由于壁坏，再也找不到了。其中的意趣，以怀旧暗应"雪泥鸿爪"之意。最后提到"往日"，即嘉祐元年，父子三人赴京应考，马死崤山，改乘跛足之驴前往汴京一事。诗人提及这段往事，粗看之下有点突兀，仔细品味，是在提醒弟弟："你我兄弟二人经历了那么多艰难困苦，然而我们都没有被吓倒，勇敢地走过来了；更何况如今双双金榜题名，前途无量，无须再为往事悲伤了吧（苏辙的诗中确实流露出淡淡的忧伤）。骑着蹇驴，在崎岖的山路上颠簸前行的经历，不就是一种历练，一种人生的财富吗？我们现在怀念以往，不就是为了鞭策自己奋勇向前吗？"

苏东坡就是这样一个人：他终生孜孜不倦地探求生命的真谛，但从未因命运的嘲弄而沮丧；在宦海恶浪中九死一生，却只知乐观行善，不知记恨寻仇；为写诗而几被杀头，可一出监狱的大门，便又吟咏不绝；他一生不知疲倦地追求真理、为民请命，同时将此浩然正气附丽在他的所有诗文书画中，为后人留下了美不胜收的精神财富。

国学经典精神家园丛书

六月二十七日望湖楼醉书（五首选二）

黑云翻墨未遮山，白雨跳珠乱入船。
卷地风来忽吹散，望湖楼[1]下水如天。

放生鱼鳖逐人来，无主荷花到处开。
水枕能令山俯仰[2]，风船[3]解与月徘徊。

【注解】

〔1〕望湖楼：在西湖边昭庆寺前，五代吴越王钱氏所建，又名看经楼、先德楼。

〔2〕"水枕"句：写躺在船上看山，随着水的波动，山仿佛在上下起伏。水枕：铺在水面（船上）的枕席。

〔3〕风船：在风里漂荡的船。

【赏析】

熙宁五年（1072年），苏东坡任杭州通判。这年六月二十七日，他游览西湖，在船上看到奇妙的湖光山色，再到望湖楼上饮酒，写下五首绝句。这里选的是其中的两首。

第一首描写的是风雨变幻、天地变色的壮观景象。苏东坡磅礴恣肆的才情，在诗风上的最大特色是比喻的丰富、新鲜和贴切。他会用一连串五花八门的形象来表达某一事物的一个方面或一种状态。这首写西湖暴风骤雨的诗证明了苏东坡诗风的这一特点。写黑云翻滚，像苍天在翻搅浓浓的墨汁；骤雨如注，白色的雨点仿佛是有人将千万颗珍珠从天上倾倒到船上来；狂风似乎是从地底下倒卷而来，眨眼间就吹散了乌云和暴雨。云开日出，望湖楼下依旧水平如镜，远处的群山依旧阳光灿烂，云翻雨骤仿佛是一场梦幻。诗人用笔之跌宕多姿，描写天色变幻的神速莫测，使人眼花缭乱。这首诗是苏东坡的得意之作，他五十岁再到杭州，特意又写诗说："还来一醉西湖雨，不见跳珠十五年。"足见他对这首诗的自赏自得。

第二首写乘船游湖时的情景。

北宋时，西湖是法定的放生池，同时又是禁植区。诗的前两句写的就是这一实情：那些被人放生的鱼鳖之类习惯了与人和睦相处，游湖的人投食水中，它们争相夺食；野生的荷花没有人去搭理，自开自落，随处可见，反而显现出一派野趣。那时候的人们，虽然不晓得有"生态学"这样的词语，但他们普遍有保护生态环境的觉悟。精研释道的苏东坡，只用两句诗，就将当时的这种社会习俗表现出来了。

后两句是诗人描写徜徉在山光水色中，人与自然和谐相融、怡然自得的美好享受。"水枕能令山俯仰"——山本不能俯仰，可当把枕席安放在船上，随着船的颠簸，躺在船上的人就像觉得山在一起一伏。"风船解与月徘徊"——写的同样是物理学上的相对运动，区别只在于科学家用的是公式，诗人用的是富于美感的语言。诗人想，如果是风的力量使船在水上徘徊，那让月亮在天上徘徊的又是什么力量呢？

总而言之，这位旷世奇才用两首似乎纯然写景的诗，为我们导游，把我们引入美若仙境的西湖，却又不留痕迹地引导我们对一些问题——诸如与万物和谐相处、生态环境、天体物理运动——进行思索，能达到如此境界的诗人，在古代文学史上，屈指可数。

饮湖上初晴后雨（二首选一）

水光潋滟^[1]晴方好，山色空蒙^[2]雨亦奇。
欲把西湖比西子，淡妆浓抹总相宜。

【注解】

〔1〕潋滟：水波荡漾、波光闪动的样子。
〔2〕空蒙：细雨迷蒙的样子。

【赏析】

苏东坡喜欢把杭州当作他的第二故乡，他一生中最快活的日子是在杭州度过的。在他两次出任杭州长官期间——第一次是从熙宁四年（1071年）至熙宁七年在杭任通判；第二次是元祐四年（1089年）至元祐七年任太守——他为杭州人做了许多好事，如治理西湖、解决市民饮水问题等，因此杭州人也把他当作自己人，你若说苏东坡是四川人，他们就不高兴。更重要的是，他给杭州留下了一笔永世常青的精神财富，诗人写西湖的这首诗就是一个有力的证据。

由诗题可知，诗人在西湖饮酒游赏，起初阳光明媚，后来下了一阵雨。天晴时，湖水碧波荡漾；下雨时，青山迷蒙苍茫。西湖无论是在晴天，还是在雨天，都美得令人心颤，于是诗人情不自禁想起倾城倾国的西施来："欲把西湖比西子，淡妆浓抹总相宜。"——西施无论是在浣纱素饰的时候，还是在浓妆淡抹的时候，都同样美丽，西湖不也和西施一样，不管是晴是雨，不同样美轮美奂吗？

东　坡

雨洗东坡月色清，市人行尽野人行。
莫嫌荦确[1]坡头路，自爱铿然曳杖声。

【注解】

〔1〕荦（luò）确：形容石多且高低不平。

【赏析】

宋神宗元丰三年（1080年），从"乌台诗案"的冤狱中死里逃生的苏轼被贬谪到了黄州，那是长江边上的一个小镇。苏轼的最可爱之处，是在他身为独立自由的农人自谋生计的时候，而他又是一个总能在苦难中发现无穷乐趣的人。在黄州，诗人回到了他向往已久的山林田园，摆脱了官场的羁绊，虽然是被迫的，可他仿佛找回了真正的自我，于是开始死心塌地当起了农民。老朋友马正卿看他可怜，为他从营地中申请了一片名为"东坡"的荒地，苏轼脱去了官服，换上了农装，加以整治，躬耕其中，不只经营果木，还建筑了一处居室"雪堂"，从此便以"东坡居士"自称了。

诗人苏东坡总是能发现并感受到别人即使在天堂也见不到、感觉不到的美。他说在雪堂中午睡初醒，忘其置身何处，窗帘拉起，于坐榻之上，可以望见水上风帆上下，远眺则水空相连，一派苍茫。白天干完农活，他有时去找朋友，有时独自一人，或者去山林中探胜访幽，或者醉卧荒郊。用他自己的话说，"自喜渐不为人识"，有时还会被醉汉推搡喊骂。这首《东坡》，真实地记述了他当时生活的况味。

诗中作者以"野人"自喻，把自己置身于东坡的雨后月色中，这时候奔走于红尘的芸芸众生都已进入梦乡，只有他这个知道人生真谛"野人"才能领悟个中的妙趣："坡头路"固然凸凹不平，但当竹杖点击在上面，在夜空中是那么铿然清脆，令人兴奋。诗中句句写景，而又句句言情，寓情于景，托意深远，耐人寻味。将诗与《定风波》一词放在一起欣赏，意趣会更其鲜明："莫听穿林打叶声，何妨吟啸且徐行。竹杖芒鞋轻胜马，谁怕？一蓑烟雨任平生。料峭春风吹酒醒，微冷，山头斜照却相迎。回首向来萧瑟处，归去，也无风雨也无晴。"

海　棠

东风袅袅泛崇光^{〔1〕}，香雾空蒙月转廊。
只恐夜深花睡去，故烧高烛照红妆。

【注解】

〔1〕崇光：高贵华美的光泽。

【赏析】

东坡贬黄州，"寓居定惠院之东，杂花满山，有海棠一株，土人不知贵也"，苏东坡曾有诗，径直以上述引语为题。对于这株海棠，诗人视为知己，酷爱特甚，数次小酌花下，为之赋诗以寓身世之慨。《海棠》一诗亦缘起于此。

首句写白天的海棠之雍容华贵，次句写夜间的海棠，芳香郁郁，月色空蒙，恰当地表现了海棠自甘寂寞的高洁。这两句把人带入了一个空蒙迷幻的境界，十分艳丽，但略显幽寂。后两句中，作者由花及人，生发奇想，表达了爱花惜花之情。将花比作美人，怕花睡去，要点燃高烧的红烛陪伴她。"只恐夜深花睡去"一句痴绝艳绝。惠洪《冷斋夜话》引黄庭坚语曰:"此皆谓之句中眼。学者不知此妙语,韵终不胜。"

　　诗情极其浪漫,充分反映了诗人对幽独而居、遗世独立的"名花"与"幽人"的由衷同情。最后两句虽是用玄宗以贵妃醉貌若"海棠睡未足"之典,浑然不露丝毫痕迹。

李思训[1]画长江绝岛图

山苍苍,水茫茫,大孤小孤[2]江中央。
崖崩路绝猿鸟去,惟有乔木搀[3]天长。
客舟何处来?棹歌中流声抑扬。
沙平风软望不到,孤山久与船低昂[4]。
峨峨两烟鬟,晓镜开新妆。
舟中贾客莫漫狂,小姑前年嫁彭郎[5]。

【注解】

　　〔1〕李思训:唐代著名山水画家,山水画的创始人。他是唐朝的宗室,开元间官至武卫大将军。

　　〔2〕大孤小孤:指大孤山、小孤山。两山屹立江中,遥遥相对。大孤山在今江西九江东南鄱阳湖中,一峰独峙;小孤山在今江西彭泽县北、安徽宿松县东南的江水中。

　　〔3〕搀:直刺。

　　〔4〕低昂:或高或低,起伏不定。

　　〔5〕小姑:指小孤山。彭郎:即彭浪矶,在小孤山对面。这两句说,船上的商人举止不要轻狂,美丽的小姑早已嫁给彭郎了。这里形容江山秀美,当地民间就有彭郎是小姑之夫的传说。

【赏析】

　　此诗既然是给李思训所作《长江绝岛图》的题诗,诗中所描写的景象自然也就是画幅中的景象。

　　李思训的《长江绝岛图》在"百度图片"可以搜索到,但不知是真迹还是摹品。苏东坡本人是书画名家,他见到并题写的是真品无疑。他对这幅名画如此钟情,不难想象原作之精美;而苏诗好就好在把自己放进了图画中,借助他的眼,我们同样仿佛进入了画家所描绘的奇景胜境之中：大孤山与小孤山遥相传情，犹如一对倾心相恋、永不言弃的情人。两山峰峦险峻，古木参天；诗人观赏画幅的时候，自己恍若也坐在画卷的小船中，此时正在倾耳聆听船歌，感觉到了小船和孤山同时在水面上起伏不定。

小孤山状如女子发髻，所以俗名又叫髻山。小孤山又讹音作小姑山，近处的江岸上有澎浪矶，民间将"澎浪"谐转为"彭郎"，并说彭郎是小姑的夫婿。民间的这种神话故事后来逐渐演化成神祇祀典。诗人将江面比作"晓镜"，将大小孤山比作对镜梳妆的女子的发髻。至此，画面上所能看到的已完全写毕，诗人想起这一民间传说，突发奇思，说舟中的商人不要再轻薄狂浪了——小姑前年已经嫁了彭郎，纵有痴心，也是妄想。

题写画作的诗，以如此奇特艳丽的情思收束，真是妙不可言！诗人不但把画卷中的景物和民间故事巧妙地融为一体，而且用世俗之人对已婚女子的痴心妄想形容山水与名画的永世不朽，除了苏东坡，谁能做到？所以清人方东树《昭昧詹言》对这首诗的评价是："神完气足，道转空妙。"可是纪晓岚却说："惟末二句佻而无味，遂似市井恶少语，殊非大雅所宜。"——真不知道这位被誉为"大才子"的纪爷的脑子怎么啦！

题西林壁〔1〕

横看成岭侧成峰，远近高低各不同。
不识庐山真面目，只缘身在此山中。

【注解】

〔1〕西林壁：在庐山西麓，有西林寺，故云。

【赏析】

神宗元丰七年（1084年），在黄州被软禁（不过苏东坡自己却觉得在黄州生活得有如神仙了）三年有余的苏东坡，突然被调至汝州（今江西临汝）任团练副使，有三个朋友一直陪他到九江。一个是同乡、老朋友陈季常，一个是参寥，一个是高龄一百三十岁的道士乔全。参寥是僧人，法号道潜，字参寥。他是苏轼生死不渝的挚友，每当苏东坡倒霉的时候，参寥总是陪伴在他身边。当时他到黄州看望落难中的故人，已经陪他住有一段日子了。途经九江时，参寥与苏轼一同游庐山，在僧团中引起极大轰动，大家都欢呼："苏东坡来了！"在游庐山数日间，苏轼写下几首记游诗，这首《题西林壁》是其中最好的，堪称千古之绝唱，不朽之华章。正因为此，所有宋诗选本，几乎没有不选的。遗憾的是，绝大部分赏析文章对这首诗的解读总是下笔千言，离题万里。

这首诗的主题思想到底是什么？一言以蔽之：旁观者清，当局者迷。这句人人皆知的成语其实是"盲人摸象"的口语化；而《题西林壁》则是"盲人摸象"的诗意化。苏东坡此诗的开头两句"横看成岭侧成峰，远近高低各不同"，和盲人摸象的情景如同一辙，把这两句表面化地归结为"写出了移步换形、千姿万态的庐山风景"，就会犯与盲人同样的错误吗？

人在认识事物时，为什么会犯"当局者迷"的错误？诗的后两句"不识庐山真面目，只缘身在此山中"便是对这一问题的最佳回答。你说这是生活经验也好，说是认识论的一个原则也罢，它告诉我们的是一个千古不易的真理：个体的人永远认识不了绝对的真理，因为任何个人永远跳不出局部视野的局限。只要是在生活中，你就是在"此山中"，你就是个"盲人"。换言之，要想识破真相，得到真理，就必须跳出来，超越自我，超越时空。

借庐山说哲理，这才是这首诗本意。有人拿这首诗和李白《望庐山瀑布》比对。两首诗虽然都是写庐山，但意蕴毫无可比之处。这正如不能因为都是美女，就非要把王昭君和杨贵妃放在一起比较一样浅薄无聊。

惠崇春江晓景[1]（二首选一）

竹外桃花三两枝，春江水暖鸭先知。
蒌蒿[2]满地芦芽短，正是河豚[3]欲上时。

【注解】

〔1〕惠崇：宋初"九诗僧"之一，工书善画。《春江晓景》是其名画。

〔2〕蒌（lóu）蒿：多年生草本植物，茎可食。与芦芽同为鱼羹佐料，可解河豚之毒。

〔3〕河豚：肉极鲜美，卵巢与内脏有剧毒。产于海，春季沿江水上行产卵。

【赏析】

这是苏东坡于元丰八年（1085年）在汴京开封写的一首题画诗。诗人所题之画，是释惠崇的一幅以早春景物为背景的春江鸭戏图。单从画面而言，惠崇只画出了竹外桃花盛开，群鸭嬉戏春水之上和水草的茂密——这都是可以用视觉捕捉到的，是静态的。这一切，在诗中也都反映出来了。但是视觉之外的许多东西，是画卷无法描绘的，比如水之"暖"、鸭之"知"、河豚之"欲上"。诗人的高妙，恰巧在于充分发挥了形象思维动态的想象和联想，使静止的画面活了起来，使画中的景物仿佛都有了生机，都有了灵性。你瞧，几枝飞红掠艳的桃花隔着翠竹搔首弄姿，红绿掩映，春情撩人；春鸭戏水嬉闹，它们对江水回暖的感知，比人敏锐——鸭知水暖，这不是图画能描摹出来的；当江边蒌蒿、芦苇开始蓬勃生长的时候，河豚也感知到了产卵季节已经来临，养精蓄锐，正准备沿江而上呢。

一首成功的题画诗，不但要以生花妙笔点出画面的精彩之处，让画幅活起来，更重要的是以诗人的灵气使原作能洋溢出一种妙趣来。苏东坡的这首题画诗便是一个完美的榜样。到如今，惠崇的绘画虽有真迹传世，知道的人恐怕没有几个，而苏东坡的"春江水暖鸭先知"却被传诵至今，成了人们喜欢引用的名句。

纵笔（三首选一）

白头萧散满霜风，小阁藤床寄病容。
为报先生春睡美，道人轻打五更钟。

【赏析】

宋哲宗绍圣三年（1096年），年近花甲被流放到惠州的苏东坡，以为从今以后，他要终老于此了，因此他劳心费力，为在惠州安家落户，好不容易建筑了一处住宅；第二年，房舍落成之后，他按捺不住心头的欣喜，写下这首七绝。许多人不知道，在这首小诗后面，其实隐藏着一个令人嘘唏、令人心酸的故事。

绍圣四年（1097年），作者正好六十岁。在仕途中受尽打压迫害，为安家已经筋疲力尽的这位老人，他说自己的满头白发，在萧瑟的冷风中，疏疏落落，好似秋风中的霜草，好在新修的房舍有"小阁藤床"，能让我这病痛难忍的老朽有个容身之地。难得惠州春光宜人，可以美美睡上一觉。周围寺院里的僧人听说先生睡得正香，为报答先生两年来对惠州民众做的许多好事（筹款修桥补路、建立官办医院、修建水库、赈济灾民等），相互传说：五更时分打钟，务必不要太重，以免惊动先生的美梦。

想不到，"为报先生春睡美，道人轻打五更钟"这两句诗传到了京城，被当朝宰相章惇看到了，他说："噢！原来这老头过得蛮舒服嘛！"于是下令把东坡贬斥到了天涯海角，即海南岛。

政治斗争，说起来真是可怕！章惇注定是苏东坡后半生仕途上的克星。青壮年时代，苏东坡曾预测过章惇的前程，那是在旅行中邂逅的途中，二人在深山里遇到一条深涧，上边只架着一块木板。章惇提议一同走过去，到对面的峭壁上题词留念。苏东坡不肯；章惇是那种敢于挑战极限的人，他不但毫无惧意地走过深涧，还在对面的岩石上题了"苏轼章惇游此"六个大字。等他返回来后，苏东坡拍着这位朋友的肩膀说："总有一天你会杀人的！"章惇问："为什么？"苏东坡说："敢于玩弄自己性命的人自然敢取别人的性命。"他的预测后来果被言中，不幸的是应验到了自己身上。

官场上的小人，都具备正人君子不屑的一个本事：窥测、利用政治风云，不择手段寻找靠山，即所谓"好风凭借力，送我上青云"。宋神宗朝，一帮政客就是这样借助王安石变法骤然飙升的，如吕惠卿、李定、舒亶、沈括等，而章惇则是他们其中的代表。宋哲宗绍圣元年（1094年），章惇为相，苏东坡成了他小试牛刀的第一人，也成了中国历史上被远谪广东大庾岭的第一个殉道者。古往今来，举凡才智绝世的精英，命运大多舛错乖戾，因为他们的思想和认知超越了时空，超越了时代。苏东坡到了惠州，还没有安定下来，章惇就密令苏氏家族的世仇程之才前去谋杀；出人意料的是程之才和苏东坡却成了莫逆之交。凡此种种，苏东坡都知道，可他从未放在心上。对他打击最残酷的是到了惠州第二年，朝云一病不起，寂然长逝。朝云不但是有史以来第一个义无反顾地追随一个流亡者远涉天涯海角的女子，也是苏东坡生命中的最后一个守护女神。朝云的死，才是对这位垂垂老矣的诗人的最致命的一击。

绍圣四年（1097年），章惇以"妄赈饥民"的罪名将苏东坡发配到海南，六月十一日，在幼子苏过的陪同下，苏东坡离开住了还不到两个月的新居，含泪挥手告别了前来送行的弟弟苏辙和留在身后尸骨未寒的朝云，为雷州太守也是他的崇拜者王古写手书一份，交代了后事："某垂老投荒，无复生还之望。春与长子迈诀，已处置后事矣。今到海南，首当做棺，次便做墓。仍留手疏与诸子，死即葬于海外，生不契棺，死不扶柩。此亦东坡家风也。"

他万万没有想到，一首随手写的小诗竟然会招来如此厄运。

六月二十日夜渡海

参横斗转欲三更，苦雨终风也解晴。
云散月明谁点缀，天容海色本澄清。
空余鲁叟[1]乘桴意，粗识轩辕奏乐声[2]。
九死南荒吾不恨[3]，兹游[4]奇绝冠平生。

【注解】

〔1〕鲁叟：指孔子，因他是鲁国人，故称。孔子曾说："道不行，乘桴浮于海。"此句用这一典故写眼前渡海，兼指当初被流放到海南岛一事。因自己到海外是被流放，而不是像孔子所说的是为行道，故云"空余"。

〔2〕"粗识"句：典出《庄子·天运》，说轩辕黄帝曾"张咸池之乐于洞庭之野"，并向听众借乐理阐述关于"道"的哲理。这里引此典形容波涛之声，同时暗示自己到了海外之后，才开始领悟到了老庄的玄妙，但因自觉对老庄的"道"认识得还很肤浅，故云"粗识"。

〔3〕"九死"句：化用屈原《离骚》"亦余心之所善兮，虽九死其犹未悔"句意。九死：多次濒临死亡。"九"，概指多次。

〔4〕兹游：这次渡海到海南的意思。

【赏析】

元符三年（1100年），羸弱昏庸的宋哲宗年仅二十四岁，便一命呜呼，留在身后的是一帮颓丧疲惫、尸位素食的奸臣政客。哲宗一死，皇太后即神宗的皇后亲政，章惇、吕惠卿、蔡京都被归入"坏人"之列，苏东坡也马上被赦还。诗即作于自海南岛返回，渡琼州海峡之时。

"参横斗转"是夜间渡海时所见。此前还是"苦雨终风"，诗人仰望天空，现在终于斗转星移，因此不胜惊喜地说："苦难的日子终于到头了！"

颔联进一步拓宽"解晴"二字的内涵：云散、月明、天容、海色，原本澄清明朗，只因"苦雨终风"而天昏地暗。明为写景，实喻时局，也暗示终于等来了丽日当空的欣喜若狂。清诗人王文诰说：上句"问章惇也"，下句"公自谓也"。意思是说：章惇啊，你们心怀叵测专权乱政，弄得满天凄风苦雨，民怨沸腾；如今天下"澄清"，诬陷不实之词一扫而空，冤案一经昭雪，我的"天容"也终于可以"澄清"于天下了。从这里可以看出这两句诗包含着多么丰富的内容。

颈联转入写海景，然而写景中蕴含着典实，抒情中蕴含着议论。孔子曾说"道不行，乘桴浮于海"。此时渡海北归，回首往事，因有此慨；往古轩辕大帝奏咸池之乐，借海涛声阐明"大道"奥义。诗人说，有了这次海岛之行的经历，才开始对"道"有了粗浅的认知。

尾联直抒胸臆，收束全诗。"兹游"是指贬谪惠州、落难琼崖的整整六年的苦难历程。这次远贬，惊心动魄，有策划于密室的谋杀，有至亲至爱者的生离死别，有抛尸瘴蛮之地的不测……然而诗人却只把它当作一次远游。加"九死"不但"不恨"，还把这次经历当作"冠平生"的奇妙绝世的探险。不了解苏东坡的人，会以为他这是在自我解嘲。其实这是苏东坡的真实心态。有一次他对弟弟说："我上可以陪玉皇大帝，下可以陪街头乞儿。在我眼中，天下没有一个不是好人。"他虽然是王安石的死敌，但他在从黄州贬所返回汴京，途经南京时，特地去看望当时已疲惫颓唐的老人王安石，两人推心置腹，无话不谈。苏东坡从海南回到常州，卧病在床；其时，章惇被流放到了雷州半岛，他的儿子章援是苏东坡当年任主考官钦点的头名状元，这时候担心苏东坡会把自己身受的迫害施之于父亲，想去借探病为父亲求情。可是苏东坡这时已经不能接见任何探访者，但他得知此事后，给章援写了一封长信，大致意思是说：我和你父亲结交四十余年，情谊并未因命运弄人而有所增损。如今听说年迈却寄身海边，深感同情。

所以，可以说，一生豪放豁达、心行无愧于天地的这位绝世奇才，用这首诗，为自己的后半生的行处和心性，画了一个完满的句号。

苏　辙

苏辙（1039—1112年），字子由，号颍滨遗老，苏轼弟。与兄轼同登进士。哲宗朝翰林学士，累拜尚书右丞，进门下侍郎。与父洵、兄轼合称"三苏"。徽宗朝辞官，闭门独居十余年，有诗云："府县嫌吾旧党人，乡邻畏我昔黄门。终年闭户已三岁，九日无人共一樽。"可以想见其晚年处境。

苏辙的个性与其兄大异其趣。苏轼处世当仁不让，锋芒毕露；苏辙则内敛沉稳，与世无争。这大概与他精通佛老，潜心养性有关。他的这种个性，表现在诗文创作中，就不像乃兄那样恣肆恢宏、俊逸豪放。苏轼对他的评价是：大节过人，小事疏略，作诗"高处可以追配古人，而失处或受嗤于拙目"。

辛谥文定。有《栾城集》传世。

春日耕者

阳气先从土脉知，老农夜起饲牛饥。
雨深一尺春耕利，日出三竿晓饷迟。
妇子同来相妩媚[1]，乌鸢飞下巧追随。
纷纭政令诚何补？要取终年风雨时[2]。

【注解】

〔1〕相妩媚：这里是相亲相爱的意思。

〔2〕"要取"句：意谓农民辛苦一年，收成好坏，不是靠政府繁乱的法令，最终还得要靠风调雨顺。

【赏析】

这是苏辙在南京任应天府签判时的作品，写于元丰二年（1079年）。

诗写农家春耕，叙事亲切有味，言语体察入微。描写农家生活生动贴切，如颔联两句，说春天的及时雨过后，利于春耕，天已大亮，忙于春耕的农人连送来的早饭都顾不上吃；颈联写农妇带着孩子一起去田间送饭，全家人在田头有说有笑，相亲相爱，连乌鸦也飞下来凑热闹，争抢抛舍给它们的食物。这样的情景，没有农村生活的经验，是写不出来的。

需要注意的是最后两句的议论，当时正是新法推行的时候，作者在这里借写农家劳动的辛勤，含蓄地否定了朝廷颁布的新法令，表明了他反对新法的立场。

郭祥正

郭祥正，字功父，当涂（今属安徽）人。生卒年不详。母梦李白而生。少有诗声，梅尧臣时方擅名，见而叹曰："真白后身也！"登进士，知武冈县保信军节度判官，为王安石所诋，旋以殿中丞致仕。后又知端州，弃官隐于县之青山，题所居曰"醉吟庵"。著有《青山集》。

通惠寺[1]小柏

周遭松桧漫为邻，翠碧婆娑未出群。
但愿盘根坚似石，不忧枝干不凌云。

【注解】

〔1〕通惠寺：在今江西樟树市，始建于唐初，史称为"十方禅林"，是禅宗胜地。

【赏析】

通惠寺是一处以佛教文化和园林相结合而闻名于世的胜地。一株"翠青婆娑"的幼弱的柏树，混杂在葱茏茂密的松树和桧树中，看不出有何出类拔萃之处。但是诗人爱材心切，看到"小柏"是那么青翠可爱，因而从心底为它祝愿，希望它深植其根，坚如磐石，若能如此，还担忧将来不凌云参天吗？

对"小柏"的祝愿和期望，其实寄寓着诗人对自己的勉励。写景看似淡泊无奇，实则有着深刻的寓意：一个人无论投身于什么事业，如果真想成材，就必须脚踏实地，只要牢筑根基，不怕没有出人头地的时候。

李之仪

李之仪（1048—1117年），字端叔，自号姑溪居士，沧州无棣（今属山东）人。神宗元丰年间进士。苏轼守定州，辟掌机宜文字。徽宗朝以文章获罪，编管太平州（今安徽当涂），终朝议大夫，年八十余。有《姑溪居士文集》。与秦观、黄山谷诸人友善，屡有唱和。

书　扇

几年无事在江湖，醉倒黄公旧酒垆[1]。
觉后不知新月上，满身花影倩[2]人扶。

【注解】

〔1〕黄公旧酒垆：晋时酒家名，竹林七贤中的嵇康、阮籍等常饮酒于此。

〔2〕倩：犹言请。

【赏析】

一首随意挥洒的题扇诗，写得如此清新秀逸，情趣盎然，实属不易。

诗以"无事"为境地，以竹林七贤散诞逍遥取喻，写"觉后不知新月上"，已经写足了"醉"之酣态；更妙的是醉卧花丛，"满身花影"，浑然不知。"花影"婆娑，已然美之至矣，今又"满身"，浪漫至极！"倩人扶"更是将醉态描写得活灵活现。

全诗既有整体形象之设计，又有细节刻画之华美，形神皆备。苏轼跋李之仪诗云："暂借好诗消永夜，每逢佳处便参禅。"足见大诗人苏轼对李诗之喜爱。

萧观音

萧观音（1040—1075年），辽道宗（耶律洪基）的第一任皇后，枢密使萧惠之女，辽代著名女诗人。清宁初立为懿德皇后，为人诬陷，被迫自尽。工诗，善谈论，能自制歌曲，尤擅琵琶。其诗词今存《回心院》等十四首。

怀　古

宫中只数赵家妆，败雨残云误汉王[1]。
惟有知情一片月，曾窥飞燕入昭阳[2]。

〔1〕"宫中"二句："数"是指责、责备的意思。汉家宫中之所以指责赵飞燕姐妹，一是因为她们的装扮太过新奇，二是因为惑乱宫闱，导致汉成帝丧命，汉室衰败。关于赵飞燕，详见野史《西京杂记》《赵飞燕外传》等。

〔2〕"惟有"二句：意谓只有明月才是飞燕的见证人。

【赏析】

萧观音生活的年代略早于李清照，她在北国的崛起，使其当之无愧地成为辽代文学的第一高峰，而且为多民族优势互补的中国妇女文学增添了光彩。

诗题"怀古"，实为作者借古人之酒杯，浇自己之块垒。诗中对赵飞燕的同情，也正是这位辽皇后的自我伤悼。据《飞燕别传》等史料记载，赵氏妆饰奢华，"自后宫未尝有焉"；飞燕"喜踽步行，若人手执花枝颤颤然，他人莫可学也"。"败雨"盖指赵氏姊妹与轻薄子弟私通之事。又据稗官野史，说赵合德向汉成帝进媚药，使成帝"精出如泉涌"而暴卒。这大概就是"误汉王"的后宫秘事了。三、四句是第二层意思，转而为赵氏姊妹申诉：飞燕出身微贱，本是阳阿王家的婢女，成帝见而悦之，仗势将飞燕弄到宫中。因不孕，为固宠与人私通，希望生"太子"做靠山。这在当时，是不会有人会体谅她的苦衷的。在一边倒的社会舆论和封建伦理的重重压力下，能够证明、体谅她良苦用心的，看来只有"一片月"了。萧观音在这里大胆地为历史翻案，对赵飞燕表示了惺惺相惜的同情。如此胆识，确然不让须眉！就诗论诗，这首七绝心存忠厚，思情缠绵，用语含蓄，气度和雅，显示出难得的思想和艺术高度。

孔平仲

孔平仲，字毅父，今峡江县罗田镇西江村人。生卒年不详。治平二年（1065年）进士。宋徽宗即位，召为户部员外郎。长于史学，工词文，与其兄孔文仲、孔武仲俱有文名，并称"三孔"。有《朝散集》十五卷。

寄　内

试说途中景，方知别后心。
行人日暮少，风雪乱山深。

【赏析】

　　这是一首别后寄给妻子的诗。合乎逻辑的顺序应当是："行人日暮少，风雪乱山深。试说途中景，方知别后心。"现在倒置，作者别有用心。诗人本想把离家之后旅途中所看见的景象全都告诉妻子，可是提笔凝思，突然别后的相思之苦涌上心头，途中那么多的景色，不知从何说起，不知是该先说别后之索落，还是先说途中景物之凄凉。"试说"二字，让人想到后来的辛弃疾说"愁"的那首《丑奴儿》，确有"欲说还休"的况味；李商隐的《夜雨寄北》用的也是这种手法。

　　有了离愁无穷的先入之感，然后再转出日暮独行、深山飞雪的"途中景"来，离人心情之凄苦寂寥在有形的画面中表现得淋漓尽致，对家庭、亲人的眷恋之情也呼之欲出。

　　善于将一言难尽的离愁别绪，隐含在日暮、行人、深山、风雪等典型的实景中，是这首小诗的最大特色。

禾熟（三首选二）

百里西风禾黍香，鸣泉落窦谷登场。
老牛粗了耕耘债，啮[1]草坡头卧夕阳。

丰年气象慰人心，鸟雀啾嘲亦好音。
玉食儿郎岂知此，田家粒粒是黄金。

【注解】

　〔1〕啮（niè）：啃咬状。

【赏析】

孔平仲一生的大部分时光是在出任地方官中度过的，所以对农村的风光了解、体会得比较真切。这两首七绝，以粗放的笔墨勾勒农村丰收年景的动人气象，生动鲜活，画面开阔，能给人留下深刻印象。

诗人将目光从稻谷飘香的万顷良田，收束到泉落溪潭和繁忙的打谷场上，然后又移目横卧坡头、悠闲自在地吃草的老牛身上——他为劳苦耕耘的老牛终于可以休息上一段时间而感到欣慰。"老牛"在这里有着象征性的意义，那成千上万终年劳作的农民不也和"老牛"一样吗？诗人说"粗了"，不是暗示还有艰辛的农活在等着他们吗？说"耕耘债"，表明"老牛"们需要付出的岂只是劳作，身后还有许多"债"等着他们去支付呢！这一忧虑，在第二首诗中，表达得非常明白。丰收景象宽慰人心，这从鸟雀的欢鸣中也可以听得出来，农家也好，鸟雀也好，偶遇丰年，都可以吃上饱饭了。然而坐享其成的富家公子哪里知道，他们一日三餐都要挑肥拣瘦的粮食，在农民那里，粒粒都是"黄金"啊！每一粒都是在他们"粗了耕耘债"后，官方以税赋的名目搜刮上来的啊！

诗的风格清新自然，深致的含义，婉曲的情感，全都流露在有意无意的笔触中。

胡时中

胡时中，字伯正，江西省宁都县人。生卒年不详。英宗治平四年（1067年）进士。性资颖异，不随世俯仰。隐居县城东门，自号东蒙居士。诗格清劲，无烟火气。

清明行

忆昔父母康健时，清明携我上丘垅。
如今清明我独来，却将小儿拜先冢。
凝情东风泪满衣，江山虽是昔人非。
小儿问我悲何事？此意他年汝自知。

【赏析】

本诗写的是一件平常而又平常的小事：记得小时候每逢清明，父母亲总要带着"我"上坟；如今每逢清明，带着孩子上坟的却换成了"我"自己。伫立在风中，泪水沾满衣袖，山水还是那样的山水，可是再也见不到父母的身影了。小儿问"我"为何悲伤，"我"不知道怎么回答他，只能说："日后你自己自然会明白的。"

相信这样的事，许多上了年纪的人都经历过，但经诗人用这样平实的语言说出来，仍旧是那么感人，那么让人感到酸楚。诗写得朴实无华，真情无限。

管师复

管师复，龙泉（今属浙江省）人，生卒年不详。为人讲义气、勇敢，擅长于写诗，隐居不仕，学者称卧云先生。著有《白云集》，已佚。事见《宋元学案》卷五。

白 云

入寺层层百级梯，野堂更与白云齐。
平观碧落星辰近，俯见红尘世界低。

【赏析】

作者是北宋名臣陈襄的门生，宋神宗闻名召征，被他婉拒，问其故，对曰："满坞白云耕不破，一潭明月钓无痕。"此联曾令许多人赞叹。这首诗是他对自己隐居之处的描写。

由于诗人自幼聪慧，悟性极高，且长期隐居白云岩，在白云缭绕、碧潭明月的幽景中，心静如水，加之长期修炼，达到了空明灵妙的境界。在此境界中，诗人视日月星辰就在脚下，观红尘世界只能俯视。这是一个禅者的人生观，也是他的真实感受。

释道潜

释道潜（1043—1106年），字参寥，俗姓何，本名昙潜，赐号妙总大师。杭州於潜（今浙江临安）人。自幼出家，与苏轼、秦观友善，酬唱甚多。能文善诗，为苏轼称赏。有《参寥子诗集》。

绝 句

高岩有鸟不知名，欲语春风入户庭。
百舌[1]黄鹂方用事，汝音虽好复谁听？

【注解】

〔1〕百舌：善鸣，其声多变化。古人认为，百舌"反舌有声，佞人在侧"（《汲冢周书》）。杜甫《百舌》诗云："百舌来何处？重重只报春。……过时如发口，君侧有谗人。"都是以百舌影射君侧有谗佞之人。

【赏析】

此诗意在讥刺以王安石为首专权用事的新党，为"不知名"的岩鸟如司马光、张方平、苏轼等贤能之士鸣不平，表现出对他们的无限同情。

诗人发端用叙事句法写鸟儿居于高岩而不为人知，当它飞入庭户时，与春风欲曲而语，十分亲切诚挚。这句写鸟儿情态可爱，楚楚动人。随即感叹道：户庭里擅权用事的是百舌和黄鹂，你唱得再好又有谁听？百舌和黄鹂因鸣声圆滑而被人畜养，它们把持歌坛，不容其他的鸟前来争鸣。参寥与苏轼交好，绍圣初，苏轼贬谪惠州，参寥也因作诗讥讽时政而获罪，被勒令还俗，编管宛州。当时新法已经变质，执掌朝政的是章惇、曾布、蔡京一伙歹人。这首诗将这一伙人比作鸣声圆滑、反复其舌的百舌、黄鹂，不光是嘲讽他们凭借如簧巧舌而得势一时，同时抨击了他们专权弄势、嫉贤妒能的行径。

这首诗的客观意义比作者的寄意还要深广。无名鸟唱得再好而无人赏识，也说明听众缺乏鉴别能力，好坏不分，雅俗不辨，任凭百舌、黄鹂迷惑，自然会让人联想到自古以来由于小人用事致使人才受排挤、遭冷落的现象，以及由于世人缺乏鉴识力而形成的曲高和寡、庸音喧嚣的实际情况。

秋　江

赤叶枫林落酒旗，白沙洲渚阳已微。
数声柔橹苍茫外，何处江村人夜归？

【赏析】

这首诗历来受人称道，佳处在后二句。惠洪《冷斋夜话》说道潜作诗"追法渊明，其语逼真"，即引此诗后二句为例。清吴乔《围炉诗话》说此二句"佳绝"。

其实此诗四句皆佳。前二句火红的枫叶与青白相间的酒旗色彩对比鲜明，为入画之景；后二句空中传声，尽显苍茫迷蒙之趣。而绚丽的夕阳在洁白的沙洲的衬托下，"与何处江村人夜归"遥相呼应，同时使苍茫外的"柔橹"之声有了着落。构思之妙，点染之精，不由令人品味再三，抚卷称叹。结句冷然一问，便以凭空想象江村人归的情景补足了沉沉夜色中不辨舟船的意思，意境更觉悠远空灵。

临平[1]道中

风蒲猎猎弄轻柔，欲立蜻蜓不自由。
五月临平山下路，藕花[2]无数满汀州。

【注解】

〔1〕临平：镇名，在今浙江余杭区，境内有临平山。
〔2〕藕花：荷花。

【赏析】

宋诗区别于唐诗的一个显著特点就是更重视对画意的表现。考究原因，或许与宋代绘画之繁荣、许多诗人同时是书画大家有直接关系。道潜这首诗写蒲苇受风的声形，写蜻蜓在蒲苇上站立不稳的姿态，写临平山下，经行之处满眼盛开的荷花，同样充满浓浓的画意。道潜有一首《观宗室曹夫人画》，自注说，曹夫人尝答应据此诗"作《临平藕花图》"。而苏轼作为诗画名家，一见此诗，大为赞赏，当即请人"刻诸石"，以便永久留存。

一般说来，诗是动态艺术，是形象思维与抽象思维的结合；画是静态艺术，是线条与韵律的结合。此诗在画意中同时突出了物象的声音、形态、动作，这都是只有诗才能具备的特点，可以说是诗法与画法二者完美的结合。曹夫人能根据诗意画出《临平藕花图》，也就不足为怪了。

诗人把蒲草泥人化了，写得它像有知觉、有感情似的，在有意卖弄它的轻柔。蜻蜓欲立又不能自由停立的瞬间姿态，也写得很传神。诗人静中写动，以动衬静的艺术技巧，十分高超。

王雱

王雱（1044—1076年），字元泽，抚州临川县城盐埠岭（今江西抚州市临川区邓家巷）人。王安石之子。性敏悟。治平进士。历官太子中允、崇政殿说书、天章阁待制兼侍讲、龙图阁直学士。曾受诏撰《诗义》《书义》。有《南华真经新传》。

绝 句

一双燕子语帘前，病客无憀尽日眠。
开遍杏花人不到，满庭春雨绿如烟。

【赏析】

你如果不了解王安石的这个宝贝儿子的怪诞，单看诗，你会为这首构思瑰丽的七绝而吟咏再三；你如果对这个怪人稍有了解，就会为这个世界之光怪陆离、颠倒错乱而感到大惑不解。为了不败坏艺术享受的快感，我们先看诗。

小诗描绘的春景秀美而幽寂。一双燕子在帘前卿卿我我，柔语缠绵，满园红杏怒放，如火如荼，春雨潇潇，如烟如雾——到处春意盎然，一片生机勃勃。然而，庭院的主人，眼下病魔缠身，仿佛成了暂寓尘世的过客，始终躲在帘幕后面，整日虚度春光。主人为什么会这样？除了作者，没有人能知道。

燕子亲切地对语，杏花盛开而无人观赏，在如此阒寂幽静的庭院里，突然暗示有一个整日长卧的"病客"躺在沉沉的帘幕后面——想到这里，会有一种阴森森的气氛莫名其妙地袭来。再看那满庭绿幽幽的轻烟，禁不住让人想起李贺《苏小小墓》中的那种"兰如露，如啼眼……西陵下，风吹雨"的凄美来。

这个一直不肯露面的"病客"即主人，到底是谁呢？我们回过头来再说说作者王雱其人其事，就知道了。

王雱是王安石的独子，作为权倾朝野的宰相的宠儿，纵容娇宠自在情理之中。王雱聪敏过人，个性乖戾，古怪得有些变态，搁到现在，估计会被关进疯人院。他奇怪地认为依仗残忍凶暴到令人厌恶的地步，才能出人头地。王安石力推新政初期，一天，理学家程颢造访王安石。王雱披头散发地突然出现在人们面前，光着双脚，手里拿着女人的手帕、头巾，旁若无人地走到父亲面前，阴阳怪气地问他们说什么。王安石说："我正在和程先生谈论新政，我们的新政受到了朝臣的反对。"王雱一屁股坐到大人坐的位子上，大笑道："只要把韩琦和富弼的头砍下来就够了。"

王安石的变法后来使许多大臣和无数百姓遭殃，到了晚年，自己却被这个早逝（年仅三十二岁）的儿子折磨得几近崩溃，他常常出现幻觉，看见儿子在阴间戴着脚链手铐，正在受审。

在这首诗里，那个自始至终躲在幕后窥视着满园春色的"病客"其实就是他自己。因此，这首诗的主题思想是春色再美，病人无缘。

我们知道，一些在心理方面有所缺陷的人，在其他方面说不定会表现出异乎常人的禀赋。公正地说，这个英年早逝的才子，虽然性情乖舛，诗词却写得相当漂亮。他一生只留下词二首、诗五首。另一《绝句》云：

霏微细雨不成泥，料峭轻寒透夹衣。

处处园林皆有主，欲寻何地看春归？

黄庭坚

黄庭坚（1045—1105年），字鲁直，自号山谷道人，晚号涪翁，洪州分宁（今江西省九江市修水县）人。北宋著名文学家、书法家。庭坚生而颖慧，八岁能诗，曾作诗送人赴举："万里程着祖鞭，送君归去玉阶前。若问旧时黄庭坚，谪在人间今八年。"治平四年（1067年）进士。初任国子监教授，改知太和县。与张耒、晁补之、秦观游学于苏轼门下，合称为"苏门四学士"。晚年两次被贬，死于西南荒僻的贬所。

黄庭坚以诗文受知于苏轼。在政治上，他与苏东坡同命运，共进退，于坎坷中度过一生。他称赏苏轼"临大节而不可夺"，他自己也颇有这种气概，处变不惊，从容坦荡。在诗坛上，他与苏轼并称"苏黄"，其诗歌创作注重审美意趣的标新立异以及艺术技巧的推陈出新。黄庭坚不如苏东坡那样才华横溢，但同样学识渊博，由于作诗刻意创新，确实创造了另外一种审美境界。他的诗体实验，得与失、优点和缺点都很明显，所以人们对他的评价历来各执一端，赞之者说他"荟萃百家句律之长，究极历代体制之变""宋兴以来，一人而已"；贬之者则说他"邪思之尤者""剽窃之黠者"。

山谷诗书俱佳。诗开一代诗风，成为江西派的开山之师；书法精妙，与苏轼、米芾、蔡襄并称"宋四家"。词与秦观齐名。今有《山谷集》等著作传世。

云涛石

造物成形妙化工，地形咫尺远连空。
蛟鼍〔1〕出没三万顷，云雨纵横十二峰。
宴坐使人无俗气，闲来当暑起清风。
诸山落木萧萧夜，醉梦江湖一叶中。

【注解】

〔1〕蛟鼍（tuó）：指水中凶猛的鳄类动物。

【赏析】

此诗作于诗人二十二岁，是其早期作品的代表作。因一块名曰云涛的奇石激发灵感，诗人展开瑰丽奇妙的想象，描写出海阔天空般的景象，从而使这首写景诗具有了独特的审美情趣，让读者得到了异乎寻常的艺术享受。

首联以石立意，诗人刻意突出一个"妙"字赞叹造物主以自然无为的神妙创造出的这一块奇石。这块云涛石妙就妙在它虽然占地方圆只有一尺，但石上的"云"和"涛"却让人觉得仿佛与遥远的云天和海涛连在一起了，由此及彼，由彼及此，浑然一体。

紧接着，颔联由诗人之"妙"意将石之"妙"趣继续推进：大海的波涛如此壮观，那是蛟鼍出没之地；巫山十二峰如此变幻莫测、气象万千，那是神女们自由自在来往的仙境。这石上的云涛不就是大海和仙山的缩影吗？大海中的波涛和巫山的云雾不就是这云涛石的放大吗？此联把广阔壮观的海山美景与近在咫尺的奇石巧妙地联系起来，从而使云涛石显得更加光彩夺目，充满神秘的意趣。

　　后四句以作者的感受表现云涛石的风韵，使石之"妙"趣进一步升华，把云涛石由实体观感转化为精神情趣。诗人说，闲暇的时候，静静地坐在这云涛石旁，可使人通体清爽，洗尽浑身俗气；炎热的时候，观赏此石，可以感受到石上的彩云和波涛送来的徐徐清风；坐在此石前，畅饮佳酿，酣醉中仿佛可以听到十二峰落木萧萧，在醉梦中，又仿佛乘坐着一叶扁舟，漂荡在云涛石中的波涛之上。这真是一个"妙"不可言的境界：诗人因对云涛奇石的酷爱，由静观而"醉"，由醉而"梦"，又在梦境中进入了云涛石的"太虚幻境"。诗写到这里，作者已经不再是一个奇石的爱好者和旁观者，而是与奇石融为一体，人石合一了。如此奇思妙想，也只能在黄庭坚的诗中看到。

　　宋人玩赏奇石的风尚非常普遍，但写石的佳构除了这一首，要数苏东坡的《壶中九华诗》了。他在诗前的小序中说，湖口有个叫李正臣的人，收藏着一枚名"九峰"的奇石，"玲珑宛转，若窗棂然"。他自己有一块"仇池石"，想把这块"九峰石"以百金买到手，配成一对。可惜因故未能如愿，于是写诗纪之。我们不妨录出参阅。其诗曰：

　　清溪电转失云峰，梦里犹惊翠扫空。

　　五岭莫愁千嶂外，九华今在一壶中。

　　天池水落层层见，玉女窗明处处通。

　　念我仇池太孤绝，百金归买碧玲珑。

登快阁〔1〕

痴儿了却公家事〔2〕，快阁东西倚晚晴。
落木千山天远大，澄江一道月分明。
朱弦已为佳人绝，青眼聊因美酒横〔3〕。
万里归船弄长笛，此心吾与白鸥盟〔4〕。

【注解】

〔1〕快阁：在今江西泰和县东澄江上。以江山广远、景物清华著称。

〔2〕"痴儿"句：典出《晋书·傅咸传》，夏侯济写信给傅咸说："生子痴，了官事。官事未易了也。了事正作痴，复为快耳。"这句意思是说，傻子才会去操心琐事，以办理具体事务为能的人是傻瓜，以了事为快的更傻。痴儿：作者自谓。

〔3〕"朱弦"二句：意谓既然世无知音，自己就不想再施展才华，唯有美酒值得青眼相待，姑且借以消愁吧。前句用俞伯牙破琴谢钟子期一典，后句用《晋书》阮籍见礼俗之辈以白眼对之，见高雅之士以青眼对之的典故。佳人：美人，引申为知己、知音。横：这里形容目光流动。

〔4〕白鸥盟：典出《列子·黄帝》，大意是说，海上有好鸥者，日与鸥游，其父让他捕来，次日此人再至海，鸥鸟便不再飞下。后世常用来说明不存机心，万物与人才会和谐相处的道理。

【赏析】

这首诗集中体现了诗人的审美趣味和诗学主张，因而被评论家们视为代表作。

此诗作于诗人在太和知县任上，时在元丰五年（1082年）。

黄庭坚诗崇杜甫，曾说："老杜作诗，退之作文，无一字无来处……古之能为文章者，真能陶冶万物，虽取古人之陈言入于翰墨，如灵丹一粒，点铁成金也。"（《答洪驹父书》）本诗从首联开始，就句句用典，字字有来处。追查这些典故和用语的出处，的确会像钱钟书挖苦黄庭坚说的那样，产生一种"仿佛冬天的玻璃窗蒙上一层水汽，冻成一层冰花"的朦胧感；如果能不去追寻这些语典的出处，诗的意境反而显得清晰明快。

看领联。由首联"倚晚晴"三字，诗人放眼于初登快阁的"落木千山天远大，澄江一道月分明"之辽阔，登阁之"快"意豁然而现。颈联对仗妙趣横生，"朱弦"对"青眼"、"佳人"对"美酒"，一"绝"一"横"，天然配对，确是黄庭坚式的"点铁成金"之法。

尾联引出诗人"归船"之愿、"白鸥"之盟，既呼应首联，又顺势作结，给人以"一气盘旋而下之感"。意味隽永，想象无穷。

国学经典精神家园丛书

寄黄几复〔1〕

我居北海君南海〔2〕，寄雁传书谢不能〔3〕。
桃李春风一杯酒，江湖夜雨十年灯。
持家但有四立壁〔4〕，治病不蕲三折肱〔5〕。
想得读书头已白，隔溪猿哭瘴溪〔6〕藤。

【注解】

〔1〕黄几复：名介，字几复，豫章（今江西南昌）人。诗人早年好友，时任广州四会县令。

〔2〕"我居"句：当时黄庭坚在山东德平，黄几复在广东四会，皆近海而居，但相隔甚远，故有下句之言。

〔3〕"寄雁"句：意谓相距遥远，因而音讯不通，深感抱歉。

〔4〕"持家"句：谓黄几复居家清贫。

〔5〕"治病"句：意思是说，黄几复富有才情，谙熟世事，无须经历磨难，修身从政皆可有所作为。蕲（qí）：祈求。语本《左传·定公十三年》："三折肱知为良医。"这里反其意而用之。

〔6〕瘴溪：岭南山林多瘴气，故云。

【赏析】

诗作于宋神宗元丰八年（1085年），其时诗人在德州（今属山东）德平镇。

这是山谷诗作之名篇，"桃李"一联尤其被人乐道。两句连用名词，看似普通，但经诗人陶冶熔铸，便构造出了全新的意境，营造出两个对照鲜明的空间。前写交游之乐、欢会之短；后写分别之久、思念之苦。用情深致，生动贴切。颈联拗峭的句式与颔联流丽的韵味正好形成鲜明的对照，硬语盘空，奇词夺目，既强化了诗句的顿挫感，又产生出一种先声夺人的魅力。此联与尾联从持家、治病、读书三个方面表现朋友的为人和处境：家徒四壁，久病成医，在如此艰难困苦的条件下，仍旧手不释卷；虽为一县之长，依然清贫如洗——诗人对黄几复的为官清廉和刻苦好学充满敬重，由衷赞赏。

"隔溪猿哭瘴溪藤"收束得奇崛，于情谊深长中平添凄苦悲凉之气。猿都为这位朋友恸哭，不平之鸣，怜才之意尽在其中！

山谷的诗因刻意求"无一字无来处"，结果有些诗句显得生硬晦涩，妨碍了审美效果。但也不能一概而论，这首《寄黄几复》也可以说是"无一字无来处"，却并不晦涩。

次韵王荆公题西太一宫[1]壁二首

风急啼乌未了，雨来战蚁方酣。
真是真非安在？人间北看成南。

晚风池莲香度，晓日宫槐影西。
白下长干[2]梦到，青门紫曲[3]尘迷。

【注解】

〔1〕西太一宫：汴京的一处道观。从王安石写西太一宫的几首诗看，当时此观已荒芜。

〔2〕白下：地名，本名白石陂，后人在此筑白下城，故址在今南京市金川门外南区。唐武德九年（626年），曾改金陵为白下，因用以代指金陵。长干：地名，在今南京市南。

〔3〕青门：《三辅黄图》中曰："长安城东出南头第一门曰霸城门，民见门色青，名曰青城门。"这里借指汴京的城门。紫曲：即紫陌，原指长安的道路，此指京城里尘土飞扬，使人迷茫。

【赏析】

此诗作于宋哲宗元祐元年（1086年）秋天。王安石有《题西太一宫壁二首》：
柳叶鸣蜩绿暗，荷花落日红酣。
三十六陂春色，白头想见江南。

三十年前此地，父兄持我东西。
今日重来白首，欲寻陈迹都迷。
黄庭坚依原韵"酣、南、西、迷"及诗题唱和，意趣却不同。

国学经典精神家园丛书

首二句皆有典故，但大可不必引经据典，因为风急鸟鸣、雨来蚁战是尽人皆知的自然现象，看北面南也是方位相对性的一般常识。作者用这三种自然物理现象，目的是要引出是非之争此一时、彼一时，难有定准，来影射王安石筹划变法。这段时期由王安石主政，当时的法令为"是"，旧法为"非"。元祐元年（1086年），废除新法，以旧法为"是"，新法为"非"。新旧两派的是非之争，究竟孰是孰非？正如庄子所说："彼亦一是非，此亦一是非。果且有彼是乎哉？果且无彼是乎哉？"

第二首说风送莲香，晓日影西，也是人人皆知的常识。后两句是对王安石两首诗意的概括。如果说第一首的后两句是溢出原作的新意，那么，这两句则是对为何会"白首"而"尘迷"的回答。诗人说，你远离故乡，跑到京城来扬名立威，到头来不过是春梦一场而已。"紫陌红尘拂面来"——根源就在于你经不住"红尘"的诱惑。

黄庭坚写这二首诗的时候，还未见过苏东坡，苏看了他的诗文，击节叹赏，说他"超轶绝尘，独立万物之表，世久无此作"，经此赞赏，山谷遂名声大震；苏做侍从官时，曾举荐黄代替自己，荐词中有"瑰玮之文，妙绝当世；孝友之行，追配古人"之句，可见评价之高。

鄂州南楼[1] 书事

四顾山光接水光，凭栏十里芰[2]荷香。
清风明月无人管[3]，并作南楼一味凉。

【注解】

〔1〕鄂州：在今湖北武汉、黄石一带。南楼：旧址在武昌黄鹤山上，今已不存。

〔2〕芰（jì）：菱角。

〔3〕"清风"句：意谓自然景物就像清风明月一样，无处不在，并没有专人主宰它们。

【赏析】

东晋征西将军庾亮镇守武昌（今湖北鄂州）时，登南楼观赏风光，后人建楼纪念之。黄庭坚在崇宁元年（1102年）寓居鄂州后二次登临，叹其制作之精美，赋诗记游。诗人在此之前经历了长达六年的流放生涯，遇赦后赴太平州任，仅九日即罢官，流寓鄂州，只能听天由命。在此期间，他一方面在佛法中寻求解脱，一方面寄情山水，置生死荣辱于不顾。这首诗应当看作是他这种心境的真实反映。

前三句写景，用意全在于指向结句之"一味凉"，即所谓"并作"也。"凉"即"清凉"，系佛法用语。《大集经》曰："有三昧，名曰清凉，能断离憎爱故。"诗中呈现的全部景象，山光水光也好，十里荷香也好，清风明月也好，一起构成了一个能使心境空灵的"清凉世界"——此即诗人面对横加于身的重重苦难的心态；而若想在生死荣辱面前能以此心态坦然直面，非心有佛法，是不可能做到的。

题胡逸老致虚庵[1]

藏书万卷可教子，遗金满籯[2]常作灾。
能与贫人共年谷，必有明月生蚌胎[3]。
山随宴坐图画出，水作夜窗风雨来。
观山观水皆得妙，更将何物污灵台[4]？

【注解】

〔1〕胡逸老：生平事迹不详，从诗中可知当为诗人之忘年交。致虚庵是其书房名。

〔2〕籯（yíng）：箱笼类器具。语本《汉书·韦贤传》："遗子黄金满籯，不如一经。"

〔3〕"能与"二句：典出《三国志·魏书》裴松之注，略云孔融赞扬韦端的两个儿子是两颗明珠。明月在这里是指珍珠。

〔4〕灵台：即心。语本《庄子·庚桑楚》："不可内于灵台。"

【赏析】

宋徽宗崇宁元年（1102年），黄庭坚从谪居已久的川蜀，次年又被贬往广西宜州。诗作于两次贬谪之间，其时诗人的生活与心境都相对稳定。

诗以人生哲理发端，首先赞美胡逸老诗礼传家，凸显其品格之高尚：传书万卷能使子孙成才，而遗金满籯往往给后辈儿孙招来祸害。颔联承上，进一步赞美庵主的仁爱之心，说他在灾年能拿出粮食救济穷人，必积余庆，有如明珠出于蚌胎，定有优秀子弟出于门庭。

颈联以一特写镜头描述致虚庵：白天闲坐庵中，山景仿佛一幅幅图画般浮现在眼前；夜里倚窗而坐，水声淙淙，好似风雨飘洒江面。这两句写景充满诗情画意，被前人推崇为"奇语"。其意云何？有静有动、有虚有实、可视可听之谓也。"宴坐""夜窗"是其静，"山出""水来"是其动；群山如画是看到的，水作风雨是听到的：图画是虚，山美是实，夜听是虚，水声是实。诗人特意拈出这两句奇景，为的是衬托斋主品格的高雅俊逸、崇礼乐道。

尾联总收全诗，照应开头。以空灵闲逸之心观山观水，山水之妙涤荡胸臆，内心自然清湛明净、一尘不染。整首诗明写斋写人，同时也暗寓着作者自己的思想境界。

牧　童

骑牛远远过前村，短笛横吹隔陇闻。
多少长安名利客，机关用尽不如君。

【赏析】

这是一首很有名的诗，明白如话，寓意深长。作者把牧童作为自由的象征，赞美无忧无虑、逍遥自在，才符合人之本性，才是人生的真谛；相比之下，那些奔波于名利场上的芸芸众生，欲壑难填，机关算尽，到头来还不是赤条条来，赤条条去，虚度一生，有哪一个活得能像"牧童"一样舒心恬适？

牧童短笛是中外诗人和民歌都乐于采写的题材，如同为宋人的雷震，有《村晚》云：

草满池塘水满陂，山衔落日浸寒漪。

牧童归去横牛背，短笛无腔信口吹。

弈棋二首呈任公渐[1]

偶无公事负朝暄[2]，三百枯棋共一樽。
坐隐不知岩穴乐，手谈胜与俗人言[3]。
簿书堆积尘生案，车马淹留客在门。

战胜将骄疑必败，果然终取敌兵翻[4]。

偶无公事客休时，席上谈兵校两棋。
心似蛛丝游碧落，身如蜩甲化枯枝[5]。
湘东一目[6]诚甘死，天下中分尚可持[7]。
谁谓吾徒犹爱日？参横月落不曾知。

【注解】

〔1〕任公渐：任渐，黄庭坚的好友同僚，一说即任伯雨。公是对古代为官或有一定名望的男性的尊称。

〔2〕负朝暄：典出《列子·杨朱》："昔者宋国有田夫……谓其妻曰：'负日之暄，人莫知者。以献吾君，将有重赏。'"本义为冬季晒日取暖，后用为向君王敬献忠心。

〔3〕"坐隐"二句：东晋裴启《语林》曰：王中郎（坦之）以围棋为坐隐，支公（支道林）以围棋为手谈。

〔4〕"战胜"二句：意谓骄兵必败，果然敌手最后全盘皆输。

〔5〕"身如"句：蜩（tiáo，即蝉）甲：蝉蜕之壳。诗评者谓山谷此二句苦思忘形，较胜负于一着，与王荆公措意异矣。荆公诗云："莫将戏事扰真情，且可随缘道我赢。战罢两奁分黑白，一枰何处有亏成？"

〔6〕湘东一目：湘东指梁元帝萧绎。先封为湘东王，因眼疾而盲一目。这里比喻围棋一眼不活。

〔7〕"天下中分"句：语本《史记·高祖纪》：项羽与汉王约中分天下，割鸿沟。此谓胜负未分，尚可一战。

【赏析】

明彭大翼《山堂肆考》云："涪翁放逐黔中，既无所用心，颇喜弈棋。绍圣四年（1097年）八月丁未，偶开韦昭《博弈论》读之，喟然以为真无益于事，诚陶桓公所谓'牧猪儿戏耳'，因自誓不复弈棋。"由这则记载可知黄庭坚曾经非常喜欢博弈。二诗皆以楸枰之战为题，不知棋者，是写不出如此精妙的咏棋诗的。

第一首集中笔墨写围棋之魅力。它让人痴迷到了公文堆积如山，落满灰尘都无暇顾及；门外来客的车马滞留在那里，也顾不上接待。长官此时正在温暖的阳光下，前有

"三百枯棋"，旁有美酒一樽，心无旁骛地"手谈"呢！围棋之所以有"坐隐"的雅号，是因为不论身处山林还是闹市，只要坐在棋枰前，就能摆脱一切世俗牵挂。这说明围棋是一种变化无穷的智力竞赛，具有超常的魅力，可以使人陶醉，可以使人忘忧。"坐隐不知岩穴乐，手谈胜与俗人言"——现在已经成了棋友们自爱自恋的口头禅，在他们看来，棋枰前的"坐隐"，比逃避到山林"岩穴"中的身隐有着更多的乐趣；以手交谈，远比俗人的喋喋不休高雅得多。

第二首同样以"偶无公事"领起。诗人用空中飘荡的蛛丝和挂在枯枝上的蝉壳比喻纹枰"谈兵"者的凝神静气。"身如蜩甲化枯枝"，用的是《庄子》中佝偻丈人捕蝉的故事。丈人一心捕蝉，由于心意太过专注，竟将身当枯树、臂当枯枝。诗人说，对弈者专心致志到了身体竟然蜕化成了蝉壳、手指枯化成了树枝都不知道的程度。对鏖战纹枰者的描写，逼真、传神到了极点，历来咏棋诗无过于此者。

颈联写的是棋理。以"湘东一目"比喻围棋的死活，虽然形象，却未免有失温厚。"诚堪死"指的是全盘中的某一块，就整体而言，半壁江山尚在，输赢未见分晓，所以说"尚可持"——大可坚持到底，决一死战。

结尾以自我宽慰之笔，淡化嗜弈者的荒废光阴。回看彭大翼的记述，这大概是黄庭坚因嗜弈误事而心生忏悔的自然流露吧。

吕南公

吕南公（1047—1086年），字次儒，自号灌园先生，建昌南城（今属江西）人。一生不以科举为意。生活贫苦，社会地位低微。其诗多写人间悲苦，真实深刻，非富贵者所能为。

勿愿寿

勿愿寿，寿不利贫只利富。
君不见生平龌龊[1]南邻翁，绮纨合杂歌鼓雄。
子孙奢华百事便，死后祭葬如王公。
西家老人晓稼穑，白发空多缺衣食。

儿孱妻病盆甑^[2]干，静卧藜床冷无席。

【注解】

〔1〕龌龊：这里是形容为人吝啬悭贪。

〔2〕孱（chán）：瘦弱。甑（zèng）：一种蒸饭的炊具。

【赏析】

诗题径作"勿愿寿"——不想长寿。这似乎有点不可思议。如今的人哪一个不想长命百岁！可吕南公为什么要冒天下之大不韪呢？作者自有他的道理，因为"寿不利贫只利富"。

为了证明这一主题，诗人让我们看了两个人："南邻"的富翁和"西家"的老人——一边是"龌龊"悭客，为富不仁，却锦衣玉食，鼓乐喧天；一边是赤贫如洗，妻儿潦倒。富翁死后厚葬，如同王公；西邻的老人饥寒交迫，生不如死，自然会有不想活的念头。两相对比，使挣扎在死亡线上的穷苦人"勿愿寿"的心理显得真实而有说服力。

诗代穷人立言，沉痛愤激，发前人所未发。

秦　观

秦观（1049—1100年），字少游，一字太虚，号淮海居士，扬州高邮（今属江苏）人。神宗元丰八年（1085年）进士。哲宗元祐年间，历官太常博士、秘书省正字兼国史院编修。新党掌权，因与苏轼友善，迭遭贬逐，流放到偏远的西南。徽宗即位召还，死于回京途中的滕州（今广西滕县）。少游与黄庭坚、晁补之、张耒同为"苏门四学士"。苏轼非常赏识他的才华，曾把他的诗推荐经王安石，王称赞说："清丽妩丽，与鲍谢似之。"长于诗文，尤工于词。为婉约派具有代表性的词人。因此写诗都带有词的味道，为此元好问说他的诗是"女郎诗"，少游对事物的观察颇为敏锐，能把一些不大为他人留意的现象点化入诗，使之别开生面，趣味盎然。

有《淮海集》和《淮海居士长短句》传世。

赠女冠畅师

瞳人剪水^[1]腰如束，一幅乌纱裹寒玉^[2]。
飘然自有姑射^[3]姿，回看粉黛皆尘俗。
雾阁云窗^[4]人莫窥，门前车马任东西。
礼罢晓坛^[5]春日静，落红满地乳鸦啼。

【注解】

〔1〕瞳人剪水：视他人目，因能映己像，故称瞳人。语本李贺《唐儿歌》："一双瞳人剪秋水。"

〔2〕寒玉：玉质清凉，比喻女冠清俊雅洁，凛然不可犯。

〔3〕姑射：典出《庄子·逍遥游》："藐姑射之山，有神人居焉，肌肤若冰雪，绰约若处子。"后世借用形容神仙或美女。

〔4〕雾阁云窗：形容楼阁之高，居处之幽深。韩愈《华山女》："云窗雾阁事恍惚，重重翠幔深金屏。"

〔5〕坛：这里是指道观做法事的祭坛。

【赏析】

诗为题赠一位姓畅的道姑而作。

首联写道姑美若天仙，然凛然难犯。她眼波清澈，身段窈窕，面容姣美，头戴青纱道冠。诗人用冷调子描写这位道姑，意在说明她既不同于一般艳丽的美女，也不同于韩愈《华山女》所写的"洗妆拭面著冠帔，白咽红颊长眉青"的风流女道士。

颔联用"姑射仙子"来比拟，说明她是神仙中人，回首再看，人间"粉黛"无一不是"尘俗"之流，不屑一顾。

接下来是对这位道姑的起居行处和精神世界的刻画，进一步说明其不食人间烟火，了无尘俗之气。春日花开花落，百鸟啁啾，而道姑心如止水，终不为春情所动。秦少游也是一位多情种子，却出人意料、如此冷静地叙述一位绝色女冠凛若冰霜的日常生活，让人不禁觉得奇怪。在唐宋诗人的笔下，凡是与道姑有关的作品，大多是绮思艳想之作，如李商隐的《碧城》：

碧城十二曲阑干，犀辟尘埃玉辟寒。

阆苑有书多附鹤，女床无树不栖鸾。

星沉海底当窗见，雨过河源隔座看。

若是晓珠明又定，一生长对水晶盘。

那么，少游创作此诗的动机何在？无名氏《桐江诗话·畅道姑》有这样一段记载："畅姓，唯汝南有之。其族尤奉道，男女为黄冠者十之八九。时有女冠畅道姑，姿色妍丽，神仙中人也。少游挑之不得，乃作诗云……"

人对任何事物，只有在不带丝毫欲望的时候，才能客观冷静地观察之，认识之，描述之——这也许就是一反少游平时多愁善感之情调，而以冷峻平静之笔墨出之的深层原因吧？

三月晦日[1]偶题

节物[2]相催各自新，痴心儿女挽留春。
芳菲歇去[3]何须恨，夏木阴阴正可人。

【注解】

〔1〕晦日：每月的最后一天。

〔2〕节物：季节与风物景色的缩写。

〔3〕歇去：《淮海后集》作"过尽"。

【赏析】

这是一首富含"理趣"的哲理诗。"三月晦日"是暮春三月的最后一天，过了这天，意味着时令进入夏季。春去的伤感，对于情感敏锐的人而言，不言而喻。然则此诗另辟蹊径，别有创意。诗人起首即说，"节物相催"是自然规律，不想让春归去，那只是"痴心儿女"的一厢情愿。这样写足了人们对春将逝去时的怅惘之感，为诗的后两句翻出新意，做了充分的铺垫。后两句中诗人反振一笔，突出旨意：不要流连春日的繁花似锦吧，绿荫婆娑的"夏木"不是同样"可人"吗？

小诗选取日常景物，以亲切的口吻，生动形象的寓意，告诉人们：春华秋实，各擅胜场，人生理应将目光放得更远更辽阔一些，何必要为一时一事的得失而悲伤呢！诗人的乐观、豪放、豁达，跃然纸上！

秋日（三首选二）

霜落邗沟[1]积水清，寒星无数傍船明。
菰蒲[2]深处疑无地，忽有人家笑语声。

月团新碾瀹[3]花瓷，饮罢呼儿课楚辞。
风定小轩无落叶，青虫相对吐秋丝。

【注解】

〔1〕邗（hán）沟：亦称邗江，是自扬州流经高邮直至淮安的一段运河。

〔2〕菰蒲：茭白和蒲苇，此处泛指水边植物。

〔3〕月团：指茶饼。碾：这里是指烹茶前先将团茶碾成茶末。瀹（yuè）：烹茶。

【赏析】

《秋日》共三首，写的都是乡居生活，时在熙宁、元丰年间。这两首为宋诗名篇，深得选家青睐。

秦观是高邮人，首篇描写的就是家乡邗江的夜景。微霜已降，秋水方清，诗人乘船过河，清风徐来，清爽宜人。没有月光的夜空星斗灿烂，倒映在船旁的江水中，人仿佛被包围在了无穷无尽的繁星之中。这是怎样一种令人空灵透明的境界啊！

三、四句描写环境之幽寂，让人难以忘怀。邗江两岸丛生的菰蒲，在朦胧的星光中，一望无际，让人误以无处停舟小憩。这时，忽然听到一阵"笑语"声，方知近处原来还有人家，顿时释然开怀。宋人曾说此联和道潜的"隔林仿佛闻机杼，知有人家住翠微"相比而"更加锻炼"，因而受到黄庭坚的称赏。

次篇写家庭生活的悠闲妙趣。悠闲自在地品尝过碾好的新茶，敦促儿子诵咏过《楚辞》，一天的家事就都做完了。这时斜卧在小轩中，风尘不动，虽是秋日，不见一片枯叶坠落。漫无目的地看着青绿色的小虫相对吐丝，这时，人与万物的界限仿佛顷刻之间不复存在了，人与自然恍惚间完全融合为一体了。遗世而独立，观物而忘情，红尘滚滚，与我何干？人生的真义，不尽在此吗？

春　日

一夕轻雷落万丝，霁光〔1〕浮瓦碧参差。
有情芍药含春泪〔2〕，无力蔷薇卧晓枝。

【注解】

〔1〕霁光：雨后初晴的阳光。
〔2〕春泪：未干的雨点。

【赏析】

诗写雨后春景。因其描摹风情媚人，柔情入骨，历代诗论家视之为少游的代表作。

首二句对春雨的捕捉十分传神：夜里曾有春雷隐隐然滚过长空，诗人知有春雨潜夜而至，无边无量的雨丝潇潇洒洒；清晨起来，举目一望，春色更浓，琉璃瓦反射着明媚的阳光，闪耀浮动，或明或暗，令人心旷神怡。再看庭院，多情的芍药珠光闪闪，宛若少女含泪凝思，情意绵绵；蔷薇的花枝婀娜多姿，娇柔无力地半仰半卧，犹如美人出浴。难怪元好问看了这两句，说秦少游好像是"女郎"作诗，柔媚彻骨。陈衍对元好问的讥讽则大不以为然，他说："遗山讥'有情'二语为女郎诗。诗者，劳人、思妇公开之言，岂能有《雅》《颂》而无《国风》，绝不许女郎作诗耶？"

宁浦书事（六首选二）

挥汗读书不已，人皆怪我何求。
我岂更求荣达，日长聊以销忧。

身与杖藜为二，对月和影成三。
骨肉未知消息，人生到此何堪！

【赏析】

《宁浦书事》是一组诗，作于绍圣四年（1097年）。时作者编管于横州，治所在宁浦（今广西横县）。所谓"编管"，是宋时对获罪官吏的一种处罚，即将其流放远方州郡，编入该地户籍，并由当地官吏加以管束。苏轼门人差不多都受到过这样的责罚。组诗真实地描述了当时贬谪并被"编管"后的生活状况及其郁闷的心境。

第一首写读书。在那种情况下读书，无非是为打发百无聊赖的时光，而不知情的人却奇怪他为什么在大热天里，还要挥汗苦读，以为他有什么企求。诗人无奈地说："我还哪敢'更求荣达'？我只不过是借此消愁解闷罢了。"

第二首写得沉痛之至：用手杖支撑着疲惫不堪的身体，在人世间孤独到只剩下躯体和竹杖这样两件东西了；偶尔借酒浇愁，对月成影，也只有三人而已。虽然这句是化用李白的"举杯邀明月，对影成三人"，用在这里，尤为凄苦。尽管孤苦凄凉到了这般地步，可关于他的消息，家里的骨肉至亲却一点儿也不知道——"人生至此何堪！"诗人痛苦得几乎要呼天抢地了。作者在结束这一组诗时，最后终于发出了绝望的呼喊："纵复玉关生入，何殊死葬蛮夷！"

七言诗的音韵适于跌宕顿挫的情调，六言诗急迫气促的节律则适于表达一种近乎决绝、难以舒缓的气势。秦观的这组诗，对于我们了解宋代被"编管"者的处境和了解这位以"柔情似水，佳期如梦"而闻名后世的才子，是难得的史料。

李 唐

李唐（1066—1150年），字晞古，河阳三城（今河南孟州）人。徽宗朝补入画院。善画人物山水，笔意不凡。尤工画牛。

题 画

云里烟村雨里滩，看之容易作之难。
早知不入时人眼，多买燕脂画牡丹。

【赏析】

这首小诗，仿佛信笔书之，却受到后人的格外青睐。高中语文题库还把它作为模拟考试题挂在网上，提出的问题是：诗为"题画"，但写画只有第一句，分析该句在全诗中的作用；分析诗人抒发了什么样的情感？

第一句"云里烟村雨里滩"——云烟缭绕的村庄和雨中迷蒙的河滩，用这样的笔墨描绘画中的景象，鲜明而逼真。写出画卷的景物，既营造了意境，也反映了作者的意趣；既照应了诗题，也为下面抒情做了铺垫。

接下来的三句，诗人借题发挥，抒发了个人的感慨和不平，讽刺了当时的世态人情。据明代郁逢庆《书画题·记》载："钱唐人宋杞云：李唐初至杭州，默默无闻，靠卖画糊口，生活十分艰苦。后因得到了某官员的赏识，他的画才被杭州人视为珍宝。李唐感慨系之，因此在自己的一幅画上题写了这首诗。"

画家说，他的画看似容易，但每一幅的创作却非常艰辛，无不凝结着作者的心血。他的画起初之所以不受人欢迎，是因为他没弄明白"时人"并不喜欢画家从心灵深处流出的墨宝，喜欢的只是浓墨重彩、大富大贵的牡丹；如果他想迎合世人如此庸俗无聊的心理，当时也会多买大红大绿的颜色，只画牡丹。世俗之人只图鲜艳富贵气，其实是贪图荣华富贵的社会风气之心理反映。画家表面上说要迎合"时人"，多画牡丹，实际上是对时人没有品位、不懂艺术的嘲讽，也流露出诗人怀才不遇之叹。

小诗结尾二句，看似出笔恬淡，实则寓含沉痛之极的衷叹。

米　芾

米芾（1051—1107年），字元章，号鹿门居士、海岳外史等，人称米南宫。世居太原，后定居润州（今镇江）。以太常博士出知无为军，召为书画学博士，擢礼部员外郎。精鉴赏，善书画，为宋四大书法家之一。多有狂言异行，时人称作"米颠"。著述有《书史》等。

智衲草书

人爱老张书已颠[1]，我知醉素心通天[2]。
笔锋卷起三峡水，墨色染遍万壑泉。
兴来飒飒吼风雨，落纸往往翻云烟；
怒蛟狂虺[3]忽惊走，满手黑电争回旋。
人间一日醉梦觉，物外万态涵无边[4]。
使人壮观不知已，脱身直恐凌飞仙。
弃笔为山倘无苦，洗墨成池何足数！
其来精绝自凝神，不在公孙浑脱舞[5]。

【注解】

〔1〕"人爱"句：意谓世人都喜欢张旭草书的癫狂。张旭（675—约750年），字伯高，一字季明，吴县（今江苏苏州）人。史称"草圣"，与李白诗、裴旻舞时称"三绝"。据说他"每大醉呼叫狂走乃下笔，或以头濡墨而书。既醒，自视以为神，不可复得也。世呼张颠"。

〔2〕"我知"句：意思是说，可我知道怀素酒醉狂草，其心神已与天相通。怀素（725—785年），字藏真，俗姓钱，永州零陵（湖南零陵）人。与张旭齐名，亦嗜酒，习称"张颠素狂"。

〔3〕狂虺（huǐ）：疯狂的毒蛇。

〔4〕"人间"二句：意思是说，在人世间醉后一觉醒来，他在心中酝酿的狂草已经涵盖了物质世界之外的万千形态。换言之，草书在醒后已经打好了腹稿。

〔5〕"不在"句：意谓怀素草书的神韵不是因受公孙大娘的剑舞启发而来。语意脱胎于杜甫《观公孙大娘弟子舞剑器行并序》一诗，序言说："往者吴人张旭，善草书书帖，数常于邺县见公孙大娘舞西河剑器，自此草书长进。"诗中比喻公孙氏舞剑"来如雷霆收震怒，罢如江海凝清光"。公孙大娘：唐开元时著名舞蹈家，以善舞剑而知名。浑脱：唐代波斯传入的一种舞蹈音译。武后末年，有人把《剑器》舞与《浑脱》舞结合成一种新的舞蹈，叫作《剑器浑脱》舞。

【赏析】

米芾是书画名家，亦工草书。他这首诗是对唐僧人怀素狂草的赞美和评价。诗题的"智衲"指的就是怀素，因僧人别称"衲子"，所以米芾尊称怀素为有智慧的出家人。

作者开宗明义，说世人喜欢张旭，而我更爱怀素，因为怀素的草书已臻通神的至境。然后一连用六句鲜明生动的比喻，描写怀素狂草的妙不可言。以三峡湍流、万壑飞泉形容其笔锋之灵动、墨色之飞舞；说怀素灵感来了，有如狂风暴雨不可遏止；落到纸上，仿佛云翻烟腾般气象万千，又像蛟龙发怒，狂蛇惊奔；墨笔在他手中回旋飞舞，就像黑色的闪电。

一口气写足了怀素"狂草"给人直观的感觉后，再对怀素所以在书法上取得如此惊人成就的原因做进一步的探索。史载，怀素曾一日九醉，时人呼之为醉僧。他每次酒后，便提笔疾书于寺内长廊的粉墙之上，其势若惊蛇走虺，骤雨狂风；满壁纵横，又恰似千军万马驰骋沙场。诗人根据这位草书狂人的个性特征，说他实乃天界仙人，在人世间醉后一觉醒来，心中酝酿的狂草已经融汇了物质世界之外的万千形态；他为人间留下这壮观不已的奇迹后，仍将"脱身"飞升，回归天界。诗人用此神话笔法，意在揭示这位书法奇人超凡脱俗的内心世界。

考究怀素的草书为什么会超凡入圣，"弃笔为山倘无苦，洗墨成池何足数"恐怕才是真正的原因吧？有大量文献资料记载了怀素勤学苦练的事迹，譬如"芭蕉练字""砚泉磨墨""秃笔成冢"等。所以米南宫的最后结论是："其来精绝自凝神，不在公孙浑脱舞"——怀素精妙绝伦、凝神通天的草书成就，得之于坚持不懈的勤学苦练，而不是像张旭那样，受了什么"公孙浑脱舞"的启发。

诗论家谈到宋诗，好以"难脱唐人杵臼"非难之。米芾的诗就"不蹈袭前人一言"（程俱《题米元章墓》）。他曾作诗云："饭白云留子，茶苦露有儿。"读者不知"露儿"何处出典，向他请教，他回答说："只是甘露哥哥耳！"意思是说，哪有什么典故！可见其诗风之一斑。这首《智衲草书》也一样。历史上赞扬怀素及其书法的诗文多到不胜枚举，如李白韩偓、贯休、王世贞、何绍基等等，唯有这一首形神皆备，文采飞扬，丝毫没有堆砌典实、套用成语之弊端。

贺 铸

贺铸（1052—1125年），字方回，自号庆湖遗老。山阴（今浙江绍兴）人，居卫州（今河南汲县）。宋太祖孝惠皇后族孙，授右班殿直。元祐中曾任泗州、太平州通判。晚年退居苏州，筑室于横塘。不附权贵，喜论天下事，长身耸目，面色铁青，相貌奇丑，头发短少，人称"贺鬼头"。为人豪侠仗义，博学强记，所作诗词，皆清婉佳丽，不类其人。他有名句"梅子黄时雨"为人称颂，因又绰号"贺梅子"。陆游说他"诗文皆高，不独工长短句"。黄庭坚在秦观去世后给贺铸的诗中说："解作江南断肠句，只今唯有贺方回。"贺铸说自己"尽心于诗，守此勿失"，可见他对作诗一事是很严肃慎重的。

今传《庆湖遗老集》《东山词》（一名《东山寓声乐府》）。

病后登快哉亭[1]·乙丑[2]八月彭城[3]赋

经雨清蝉得意鸣，征尘断处见归程。
病来把酒不知厌，梦后倚楼无限情。
鸦带斜阳投古刹，草将野色入荒城。
故园又负黄华[4]约，但觉秋风发上生。

【注解】

〔1〕快哉亭：位于彭城（江苏徐州）东南城隅，苏轼知徐州时题名"快哉"。

〔2〕乙丑：宋神宗元丰八年（1085年）。

〔3〕彭城：今徐州。

〔4〕黄华：菊花。

【赏析】

贺铸自出任徐州宝丰监（管钱的官）一职以来，曾多次登临此亭，赋诗抒怀。

首句以雨后蝉鸣起兴。以蝉之得时得意，隐射人不如蝉；"望断"征尘写尽思乡之情，暗切"病后"登临题意。

颔联续写归思之情。明写梦后，梦前悠悠不尽的思乡之情，尽在不言之中。

颈联回到现实，写鸦投古刹、草入荒城，以万物皆有所归，状游子之酸楚，融情于景，妙笔有神。

临末以梦想成空、早生华发收束。诗人多病早衰、抑郁难平之悲苦，呼之欲出。

这首诗在章法结构上颇具匠心。写景、抒情穿插交构，跌宕回旋，感慨万端。《四库总目提要》称贺铸诗"工致修洁，时有逸气"，于此可见一斑。

陈师道

陈师道（1053—1102年），字履常，一字无己，号后山居士。彭城（今江苏徐州）人。哲宗元祐时，由苏轼等推荐，为徐州教授。后历任太学博士、颍州教授、秘书省正字。一生安贫乐道，闭门苦吟，自云"此生精力尽于诗"，每有灵感，便闭门而卧，苦吟累日，诗成方起。苏门六君子之一，江西诗派重要作家。诗词风格以拗峭惊警见长。著有《后山先生集》。

别三子

夫妇死同穴，父子贫贱离。天下宁有此？昔闻今见之。
母前三子后，熟视不得追。嗟乎胡不仁[1]，使我至于斯。
有女初束发，已知生离悲。枕我不肯起，畏我从此辞[2]。
大儿学语言，拜揖未胜衣[3]。唤耶我欲去，此语那可思？
小儿襁褓间，抱负有母慈。汝哭犹在耳，我怀人得知[4]？

【注解】

〔1〕嗟乎胡不仁：为什么如此残酷啊！

〔2〕畏我从此辞：意思是说，女儿怕从此以后再也见不到我。

〔3〕拜揖未胜衣：意谓孩子幼小，还不能穿起衣服像大人一样行礼。

〔4〕我怀人得知：意思是说，自己内心的悲痛别人哪能知道。得知：不能知、哪得知的意思。

【赏析】

宋神宗元丰七年（1084年）五月，作者的岳丈郭概提点成都府路刑狱，因家贫无力养家，妻与三子均随郭赴蜀，自己留在长安。与家人分别时，诗人写有三首诗以表惜别之情，这是其中的一首。

起首以感慨起兴：夫妻因贫困而被迫分离，一直要等到死后才能埋在一起；如今父子也要因贫困而被迫分离——天下岂有如此悲惨之事？过去只是听说，如今却落到了自己的头上。然后顺理成章，写骨肉分离时的悲伤情景。三个孩子临别时不同的表现，无不令人肝肠寸断。最后用妻儿的哭声至今还在耳边萦绕，说自己内心的悲痛别人怎能知道结束全诗，蓄以伤痛之情，千言万语，难以尽述之意。读之令人鼻酸。

寄外舅郭大夫

巴蜀通归使，妻孥且旧居。
深知报消息，不忍问何如。
身健何妨远，情亲未肯疏。
功名欺老病，泪尽数行书。

【赏析】

元丰七年（1084年），诗人与妻子儿女挥泪告别，随岳丈远赴巴蜀后，又寄此"诗简"，殷殷问候妻儿，同时表达了自己的无限悲哀。

首句说幸好远隔千里的巴蜀还有信使往来，能带回妻儿的消息宽慰我怀。古代交通不便，亲人的消息经年阻隔，祸福难知，这就让人形成一种特殊的心理现象：一方面盼望有消息传来，一方面又有所畏怯，生怕听到不好的消息。在战乱年月，这种矛盾心理尤为突出。宋之问《渡汉江》云："岭外音书断，经冬复历春。近乡情更怯，不敢问来人。"就是这种心理的生动写照。本诗颔联写的也是这种心理。

尽管如此，但当听说妻子儿女一切都好，提着的心终于放了下来，话语也显得利索了。"身健何妨远，情亲未肯疏"两句，非至情至性，难以出之——只要大家身心康健，即便远隔千山万水，那又何妨！亲情绝不会因为天各一方而疏远有所隔膜！

结尾两句，诗人从对遥远的妻儿的牵挂、宽慰，拉回到对自身境况的思量上来：想想自己白首为功名，到头来贫病交加，连妻子儿女都养活不了，不得不托付给远在天边的"外舅"（即岳父），想到这里，不禁悲从中来，潸然泪下。

　　情感真切到至深，言语反而平常；默默落泪，才是肝肠寸断的真痛。欣赏这首小诗，我们不难体会出这种人情之至理。

题柱并序（二首选一）

　　永安驿廊东柱有女子题诗云："无人解妾心，日夜长如醉。妾不是琼奴，意与琼奴类。"读而哀之，作二绝句。

桃李摧残风雨春，天孙河鼓隔天津[1]。
主恩不与妍华尽，何限人间失意人！

【注解】

〔1〕天孙：即织女星；河鼓：即牵牛星；天津：指银河。

【赏析】

　　由诗前小序可知，这首诗是因为有感于永安（今属福建）驿一位女郎的题柱诗而作。琼奴本事出自刘斧《青琐高议》：琼奴姓王，本为大家闺秀，沦落为赵氏妾，受正室欺凌，随赵家赴荆楚，在驿馆墙上书写了自己的不幸遭际。王安石之弟平甫为她作诗以哀其事。在永安驿题柱的这位女郎，说她虽不琼奴，但与琼奴遭际相类。同病相怜，陈师道想起这些年来自己的际遇，悲从中来，于是写下这首诗来抒发郁结心中的感慨。

　　我们知道，陈师道一生贫穷潦倒，生计维艰，连家室都不能抚养，不得不寄托给岳丈。他和赵明诚的父亲赵挺之是连襟，只因赵挺之曾两次诬陷苏轼，虽然没有衣服过冬，却耻于穿妻子从赵家借来的绵衣，可见他穷得硬气。他靠文才，为曾巩赏识，黄庭坚提携，苏轼举荐，两次任州学教授。后来苏轼遭党祸远贬惠州，他被视为"余党"而削职为民。写这首诗时，他已罢教职，寄食于岳父郭概家，穷困潦倒之况可想而知。

　　首句写桃李横遭风雨摧残，比喻题柱女郎；继而用牛女的故事，比喻女郎遭受遗弃的悲惨命运。对于一位花容月貌依旧的女子来说，"主恩"被无端阻绝，未免太残酷了。第三句写尽了女郎的不幸后，结句"何限人间失意人！"——人世间的失意人岂止题诗女郎，该有多少啊！这无数失意者中，当然包括作者自己。一句感慨，点出主旨，为世间所有失意者一洒同情之泪，自然扩大了主题的社会意义。

绝　句

书当快意读易尽，客有可人期不来。
世事相违每如此，好怀百岁几回开^{〔1〕}？

【注解】

〔1〕"好怀"句：意谓人生百年，开怀欢笑的日子能有几回？

【赏析】

这首诗，作者亦为之甚是得意。前两句虽是人之通感，然而若非好书、爱书、读书之人，是写不出"书当快意读易尽"这样的佳言美句的。若无真正知心合意的挚友，也自不会有"客有可人期不来"这样的感受。

也正因为有这种来自生活的真切感受，才会明白世事乖舛，多与愿违，人生百年，开怀欢笑的日子实在没有几天！

晁补之

晁补之（1053—1110年），字无咎，号归来子，济州巨野（今山东巨野）人。神宗元丰二年（1079年）进士。官至吏部员外郎、礼部郎中兼国史编修、实录检讨官。党论再起，出知河中府，徙湖州、密州、吴州。因屡受贬谪，晚年回乡隐居，一心学陶渊明，故号归来子。他是"苏门四学士"（另有北宋诗人黄庭坚、秦观、张耒）之一，以文章受知于东坡，与张耒并称"晁张"。

晁补之的散文语言凝练流畅，风格近柳宗元。诗学陶渊明，格调清秀。但其诗词流露着强烈的消极归隐思想。著有《鸡肋集》《晁氏琴趣外篇》等。

题谷熟^[1]驿舍二首

驿后新篱接短墙，枯荷衰柳小池塘。
倦游到此忘行路，徒倚^[2]轩窗看夕阳。

一官南北鬓将华，数亩荒池净水花。
扫地开窗置书几，此生随处便为家。

【注解】

〔1〕谷熟：县名，在今商丘东南。当时属应天府管辖。

〔2〕徒倚：站立。

【赏析】

作为苏门弟子，晁补之因喜读书，于内外典"无所不观"，以诗文"凌丽奇卓，出于天才"而被时人看重。他晚年诗作俊逸清秀，将内心的牢骚掩藏于不动声色的写景之中。这两首七绝很能代表他这一时期的诗风。

第一首诗纯是写景。驿站后新扎的篱笆，连接着低矮的墙垣；池塘中枯黄的荷叶，岸边凋零的柳树，触目皆是一片晚秋景象。已经厌倦了浪迹天涯的诗人，面对眼前萧瑟的秋景，忘却了明天还有行程在等着他，呆呆地站在窗前，凝视着即将落山的夕阳……"枯荷衰柳"、夕阳晚照、前程茫然，预示着秋去冬来、日暮途穷的这种种令人黯然神伤的景象，不正是诗人此时内心的真实写照吗？能体会到这些，可以说，差不多已经摸到艺术欣赏的门径了。

第二首诗单从"扫地"两句来看，诗人的心态似乎相当豁达，但如将前章之"枯荷衰柳"和这里的两鬓霜华的宦游者形象联系起来，诗人内心万般无奈的郁闷之情便呼之欲出。"此生随处便为家"是愁人随遇而安、自我解脱的没得选择的选择。司马光有"隐几看书随处家"之句，白居易有"无论天涯与海角，大抵心安即是家"之句，可以将晁补之的这一句看作是对前人成句的化用，但表达的心情却各有不同。诗人无论是在凝神的静观中，还是在权且借读书以忘忧的自慰中，都表现出这两首诗语言层面的平淡与情感层面的深沉之间的张力。

晁冲之

晁冲之，字叔用，初字用道。生卒年不详。晁补之同乡从弟。举进士，授承务郎。豪迈自放，游帝京，狎官妓李师师，一掷千金，酒船歌板，宾从杂沓，声艳一时。因党祸被谪，栖遁具茨山下，自号具茨。徽宗时屡召不起。晚年悉焚其诗，故诗词所存不多。

夜 行

老去功名意转疏，独骑瘦马取长途。
孤村到晓犹灯火，知有人家夜读书。

【赏析】

晁冲之一生苦读，却一事无成，老年尤为惨淡。一日深夜，骑马独行，见野村灯火阑珊，知有人正通宵苦读，想到自己一生大幕将落，不禁悲从中来，感慨良多，因此写下这首小诗。

诗的前两句所述情景已让人不胜凄凉，此时孤村夜读的一个特写镜头突然跳进了眼帘，在这位放荡不羁、冶游声色而终至潦倒的诗人心中，激起多大的波澜，当事人没说，但读者完全可以想象到。他是悔恨自己将满腹才学都荒废在了偿还风流债上吗？是因情敌宋徽宗不计前嫌，几次征召不起，因而痛骂自己自毁前程吗？还是因人生没有回头路，不能像眼前的寒窗苦读的学子一样，从头再来而懊悔不已呢？总而言之，诗人用这幅画面为后人留下了许多值得记取的教训，或许这才是作者的真实用意，也是我们在赏析这首小诗时应当体察的吧！

春日（二首选一）

阴阴溪曲绿交加，小雨翻萍上浅沙。
鹅鸭不知春去尽，争随流水趁桃花。

【赏析】

这是一首寓情于景的惜春诗。全诗四句四景，草木阴阴，小溪明净，细雨翻萍，鹅鸭嬉戏，桃花逐水，画面十分鲜明，历历如在眼前，令人悠然神往。

诗人以鹅鸭"趁桃花"的景象寄托自身的感慨：春已去尽，鹅鸭不知，故欢叫追逐，无忧无虑；而人却不同，既知春来，又知春去，落花虽可追，光阴不可回。诗人的惜春之情，溢于言表。

本诗写景逼真传神，画面感很强，生活气息浓厚。"小雨翻萍上浅沙"一句，表现出作者对景物观察十分细致。

李　彭

李彭，字商老，南康军建昌（治所在今江西南城）人。精佛典，人称"佛门诗史"。与东坡、山谷、文潜诸公皆有交往。诗文富赡宏博，诗属江西派。有《日涉园集》。

春日怀秦髯[1]

山雨萧萧作快晴，郊园物物近清明。
花如解语[2]迎人笑，草不知名随意生。
晚节渐于春事懒，病躯却怕酒壶倾。
睡余苦忆旧交友，应在日边[3]听流莺。

【注解】

〔1〕秦髯：作者好友。众说不一，或言即秦湛，字处度，秦观之子。李彭还有几首诗，都是写给此人的，称其："淮海紫髯叟，长吟独倚风。"若依此，秦髯即秦观，因其多须，人号秦髯。

〔2〕花如解语：典出五代王仁裕《开元天宝遗事》："明皇秋八月，太液池有千叶白莲数枝盛开。帝与贵戚宴赏焉，左右皆叹羡久之。帝指贵妃，示于左右曰：'争如我解语花？'"

〔3〕日边：借指皇帝身边或京都。

【赏析】

这是一着出色的怀念友人的诗。诗人以曲折起伏的笔触，咏叹真挚的友谊在生活中的崇高地位。开篇说明氛围，点明时序。

前三联对仗工整，颔联读之，口留余香，将盎然春意刻画出来了。诗人采用拟人手法，既写出了一派明媚春景，也写出了人们的欢愉心情。"晚节渐于春事懒，病躯却怕酒壶倾"——诗的意境突然转折：赏花既因年事已高而心灰意懒，饮酒又因病体不容而心存忌惮。颓丧慵懒之况味与前面描述的春景形成了强烈的对比。至此，诗意突然又一转折：不要说人活到这步田地，就什么都没有了吧；人生还有着值得珍惜、留连难舍的东西在，那就是友谊！

思念友人，岂止是想念，简直是"苦忆"。诗人用春景之美好，衬托自己之苦闷无聊，再以心情之郁闷反衬友情之可贵，一波三折，含蓄蕴藉，情致委婉。

张　耒

张耒（1054—1114年），字文潜，号柯山，楚州淮阴（今属江苏）人。神宗熙宁进士，历任临淮主簿、著作郎、太常少卿等职。后被指为元祐党人，数遭贬谪。"苏门四学士"之一。诗学白居易、张籍，风格近苏轼，自然秀拔，流丽天成，对诗歌意象与物象幻异有着深刻的理解。著有《诗说》《柯山集》《宛邱集》。

初见嵩山

年来鞍马困尘埃，赖有青山豁我怀。
日暮北风吹雨去，数峰清瘦出云来。

【赏析】

就审美心理而言，"喜新厌旧"是一种普遍而正常的心理现象。此诗描写的正是这种心理现象，诗意着力表现的就是标题中的"初见"二字。"初见"美物之喜悦，用"豁"来表达，也很贴切。"数峰清瘦出云来"，是此诗最精彩的一句。诗人卖弄手段，用"千呼万唤始出来"的手法，在写过尘世劳顿、风吹暮雨之后，才让"豁我怀"之青山的真容凸现眼前，峭拔的嵩山才从云层中耸然而出，清瘦炯烁，精神抖擞。此时此刻，作者、读者、观众的心境也禁不住为之一震，"初见"绝色的惊喜自然至此达到了高潮。

诗写的是嵩山，但很大程度上又是在表现诗人自己。用"清瘦"形容雨后青山，不光造语新奇，同时也是诗人审美情趣与自我追求的反映。

夜　坐

庭户无人秋月明，夜霜欲落气先清。
梧桐直不甘衰谢，数叶迎风尚有声。

【赏析】

这首秋夜即景诗，上联写景，用意在于突出一种清寂萧瑟的环境气氛；下联景中寓情，"数叶迎风尚有声"抒发的是一种不畏艰险、抗争到底的人生情怀。这首诗写得苍凉悲壮，气势不凡，突出梧桐不惧风寒的神韵，与以苏轼为代表的所谓"元祐党人"在哲宗朝所受苦难的历史背景有关。诗人刻意凸现梧桐临危不惧的风骨，意在歌颂苏轼诸人坚贞不屈的高尚品德。

偶题二首

相逢记得画桥头，花似精神柳似柔。
莫谓无情即无语，春风传意水传愁。

春水长流鸟自飞，偶然相值不相知。
请君试采中塘藕，苦道心空却有丝。

【赏析】

两首诗都是为惊鸿一瞥似的一次邂逅艳遇而作。令人意乱情迷的美女，突然在眼前一亮，这样的事情谁都有过，可是把这种惊喜写得如此传神动人，却非易事。

第一首，诗人集中笔墨描写他遇到的美女之体貌和神韵。他清清楚楚记得相逢的地方是在一个如画如雕的桥头，风韵如花，柔情似柳，将外貌之美与心灵之韵融化在一起来写，形神皆得，可谓神来之笔。三、四两句对佳人举止的描写也别具一格，诗人说她虽然默默无言，但春风、春水似乎都在为她传情达意。

第二首更进一层，写虽然相遇却不能相知的遗恨与伤感。"春水长流鸟自飞"说的是只因各有各的命运安排，今生有缘相遇却无缘相识，彼此只好以苦苦的相思互相慰藉了。"请君"是希望美人也要记住他，思念他。这全然是诗人一厢情愿的想法，至于美人是否会这样，恐怕连他自己都没有把握。唯其如此，才更见出其人之美，令人刻骨铭心；也更能说明诗人对她的爱慕是如何一往情深。

崔　鹏

崔鹏（1058—1126年），字德符，自号婆娑先生。雍丘（今河南杞县）人，徙阳翟（今河南禹县）。元祐进士。靖康初擢右正言。上书颂扬司马光，弹劾章惇，被视为元祐党人，免官退居十余年，但他的正直敢言颇受时人尊重，宋史说他"人无贵贱长少，悉尊师之"。其诗清婉丰腴，宋人把他和张耒并论。著有《婆娑集》。

诗二首[1]（选一）

记得诗狂欲发时，鄱阳湖里月明知。
无人为觅桓伊[2]笛，自卷秋芦片叶吹。

【注解】

〔1〕诗题或作《过湖》《鄱阳湖》。

〔2〕桓伊：东晋人，字叔夏，小字野王，曾与谢玄破前秦军于淝水，以功封侯。善

吹笛，当时号称江左第一。

【赏析】

崔鶠是著名诗人陈与义的老师，他的诗文很受当时文坛推重，《宋史》称其诗"清峭雄深，有法度"。这首绝句写于早年鄱阳湖任上，颇能代表他的诗风。

"诗狂"者，诗情勃发，不吐不快也。诚然，这一句是化用李白的"酒渴思吞海，诗狂欲上天"，但诗人说，他的灵感和冲动只有倒映在鄱阳湖中的明月才能知道，却完全是独创。诗人磅礴于心中的诗情画意，此时与荡漾的湖水，澄碧的皓月融汇为通天彻地的浩气，一个才气纵横、风华正茂的俊逸之士的形象栩栩如生地展现在了读者面前。

三、四两句陡然一转，抒发了怀才不遇、知音难觅的不平和惆怅。诗人起用桓伊之笛的典故，意在说明，既然世上无人解此雅趣，不如卷一片芦叶，自得其乐吧。无处发泄的狂兴，顿时化作无可奈何的自慰，其伤心寂寞之情可想而知。

只有四句的小诗，呈现出如此大幅度的情感的起伏跳跃，却将青春焕发之英气与世无知音的沉闷，表达得如此合拍，这在宋诗中难得一见。

饶 节

饶节（1065—1129年），字德操，号倚松道人，抚州临川（今江西抚州）人。尝为曾布客，因与布论新法，意见不合，乃祝发为僧，更名如璧。其诗思致幽深，对物象有独到的观照和体悟。陆游称之为诗僧第一。有《倚松集》。

国学经典精神家园丛书

偶 成

松下柴门闭绿苔，只有蝴蝶双飞来。
蜜蜂两股大如茧，应是前山花已开。

【赏析】

该诗描绘了一个幽静美丽而又充满春意与生机的独特境界。

前三句皆为眼前实景：青翠葱茏的苍松翠柏下，柴门紧闭的庭院里，绿色的苔藓透露着春天的生机。幽静中一双蝴蝶款款飞舞，采集了许多花粉的蜜蜂双股粗大如茧，这时也飞到院里来炫耀它们的收获。诗的点睛之笔是最后一句——"应是前山花已开"，这是虚写，是诗人的推测，但其中涵盖的内容要远远超过了前面实写的景象。虚实相生，这样的观照和意趣非常独特，既在情理之中，又不为常人所在意，真乃诗苑中之妙品也。

该诗展现的美学境界耐人体味。由第一句的幽僻静寂，推移到二、三句的充满自然生机，再推到第四句的繁花锦世界，不只有尺幅千里之势，而是给人以步步扩展、步步升华、层出不穷之感。

眠 石

静中与世不相关，草木无情亦自闲。
挽石枕头眠落叶，更无魂梦到人间。

【赏析】

本诗写逍遥物外、悠闲自在的人生境界。这样的诗，不是出家人，是写不出来的。

超然入静，是修习佛法最起码的要求。静，是佛法之基石"戒、定、慧"的表象体现；而杂念纷飞、心神不定是世俗中人的共相。所以，这位佛门诗人起首一句，便将佛之弟子与世俗中人的最大区别划分得泾渭分明。第二句是用更广阔的物象来说明这种区别：草木之所以那样安闲自在，就是因为它们"无情"。佛教将有思想、有情感的生命称作"有情众生"，如人和动物；将无思想、无情感的物质称作"无情众生"，如草木山石。人心之所以动荡不安，只因为人时刻都在情欲的驱使下，因此人的一生，就像一杯混杂着泥沙的水，永远不会澄清明净；只有在静寂下来之后，泥沙才会沉淀，水才会澄清，换言之，智慧才会开发显现。诗的最后两句描述的就是这样的状态。

不懂佛法的读者也许会反驳说：是人皆有七情六欲，有情欲就会有行动，而生命在于运动；没思想，无感情，不行动的人还算是人吗？佛法对这一问题有着系统而合理的回答。可是我们不能偏离本丛书的宗旨跑到其他领域去漫游。在这里，我们只能就诗论诗。出自这位诗僧的这首小诗，就诗法而言，说理面面俱到，措辞清雅，所以陆游称其诗"为近时僧中之冠"；就其意趣而言，目的是要以僧人之行处，表明修行之要义；同时让世人知道，除却红尘中人的生活方式外，人世间还有别样情趣的生活方式在。

苏庠

苏庠（1065—1147年），字养直，澧州（今湖南澧县）人。初以眼疾自号眚翁，后徙居丹阳之后湖，更号后湖病民。绍兴间，居庐山，徐俯举荐，召之不赴。有《后湖集》。

清江曲二首

属玉〔1〕双飞水满塘，菰蒲深处浴鸳鸯。
白蘋满棹归来晚，秋著芦花两岸霜。

扁舟系岸依林樾〔2〕，萧萧两鬓吹华发。
万事不理醉复醒，长占烟波弄明月。

【注解】

〔1〕属玉：水鸟名，形似鸭，长颈赤目，学名鵁鶄。

〔2〕林樾：林木丛聚成荫的地方。

【赏析】

诗人一生隐迹江湖，故而纵笔描绘其啸傲江湖，放任自适的闲逸生活。清江美景中处处显露着作者悠然自得的身影。

首章四句写景，多角度地呈现了作者所生活的清江之美：相依相随的水鸟在池塘中自由自在地嬉戏、飞翔；鸳鸯在菰蒲深处"相对浴红衣"；诗人整天泛舟江上，傍晚始归；江岸上，白茫茫的芦花如霜似雾——行之所在，目之所及，无不令人心旷神怡。

次章重在抒情。系身上岸，瑟瑟秋风迎面而来，诗人心想：这种"万事不理"的生活真是太美了！不必过问世事，无须参与纷争，还有比这样活着更舒心的吗？每日畅饮美酒，想醉就醉，酒醒后吟风弄月，啸傲山水——这真是"玉篆题名在九天，而今且作地行仙。挂冠神武归休后，同醉芗林是几年"般的神仙生活。（向子諲《鹧鸪天》）

这两首诗以清江景物创造出一种幽美的江湖天地，凸显出活动在其间的清高出尘的诗人形象。全诗给人以一种脱尽凡俗的艺术享受，因此苏轼赞赏说："此篇若置太白集中，谁复疑其非也？"（胡仔《苕溪渔隐丛话》引）

唐 庚

唐庚（1070—1120年），字子西，眉州丹棱（今属四川）人。年十四能诗文。绍圣进士。因受张商英赏识，商英罢相，贬惠州，会赦北归，病卒于途。与苏轼同乡，且善诗，人称"小东坡"。但苏轼作文写诗欢天喜地，他则愁眉苦脸。作诗虽刻苦锤炼，但仍能保持自然神韵。有《眉山唐先生文集》传世。

栖禅[1]暮归书所见二首

雨在[2]时时黑，春归[3]处处青。
山深失小寺，湖[4]尽得孤亭。

春着[5]湖烟腻，晴摇野水光。
草青仍过雨，山紫更斜阳。

【注解】

〔1〕栖禅：惠州山名。

〔2〕雨在：雨还没停的意思。

〔3〕春归：春去春来都叫"春归"。这里是春天来了的意思。

〔4〕湖：指丰湖，在惠州城西，栖禅山即在丰湖边。

〔5〕着：着落。这里指春天已经来到。

【赏析】

这两首小诗描写的是春游栖禅山，夜幕下归来时的山光水色。两首诗偏重于对景色的精心刻画，一句一景，表面上各领风骚，不相连属，实际上所写景物不但为春日所共有，而且极具岭南特色。

第一首诗的起句描写的景象即为岭南春天所特有：阴晴不定，时雨时停。"在"字甚好，巧妙地传达出了雨停了，好像还"在"，还隐藏在什么地方，随时要来。次句淡而有味。春天回来了，瞩目所见，到处青翠悦人，欣喜之情，尽于景中见出。

"山深失小寺"暗示了白日里游览过栖禅寺，此时暮归回首，山峦重叠，烟雨苍茫，日间所游小寺已不可见。只此一句，既点明了所游之地，也回应了诗题。

末句"湖尽得孤亭"对应"山深失小寺"，前写回望所见，此写前行所遇。一"失"一"得"，隐含着有失才有得的理趣。

第二首诗的起句承接上一首诗结尾的意绪，写春天里的丰湖烟雾弥漫，细腻得黏人；次句写田野和湖面在阳光的照射下，到处波光粼粼，摇曳闪烁。这两句锻字造句极为讲究，如"着""腻""摇"，不下"吟安一个字，捻断数茎须"的功夫是想不出来的。

结尾两句着意描绘春雨斜阳中的大地和群山之美不胜收，用对大自然的衷心赞赏结束全诗。两首诗虽然是诗歌体裁中最短小的，但每一句都可以作为一幅独立的画面。诗人没有为景而写景，而是苦心孤诣地把客观景物与主观感受结合起来，传达出某种只可意会却难以言传的审美情趣，引发读者去感受，去想象。

唐庚对诗歌创作刻苦认真到了不近人情的地步。他和苏轼是同乡，人称"小东坡"，可是说起作诗来，苏轼说："某生平无快意事，惟作文章，意之所到，则笔力曲折无不尽意，自谓世间乐事无逾此者。"唐庚恰好相反："诗最难事也！吾作诗甚苦，悲吟累日，然后成篇……明日取读，瑕疵百出，辄复悲吟累日，反复改正……复数日取出读之，病复出，凡如此数四。"鉴赏这两首五绝，不难想见他是如何呕心沥血才成篇的。

春日郊外

城中未省有春光，城外榆槐已半黄。
山好更宜余积雪，水生看欲倒垂杨[1]。
莺边日暖如人语[2]，草际风来作药香。
疑此江头有佳句，为君寻取却茫茫。

【注解】

〔1〕"水生"句：意谓春水日涨，映出杨柳倒影。

〔2〕"莺边"句："日边莺暖语如人"之倒装。

【赏析】

首联先说生活在城中的人不知道春天已经到了，而敏锐的诗人却从榆槐的"半黄"中听到了春回大地的脚步声。中间两联对仗甚佳。"山余积雪"清新明快，"垂杨倒影"春意盎然。此皆于静中见春色。颈联由静转动，"日暖莺语"，以鸟之欢唱显示春光宜人；"风来草香"，以草之生机表明春之活力。尾联道出古往今来人皆有之的共同感受：有时候，灵光一闪，似有所悟，遗憾的是感悟到的意念越微妙，体会到的情感越深沉，就越找不到恰如其分的语言来表述。对于思想感情和语言文字的关系的这种认知，诗人在这里是用形象思维表述的，而释迦牟尼则是用"拈花微笑"示意的。

徐 存

徐存，字诚叟，号逸平，江山（今属浙江）人。徽宗宣和间从杨时学，既有得，讲道于家，从学者前后千余人，为朱熹敬服。著有《六经讲义》《中庸论孟解》《潜心室铭》。事见清康熙《江山县志》卷九。

命 卜

我命还须我自推，细微那更问蓍龟。
枯茎朽骨犹能兆，岂有灵台自不知？

【赏析】

迷信求神问卜的人，都应该看看这首诗。《命卜》就是为这些人写的。

第一句如当头棒喝，作者不容置疑地说："我的命运归根到底还得我自己判断，是好是坏，自己心里清楚，单凭烧裂乌龟壳的纹路，怎么能预测一个人的命运呢？"为什么"自推"即可预测自己的命运？因为自己做过些什么事，有多少好事，多少坏事，只有自己知道。"善有善报，恶有恶报"，根据自己的所作所为，前程了了，还用占卜吗？

最后两句更进一步：倘若枯萎的蓍草、腐朽的甲骨能预兆吉凶，哪有心灵反而不知道的？心如若还不如"枯茎朽骨"灵光，那还要心干什么？言外之意，人只要凭良心为人处事，诸善奉行，诸恶莫做，根本无须求签问卜。"但行好事，莫问前程"——所有卦象，只有这一句最可靠。

以诗法论诗，这首七绝平淡无奇，无须多言。但作为一首警世之作，还是有它明心益智的价值的。

惠　洪

惠洪（1071—1128年），字觉范，后易名德洪。俗姓彭，筠州新昌（今江西宜丰）人。以医识张商英，张获罪，惠洪亦决配朱崖，旋北还。为诗笔力雄健，才华毕露。清人推崇其诗为"宋僧之冠"。但宋人对他的诗评各执一词，首尾两端。著有《石门文字禅》《冷斋夜话》等。

庐山杂兴（六首选三）

野径无人花竞芳，淡红疏碧间轻黄。
不须折向尊[1]前供，杖屦[2]归来已自香。

山中流水水中山，尽日青藜[3]共往还。
闲向僧窗看图画，不知身在画图间。

秋山木落见遥村，取次[4]人家只隔云。
一阵西风雨中过，数声笑语岭头闻。

【注解】

〔1〕尊：僧尼称释迦牟尼为"世尊"，这里指佛。

〔2〕杖屦（jù）：竹杖和麻鞋，皆为旅游用品。

〔3〕青藜：即藜杖。

〔4〕取次：随便，任意。

【赏析】

如果在我国的诗苑中，没有了禅诗，将会逊色不少。而禅诗是我们的国粹，西方文学是没有这种体裁的。这是我国古典文学遗产中一个重要的组成部分，也是古代诗歌园地中的一畦奇葩，许多优秀的禅诗至今仍具有不朽的魅力。自佛教禅宗大盛后，在我国文坛上，凡是学养超群的大家，皆有脍炙人口之作留传。惠洪作为宋代名僧，他的诗蕴藉着浓浓的禅意，自在情理之中。这里选择的三首《庐山杂兴》就是典型的禅诗。

所谓禅诗，顾名思义，就是暗喻佛理的韵文，字句中蕴含的意趣有种"拈花微笑"的深意，只能意会，无法言传。譬如上选的第一首，诗人说他在庐山游览的途中，所见花草争奇斗艳，色彩斑斓。他本想折来供佛，可是归来后，竹杖和草鞋上全是花香，既然如此，何必要折花呢？读了这样的诗，你只觉得很美，不由发出会心的微笑，可是如果要你说出其中的缘由，你能说明白吗？

第二首同样妙不可言。诗人不说他自己追寻山水，而说山中的水、水中的山与"藜杖"（亦即诗人）一整天互相往还。换言之，他在追随山水，山水也在追随他。平日里消闲无事，他透过僧窗眺望如诗似画的山光水色，渴望有机会寻幽访胜，却不知道自己此时此刻就在图画般的山水中。

第三首你如果仅仅将它当作写景诗欣赏，完全可以，同样能够得到一种审美享受。秋高气爽，万木凋零，远处的村落历历在目，那些随心所欲建筑的山村，隔着云层显露在崇山峻岭之上，犹如仙境。游人刚从一阵西风吹散的秋雨中走出，忽然听见山岭上有笑语声传来。说说笑笑的人们是山民？是游人？是情侣？这就不知道了，你完全可以去自由想象。

当然，如果了解佛法的，每首诗的言外之意也不是体察不到的。比如第一首隐含在字句后面的真义是：众生（包括作者自己）就是佛，供佛就是拜自己。只要自己认真修行，自带馨香，即心即佛，何必折花供佛，多此一举？第二首的含义是：你其实无时无刻不在境界中，只不过你自己不知道罢了。换言之，人人都有佛性佛心，向外求不如向内求。什么时候明心见性了，什么时候就成佛了。第三首的喻义是：烦恼即菩提。只有经历过烦恼的磨炼，你才能懂得清净的滋味，就像只有经历过肃杀的秋寒、凛冽的风雨，你才能看清世界的真相一样。

就诗论诗，这三首游庐山之作也大有章法，比如色彩的搭配，拟人化手法的运用，情景的交融如盐入水，不着痕迹，等等。总之，无论从禅学还是从诗学看，都是上乘之作。

秋 千

画架双裁翠络偏，佳人春戏小楼前。
飘扬血色裙拖地，断送玉容人上天。
花板润沾红杏雨，彩绳斜挂绿杨烟。
下来闲处从容立，疑是蟾宫谪降仙。

【赏析】

惠洪有两句诗："十分春瘦缘何事？一捻归心未到家。"据说王安石的女儿看到后，给他的评价是"浪子和尚"。看这首《秋千》，可以说这一评价毫不为过。

诗人从"佳人"楼前上了秋千，到打秋千时的情态以及用秋千之美衬托佳人之艳，最后怀疑这是一个从月宫因触犯了天条被贬谪凡尘的仙女，字里行间透露着诗人对"佳人"的迷恋爱慕。

对于这首诗的谋篇布局、修辞手法、句意解读等，在此不赘述了。郭沫若在评论《西厢记》时，曾毫无根据地说王实甫是个光棍汉，否则写不出那么绮丽美妙、风情万种的戏文。从性心理学的角度看文学作品，这样说也有其合理性。诗僧惠洪作为出家人，自然是个禁欲主义者，将"春戏"的佳丽写得如此光彩照人，是不是也有其性饥渴的心理原因？弗洛伊德认为，文学作品是性压抑的艺术宣泄。那么这首诗是不是可以当作一个佐证？我只提出疑问，留待有心人去探讨吧。

徐　俯

徐俯（1075—1141年），字师川，自号东湖居士。洪州分宁（今江西修水县）人。年幼能诗，为舅黄庭坚器重。以父荫授通直郎，绍兴初赐进士出身，累官端明殿学士、参知政事等。诗风追求自然平淡。有《东湖集》。

国学经典精神家园丛书

春游湖

双飞燕子几时回？夹岸桃花蘸水开。
春雨断桥人不渡，小舟撑出柳阴来。

【赏析】

这首绝句是徐俯的名作。南宋赵鼎臣赞许此诗说："解道春江断桥句，旧时闻说徐师川。"可见他的诗在当时已负盛名。

徐俯是黄庭坚的外甥，其早年诗作受以黄为首的江西诗风的影响，晚年努力摆脱江西派艰深雕琢的流弊，追求平易自然。这首七绝很能代表他晚年诗作的风格。

诗写早春游湖。当诗人行走在碧波荡漾的湖边时，见燕子一双双一对对在湖面上翻飞，他情不自禁地问："燕子啊，你们什么时候回来的？"原来春天早就到了，自己还不知道。从诗人的惊讶中，他对春回大地的喜悦之情尽显无遗。然后他细心观察，发现两岸的桃树将枝杈伸向湖面，正在如饥似渴地吸吮着湖水，那朵朵怒放的桃花仿佛是因为饱饮了湖水，才开得如此欢畅。前人认为"蘸"字用得新巧，恰如其分地表现了桃花依水的情态。

接下来描写的是雨后的春水漫过小桥，阻碍了游人通行；不过无须担心，时不时地有小舟从柳荫中撑出来渡人。如此写景，突破了前人的窠臼，不仅写足了春色的景致，更有意味的是使整个画面弥漫着浓浓的人情味，一时间，燕子、桃花、春雨、绿柳，都显得那么温馨，那么和谐。

就国画的传统技法而言，以有限显无限、以实寓虚、以静示动，诸如此类的手段都不难掌握，难的是能让整个画面浸润在一种温馨的人情之中。仅凭这一点，这首春日游湖之作，堪称珍品。

郭晖妻

郭晖妻，姓名不详。郭晖大约是北宋末南宋初人，生平不详。叶梦得的《岩下放言》与厉锷的《名媛诗归》均载有此诗。

答 外〔1〕

碧纱窗下启缄封，尽纸从头入尾空。
应是仙郎怀别恨〔2〕，忆人全在不言中。

【注解】

〔1〕外：指在外客游的丈夫。

〔2〕仙郎：指丈夫郭晖。别恨：离别之恨。

【赏析】

用今人的话说，郭晖是个马大哈，给妻子寄信，居然把一张白纸装进信封寄了出去。这是他的妻子收到信后的回信。让人奇怪的是，妻子并没有责备他，而是用一首诗，以调侃的口吻，表达了她对丈夫的信赖与深情。前两句写收信后的情景。首句"碧纱窗下启缄封"，表达了她收到丈夫信后的那种抑制不住的激动心情。

完全可以想见，丈夫离家在外，当妻子收到期盼已久的来信时，该有多么激动；可是当她发现竟然是一张白纸后，会产生多少疑虑，做出多少猜想？

妻子的贤惠和对丈夫的信赖，表现在她最后做出的这个结论中——"应是仙郎怀别恨，忆人全在不言中"。显而易见，这是为丈夫找台阶下，是给丈夫找回面子。正是在这里，才真正显示出了一个平凡女性的聪慧、宽容、美善。

宋代还有一位叫王琼奴的女子也写过一首《答外》诗：

茜色霞笺照面颊，玉郎何事太多情？

风流不是无佳句，两字相思写不成。

这位女子收到的是丈夫情意绵绵的信，读信时脸都红了。心中情动不已，却怪"玉郎何事太多情"。如何回答丈夫呢？她说自己的多情，不是找不到美好的词句来表达，而是连"相思"二字也难以表达她此时的心情。换句话说，你的多情缠绵动人，而我的多情却连表达的文字也没有。琼奴的这种情怀不也正是"忆人全在不言中"吗？只不过"两字相思写不成"说的是琼奴自己，而"忆人全在不言中"说的是郭晖。无论是说自己，还是说对方，同样都饱含着夫妻之间的真挚情感，同样韵味悠长。

石 懋

石懋，字敏若，芜湖（今属安徽）人。宋哲宗元符三年（1110年）进士，宣和元年（1119年）中词科。仕止密州教授。有《橘林集》。

绝 句

来时万缕弄轻黄，去日飞球满路旁。
我比杨花更飘荡，杨花只是一春忙。

【赏析】

鉴赏诗词，向有"诗眼词眼"一说。这首绝句的"诗眼"是第三句。

艺术哲学还有"通感"说。所谓"能感"，意谓视觉、听觉、触觉等有时候彼此相通，如颜色无轻重、无温度，但能在人们心中引起轻重感、冷热感；浓色使人感到沉重，暖色使人感到温暖，等等。这首绝句，诗人运用通感的手法，用触觉写视觉感受，突出杨花随风飘荡不能自主的无奈。说"我"比杨花更飘忽不定，杨花飘散，仅只是一春；可"我"却是终生漂泊无定，羁旅愁思，永无了日。诗人把自己的悲苦融化在具体的形象之中，再通过杨花的飘零传送给读者，使虚幻的情感变成真切感人的形象，从而达到形神皆备的艺术效果。这样的手法，自然要比直抒胸臆来得高明。

刘一止

刘一止（1078—1160年），字行简，号太简居士，湖州归安（今浙江吴兴）人。七岁能文，博学多才。宣和三年（1121年）进士。累官中书舍人、给事中、敷文阁直学士。为文敏捷，博学多才，其诗自成一家，为吕本中、陈与义叹服。有《苕溪集》。

小斋即事

怜琴为弦直，爱棋因局方。
未用较失得，那能记宫商[1]？
我老世愈疏，一拙万事妨[2]；
虽此二物随，不系有兴亡。

【注解】

〔1〕宫商：古人以宫、商、角、徵、羽五字表示音调。这里泛指琴声。

〔2〕"我老"二句：意思是说，随着年老体衰，与世事越来越疏远了，只因生性愚拙，做什么事都不顺利。

【赏析】

诗人以古代文人必备之物琴与棋即兴言志抒怀，隐含机锋，别具深意。

首联直陈本旨，说明爱琴是因为它"弦直"，爱棋是因为它"局方"。颔联是对首联句意的补充。"爱棋"既然是因其方正，哪还用它来计较胜负得失？"怜琴"既然是因琴弦的正直，哪还会去管琴声的优劣？这里突出强调了"为弦直""因局方"的爱憎观。

颈联言心之所尚，尾联言行之结局。虽然古谚说："直如弦，死道边；曲如钩，反封侯。"而诗人却不怕死，不求贵，固守"方直"而不悔。如此一来，自无容身之地，年纪愈长，世事愈疏，做起事来，到处碰壁。这两句表面上是从自己立论，实际上句句都在讽刺当时社会的颠倒黑白、是非不分。

最后以小斋独处结尾，棋琴相伴，爱也罢，憎也罢，都与国家兴亡了不相干，悲愤之情，尽在言外。

如果能联系作者曾任监察御史，直言"不避权贵"的品格和蔡京"六贼"当道，国事日非的时局，对这首《小斋即事》必然会有更深的理解。

汪 藻

汪藻（1079—1154年），字彦章，号龙溪，饶州德兴（今属江西）人。崇宁二年（1103年）进士。高宗朝累官中书舍人、兵部侍郎兼侍讲、翰林学士。汪藻学识渊博，文才出众，写景抒情挥洒自如，格调清新。南渡后感时伤乱之作学杜甫，诗风一变而凝重。有《浮溪集》。

漫兴二首

晨起翛然[1]曳杖行，一帘疏雨作秋清。
老来岁月能多少，看得栽花结子成？

燕子年年入户飞，向人无是亦无非。
来春强健还相见，送汝将雏又一归。

【注解】

〔1〕翛（xiāo）然：无拘无束、自由自在的样子。

【赏析】

看看古人是如何颐养天年的，很有意思。前一首因天气突变而起兴，后一着则见燕飞而兴感。

第一首，春天的一个早晨，老人拖着拐杖，漫无目的地在户外行走。忽然下起一阵小雨，打断了他的雅兴，只好回来。隔着疏疏落落的门帘观望春雨，一阵寒意袭来，似乎一下子进入了秋天。这让他不由想到，从春到秋，不是很快吗？人活着从少年到老死，不也是弹指间的事情吗？他又看到了院里的花，他想，人到晚年，岁月无多，还能看到几次栽花结籽呢？

第二首，春雨中的燕子这时也都匆匆忙忙回巢了。燕子秋去春来，不管人世变迁，对人一视同仁，无是无非。老人目睹这一景象，心中突然生起一个强烈的欲望：但愿我能健康地活到来年春天，到那时我们还能再见，等你生下孩子后，我会再一次送你带着你的孩子回归故乡。

诗人以恬淡超然的口吻，写下了自己晚年一天的日常生活，平静中蕴含着悠远的深意，于生死的彻悟中依然关心着开花结籽，春燕孵雏。这种情怀着实令人感动。

宇文虚

宇文虚（1079—1146年），字叔通，号龙溪居士，成都府广都（今成都双流县）。宋大观进士，仕宋官至资政殿大学士。建炎二年（1128年）出使金廷，被扣留，不久降金，官礼部尚书、翰林学士承旨。为金制定官制礼仪，参与机要，被称为"国师"。后疑其谋反被杀。元好问收集同时代人诗作编为《中州集》，辑其诗五十首。

中秋觅酒

今夜家家月，临筵照绮楼。
哪知孤馆客，独抱故乡愁。
感激时难遇，讴吟意未休。
应分千斛酒^{〔1〕}，来洗百年忧。

【注解】

〔1〕"应分"句：意谓应该把所有的酒都分列出来，以供一夕之饮。斛（hú）：旧时量器，容量本为十斗，后改为五斗。千斛：这里不是确指，概言其数量之多。

【赏析】

诗写于作者降金后的中秋节。首联是对金上京（遗址在今黑龙江阿城区白城子）中秋之夜华灯璀璨、豪华骄奢的描述。然而，这里毕竟是异国他乡，虽然金廷委以重任，值此"每逢佳节倍思亲"的月明之夜，有谁知道"独在异乡为异客"的降虏之臣的哀怨呢？颈联"感激时难遇，讴吟意未休"两句大有"书不尽言，言不尽意"之慨。"感激"者，感伤于时事而激愤难言之意也。诗人因生不逢时而感慨万端，因此他尽管拈须苦吟，千言万语都难抒胸中之郁闷和悲哀；因此他只好"应分千斛酒，来洗百年忧"了。只有痛苦到极点、无奈到极点，才会有此痛不欲生的渲泄！

在普世皆欢的中秋之夜，为什么唯独诗人如此伤痛？单单是乡愁吗？大概"一失足成千古恨"的成分更多一些吧？看他后来密谋援救宋钦宗南归、事泄被杀的结局，不难猜测，当初他出使降金，其初衷想必相当复杂。

王庭珪

王庭珪（1079—1171年），字民瞻，号卢溪真逸，吉州安福（今属江西）人。政和八年（1118年）进士。调茶陵丞，与上司不合，弃官去，隐居卢溪五十年，讲学论道，著书立说。绍兴中，胡铨上书乞斩秦桧，贬吉阳，庭珪以诗送之，有"痴儿不了公家事，男子须为天下奇"语，坐流岭南，至孝宗朝召还。有《卢溪集》。

二月二日出郊

日头欲出未出时，雾失江城雨脚微。
天忽作晴山卷幔，云犹含态石披衣。
烟村南北黄鹂语，麦垅高低紫燕飞。
谁似田家知此乐，呼儿吹笛跨牛归？

【赏析】

此诗写郊行所见之初春景色，有两处写得很妙：一是写天气由雾雨霏微转晴的过程极其生动，颔联用拟人法，句法灵活多姿；二是以鹂语燕飞的自然景物衬托农家之乐，流露出诗人热爱自然之情趣，手法细腻含蓄。结尾用呼儿回家，牧童吹笛骑牛归来收束，尤为生动。

韩 驹

韩驹（1080—1135年），字子苍，号牟阳，学者称之陵阳先生。陵阳仙井（治今四川仁寿）人。少时以诗为苏辙所赏。徽宗政和初，赐进士出身，除秘书省正字，因被指为苏轼之党谪降，后复召为著作郎。宣和五年（1123年）除秘书少监，寻迁中书舍人。高宗立，知江州。写诗讲究韵律，注重锤字炼句。论诗主禅悟。有《陵阳集》四卷。

国学经典精神家园丛书

九绝为亚卿〔1〕作（九首选一）

君住江滨起画楼，妾居海角送潮头。
潮中有妾相思泪，流到楼前更不流。

【注解】

〔1〕亚卿：姓葛，阳羡（今江苏宜兴）人，曾任海陵尉，是韩驹的好友。

【赏析】

关于这组诗的缘起比较曲折。据胡仔《苕溪渔隐丛话》讲，葛亚卿与一位妓女相好，韩驹知晓后，揣想个中情由，从女主人公的角度，一口气写下九首情歌，来描写这段不同寻常的爱情故事。这是其中的第五首。

前几首叙述相恋相别，每一首都写得款款情深。这一首着重写别后的相思。在这位青楼女子的想象中，她的情人此时正江边的画楼中逍遥快活，而她却住在江水入海处的"海角"，整日目送倒灌的潮水向大江回溯而去。她告诉心上人："你可知道，这潮水中有我的相思泪，我盼望它一直向上流去，流到你住的'画楼'前停下来，好让你看看，我为你痴迷到了何等模样！"

这真是匪夷所思的奇思妙想，非痴情到极点、相思到极点的女子，是不可能有如此意乱情迷的思想和言语的。

朱敦儒

朱敦儒（1081—1159年），字希真，号岩壑，洛阳人。绍兴三年（1133年），以荐补右迪功郎。五年赐进士出身，为秘书省正字、擢兵部郎中，迁两浙东路提点刑狱。秦桧当国，为鸿胪少卿。桧死，敦儒亦废。有词三卷，名《樵歌》。然其诗名为词名所掩。

忆 旧

早年京洛[1]识前辈，晚景江湖无故人。
难与儿童谈旧事，夜攀庭树数星辰。

【注解】

〔1〕京：指北宋都城汴京。洛：指北宋西京洛阳。

【赏析】

此诗作于朱敦儒南渡后晚年退居江湖时。早年，诗人居洛阳，以志行、文才名动京洛，有过一段风光的经历。他是主战派，然而和辛弃疾、陆游终生抗战不同，暮年已有浮生若梦之感，由此诗可见一二。

小诗出语平淡，实则极其沉痛，既有家国之悲，又有个人身世迟暮之叹。南宋灭亡后，这首诗的"欲说还休"的复杂情感，曾引起南宋遗民的深刻共鸣。宋末元初的谢枋得说："予每诵此诗，未尝不临风洒泪也。"可见这首小诗的艺术感染力。

宋徽宗赵佶

宋徽宗赵佶（1082—1135年），神宗十一子。1100年即位，在位二十五年，重用蔡京、童贯，穷奢极欲，以致国政日堕。宣和七年（1125年），金兵南下，内禅皇太子，尊之为教主道君太上皇帝。靖康二年，为金人掳掠北去。绍兴五年卒于五国城（遗址在今黑龙江依兰县境内）。在位时广收古玩书画，吹弹、书画、声歌、辞赋无一不精。释大诉说得好："宋徽宗无不能，而独不能为君。"平生著述极多，惜散失殆尽。近人辑有《宋徽宗词》。

在北题壁

彻夜西风撼破扉，萧条孤馆一灯微。
家山回首三千里，目断天南无雁飞。

【赏析】

靖康元年（1126年）冬，金兵二次南下，攻破汴京，金帝废宋徽宗与其子钦宗赵桓为庶人。次年春，将二帝同后妃、宗室，百官数千人以及技艺工匠、天文仪器、珍宝玩物、典藏文物等押送北方，汴京被掳掠一空，北宋灭亡。因此事发生在靖康年间，史称"靖康之变"。宋徽宗在被押送的途中，受尽了凌辱，先是爱妃王婉容等被金将强行索去；到金国都城后，被命令与赵桓一起穿着丧服，去谒见金太祖完颜阿骨打的庙宇；尔后被辱封为昏德侯，关押在韩州(今辽宁省昌图县)，后又迁往五国城囚禁。这首诗即作于囚禁期间。

昔日太上皇，今日阶下囚。其内心的悲绝可想而知。前两句对囚徒境况的描述已让人目不忍睹，无奈人还在，心不死，即便是在这样的处境下，他还在痴痴地回望着三千里之外的故园，盼望有大雁给他捎书来。然而，似乎连鸿雁都对他那么冷酷无情，居然一只雁儿都看不到！

初看之下，这首七绝似乎平淡无奇，仔细品味作者选词用字，如"彻夜""萧条""目断""破""孤""微"等，无不透出凄苦绝望之情。这些词字，也只有身处那种环境中的人才能想到。

李 纲

李纲（1083—1140年），字伯纪，号梁溪先生，邵武（今属福建）人。政和二年（1112年）进士。宣和七年（1125年）为太常少卿。靖康元年（1126年），金兵初围开封，坚决主战，阻止钦宗迁都，以尚书右丞为亲征行营使，击退金兵。高宗即位，拜尚书左仆射兼中书侍郎，主张用两河义军收复失地，在职七十日，被黄潜善等排斥。后历任湖广宣抚使等职。屡上书议政事，反对议和。卒谥"忠定"。有《梁溪集》《靖康传信录》等。

蜜　蜂

秋风淅淅桂花香，花底山蜂采掇忙。
但得蜜成功用足，不辞辛苦与君尝。

【赏析】

诗中的蜜蜂不就是作者自喻吗？蜜蜂岂止"不辞辛苦"地采蜜，还要等到蜂蜜的功能、效用俱足后，才奉献出来让你享用，和这位爱国将领舍生忘死、救民于水火的精神不是很相似吗？

托物言志，是诗词创作常见的手法，如咏寒蝉寓清高，咏梅花寓孤芳，等等。古人咏蜜蜂的诗不是很多，唐代诗人罗隐有《蜂》诗云：

不论平地与山尖，无限风光尽被占。

采得百花成蜜后，为谁辛苦为谁甜？

这首诗的主题是为蜜蜂鸣不平，说它们终生忙碌，却让别人白白享用自己的劳动果实。李纲的这首《蜜蜂》诗正好相反，诗人是在通过歌颂蜜蜂，为自己保家卫国、无怨无悔的奉献精神而感到自豪。

病　牛

耕犁千亩实千箱，力尽筋疲谁复伤？
但得众生皆得饱，不辞羸病卧残阳。

【赏析】

这一首歌咏"病牛"的诗，意旨与上一首《蜜蜂》相似，两首可以参赏。

诗作于李纲贬谪武昌后。李纲位至宰相，"负天下之望，以一身用舍为社稷民生安危……忠诚义气，凛然动乎远迩"（《宋史·李纲列传》）。只因力主抗金，并亲自率兵收复失地，为投降派的奸臣所排挤，为相七十天即谪居武昌，因此作《病牛》以自喻。

前两句写耕牛的功绩，说牛为主人耕田各亩，粮谷满仓，年复一年，力竭气衰，终至卧病不起，尽管如此，仍遭遗弃，无人怜惜。然后笔锋陡转，以"牛"的口吻表明心态：人情世故固然令人心寒，"但得众生皆得饱，不辞羸病卧残阳"——将"病牛"与"众生"放在一起，不禁让人想起"我不下地狱谁下地狱"那种空前绝后的英雄气概，那种舍生取义的牺牲精神。

佛教的诸多戒律中，有一条就是严禁食杀耕牛，认为吃牛之血肉、穿牛之皮毛，所造罪孽格外严重。为什么？因为耕牛任劳任怨、志在众生、唯有奉献、别无他求的一生，敬重尚且不足回报其恩德，如若杀之食之，岂不是最大的忘恩负义！读了李纲的这首《病牛》，值得世人反思。

吕本中

吕本中（1084—1145年），字居仁，世称东莱先生，寿州（治今安徽寿县）人，南渡后居金华。靖康初，官祠部员外郎。绍兴六年（1136年）赐进士出身。历中书舍人、权直学士院。以忤秦桧，罢职，提举太平观。卒谥文"清"。

吕本中在宋诗史上是个重要人物，由于他对江西诗派的标举，才使之在有宋一代产生了巨大影响。他论诗主张"悟入"，作诗主张"活法"，成了南宋诗坛流行的口头禅。因为经历过靖康之难，他的反映这场历史巨变的诗作悲怆苍凉，感人至深。著有《东莱先生诗集》《紫微诗话》《紫微词》等。

海陵[1] 病中（五首选一）

病知前路资粮[2]少，老觉平生事业非。
无数青山隔沧海，与谁同往却同归？

【注解】

〔1〕海陵：宋时地名，今为江苏省泰州市辖区。

〔2〕资粮：赖以生存的物资、粮食。语本佛典，比喻善行功德。

【赏析】

诗人一生，官至中书舍人兼权直学士院，仅数月，因忤逆秦桧而被贬，壮志未酬，仕途已断。晚年谪居海陵，生活贫困，前程渺茫。这首诗是作者当时处境的真实记录，写出了诗人饥寒交迫、贫病交加、走投无路的悲惨境况。前两句奠定了全诗的基调，也为后两句抒情做好了铺垫。

结末两句以乐景写哀情：青山重重，沧海茫茫，天地虽然宽广，河山虽然壮美，如今卧病在床，奄奄一息，再美的风景，与我又有何意义？纵然能去观赏美景，又有谁与我"同往"？等待我的只有已故友人已经去了的那个归宿——死亡了。这是多么沉痛的悲叹啊！

感叹生计之困顿，报国无门之愤懑，华年不再之哀伤，世无知己之无奈，只求一死之绝望——所以当时就有人把这首诗视为作者的"临终诗"，亦即绝命诗。

李清照

李清照（1084—约1155年），号易安居士，齐州章丘（今属山东）人。父李格非曾为京东提刑官，是当时名士，工于诗文，受知于苏东坡。母王氏是状元王拱辰之女，能诗善词。十八岁嫁吏部侍郎赵挺之子赵明诚。明诚曾任莱州、淄州两州的知州，性喜收藏金石字画，是当时有名的金石学家。夫妇伉俪情笃，闺房中以诗词酬唱和金石学研究为乐。她是宋代词坛婉约派代表之一，亦擅长诗文。她的诗以感慨深沉、情真意切见长。就其天资与才艺而言，历史上其他女作家难有其匹。

在李清照四十六岁时，金兵南下，她流寓南方，珍藏金石丧失殆尽，丈夫病死于流亡途中。后于愁苦凄凉中与世长辞。

著有《易安居士文集》《易安词》，已散佚。后人有《漱玉集》辑本。今人辑有《李清照集校注》。

乌　江〔1〕

生当作人杰，死亦为鬼雄。
至今思项羽，不肯过江东〔2〕。

【注解】

〔1〕乌江：在今安徽和县东北，项羽死于此地。诗题一作《夏日绝句》。

〔2〕"至今"二句：典出《史记·项羽本纪》，项羽兵败，退到乌江，乌江亭长劝他渡江称王，项羽说："天之亡我，我何渡为？且籍与江东子弟八千人渡江而西，今无一人还，纵江东父兄怜而王我，我何面目见之！纵彼不言，籍独不愧于心乎？"遂自刎。

【赏析】

这是宋诗名篇。在人们的印象中，作为婉约派盟主的李清照，只擅长书写风情凄美、柔婉深致的抒情辞章。如果读了这首诗，你就要惊讶，原来在她的个性中，还有如此雄姿英发的豪放气概。

起笔两句，以"生死"统领，直陈女诗人自己的人生价值取向："生当作人杰，死亦为鬼雄。"——石破天惊之势骤然磅礴天地之间。所谓"巾帼不让须眉"，只此两句，即已总括无遗。用"至今思项羽，不肯过江东"毅然收束，一则是对自己的生死观提出一个强有力的证据；二则也是当生死和名节二者不可兼得时，女诗人表明自己会做出怎样的抉择。她说"至今思项羽"，可见她对项羽宁肯自裁以谢江东父老的行为，并非偶然想到，而是思之已久，甚至"至今"还在想象，还在思索。当年项羽不是不能、不想"过江东"，只是"不肯"！——"死不惧而辱不受"的英雄豪气，有如长虹贯日，生为人杰、死为鬼雄的立论得到了充分证明。清照尚有"木兰横戈好女子，但愿相将过淮水"的诗句（《打马赋》），更可证明她的内心从来就有一种强烈的渴望：能像花木兰那样，成为一个驰骋沙场的女英雄，拯救国家于危难之中。她还曾在一首长歌中以豪迈悲壮的心声唱道："欲将血泪寄山河，去洒东山一抔土。"这些诗章，出自一位弱女子之手，委实难能可贵，令人钦佩！

女诗人这样说，并非凭空议论，实是有感而发。公元1128年，北宋灭亡，赵宋王朝在金兵的追击下，一路仓皇南逃。丈夫赵明诚被任命为京城建康的知府，不想他竟弃城而逃。李清照深为丈夫感到羞愧。不久，他们也开始了漂泊无定的逃亡生活。1129年，当他们逃至乌江，站在项羽兵败自刎的地方，女诗人百感交集，心潮激荡，面对浩浩江水，口吟此诗，既为丈夫的没有血性而伤心，也是自己对生死观、荣辱观的坦诚表白

春 残

春残何事苦思乡，病里梳头恨最长。
梁燕语多终日在，蔷薇风细一帘香。

【赏析】

诗写暮春时节的感伤和对故乡的思念，显然是晚年手笔。

李清照出生在书香世宦之家，十八岁与诸城太学生赵明诚结婚，伉俪情深，诗文唱和，青年时代曾有过一段美满幸福的生活。可惜她的晚年却非常不幸，演出过一幕再嫁受辱、离婚诉讼的悲剧。对于这段历史，知道的人很少。

北宋末年，金人侵犯中原，宋王朝腐败无能，溃散南逃，偏安江南。李清照夫妇也随从流亡浙江一带。逃亡途中，夫妻俩一生中节衣缩食收集珍藏的金石书画遗失殆尽。公元1129年，赵明诚在移知湖州途中病故，她洒泪葬夫后，也大病一场。就在这一年冬，她投奔胞弟李远。其时，清照四十九岁。

三年后，即1132年四五月间，清照窃思寄居弟家亦非久计，遂有再适之意；这时有一歹徒张汝舟，贪图她的财物，欺负孀寡弱弟，趁清照病重之际，与媒人设计，强娶清照。张汝舟本是市侩小人，财物到手，便加凌辱。清照在自诉她被虐待时说："可念刘伶之鸡肋，难胜石勒之拳。"可见其境况之惨！

一个以诗文为生的弱女子，如何经得起虎狼摧残？同居不到百日，她就上诉廷尉，要求离婚。按照宋代刑法规定，妻告夫，虽属实，亦须判刑二年。清照是深知这一举动的利害的。她沉痛地说："清照敢不省过知惭，扪心自愧？责全、责智，已难逃万世之讥；败德、败名，何以见中朝之士？"但她深知"高鹏、尺鷃，本异升沉；火鼠、冰蚕，难同嗜好"。所以宁愿身系囹圄，也决不与这"中山狼"一起生活下去。离婚状上呈廷尉后，当即被下狱。这时有一名叫綦崇礼的翰林学士，非常同情她的遭遇，经他帮助，清照坐牢九天就被释放了，并获准离婚。

有过这种国破家亡、再嫁入狱的惨痛经历，就不难体会这首诗背后所隐藏的悲苦了。

暮春时节，虽有梁间呢喃细语的燕子，有隔帘暗送幽香的蔷薇，反而愈发惹起了她对故乡的思念。自问春日无多，"何事"最苦？回答是唯有"思乡"；况且又是在病里，举目无亲，孤苦伶仃，却满怀幽恨。所恨何事？才出虎口，又落狼窝之悲惨经历也。诗以美景写悲情，其情之悲愈见不堪忍受。读了这首诗，能不为宋代文坛的这位才女一洒同情之泪？

守璋

守璋，盐官王氏子。绍兴中，住临安天申万寿圆觉寺，赐号文慧大师。有《柿园集》。

晚 春

草深烟景重，林茂夕阳微。
不雨花犹落，无风絮自飞。

【赏析】

这是一首名噪一时的禅理诗，宋高宗曾亲书此诗于御书房观赏。

诗人通过草深、林茂、花落、絮飞等多重意象来描绘晚春景象。首二句巧妙地将佛法因果缘起的教义暗寓其中，以景喻理，不留痕迹。后二句以白描手法揭示花落絮飞此乃宇宙万物之必然：花落无须雨打，到时自然要零落；絮飞不因风吹，乃是本性使然。言外之意，生死无常，不独花草，人又何尝不然。诚如王安石所言，"看似寻常最奇崛"，平平淡淡的五言四句，匠心独运，诗法禅韵，无不出神入化。

曾 几

曾几（1085—1166年），字吉甫，号茶山居士，河南（今洛阳）人。入太学，后任将仕郎，赐上舍出身。主张抗金，与秦桧不合，被排斥。侨寓上饶，居茶山寺，因以为号。

国学经典精神家园丛书

陆游曾师事之。桧死，召为秘书少监，卒谥文清。诗风轻快流畅，音韵和谐，开杨万里之先声。有《茶山集》。

三衢[1]道中

梅子黄时日日晴，小溪泛尽却山行。
绿阴不减来时路，添得黄鹂四五声。

【注解】

〔1〕三衢：今浙江衢州，因境内有三衢山，故名。

【赏析】

这是一首纪行诗，叙写初夏山景和山行时的感受。

首句点明季节，"梅子黄时"正是江南梅雨时节，难得有这样"日日晴"的好天气，日日晴"暗示诗人心情愉快。次句写出行路线：乘舟到了小溪的尽头，又改走山路。"来时路"说明诗人是循原路返回，只见"绿阴"依旧，忽而传来的黄鹂的鸣叫声来时却未曾听到。这种回头再写来时旅途之景物，暗示春夏之交，景象万千的特点。

全诗格调明快自然，富有生活韵味。作者将一次平平常常的行程，写得错落有致，平中见奇，不仅写出了初夏的宜人风光，而且诗人的愉悦情状也栩栩如生。

洪 皓

洪皓（1088—1155年），字光弼，鄱阳（今江西波阳）人。政和五年（1115年）进士。建炎三年（1129年）以徽猷阁待制兼礼部尚书衔使金。不屈，被留十五年始还。忤秦桧，谪濠州团练副使，寻谪英州，徙袁州，卒。桧死，复官，谥忠直。著有《鄱阳集》。

药名一绝

独活他乡巳九秋，刚肠续断更淹留。
宁知老母相思子，没药医治白尽头。

【赏析】

到了宋代，诗歌体裁蓦然丰富了起来，诸如药名诗、回文诗、藏头诗、谜语诗等屡见不鲜，就连一些大家，如王安石、苏轼等也热衷此道。比如王安石有两首字谜诗曰：

兄弟四人两人大，一人产地三人坐。

家中更有一两口，任是凶年也得过。

将军身是五行精，日日燕山望石城。

待得功成身又退，空将心腹为苍生。

第一首的谜底是"俭"字，第二首为"德"字。

苏轼有回文诗《题金山寺》曰：

潮随暗浪雪山顶，远浦渔舟钓月明。

桥对寺门山径小，巷当泉眼石波清。

迢迢绿树江天晓，霭霭红霞晚日晴。

遥望四边云接水，碧峰千点数鸥轻。

倒读同样是一首好诗："轻鸥数点千峰碧，水接云边四望遥……"同样平仄押韵，优美妥帖，吟咏玩赏，实在是一种艺术享受。

洪皓的这首药名诗是他在被软禁金国时所作。诗人巧妙地运用"独活""续断""相思子""没药"四味中药名，抒写了他的思乡之情。由于题材的严肃，手法虽似文字游戏，亦无伤大雅。况且言情抒怀，沉痛悲切，仍有一定的艺术魅力。不应因诗句中含有草药名而奖其否定。

话说回来，任何文学创作，追本溯源，都带有游戏的特征，古人称之为"隐语""谐趣"。这在近代是文字游戏，在古代却是极为严重的事。古希腊悲剧的经典之作《俄狄浦斯王》就是以一个谜底为"人"的悬念展开全剧情节的。美学家朱光潜老先生说："丝毫没有谐趣的人大概不易作诗，也不能欣赏诗。诗和谐都是生气的富裕。不能谐是枯燥贫竭

国学经典精神家园丛书

的征候。枯燥贫竭的人和诗没有缘分。"本着这样的审美意趣来看洪皓的这首诗，就不会像板着面孔的文论家那样有偏见了。

陈与义

陈与义（1090—1138年），字去非，号简斋居士。本蜀人，后徙居河南叶县。政和三年（1113年）进士。绍兴中，历中书舍人，拜翰林学士，寻参知政事。以病乞祠，提举洞霄宫。诗祖杜甫，下宗苏轼。著有《简斋集》。

陈与义是两宋之交的著名诗人，也是这一时期诗坛的佼佼者。南渡之后，经历了亡国之痛，饱尝了流亡之苦，于兵荒马乱之中，从前就学杜诗的陈与义，与杜诗有了更深刻的感知，在思想上有了一种心心相印的契合，言词上也有了一种同病相怜的韵味。杨万里就说他能得杜诗之真传。可见时代变迁对文学创作的影响有多么大。

襄邑[1]道中

飞花两岸照船红，百里榆堤半日风。
卧看满天云不动，不知云与我俱东。

【注解】

〔1〕襄邑：今河南睢县，在北宋都城汴京（今开封）东南。

【赏析】

这是陈与义二十七岁时，进京待选途中写的一首纪行诗。诗人从京城开封出发到襄邑，乘船顺惠济河东行，把他在一路上所见所感用这首富有情趣的小诗表现得意韵盎然，因此不但受到历代诗论家的好评，甚至引起了外国学者的关注。

欣赏这首诗，应当把握这几个要点：对暮春时节落英缤纷的美景的描绘；以船行的轻快表达诗人心情的愉快；运用了静中见动的写法，写出了因船云俱动，使人误以为云不动的情趣；诗人的所见所感具有一定的哲理性。

观 雨

山客[1]龙钟不解耕，开轩危坐看阴晴。
前江后岭通云气，万壑千林送雨声。
海压竹枝低复举[2]，风吹山角晦还明。
不嫌屋漏无干处，正要群龙洗甲兵[3]。

【注解】

[1] 山客：诗人自称。

[2] 海：这里是形容暴雨有如翻江倒海般猛烈。低复举：形容竹枝在雨中的偃仰之态。

[3] "正要"句：化用杜甫《洗兵马》"净洗甲兵长不用"句意。典出《六韬》：武王伐殷，兵行之日大雨。太公曰："是洗濯甲兵。"

【赏析】

诗作于建炎四年（1130年）夏。其时作者寓居邵阳（今属湖南）紫阳山中。

作为宋代影响最大的江西诗派后期的代表作家，陈与义崇尚杜甫，关注国运民生，又不像其前辈诗人黄庭坚那样追求"无一字无来处"，所以他的诗作沉郁洗练，明净自然。

《观雨》虽然写的是雨景，却暗含着诗人对时局的密切关注。首联写出了抒情主人公对那个特殊时期的主观态度：一则是"客"，尚且不懂农事；二则时运使然，只能坐观"阴晴"——当时抗金时局的变化。

颔联写景，气势雄浑。风起云涌，大雨铺天盖地，不禁让人联想到整个国家翻天覆地的变化。颈联既是眼前实景，又隐含着诗人对时局的企望。竹枝的"低复举"，山角的"晦还明"，寓情于景，表现了诗人在风云变幻之时，仍然坚忍不拔、满怀信心的精神状态。

尾联用典，反杜甫"床头屋漏无干处"和"尽洗甲兵长不用"句意而用之。如能兴兵伐金，不是正好可以借助这大雨洗涤盔甲吗？若如此，屋漏又有何妨！

诗人抓住风云暴雨时不同的物象特征，从杜诗中吸取精髓，紧密结合国家时局的现实，巧妙地运用景象寓意的传统手法，表现出一种意韵雄沉、神完气足的审美意趣，实属

国学经典精神家园丛书

陈与义诗作的精品，也为同时期的诗坛出彩增色不少。

张九成

张九成（1092—1159年），字子韶，号无垢居士、横浦居士。祖籍开封，后迁海宁盐官（今浙江海宁）。绍兴二年（1132年）状元及第。主抗金，忤秦桧，被贬逐。著名理学家，文章学问，操守气节，皆为时人所敬仰。著有《横浦集》。

夏日即事

萱草〔1〕榴花照眼明，冰厅水阁晚风清。
萧然〔2〕终日无人到，帘外时闻下子声。

【注解】

〔1〕萱草：又名忘忧草，古人认为，植之可使人忘忧。

〔2〕萧然：清静冷落。

【赏析】

人们在日常生活中，有许多偶然闪现于心间的种种感受，常常无法用抽象概念予以表述，于是触发心灵的外在景物便成了传情达意的最佳媒介，同时也成了沟通作者与读者的纽带。这首《夏日即事》就是一个很好的例证。

诗人起首写景，无论是"萱草"还是"榴花"，都具有一种象征意味，表示在花明风清的美景中，触目皆是"忘忧"之物：萱草的别名是"忘忧草"，"榴花"为美酒的雅称，都有忘忧之意。结尾两句进一步深化这一主题，凸显主人公情怀之高雅。"无人到"并不意味着主人寂寞孤独，也许这正是他求之不得的呢！至于是否有对手与他手谈，还是自己一个人双手博弈，这无关紧要。而"帘外"的过往行人，时时听到棋子的叮叮声从屋里传来，这才是最优美的情调。清代散文家魏禧有一篇《独弈先生传》，讲的是一个棋痴，人称"独弈先生"。此人常常一手执白，一手执黑，终日自己跟自己厮杀。常言道："围棋之首在逍遥。"又说："手谈胜与俗人言。"张九成的这首描写围棋的诗，想要传达的不就是这样一种境界吗？然而这样的境界和情趣用抽象的语言是难以表述的，通过四句物象的描写，传达出来的意蕴反而可以引起丰富的想象，可以蕴含更多的内容。

刘子翚

刘子翚（1101—1147年），字彦冲，号病翁，建州崇安（今属福建）人。尝通判兴化军，以疾归里，筑室屏山，讲学论道而终，世称屏山先生。宋代理学家，朱熹是他的学生。他对事物的观察有猜到之处，擅长以明快的笔触表达深细的情思。著有《屏山集》。

绝句·送巨山[1]

二年寄迹闽山[2]寺，一笑翻然[3]向浙江。
明月不知君已去，夜深还照读书窗。

【注解】

〔1〕巨山：张嵲，字巨山，襄阳人，陈与义表侄，作者好友。
〔2〕闽山：即武夷山。
〔3〕翻然：高飞远飏。此指旅行、迁移。

【赏析】

开篇直书其事，意谓朋友张巨山在武夷山暂居二年，如今要去浙江。前行之际，"一笑翻然"，豪气冲天，自己对朋友的离去却依依不舍。

三、四两句转换角度，以虚拟笔法，想象张巨山走后，人去楼空的情景，借明月表达自己对朋友的深情与留恋。如直写书房依旧，人去房空，势必索然无味。这里借明月寄深情，不但寓意深长，而且情趣盎然。历来诗人都喜欢借明月寄情思，把明月拟人化，说它不知人已去，虽然已经是深夜，仍旧多情地照着读书窗。无情的明月尚且如此，有情的诗人怀念好友之情不言自明。这样的构思，在古诗中可以找出许多例句。

岳 飞

　　岳飞（1103—1142年），字鹏举，相州汤阴（今属河南）人。家世务农，年少应征入伍，英勇善战，屡建奇功。历任少保、黄河南北诸路招讨使，进枢密副使，封武昌郡开国公。以不附和议，绍兴十二年（1142年）为秦桧所陷，殒大理寺狱，年三十九。淳熙六年（1179年）赐谥武穆。嘉定四年（1211年）追封鄂王。淳祐六年（1246年）改谥忠武。工诗词，然词仅存三首，内容皆为壮志难酬的深沉慨叹。风格悲壮，意气豪迈。文集《岳武穆集》为后人所编。

池州翠微亭[1]

经年[2]尘土满征衣，特特[3]寻芳上翠微。
好水好山看不足，马蹄催趁月明归。

【注解】

〔1〕池州：治所在今安徽贵池。翠微亭：在贵池城南齐山顶上，杜牧任池州刺史时所建。

〔2〕经年：常年。

〔3〕特特：特地，专门。亦可解作马蹄声。

【赏析】

　　在我国，岳飞的事迹家喻户晓。他将短暂的一生献给了祖国的光复大业，长期转战于长江流域。绍兴四年（1134年）、十一年（1141年），在庐州（治所在今安徽合肥）两次击败金兵。这首记游诗即作于驻守舒州（治所在今安徽安庆）戎马倥偬之时。

　　因为几乎所有的人都了解这位爱国名将的事迹，所以很容易体会到诗中反映出来的强烈的爱国情怀。诗的起首句把为保卫半壁河山而转战南北的年轻将帅的形象生动地展现在了读者面前。然后笔锋一转，以"特特寻芳上翠微"一句突出这次能有机会登临名山古迹、寻芳览胜的喜悦兴奋之情，一来反衬了首句军旅生涯之紧张繁忙，二来反映出作者对祖国锦绣河山的热爱。生于山河破碎时期的岳飞，少时从军，以"还我河山"为己任，"三十功名尘与土，八千里路云和月"，为的是"收拾旧山河，朝天阙"。在这种特定的时代背景下，他自然对祖国的一山一水、一草一木怀着一种非同常人的特殊感情。"特特"二字把这种感情表达得十分充分，这两个字在这里有着特殊的含义：一是字面的特地、专门的意思，以承接首句意脉；二是隐含有象声的意思，让人联想到马蹄的"特特"声，说明这次出游是骑马去的，为结句埋下了伏笔；同时把作者的戎马生涯与大好河山从情感上联系了起来，为三、四两句突出主题做好了铺垫。

"好水好山看不足"，用最朴实最通俗的语言表达了对祖国壮丽山河的由衷赞美。说直到夜幕降临，才在月光下骑马返回，表明诗人一整天陶醉在山水如画的美景中，留连忘返，不忍离去。"马蹄"照应了前面的"特特"；"催趁"表明诗人从陶醉中惊醒过来的情态；"月明归"说明返回之晚，与上句的"看不足"相呼应。全诗生气贯注，将一代名将驰骋沙场和热爱故土的炽热情感表现得动人心弦。

黄公度

黄公度（1109—1156年），字师宪，号知稼翁，莆田（今属福建）人。绍兴八年（1138年）进士第一，平海军节度判官。后被秦桧诬陷，罢归。桧死复起，仕至尚书考功员外郎。诗风格律严整，寄托深远。有《知稼翁集》十一卷，词集名《知稼翁词》一卷。

乙亥岁除渔梁村

年来似觉道途熟，老去空更[1]岁月频。
爆竹一声乡梦破，残灯永夜客愁新。
云容山意商量雪，柳眼桃腮领略春。
想得在家小儿女，地炉相对说行人。

【注解】

〔1〕空更：徒然经历了……

【赏析】

宋高宗绍兴二十五年（1155年），是农历乙亥年。这年十月，卖国贼秦桧一命呜呼，群情激愤，在舆论压力下，宋高宗赵构召回部分受打击迫害的官员，公度也是其中的一个。这年十二月，他回临安，除夕行经闽北渔梁村（今福建浦城县西北），感慨万端，写下了这首诗。

首联写多年来仕途奔波，阅历颇多，似乎谙熟人情世故，岂知风云莫测，世事难料。随着年事日高，才知道年华虚度，老大无成，而岁月正在逐年流逝。

颔联描述除夕之夜的所思所感。除夕夜本该合家团圆，如今却客居异乡，只好在梦境中寻求家人团聚的欢乐，可惜却被爆竹声惊醒。漫漫长夜，唯有昏暗欲灭、摇曳不定的灯光相伴，听着外面辞旧迎新的爆竹声，旅居异乡的孤单寂寞叫人心碎。

颈联"云容山意商量雪"赋予阴云和群山以人性，仿佛也与诗人过不去，在他本已愁苦孤寂的时候，还要"商量"着下雪；幸好"柳眼桃腮"不那么残忍，向诗人透露着淡淡春意，使他稍稍"领略"到了春的希望。诗人通过这两种景象的对比来增加境界之美，反映了他在长期贬谪之后，现在奸佞已死，冤狱已雪，因此点燃了他将被重新起用的希望。

欣喜之余，在诗的结尾作者转换时空，想象家里的儿女们此刻在做什么，认为"小儿女"们此时大概正围坐在暖烘烘的火炉旁念叨着自己。如此结尾，温暖的"炉火"抵消了飞雪将至的寒意，将满怀希望的欢欣陪衬得愈发强烈。诗以悲苦之情发端，以春光在即、亲人夜语收束，情景交融，质朴真切，取得了感人至深的艺术效果。

至于诗人入朝后，因秦桧余党仍然把持朝政，只得了个考功员外郎的闲职，年仅四十八岁便郁郁而终，只能当作史实让人愤慨感叹。就艺术欣赏而言，这些后事与本诗无关。

朱淑真

朱淑真，自号幽栖居士，杭州钱塘人，一说海宁人。生卒年无考，一般认为她生活在南宋中叶，晚李清照数十年。她出身于仕宦之家，尝随夫宦游吴越荆楚。自幼聪明美貌，喜读书，工诗词，通音律，善丹青。死后曾有临安人王唐佐为之作传。又有人辑其诗词，由宛陵人魏端礼为之序，题名《断肠集》。现在，传记已失，词集也只留下断简残篇，其中还掺杂着他人的作品，已非本来面目。淑真因其命运使然，其诗与其词一样，多写幽怨感伤，语淡情浓，形象鲜明，风格婉丽。

秋　夜

夜久无眠秋气清，烛花频剪欲三更。
铺床凉满梧桐月，月在梧桐缺处明。

【赏析】

这是一首特色鲜明的抒情诗。全诗次序井然，先由屋外而室内，再由室内到屋外，逐层递进地反复渲染独处的苦闷。

前两句叙事。首句"夜""和"二字交代了时间、环境。"夜久无眠"已见怨妇愁绪满怀，而时又逢秋，夜气清凉，更添一层愁苦。次句紧承"无眠"，写人事活动。空房寂寥，百无聊赖中，她只好剪烛花以消遣寂寞。一"频"字，写出了女主人公的焦灼不安、心神难宁。"欲三更"接续"夜久"，极写她饱受寂寞煎熬之苦。

后两句写景。第三句转折一笔，写床席之月影。一个"凉"字是全诗的诗眼，照应首句的"秋气清"，以触觉状态写视觉形象。"满"字表面写光景之浓，其实是写忧思满怀。末句写窗外梧桐之月，留下无穷的想象空间。

古代多有闺怨诗，大多描写丈夫或为功名远行，或为戍边从军，少妇长年独守空房、凄凄惨惨的情景。女诗人朱淑真的这首《闺怨》诗却单写怨情，至于为何而怨，诗人没有说。但从"月在梧桐缺处明"的这个"缺"字，我们不难约略窥测个中原委。

众所周知，朱淑真出身仕宦之家，性情风流蕴藉，多情善感。后来因父母之命，媒妁之言，嫁给了一个不学无术的俗夫。夫妻之间，毫无情趣可言。淑真悲伤抑郁，写有许多断肠诗词。从她的词作和若干传说里，可以推测她后来似乎别有所恋，但与恋人未能结合，又复分离。她有一首《江城子》言道："斜风细雨作春寒。对尊前，忆前欢。曾把梨花，寂寞泪阑干。芳草断烟南浦路，和别泪，看青山。昨宵结得梦姻缘。水云间，悄无言。争奈醒来，愁恨又依然。展转衾绸空懊恼，天易见，见伊难。"

她后来就是在这种悲伤寂寞、憔悴坎坷中，一生落落寡合，被命运折磨而死。

梧桐是爱情的象征，月是团圆的象征，梧桐缺处有明月，是此时此刻她对意中人苦苦思念的物象化表述。一个"缺"字，不正是她悲剧性的一生的象征吗？不也是对她一生最简练最精确的象征性概括吗？

陆 游

陆游，（1125—1210年），字务观，号放翁，越州山阴（今浙江绍兴）人。生甫周岁，即遭金兵之乱，避难东阳，三岁回归山阴。自幼天资颖悟，性情忠厚。年十二能文。少有大志，二十九岁应进士试，名列第一，次年礼部复试，因"喜论恢复"，被秦桧除名。桧死三年，始为福州宁德主簿。孝宗继位初，赐进士出身，任枢密院编修，出通判建康府、隆兴府，后判夔州，适范成大为四川制置使，遂聘为参议官。孝宗淳熙五年（1178年），离蜀东归，在江西、浙江等地任职，终因坚持抗金复国，不为当权者所容，遂告老还乡，家居二十余年。

陆游是南宋中兴四大诗人之一。他是自北宋以降的爱国主义精神传统的集中体现者，不仅用大量诗篇表现了故国之思、亡国之痛，更表现了他随时准备投身抗战的决心，而且将爱国与忧民始终联系在一起，贯串其一生，实属难能可贵。

放翁才气纵横，精力弥满，他的诗风格之多样，与题材之广博、情感之丰富、思想之深刻相一致，当时即有"小李白"之称。平生著述等身，计有《渭南文集》《剑南诗稿》《南唐书》《老学庵笔记》《入蜀记》等。

游山西村

莫笑农家腊酒〔1〕浑，丰年留客足鸡豚。
山重水复疑无路，柳暗花明又一村。
箫鼓追随春社〔2〕近，衣冠简朴古风存。
从今若许闲乘月〔3〕，拄杖无时〔4〕夜叩门。

【注解】

〔1〕腊酒：腊月酿制的酒。

〔2〕春社：古时春天祭祀土神的日子，即立春后的第五个戊日。

〔3〕闲乘月：乘月光闲游。

〔4〕无时：随时。

【赏析】

这是陆游的名篇。"山重水复疑无路，柳暗花明又一村"已经成了我们的日常用语，甚至成了我们精神食粮的有益成分。

诗作于乾道三年（1167年），在此之前，陆游任隆兴府（今江西南昌）通判，因支持张浚北伐，被主和派弹劾，于乾道二年罢官，归故乡山阴，居镜湖三山。对于一位连做梦都想横刀立马、光复国土的爱国志士来说，赋闲故里，心情之苦闷和激愤可想而知。然而他并不灰心，他在古风犹存的农村生活中反而感受到了希望和光明，于是写下了这首田园抒情诗。

诗人首联写出游到农家，渲染出丰收之年农村一片宁静、欢悦的气象。纯朴好客的农家备足了酒菜款待他，令他十分感动。一个"足"字，说明村民待客尽其所有的盛情。

颔联写景中寓含哲理。"山重水复"和"柳暗花明"形象地再现了春日里浙东地区丘陵、山水交织呈现出来的特有景象。诗人在描写一路经行的客观景物中，突出"疑无路"和"又一村"的主观感受。这种亮丽的景象不断变换，令人茫然不知所措之际，突然一片空旷的景象展现在眼前，让人豁然开朗，精神不由为之一爽。这种境界前人如王维、柳宗元等也有描摹，然而只有到了陆游手里，才将这一意境格外别致地表现了出来。由于这样的境界把景趣、情趣和理趣自然妥帖地熔铸于一炉，从而给予了无论是创业、科研还是钻研学问的人们以非常有益的启迪。我们常常会遇到这样的情形：当我们苦于找不到出路或答案的时候，只要能够锲而不舍，继续前行，说不定在哪一个时刻，忽然眼前一亮，立刻豁然开朗，茅塞顿开，一个前所未有的新天地会倏地出现。这种特有的理趣，与"坚持就是胜利"的道理有着惊人的契合之处，因而远远溢出了自然景色描写的范畴，成了脍炙人口、益人心智的名句。

颈联由景物描写转入人事活动，描摹了南宋初年的农村风貌。春社祭社祈年，反映了民众对丰年的期盼；"衣冠简朴"则是对纯朴民风的赞美。至此，诗人意犹未尽，故而笔锋一转："从今若许闲乘月，拄杖无时夜叩门"——此时明月高悬，大地笼罩在恬静安谧之中，诗人希望从今尔后，能随时拄杖乘月，轻叩柴扉，像今天这样，与老农把酒言欢。

《游山西村》写得虽貌似闲适，系心国事之情隐然其间。这种心境和所游之境交互融合，于是产生了传诵千古的"山重水复疑无路，柳暗花明又一村"一联。诗人自己也不会想到，他为国人留下了一份不菲的精神财富。

国学经典精神家园丛书

剑门^[1]道中遇微雨

衣上征尘杂酒痕，远游无处不消魂。
此身合是诗人未^[2]？细雨骑驴入剑门。

【注解】

〔1〕剑门：其主峰大剑山在今四川剑阁北，因下有隘路如门，故名。唐时曾置剑门关，为川北要塞。

〔2〕"此身"句：诗人自问：我真是做诗人的材料吗？

【赏析】

宋孝宗乾道八年（1172年），陆游四十八岁，应四川宣抚使王炎的邀请，前往抗金前线南郑任幕僚。南郑位于陕西省西南边陲、汉中盆地西南部，北临汉江，南依巴山。自古为兵家必争之地。陆游在南郑担任军职期间，南山射虎，雪满貂裘，正要雄心勃勃地协助王炎收复长安，大展宏图的时候，王炎突然被调回临安，诗人也被改任成都府参议官。就在这年初冬的一个细雨蒙蒙的日子，骑驴经剑门关回四川，写下了这首七绝。

"衣上征尘杂酒痕"，起首从细处着墨，具体而形象。我们仿佛看见一位抑郁寡欢的诗人，风尘仆仆地骑驴行进在群峰险峻的雄关要塞的山路上，借酒浇愁时洒落在衣襟上的斑斑酒痕如今又蒙染了点点征尘。"远游无处不消魂"写途经剑门时的感受。面对李白曾歌咏过的峥嵘崔嵬的剑门关，诗人放眼望去，奇峰峻岭，摩天峭壁，风光壮美，令人心荡神驰。然而对于此时从前线撤退下来的诗人来说，眼前的风光愈美，愈触动着他心中的隐痛。"消魂"二字，内涵十分丰富也十分复杂，是惆怅？是愤懑？还是为眼前的壮美山河而陶醉？

第三句自问是全诗命意之所在。自古许多诗人如李白、杜甫等都有骑驴觅诗、斗酒百篇的佳话，陆游"细雨骑驴"入得剑门关来，联想到这些前辈名家，于是产生了疑问：难道我命中注定只应该做一个诗人吗？否则为什么不是奔向"铁马秋风"的战场，而是要回到风景如画的锦城呢？诗人对这一疑问没有给予肯定或否定的回答。有的鉴赏文章代替作者的回答或者是肯定的，或者是否定的。这都是"读者义"，而不是"作者义"。

所以，这一句没有答案的自问，不妨看作是他无可奈何的自嘲、自叹。作者怀才不遇，报国无门，衷情难诉，壮志难酬，因此是一种在抑郁中的自嘲，在沉痛中的调侃。"夜视太白收光芒，报国欲死无战场"（《陇头水》）才是诗人终生的伤痛。

关山月

和戎[1]诏下十五年，将军不战空临边。
朱门沉沉按歌舞[2]，厩马肥死弓断弦。
戍楼刁斗催落月，三十从军今白发。
笛里谁知壮士心，沙头[3]空照征人骨。
中原干戈古亦闻，岂有逆胡传子孙[4]？
遗民[5]忍死望恢复，几处今宵垂泪痕！

【注解】

〔1〕和戎：宋孝宗隆兴二年（1164年）下诏与金议和，至写作此诗已十四年。十五是指约数，且为合仄。

〔2〕朱门：指官僚贵族的住宅。按歌舞：依节奏歌舞。这里是揭露统治阶级的醉生梦死。

〔3〕沙头：沙漠荒原。

〔4〕"岂有"句：意思是说，岂能容忍金人长期占领中原。金朝自太祖完颜旻进占中原，已传四世，故云。

〔5〕遗民：指敌占区的百姓。

【赏析】

淳熙四年（1177年），诗人在成都。从前线南郑撤回，本已十分苦闷，加上前此一年，他被指斥"燕饮颓放"，除了干脆号"放翁"以示抗议，现在都郁结心中的愤懑终于通过这首诗爆发出来了。

《关山月》本为乐府笛曲。诗人借古题写己意，唱响了一曲爱国高歌。全诗十二句，按内容可分三段，每四句一段。

前四句从大处着眼，写统治阶级的偏安国策所带来的严重后果。屈膝求和、苟安偷

国学经典精神家园丛书

生，是南宋开国皇帝赵构奠定的对外政策。赵构不是一个昏君，也不是一个暴君，与明君更不沾边。他只是一个极端自私、刻骨无情之人，为了保住自己的皇权，什么事情都做得出来。他可以向杀害自己父兄（徽宗、钦宗）的仇人屈膝称臣；当岳飞为他保住了半壁江山之后，真要光复中原，迎回二帝，他怕动摇他的皇位，便恩将仇报，假秦桧之手，酿造了历史上最令人切齿的冤案，将岳飞父子杀害。正如陆游在《追感往事》一诗中说到投降派时所言："诸公可叹善谋身，误国当时岂一秦！"至于像宋高宗这样的皇帝究竟该列入历代帝王的哪一类，历史学家还没有给出一个定义。不管怎么说，自赵构以来，南宋小朝廷的历任皇帝都一直是在这种乞和偏安的对外国策下苟延残喘。宋孝宗赵睿也一样，他一继位，就于隆兴元年（1163年）下令与金议和，签订了屈辱的"隆兴和议"。诗人开篇第一句，就将激愤的矛头对准了当政的最高统治者及其对外政策，由此可以看出陆游反对投降路线的锐气和决心。这在被愚忠思想笼罩下的中国历史上，确实难能可贵！

接着诗人指出，戍边守疆的将军本来应当效命沙场，如今却只是象征性地驻守边防；醉生梦死的投降主义者们则躲在深院大宅里轻歌曼舞，花天酒地，而战马却因患肥胖症老死在了马厩里，弓箭因闲置不用而腐坏。这种景象，对于一个渴望报效祖国、立志恢复中原的斗士来说，是可忍孰不可忍！

中四句第二段侧重写前线战士不能杀敌报国的悲愤。战士们壮年入伍，如今皆已白发苍苍，然而既不能为国建功，又不能回乡与亲人团聚，这种苦闷和悲愤无处诉说，只有倾注在凄凉的笛声里，可又有谁能理解？为国捐躯的战士们的白骨，在清冷的月光下横陈于沙漠荒原。刁斗、白发、笛声、白骨与上一段中的朱门、歌舞形成了鲜明的对照，将对将士的深切悲痛和对投降主义者们的无比义愤，表现得格外深刻。

写足了后方的无耻和前线的悲苦，第三段中诗人将视野扩展到了沦陷区的中原大地，写出了苦难中的人民的悲痛和盼望光复的热切期待，同时表达了对收复失地的坚定信念和对侵略者的强烈仇恨。后方、前线和敌占区三方面的描写鲜明强烈的空间对比，揭示了前线战士、中原遗民和南宋统治者之间的尖锐对立。贯串全诗意旨的是"月"，三度空间的描写，都在"月"的笼罩下展开，与"关""山"相映衬；而这"月"，又是历史和现实的见证。由此可见，"月"在此诗中具有十分重要的象征意义和结构意义。

这首诗的内容非常丰富深刻，可以说，概括了陆游爱国诗歌思想意蕴的所有重要方面，而其艺术表现则凝练集中，将多方面的内容融合在一起，构造出一个完整而又丰满的整体。声情苍凉激越，风格悲壮沉郁，无论在思想和艺术上，都堪称陆游爱国诗章的代表作。

小园（四首选二）

小园烟草[1]接邻家，桑柘阴阴一径斜。
卧读陶诗未终卷，又乘微雨去锄瓜。

村南村北鹁鸪[2]声，刺水新秧漫漫平[3]。
行遍天涯千万里，却从邻父学春耕。

【注解】

〔1〕烟草：荒草。

〔2〕鹁鸪：即布谷鸟。

〔3〕"刺水"句：意谓刚插的秧苗尖尖的叶子透出了水面，已与水面一样平了。

【赏析】

《小园》共四首，《永乐大典》在编辑宋庠诗文时，把这组诗误入《宋元宪集》。张冠李戴、漏彼挂此是宋人诗集的家常便饭，此亦一例。之所以说这组诗不是宋庠的作品，由其中的第四首即可一眼看出："少年壮气吞强敌，晚觉丘樊乐事多。骏马宝刀俱一梦，夕阳闲和饭牛歌。"根据宋庠的生平履历，是根本不会有这样的事迹和情怀的。

诗作于淳熙八年（1181年），诗人五十七岁。上年十月自江西回山阴，八年正月到家。

陆游是我国古代文学史上少有的高龄作家，也是少有的多产作家。他的诗有几万首，现今存世的也有一万四千多首。他的诗大体可分为两类，一类是爱国诗歌，这是陆游诗歌创作的中心主题，贯穿了他的一生；一类是山水田园诗。陆游的大部分岁月，都是在故乡山阴度过的，农村风光成了他晚年创作的主要内容。

上选二诗，作意相同，一方面描绘农村的美好景色，一方面抒写自己回归田园的感受。作品中的田园风光清丽宁静，作者闲适惬意，一副乐在田园的况味。但描摹田园美景，表达对田园生活的喜爱，并不是组诗《小园》的全部内容。陆游一生关心国家，渴望搏杀疆场，只因报国无门才回归田园，因此"卧读陶诗未终卷，又乘微雨去种瓜"；"行遍天涯千万里，却从邻父学春耕"的闲适生活，并非诗人本意，实属无奈。这层意思，上引组诗之四表现得最明显，与辛弃疾"却将万字平戎策，换得东家种树书"实为同一情调。

小舟游近村舍舟步归（四首选一）

斜阳古柳赵家庄，负鼓盲翁正作场[1]。
死后是非谁管得？满村听说蔡中郎[2]。

【注解】

〔1〕作场：指街头卖艺的人临时圈地演出。

〔2〕蔡中郎：指早期南戏《赵贞女蔡二郎》。大意是说，蔡邕（字伯喈）离背亲弃妻，为暴雷震死。故事宋时在温州民间流传，戏文亦温州人作。到了元代，高则成据以改编为《琵琶记》。

【赏析】

这是其中的一首。组诗作于庆元元年（1195年），诗人隐居山阴年逾古稀之时。由于叙写内容与当时流行的南戏有关，在江南一带妇孺皆知，因此一直被广为传诵，金庸的武侠小说《连城诀》在描写江南风情时，也引用了这首诗，可见其影响之广。

诗人在家乡闲居已有六年。有一天傍晚，他缓步出门，但见古柳斜阳下人头攒动，走近前去，才知道原来是一个盲翁打场说唱蔡中郎故事。历史上的蔡邕性至孝，并没有离亲弃家、停妻再娶之事。然而到了民间，他却成了一个忘恩负义之辈，因此作者感慨万端地说："死后是非谁管得？"崇拜杜甫的陆游，这时候肯定想起了诗圣《梦李白》中的那两句："千秋万岁名，寂寞身后事。"岂止是"寂寞"，有时候完全是颠倒，有如蔡邕一样。

人的思想感情真是复杂，被爱国忧民的情思主宰了一生的陆游，在被爱国激情刺激得心神不安的时候，也不得不触景生情，发出人生虚妄的感慨。就人的心理活动规律而言，这是一种很正常的心理释放和缓冲，因为人不可能永远处在燃烧、亢奋的状态。

临安春雨初霁

世味年来薄似纱，谁令骑马客京华？
小楼一夜听春雨，深巷明朝卖杏花。
矮纸斜行闲作草，晴窗细乳〔1〕戏分茶〔2〕。
素衣〔3〕莫起风尘叹，犹及清明可到家。

【注解】

〔1〕细乳：烹茶时浮于盏面的细白泡沫，又称乳花。

〔2〕分茶：宋时流行的一种茶道，类同日本现在的所谓"点茶"。

〔3〕素衣：借用陆机《为顾·先赠妇》"京城多风尘，素衣化作缁"句意。这里是暗喻京城里的肮脏，把人品都玷污了。

【赏析】

诗写于淳熙十三年（1186年），陆游六十二岁，在山阴（今浙江绍兴）赋闲家居，已有五年。这一年春天，他被起用为严州知府，赴任之前，先到临安觐见宋孝宗，住在西湖边上的客栈里听候召见，在百无聊赖中，写下了这首名作。（若按刘克庄《后村诗话》所言，此诗作于陆游青少年时代。恐不确。）

自淳熙五年（1178年）被召见以来，陆游并未受到重用，只是在福建、江西做了两任提举常平茶盐公事；家居五年，更是远离政界，但对于政治舞台上的倾轧变幻体会得更深了，所以一开头就用了一个独具匠心的比喻，感叹世态人情薄得就像半透明的纱。世情既然如此浇薄，为什么还要到京城里来忍受寂寞无聊的客居生活呢？

"小楼"一联是名句。诗人孤身一人住在小楼上，彻夜听着春雨的淅沥；次日清晨，深幽的小巷中传来了叫卖杏花的声音，春天的消息从卖花声中透出。如果只注意到这两句描绘了一幅有声有色的春光图，而忽略了诗人"一夜"未眠，就无法体会到国事家愁是如何伴着潇潇雨声萦绕在诗人心头的意蕴。

清晨被卖花声唤醒，诗人是如何打发这无聊的光阴的呢？有时以草书消遣，或者在明亮的窗前品茶。时当国事多难，却不得不借书法或品茶来消磨时光，岂不哀哉！于是再也按捺不住心头的怨愤，有了结尾两句的怒吼。

国学经典精神家园丛书

西晋陆机《为顾彦先赠妇》云："京洛多风尘，素衣化为缁。"意谓京城中之污秽，如若久居，干净洁白的衣服也会被污染成黑色。陆游这里反用其意，告诉家人无须担心，因为在清明节就可以回家了。语似平淡，实则愤激：偌大一个杭州城，竟然容不得一展雄才，却只能回家躬耕田亩！悲愤之情只能从言外体味。

书 愤

早岁那知世事艰，中原北望气[1]如山。
楼船夜雪瓜洲渡[2]，铁马秋风大散关[3]。
塞上长城空自许，镜中衰鬓已先斑。
出师一表[4]真名世，千载谁堪伯仲间？

【注解】

〔1〕气：壮志。

〔2〕瓜洲渡：在今江苏扬州境内，长江北岸，大运河入长江处。绍兴三十一年（1161年）十一月，宋人曾于此抗击金兵。

〔3〕大散关：在今陕西宝鸡西南大散岭上，川陕交通要道，是当时宋金交界的关隘重镇。

〔4〕出师一表：指诸葛亮的《出师表》。

【赏析】

在陆游抒发其壮志难酬的诗歌中，《书愤》是有代表性的一首。诗写于南宋孝宗淳熙十三年（1186年）春，诗人退居在山阴（今绍兴）镜湖时。其时诗人虽然已经年过花甲，但痛恨金朝统治者的暴虐，愤怒南宋小朝廷之懦弱，怀念中原人民泪落胡尘之伤痛，有感于自己报国无门的豪情依然不减当年，因此写了不少震撼人心的爱国诗章。此即其中之一。

诗人将自己一言难尽的全部情感集中在一个"愤"字上。开篇两句是对青年时代的回忆。陆游一生都处在兵荒马乱之中，他从小立志，要成为抗敌救国的英雄。成人后积极投入抗金救国的斗争中，但屡遭奸臣陷害，救国大志一直没能实现。"那知"二字，透露出作者因不能恢复中原而澎湃于胸中的气愤。此为一愤。

颔联首句说的是宋军大败金主完颜亮一事。绍兴三十一年（1161年），金兵四十万侵宋，败于采石矶（今安徽当涂县），完颜亮退至镇江瓜洲，死于乱军之中，金方退兵遣使议和；后一句说的是绍兴三十二年宋军收复大散关之事。这两句以两个典型的战争场面概括了一整个时代人民的抗金斗争。如果说诗人早岁"气如山"，还不知"世事艰"，现在终于从痛苦的经验中认识到了社会历史的残酷无情。此联以史实写忧愤。此为二愤。

颈联是对晚年境况的描摹，揭示理想与现实的矛盾，强调心情的悲愤。诗人曾将自己比作万里长城，无奈岁月蹉跎，世事乖舛，如今鬓发花白，卫国抗敌的愿望恐怕就要落空。他在《夜泊水村》一诗中以"一身报国有万死，双鬓向人无再青"的激情，表达过鬓虽斑而志不移的壮士暮年之心。可见此联是以直抒胸臆的方式表达诗人的悲愤之情。此为三愤。

最后，诗人借赞诸葛亮感慨自己复国雪耻的壮志无法实现的愤懑之情。他曾有多首诗反复称道《出师表》，如"《出师》一表通古今，夜半挑灯更细看"，"凛然《出师表》，一字不可删"等。说"千载谁堪伯仲间"，明叹无人可与诸葛亮匹比，暗喻自己要效法其"鞠躬尽瘁，死而后已"的精神，可惜居高位者都不如当年的刘禅，不能起用北伐之师。此为四愤也。

题为《书愤》，层层将"愤"写得气足神完，力透纸背。诚如方东树所说："志在立功，而有才不遇，奄忽就衰，故思之有愤也。妙在三、四句兼写景象，声色动人。"

在艺术技巧上，其余不论，应该指出的是作者对意象叠加法的运用。诗人在表现瓜州渡时，用了"楼船"与"雪夜"两个相关的意象；在表现大散关时，用了"铁马"与"秋风"两个相关的意象。"楼船"和"铁马"代表人事（在这里具有军事意义），"夜雪"和"秋风"代表时间，"瓜州渡"和"大散关"代表地点。于是奇迹出现了：这些单独来看仅只是单纯表象的镜头，因为并置叠加在一起而产生了丰富的意蕴，传达出了边防要塞的凝重氛围。古典诗词中的这种意象的并置叠加手法，颇似电影中的蒙太奇，即镜头组合法。近代学者认为，这种意象叠加法，是最符合诗歌本质的表现方法。

秋夜将晓出篱门迎凉有感（二首选一）

三万里河东入海，五千仞岳上摩天。
遗民泪尽胡尘里，南望王师又一年。

【赏析】

诗写于作者六十八岁高龄时,其时他罢归山阴故里多年。在一个秋天的清晨,诗人步出篱门,想到半壁江山沦陷敌手,敌占区的人民生活在水深火热之中,而统治者仍旧年复一年坚持可耻的投降政策,不禁悲愤填膺,写下了这首诗。

开头两句劈空而来,气势磅礴,借对祖国壮美河山的歌颂,表达了强烈的爱国情怀,寄托了因国土沦陷而产生的痛惜之情。被喻为母亲河的黄河和高耸云天的五岳是中华民族的象征,诗人摄取这两个富于象征意义的自然景观充分展示了伟大祖国的壮美:三万里的黄河浩浩荡荡,奔流入海;五千仞高的五岳巍峨峭拔,直插苍穹。两句一横一纵,北方中原的半个中国,便鲜明突兀、苍莽无垠地展现在了我们眼前。当时黄河流域已经丧失,而五岳中除了南岳衡山外,其余东岳泰山、西岳华山、中岳嵩山、北岳恒山也都沦陷。想到敌占区的人民,悲愤之情脱口而出:"遗民泪尽胡尘里,南望王师又一年。"一个"尽"字,无限悲酸。眼泪流了六十多年,怎能不尽?一个"又"字,说明遗民苦苦期盼,年复一年,但他们哪里知道,"直把杭州作汴州"的偏安小朝廷早已把他们忘到了脑后!这一层意思在诗中虽未点破,但强烈的愤怒和谴责已隐然可见。

全诗以"望"字为眼,意境雄伟、苍凉、沉痛、悲怆。前一联想象瑰丽,意境高远,正是李白的浪漫笔法;后一联苍凉悲愤,郁郁不平,又是杜甫的写实手法。作者再以内在的炽热感情贯注其间,雄浑伟丽,深沉悲壮,确是有机融合李杜诗风的杰作。

十一月四日风雨大作

僵卧孤村不自哀,尚思为国戍轮台[1]。
夜阑卧听风吹雨,铁马冰河入梦来。

【注解】

〔1〕轮台:汉西域地名,在今新疆轮台东南,为当时戍守西域的要地。这里泛指边疆。

【赏析】

这一首与上一首作于同时同地。开头两句先从当时所处境况写起。诗人在垂暮之年,闲居乡里，在一个寒冬的风雨之夜，独卧孤村，这位一生忧国忧民的老人，此时却不以个人的悲苦为念，也不顾自己已年近七旬，依然热切地渴望着去为国戍边守疆。"尚思"一句，把诗人"老骥伏枥，志在千里；烈士暮年，壮心不已"的胸怀表达得令人耸然动容。

后两句写的是梦中北征的情景，完全是想象之词。诗人在现实中没有机会成就杀敌报国的理想，常常托之于梦，写在梦中如何驰骋沙场。据统计，陆游的记梦之作多达百余首，而内容大多是写梦中出征，收复中原。这真是时代的悲哀——无情的现实竟然会逼迫一位年近古稀的老人在梦中驰骋战马于北国的冰河雪地里，去完成杀敌报国的梦想。这种年愈老而志弥坚，时时刻刻渴望献身祖国的精神，让人由衷感动，让人肃然起敬！

沈园[1]二首

城上斜阳画角哀，沈园非复旧池台。
伤心桥下春波绿，曾是惊鸿照影来。

梦断香消四十年，沈园柳老不吹绵。
此身行作稽山[2]土，犹吊遗踪一泫然。

【注解】

〔1〕沈园：在今浙江绍兴禹迹寺南。

〔2〕稽山：即会稽山。这句是说自己也将不久于人世。

【赏析】

这是作者于七十五岁时写的两首悼亡诗。陆游一生中最大的不幸只有两件事，一是光复大业壮志未酬，一是伉俪之爱比翼折翅。欣赏过陆游《钗头凤》一词的读者或许都还记得作者与唐琬的那段爱情悲剧。绍兴二十五年（1155年），婚后被迫离异的夫妻二人在沈园邂逅，陆游感伤万端，写下《钗头凤》，记述了这次"惊鸿一瞥"的相遇。其后不久，唐琬郁郁而逝，从此挚爱着的情侣生离死别，阴阳相隔，陆游对这位心心相印的爱妻有相思，有愧疚，有惋惜，有酸楚，更多的是伤痛。作此诗时，虽然距沈园相会已隔四十四年（这里的"四十"是举其成数），但感情越沉淀越刻骨，岁月越久，其情越发缠绵不尽。这些情感，在四十年后重游故地时，触景伤情，于是一刹那间全部迸发出来了。

首章写触景生情之悲：斜阳黯淡，画角哀鸣，由此触动的是伤心欲绝之情。只此两句，便有声有色地渲染出了一种悲风弥漫的氛围。绍熙三年（1192年），诗人在六十八岁时，曾在其所写的《禹迹寺南有沈氏小园序》曰："禹迹寺南有沈氏小园，四十年前尝题小词壁间，偶复一到，园已三易主，读之怅然。"沈氏小园对于诗人来说，具有特殊的意义，这是他与唐氏离异后唯一的偶遇之处，也是二人的永诀之地。"尝题小词壁间"即指《钗头凤》。他希望重温旧梦，但现实太残酷了——从那以后，竟然是四十余年的生离死别，连重逢之地都"三易主"。人生之悲痛，夫复何言！

但是诗人仍不死心，他四处寻找可以追忆往事的旧景，唯有"桥下春波绿"依稀仿佛如见故人。曹植在《洛神赋》中曾描写凌步春波的仙子"翩若惊鸿"。于是诗人由"春波"想到了宓妃，由宓妃想到了唐婉，由沈园的巧遇想到了那情影仿佛惊鸿照水般一闪而逝，一去不返。"死者长已矣"，然而那惊鸿之"影"却永远刻在了生者的心中。

第二首表达的是诗人对前妻的深情。

自古香消玉殒都是比喻女子谢世，"梦断香销"即指唐氏之死。次句以沈园即日之景自况：柳树已老，不再飞绵；自己不久也将葬于会稽山而化为黄土。此句是为反衬"犹吊遗踪一泫然"——尽管自己不久于人世，但对唐氏眷念之情永不泯灭；尽管个人在生活上已无所希求，但对唐氏之爱历久弥新，所以对沈园遗踪还要凭吊一番，凭吊之际，禁不住涕泪泫然。

自绍兴十七年（1147年），陆游与唐婉离散之后的五十余年间，陆续写了十二首以沈园为本事的悼亡诗。在这些诗中，唐氏的形象不断地以惊鸿、梅花、秋菊、春波等物象出现，作者通过今昔画面的组辑，让诗情画意刺激灵感，将终生不渝的眷恋，一往情深地寄托在低回缠绵的笔墨之中，而《沈园二首》即是其中最脍炙人口的佳作。

梅花绝句（六首选一）

闻道梅花坼[1]晓风，雪堆遍满四山中。
何方可化身千亿？一树梅花一放翁。

【注解】

〔1〕坼（chè）：裂开。

【赏析】

诗写于嘉泰二年（1202年）闲居山阴时，诗人其时已是七十八岁的高龄。

古诗对于象征手法的运用，最引人注目的是人格象征，众所周知的有通过描摹松、竹、梅、兰、莲等自然物象暗喻人的某种品格。梅花在国人心中，传统地具有傲雪凌霜、孤芳高洁、坚贞不屈的意义。陆游一生写过不少咏梅诗，这一首同时会让人想起他的词作名篇《卜算子·咏梅》来，但那是借赞颂梅花暗寓作者的品格境界；这首小诗却直抒胸臆，诗人把"一树梅"和"一放翁"两个特写镜头叠加在一起，其解说词就是"我是梅花的化身，梅花是我的灵魂"。既然人梅为一，那么梅所具有的我都具有——这就是诗人真正想说的。

"何方"二句化用柳宗元《与浩初上人同看山寄京华故亲》"若为化作身千亿，散上峰头望故乡"之句意。陈衍评议说："柳州之化身何其苦，此老之化身何其乐。"

示 儿

死去元知万事空，但悲不见九州同。
王师北定中原日，家祭无忘告乃翁！

【赏析】

这是陆游的绝笔诗，写于嘉定二年（1209年）十二月诗人辞世前。这首诗不只是写给他儿子的，也是写给身后炎黄子孙的。寻常百姓临终时留给儿孙的遗嘱不外是钱财或产业，而陆游念念不忘的却是光复国土，实现祖国的统一。由此我们可以体会到诗人的爱国激情是何等的执着、深沉、热烈、真挚！

起首第一句"死去元知万事空"即沉痛至极，诗句不单单是像常人那样，悲叹人死之后便一切化为乌有，同时寓含着倾注了终生心血的光复大业毫无结果，自己不能继续为之奋斗的悲哀。有生就有死，这是天地万物难逃的自然法则，自己死不足惜，"但悲不见九州同"——这才是最令人悲痛的缺憾！怎样来弥补这一临终时的最大遗憾呢？"王师北定中原日，家祭无忘告乃翁！"这是一位八十五岁的老人留给儿子的唯一的遗嘱，它说明诗人虽然沉痛万分，但并未绝望。他坚信祖国总有一天会实现统一，金人必败，正义的事业必胜。因此他深情地嘱咐儿子，在家祭时千万别忘记把"北定中原"的喜讯告诉他。

《示儿》一诗，是陆游一生爱国精神的总结。陆游以这首诗为代表的许多爱国诗篇，千百年来引起过无数爱国志士的共鸣，激励过无数中华民族的优秀儿女为伟大祖国的进步事业英勇献身。

范成大

范成大（1126—1193年），字至能，号石湖居士，平江吴郡（今江苏苏州）人。高宗绍兴二十四年（1154年）进士，任徽州司户参军，累迁吏部侍郎、礼部员外郎。后出知处州，减免赋税，兴修水利，颇有政绩。孝宗年间以资政殿大学士出使金国，慷慨不屈，几乎被杀。后历任静江、成都、建康等地行政长官。官至参知政事（副宰相），因与孝宗政见不合，去职隐居故乡石湖。他是南宋最负盛名的诗人之一，与陆游、杨万里、尤袤并称"中华四大诗人"。成就稍逊于陆、杨二人，但大量田园诗却给宋诗增色不少，以农村生活的乡土气息和农事活动为侧重点，创造了一种新型的田园风范。

著有《石湖诗集》《揽辔录》《吴船录》《桂海虞衡志》和《石湖词》等。

晚春田园杂兴（十二首选二）

蝴蝶双双入菜花，日长无客到田家。
鸡飞过篱犬吠窦，知有行商来买茶。

雨后山家起较迟，天窗晓色半熹微。
老翁欹枕听莺啭，童子开门放燕飞。

【赏析】

作为宋代的田园诗人的代表性人物，范成大《石湖诗集》中的诗作，差不多都是写农村生活的，风格类似王维，流丽轻婉，自成一家。

先看第一首。诗人以景起兴：写蝴蝶双双在金黄色的油菜花间翩翩飞舞，写白日渐长的春日里田家的静寂，把乡村的安谧渲染得历历在目。第三句写鸡被惊吓得飞过了篱笆，狗躲在窝里一阵狂吠，是什么蓦地打破了这世外桃源般的宁静，使整个画面瞬间活跃起来的呢？原来"长日无客"的农家小院里来了客人，是沿村收购茶叶的商人来买茶。我们可以想见当时的情景：村子里的老人小孩纷纷走了出来，看看有没有自己需要的东西可以交易。

第二首写的是春雨后的山村景象。因为有"随风潜入夜"的及时雨，一直忧心忡忡的村民们这下放心了，可以坦然地睡个回笼觉了，所以起得较晚。晨光朦朦胧胧照进屋里，老爷爷半靠枕头，聆听黄莺婉转的鸣叫声；活泼的孩子们赶紧打开屋门，放飞盘旋在梁间的燕子。这一组镜头，把山村农家的生活写得活灵活现，生动有趣。

国学经典精神家园丛书

夏日田园杂兴（十二首选四）

梅子金黄杏子肥，麦花雪白菜花稀。
日长篱落无人过，惟有蜻蜓蛱蝶飞。

昼出耘田夜绩麻，村庄儿女各当家。
童孙未解供耕织，也傍桑阴学种瓜。

黄尘行客汗如浆，少住侬家[1]漱井香。
借与门前磐石坐，柳阴亭午正风凉。

采菱辛苦废犁锄，血指流丹鬼质枯[2]。
无力买田聊种水[3]，近来湖面亦收租！

【注解】

〔1〕侬家：我家的意思。吴侬软语。

〔2〕鬼质枯：瘦得不成人样的意思。

〔3〕种水：即种菱。

【赏析】

《四时田园杂兴》组诗共六十首，分别以春、夏、秋、冬四季歌咏农家生活。这里选的是"夏日"十二首中的四首。

第一首写初夏江南的田园景色。诗中用梅子黄、杏子肥、麦花白、菜花稀，写出了夏季南方农村景物的特点，有花有果，有色有形。前两句写梅黄杏肥，麦白菜稀，色彩鲜丽。第三句从侧面写农民劳动：初夏农事正忙，农民早出晚归，所以白天很少见到行人。最后一句又以"惟有蜻蜓蛱蝶飞"衬托村中的寂静，静中有动，显得更静。

第二首以老农的口吻正面写农事活动。他说，男人白天下地除草，女人晚上搓麻。儿女们没有一个闲人，连孙子们虽然还不会耕田织布，却也在桑树成荫的地方自己开始学着种起瓜来。老人把讲述家事的重点放在孙子辈模仿大人从事劳动一事上来，而且流露着无限欣喜之意，可知传统的男耕女织的农业社会对后继有人的重视。这一首写的清新鲜活，意趣横生。

第三首写农民的待客之道，表现了他们的宽厚善良。这一首是用第一人称的口吻讲述的。主人公说，客人在赤日炎炎的盛夏赶路，尘土满面，汗下如雨，他来到我家小憩，我打来清凉的井水给他喝。后来他坐在门前柳荫下的磐石上，时当正午，树荫下有丝丝凉风吹来，我都能感觉到他有多少惬意，多少清爽。

山野村民的好客之风，越是在偏僻的地区，越纯朴，越感人。凡是在农村生活过的人，读了这样的诗，会感到格外亲切有味。

最后一首就不是那么美好了。作者通过种植菱角的农民备受剥削的痛苦，反映了农村生活的另一面。从事农田劳动的村民，因为无法负担繁重的租税，只好放弃耕地去种菱。可种菱比耕田更艰辛，五指流血、骨瘦如柴的描述既是代种菱人倾诉，也表现出作者对他们的同情。然而哪会想到，连种菱的"湖面"也要收租！在这种无孔不入的盘剥下，农民只有死路一条了。

范成大的田园诗，拓宽了自陶渊明到王维、孟浩然等人单纯描绘田园风光的传统模式，他将浓郁的乡土气息与残酷的社会现实结合起来，在一定程度上反映了农村的真实状况，这在诗歌史上，是一个不容忽视的创造性过渡。

早发竹下〔1〕

结束晨装破小寒，跨鞍聊得散疲顽。
行冲薄薄轻轻雾，看放重重叠叠山。
碧穗炊烟当树直，绿纹溪水趁桥弯。
清禽百啭似迎客，正在有情无思〔2〕间。

【注解】

〔1〕竹下：地名，即黄竹岭，在今安徽休宁西。这里山水绝佳。

〔2〕有情无思：意谓鸟儿的叫声好像是对人有情，又好像并没有什么意思。

【赏析】

作者早年曾任徽州司户参军，诗当作于此时。开头两句点明出发时的情景：早上梳洗完了，收拾好行李，冲破清晨的寒气，上马动身了；"散疲顽"暗示忙完公事后，现在可以轻松一下了。

次联写沿途所见：策马前行，突然间冲进一片薄薄的晨雾中；一座座山峰仿佛是从轻薄的烟雾里解放出来似的。薄薄轻轻的雾，重重叠叠的山，写出了皖南山区清秋时节、黎明时分特有的朦胧美。这一联不仅写景妙，修辞也妙。特别是"冲"字和"放"字，形成人、马和雾、山互动的画面，不说是团团晨雾飞涌而来，将自己包裹在里面，而说是自己"冲"进了雾中；不说是冲出烟雾，看见一座座迎面而来的山，而说是烟雾把一座座山"放"了出来。人与景二者相生相依，扑朔迷离，妙趣横生。

过了山区，便是山下水边的村落。第三联写在村落里看到的景物：村庄掩映在茂密的树木中，早晨的炊烟看上去仿佛是从碧绿的树顶升腾而起，一缕缕，一条条，形状像青绿色的稻穗；绸缎般的绿水从弯弯的小桥下逶迤而过，你追我赶，似乎是在竞赛。这两句，是宋代山水画"无我之境"的典型笔墨，是画法的诗意化。炊烟、碧树、溪水、小桥，完全可以转化为一幅国画，已经具备了色彩、线条、韵律的绘画要求，但比图画更丰富、更动人，因为这里有绘画无法传达的动感和声音——"当树"和"趁桥"。

尾联摄入镜头的是一个激活了全诗意境的画面：百鸟齐鸣，仿佛是在欢迎宾客。诗人深深陶醉于这一景象中，以致他有点心神恍惚地问："百鸟迎人巧啭，是真的有情，还是我在自作多情？"然而妙就妙在这"有情无思"间。

古人作诗，讲究所谓"有情有景，情与景会"。这首记游诗便是一篇"情与景会"的佳构，可与唐诗中的同类作品媲美。

杨万里

杨万里（1127—1206年），字廷秀，号诚斋，吉州吉水（今属江西）人。绍兴二十四

国学经典精神家园丛书

年（1154年）进士，历任国学太常、地方知州、东宫侍读、秘书监等。四朝为官，正直敢言，力主抗金。人称"以道德风范，照映一世"。卒谥文节。作为南宋四大家之一，他以诗名称著。周必大说他诗思敏捷，无论大篇短章，七步而成，一字不改，都有横扫三军、倒倾三峡之势。他的诗自成一家，人称"诚斋体"。一生作诗二万余首。著有《诚斋集》。

小 池

泉眼无声惜细流，树阴照水爱晴柔。
小荷才露尖尖角，早有蜻蜓立上头。

【赏析】

这是宋诗中的名篇。诗人通过对小池中的"泉眼""树阴""小荷""蜻蜓的"描写，描绘出一幅充满生活情趣的生动画面。作者是一位极富童心的诗人，他写过许多表现儿童生活的诗歌，常以儿童般天真好奇的心理看待世界，以儿童的目光观察自然界的花草鸟虫。这首诗所写的情景，就全然是出自一个儿童的眼光，所以一切都显得那样的细，那样的柔，一个泉眼、一道细流、一池倒影、一片荷叶、一只蜻蜓，再加上富有感情色彩的"惜"字、"爱"字、"露"字、"立"字，这都是成人感知外在世界的童趣化。这首诗的"文本义"后来被"读者义"所引申，用"尖尖角"来比喻新生力量，用"蜻蜓早立"来比喻年轻人崭露头角，从而扩展了原诗的内涵。我们在鉴赏古典诗词时，应当随时留心文学作品的这种审美现象。

过百家渡[1]（四首选一）

园花落尽路花开，白白红红各自媒[2]。
莫问早行奇绝处，四方八面野香来。

【注解】

〔1〕百家渡：在永州零陵（今属湖南）城西湘江畔，南行里许，有诸葛庙，庙前渡

口旧名百家渡，为零陵至道县的必经之地。

〔2〕"白白红红"句：意谓各种野花向人纷纷展示自己的美丽，显露出与人亲近的意思。媒：自我介绍。

【赏析】

《过百家渡》是一组诗，共四首，作于诗人任零陵丞最后一年。这是其中的第二首。

诗写清晨早行，路经原野的观感。诗人告诉人们，园林中的花卉已经落尽了，春天的情趣只有到山野里去寻找。他早晨出得门来，看见沿途红红白白的野花开得热闹，纷纷向他涌过来，仿佛是在向人献媚竞艳。这时，他突然领悟到了清晨漫步田野的"奇绝"之处，那就是从四面八方袭来的花香，弥漫四野，沁人心脾。诗人将刹那间的感悟形之于诗，却取得了意外的审美效果。

都下无忧馆〔1〕小楼春尽旅怀（二首选一）

> 不关老去愿春迟，只恨春归我未归。
> 最是杨花欺客子，向人一一作西飞。

【注解】

〔1〕都下：指南宋都城临安，即今杭州。无忧馆：作者的寓所名。

【赏析】

这是一首思归故园的爱国诗。首句暗点题目的"春尽"，第二句道出了题目的"旅怀"。后两句的构思尤为巧妙，"春归"已令人恨，更可恨者是"杨花"，故用"最是"二字以表达"恨"之又"恨"。他始终不忘故都汴梁，所以斥责杨花：为什么在游子思念故土心切的时候，偏偏要"一一作西飞"呢？仿佛只有它才可以自由自在地回到西方的汴京，这不是在故意嘲笑我、作弄我吗？作者把一腔无明之火迁怒于无知无觉的杨花，将西飞的杨花涂上了浓厚的感情色彩，意在突显作者浓重的思归之情。

夏夜追凉

夜热依然午热同，开门小立月明中。
竹深树密虫鸣处，时有微凉不是风。

【赏析】

　　这首诗的题材并不新鲜，但诗人的感受却十分细腻独特，表现手法也随事婉转而自有曲折。写夏夜追凉，从夜景入手，然后点明主人公因酷暑无眠而悄然伫立月下，希求觅得一丝清凉。诗人置身明月、树荫、竹林、虫鸣的夜色中，凉意顿生，引出结句"时有微凉不是风"，说明静中生凉的主旨，说明心静体自凉的深刻道理。全诗从入手、铺垫，到意旨之揭出，却以"不是风"戛然收束，把"时有微凉"来自何方的答案留给读者，构思立意高明极了！

闲居初夏午睡起二绝句

梅子留酸软齿牙，芭蕉分绿与窗纱。
日长睡起无情思，闲看儿童捉柳花。

松阴一架半弓苔，偶欲看书又懒开。
戏掬清泉洒蕉叶，儿童误认雨声来。

【赏析】

　　这是杨万里的名篇。宋人对此诗有"胸襟透脱"的评语，诗人自己也曾说："学诗须透脱，信手自孤高。"可见"透脱"是他诗歌创作所追求的一种境界。就其理念而言，"透脱"也是宋代道学家们普遍追求的一种悟道的境界，意思是认识世界要心胸通达超逸，不拘泥于世俗之见，不滞于事物表象，生气活泼，格物自知。这种自由无碍的精神状态，正是杨万里的所谓以"活法"作诗的理论依据，而这两首绝句即其创作实践的最好体现。

第一首写诗人在午睡前曾饮酒自遣，午休醒来，含梅醒酒，故而齿留余酸。这时他聊开醉眼，发现窗纱一片青翠，定眼细看，才明白原来是"芭蕉分绿与窗纱"——这一句妙极了，将夏日的闲暇写得形神皆得。

结尾两句刻意写夏日漫长的白昼百无聊赖的心绪。诗人说他午休起来，什么心事都没有，只用"闲看儿童捉柳花"来消遣时光。儿童捉柳花的镜头童趣盎然，整个画面倏忽间便荡漾出无限的情趣和活力——此即以"活法"作诗之一例也。

第二首写诗人闲步中庭，凌空张开的松阴，半月形的苔藓，本来正是读书的好时候，可他虽然有所冲动，却懒得展卷。百无聊赖之际，他居然手掬清泉抛洒青翠的芭蕉叶做起游戏来。正在芭蕉下捉柳花的孩子们突然吃了一惊，误以为下起雨来了。可以想象，此时此刻，孩子们一定在睁大眼睛仰望晴空，而诗人情不自禁要哈哈大笑吧？这里以诗人的闲散无聊与儿童的天真烂漫相比较，一个"戏"字与一个"误"字起到相互映衬的作用，而情景宛然，含有无穷乐趣，写出了诗人的恬静闲适。"闲"中活出乐趣来——此即以"活法"作诗之又一例也。

今人陈衍《石遗室诗话》说，诚斋诗"大抵浅意深一层说，直意曲一层说，正意反一层、侧一层说"。这就是所谓的"活法"诗。

明发房溪二首

山路婷婷小树梅，为谁零落为谁开？
多情也恨无人赏，故遣低枝拂面来。

青天白日十分晴，轿上萧萧忽雨声。
却是松梢霜水落，雨声那得此声清？

【赏析】

这两首七绝皆作于宋孝宗淳熙七年（1180年），诗人赴广州提举广东常平茶盐任途中。

第一首写路边梅花之寂寞与多情。诗人在荒僻的山路上行进的时候，突然发现弱小的一树梅花正开得喜人，蓦然间生起无名的怅惘与同情。他不由在心中暗暗问道："你在寂寞中绽开，然后又在寂寞中零落，所为何来？"随后他被一个无意间出现的情节惊呆了：

一枝低垂的梅花仿佛故意似的，轻轻地拂过他的面庞，使他感觉到这寂寞地盛开的梅花是那么多情，那么温柔；它因怨恨无人赏识，因此才"故遣"花枝拂拭行人的面庞，仿佛是要以此引起人们的关注和欣赏。诗人将山梅人格化，赋予无情无思之物以款款深情，在梅花身上发现了宛若幽谷佳人似的形容与心性，或者不如说，是诗人把自己的思想感情赋予了孤寂地开放在幽谷中的梅花。此即美学所说的"移情"现象。

第二首同样是写山行时遇到一个偶然现象时的所思所感。不过这次是诗人直抒胸臆，自问自答。

首二句先交代事情的起因：那是一个晴空万里的日子，诗人坐轿行进在山路上，忽然听见有萧萧雨声敲打着轿顶。诗人不由在心中产生了疑问：青天白日，怎么会下起雨来呢？抬头仔细观察，"雨声"原来是松梢凝结的霜露融化后的水滴落在了轿顶上。这时他才恍然大悟：我说呢，"雨声"哪会如此晶莹，如此清越！"雨声那得此声清"之"清"字，是全诗意境的精髓。一个"清"字，倏然间不但使全诗显得那么晶莹澄澈，清韵凌凌，而且使意境多了一层曲折，同时也显得更加深邃。

此诗在艺术手法上三折一反，匠心独运，情趣婉致，极有特色。诗人首先说晴天突然听到雨声，引出一个悬念，随即将谜底于第三句揭开，第四句才回过头去比较"霜水"滴落之声与一般的"雨声"之不同，全在一个"清"字上。这就使诗意又多了一层曲折。这样的诗法，即便在唐诗中亦未曾见。

晓出净慈送林子方[1]（二首选一）

毕竟西湖六月中，风光不与四时同。
接天莲叶无穷碧，映日荷花别样红。

【注解】

〔1〕净慈寺：与灵隐寺同为西湖著名佛寺。林子方：作者友人，官居直阁秘书（皇帝的秘书）。

【赏析】

诗写西湖六月美景，为送别友人林子方而作。

起首两句以惊叹引出对西湖夏日美景的赞颂，然后再具体描写。诗人聚焦在盛夏之季最引人注目的景色——无边无际的莲叶与碧空相接，湛蓝与翠绿交互映辉，衬托得鲜红的荷花如火如荼，使整幅画面在清爽怡神的背景下又显得那么绚烂夺目。因此"接天莲叶无穷碧，映日荷花别样红"成了人们喜欢传诵的名句。

这是一首单纯的写景诗吗？诗为送别而作，如果只是为了赞美夏日西湖的荷花，岂不是与"送林子方"毫不相干了吗？可是倘若知道林子方是皇帝的秘书，现在被调任福州知府，在他临行时，杨万里有感于此，才写了这首诗，那么明显可以看出，作者的用意是通过赞美荷花只有在"映日"的时候才会"别样红"，这是在婉转地规劝朋友最好不要去出任地方官，留在皇帝身边才能最大限度地体现自己的价值。自古以来，以日喻君是国人的传统思维，而作者说荷花只有在阳光的照耀下，才会"别样红"，这与林子方是皇帝的秘书身份再贴切不过了。

桑茶坑〔1〕道中（八首选二）

晴明风日雨干时，草满花堤水满溪。
童子柳阴眠正着，一牛吃过柳阴西。

山根一径抱溪斜，片地才宽便数家。
漫插漫成堤上柳，半开半落路旁花。

【注解】

〔1〕桑茶坑：地名，在安徽泾县。

【赏析】

组诗《桑茶坑道中》八首写的都是诗人在山农桑园和茶园时的所见、所闻、所感。写景状物篇篇清新可喜，妙趣横生。这里选其中二首。

第一首写童子牧牛：雨后天晴，阳光明媚，微风送爽，小溪水满，地面初干，河堤上鲜花盛开，青草茂盛。诗人以此自然美景作为背景，摄取了两个特写镜头：牧童在柳荫下睡得正香，牛一边吃草，一边行走，已经"吃过柳阴西"，他都不知道，或者是知道但懒得去管。画面完全来自生活，充满了泥土气息。

第二首写山村自然环境，审美意趣全然出自景观。山脚下一条小路傍着溪水逶迤曲折，刚刚有一片宽敞的地方，山民们正好筑有几间农舍。按照通常的写法，这时应当有人事活动出现，像范成大《晚春田园杂兴》七绝之一，前两句写景，三、四句接写"鸡飞过篱犬吠窦，知有行商来买茶"那样。可是本诗接下来的"漫插漫成堤上柳，半开半落路旁花"仍旧是写景。

纯以景胜，是杨万里七绝的一个特色。他在《荆溪集自序》中说："万象毕来，献予诗材。"姜夔称赞他说："处处山川怕见君。"——怕落在他的眼睛里，被他无微不至地刻画在诗里。这说明杨万里作诗，喜欢从自然风物中寻找素材和灵感，并用所谓"活法"来表现，所以他的诗能另辟新境，自成一体，即所谓"诚斋体"。

道旁小憩观物化

蝴蝶新生未解飞，须拳粉湿睡花枝。
后来借得风光力，不记如痴似醉时。

【赏析】

这也是作者以天真好奇的目光观察自然现象的一首诗。通过对一只蝴蝶的新生过程的观察、描写，说明作者对"物化"的理解。

"物化"是庄子发明的一个概念，其语出自《齐物论》中的那个有名的"庄生化蝶"的寓言。庄子说："昔者庄周梦为胡蝶，栩栩然胡蝶也。自喻适志欤！不知周也。俄然觉，则蘧蘧然周也。不知周之梦为胡蝶欤？胡蝶之梦为周欤？周与胡蝶，则必有分矣。此之谓物化。"

这意思是说，从前有一天，我梦见自己是一只蝴蝶，飘飘然地飞啊飞，好像真是一只蝴蝶，那种得意忘形的样子就别提啦！那时都不知道自己是庄周了。一会儿醒来，吓了一跳，庆幸自己还是庄周。可我不知道是庄周做梦变成了蝴蝶呢，还是蝴蝶做梦变成了庄周？如此说来，庄周和蝴蝶肯定是有分别的。也就是说，庄周可以变蝴蝶，蝴蝶也可以变庄周，这就是万物都可以互相变化的道理。

庄子在这里想要说的是：宇宙万物虽然各有区别，但是都可以互相转化，至于谁变成了谁，冥冥之中自有天意，他自己是不知道也主宰不了的。他把这种自然现象叫作"物化"。杨万里的这首七绝，依然因袭蝴蝶化生的故事，但他阐述的是自己对"物化"的理解。

诗人首先形象地描写了蝴蝶从卵蛹蜕变的过程：新生的小蝴蝶在不知道飞翔的时候，触须卷曲，浑身包裹在潮湿的花粉中，酣然沉睡在花枝上。后来由于催生万物的春风的作用，凌空振翅，翩然高飞，这时，它已经完全忘记了自己"如痴似醉"地昏睡时是何物了。

这是作者于淳熙六年（1179年）回故乡吉水的途中写的一首诗。究竟有没有寄托？很难说。你可以说诗人是在反观自己的一生，因而产生的对生从何处来、死往何处去的思索；也可以说是任何人的一生都是时运使然——"后来借得风光力"的结果，等到他"飞翔"于尘世之后，谁还能记得初生时"如痴似醉"的情景？或者是在用诗意来诠释庄子的"物化"论：宇宙万物无时无刻不在互相转化中，执着于一时的生死，归根到底没有任何意义……总而言之，从接受美学的观念而言，读者有权从中做出各种不同的理解。

吕　定

吕定，字仲安，新昌（今属浙江）人。生卒年不详。以武职显孝宗朝。历殿前都指挥、龙虎上将军。博学工诗，有《说剑集》。

戏马台 [1]

据鞍指挥八千兵，昔日中原几战争。
追鹿已无秦社稷，逝骓方叹楚歌声 [2]。
英雄事往人何在？寂寞台空草自生。
回首云山青矗矗，黄流依旧绕彭城。

【注解】

[1] 戏马台：在今江苏徐州（古称彭城）南。当年项羽因山而筑，高数十丈，以观戏马，是项羽在古彭城的重要遗址。

[2] "逝骓"句：典出霸王别姬，公元前202年，项羽兵困垓下，与宠姬诀别，唱曰："力拔山兮气盖世，时不利兮骓不逝。骓不逝兮可奈何，虞兮虞兮奈若何！"虞姬自刎，他逃到乌江亦自杀。

【赏析】

这是一首吊古诗。作者身为朝廷大将，悼古伤今，因武功盖世、叱咤风云的楚霸王项羽身后之寂寞苍凉，一代英豪尚且如此，想到自己为之舍生忘死奋战沙场的南宋王朝日渐衰微，展望前程，不由悲从中来。吊古诗出自这样一位武将之手，一洗文人诗的书卷气，豪气与感慨并存，在宋诗中亦为难得之作。

这首七律的前四句悲歌项羽生前之盖世功勋和兵败自刎，后四句慨叹其身后寂寞与人世沧桑。开篇两句起势雄伟，概述项羽率八千子弟兵首举反秦大旗，迅速发展为逐鹿中原的浩浩荡荡的百万雄师，导致自诩固若金汤的秦帝国顷刻之间土崩瓦解。然而在与刘邦的较量中，由于刚愎自用和不善用人，终至兵败垓下，在四面楚歌中走投无路，自刎乌江。

后四句紧承颔联，抒发了作者对历史的感慨。作者登上戏马台，遥想一千多年前，在这里，曾出现过楚霸王项羽在三军欢呼声中指挥千军万马的壮观场面，而今天呢？能看到的只剩下杂草丛生的一派荒凉。作者参与朝政的时候，岳飞的冤狱刚刚发生不久。同为武将，他对抗战派精英的这一千古奇冤不会没有想法。纵然是像改变了一个时代的项羽那样的豪杰，像万民拥戴的抗金英雄岳飞那样的奇才，都将成为历史的匆匆过客，自己又能怎么样呢？因此作者最后用"回首云山青茸茸，黄流依旧绕彭城"两句来结束悼古伤今之情，也就显得势所必然了。

这位武将还有一首《登彭城楼》，表达的也是同样的情怀：

项王台上白云秋，亚父坟前草木稠。

山色不随人事改，水声长近戍城流。

空余夜月龙神庙，无复春风燕子楼。

楚汉兴亡俱土壤，不须怀古重夷犹。

王 淇

王淇，生平里籍均无考。

梅

不受尘埃半点侵，竹篱茅舍自甘心。
只因误识林和靖[1]，惹得诗人说到今。

【注解】

〔1〕"只因"句：指林逋咏梅诗。详见前林逋《山园小梅》赏析。

【赏析】

咏梅是古诗词的传统题材，自从南朝诗人鲍照的《梅花落》起，梅花作为历经苦寒而风骨高雅的象征，受到越来越多诗人的讴歌，历代大家几乎没有不为后人留下咏梅佳作的，其中最为诗评家津津乐道的大概要数林和靖的《山园小梅》了，宋人吴锡畴曾有《林和靖墓》一诗云："遗稿曾无封禅文，鹤归何处认孤坟？清风千载梅花共，说着梅花定说君。"可见其影响之巨。然而这位名不见经传的诗人却一反传统之见，说出了令人耳目一新的见解。

同样是写梅花，咏梅者从不同的角度感悟，抒发的情感也各不相同。陆游的《卜算子·咏梅》表述了在险恶的政治环境中，仍旧坚持高洁坚贞的决心。不怕寂寞，不畏风雨，无论形势怎样严酷，依旧孤芳自赏、超凡脱俗，坚守着色相虽灭、神魂永在的信念。杨万里的《明发房溪》描写梅花不甘寂寞，"故遣低枝拂面来"。而这首咏梅之作，诗人反向思维，认为梅花本来自甘寂寞，自重自爱，只因为与林和靖相识，铸成大错，招来麻烦，让那么多诗人评头论足，扰得不能安宁。诗人起首两句代梅言志，将梅花的这种孤芳自赏讲得十分肯定。诗人说，梅花心甘情愿默默地在"竹篱茅舍"旁自开自落，为的便是不愿意受世俗"尘埃"的纷扰侵污。如此咏梅，则将梅花坚贞高洁的本性更进一步凸现出来了。

这首小诗明白如话，别具一格，在宋诗中确为标新立异之作。

谢处厚

谢处厚，生平里籍均无考。

国学经典精神家园丛书

二〇〇

纪　事

谁把杭州曲子讴，荷花十里桂三秋[1]。
那知卉木无情物，牵动长江万里愁。

【注解】

[1] "谁把"二句：指柳永歌咏杭州的名作《望海潮》。

【赏析】

据元人刘一清《钱塘遗事》载：孙何任钱唐统帅，柳永作《望海潮》词赠之，有"三秋桂子，十里荷花"之句。此词流播北地，金主完颜亮看到后，便欣然起投鞭渡江之志。同时派画工潜入杭州，画西湖全景图于屏风，而且把他的肖像画在吴山之巅，策马其上，并作《题画屏》诗曰：

万里车书一混同，江南岂有别疆封。

提兵百万西湖上，立马吴山第一峰。

谢处厚的诗即有感于此而作。

历史事件常常极具讽刺性。金废帝完颜亮于公元1161年征兵大举攻宋，正为妄图"立马吴山第一峰"而头脑发昏之时，他的从弟完颜雍乘机在辽阳自立。他在采石矶亦为宋军大败，在兵变中被杀。

采石矶之战是金朝与南宋历史上的一件大事，谁曾想却与柳永的一阕词有着如此密切的关系！杭州的"三秋桂子，十里荷花"虽是"无情物"，牵动的岂止是"长江万里愁"，还有一代霸主和数十万将士（史称金军"众六十万，号百万"）的性命。所以明田汝成在《西湖游览志余》一书中引用罗大经的话说："者卿此词，乃金亮送死媒也，未足深恨。至于荷艳桂香，妆点湖山清丽，使士大夫流连歌舞，忘顾中原，是则可恨耳！"田汝成同时和谢处厚诗云："投鞭枉是为清讴，牛渚依然一片秋。却恨荷花留玉辇，竟忘烟柳汴宫愁。"

朱　熹

朱熹（1130—1200年），字元晦，一字仲晦，号晦庵、紫阳等，徽州婺源（今属江西）人。绍兴十八年（1148年）进士。初居崇安，筑书院于武夷山，学子云集。历官泉州同安县主簿、漳州知府、秘阁修撰等。他是理学之集大成者。卒谥文，配享孔庙。

朱熹虽然不以写诗为能事，但传世之作却有一千多首。取材于大自然的诗冲淡幽远，理致清明，境界颇高。朱子遗著甚多，后人编纂有《晦斋先生文公集》和《朱子语类》等。

春　日

胜日寻芳泗水^{〔1〕}滨，无边光景一时新。
等闲^{〔2〕}识得东风面，万紫千红总是春。

【注解】

〔1〕泗水：在今山东中部。孔子曾居洙泗之间，死后葬于泗上。这里以泗代指孔学。

〔2〕等闲：寻常，随便。

【赏析】

人们一般以为这是一首游春诗，其实这是一首哲理诗。从字面上看，诗写游春观感，但细究推究，作者寻芳的地点是泗水之滨，而泗水在宋南渡时已被金人侵占，朱熹也从未到过泗水，当然不可能有在那里游春吟赏之事。其实诗中的"泗水"是暗喻孔门，因为春秋时孔子曾在洙泗之间讲学授徒，因此所谓"寻芳"也是指探求圣人之道，"万紫千红"则比喻儒学的丰富多彩。诗人将圣人之道比作催发生机、美化人间的春风，所以这是一首寓理于象的哲理诗。

国学经典精神家园丛书

观书有感（二首选一）

半亩方塘一鉴开〔1〕，天光云影共徘徊。
问渠〔2〕那得清如许？为有源头活水来。

【注解】

〔1〕"半亩"句：意谓半亩大的池水仿佛一面镜子般澄清明净。方塘又称半亩塘，在福建尤溪城南南溪书院内。鉴：镜子。

〔2〕渠：它，指方塘之水。

【赏析】

任何一首诗歌，一旦公之于众，就具有了"四重义"的属性，即所谓作者义、文本义、读者义、大众义。就拿这首诗来说，从诗题看，作者说他是在谈观书体会的，可他读的是什么书，为什么会由院子里的半亩塘之清澈明净，想到这是因为它有"源头活水"？池塘像镜子般地反映出"天光云影"，象征的是心灵的清澈，还是所读之书的义理？这只有作者自己知道。此即诗之"作者义"。一首小诗，只有二十八个字，每一字、每一句都有其训诂学上的确切含义，将字句有机地结合在一起，又获得了特定的含义，其意旨或许已经溢出了作者的本意，这就是"文本义"。而读者在欣赏这首诗时，因每个人的文化修养、年龄层次、人生履历以及阅读时的心境不同，会做出各种不同的体悟，此即"读者义"。诗在流传的过程中，大众只吸纳了"为有源头活水来"的喻义——只有生生不已的源泉注入，才能保持活力，这已经与读书没有丝毫关系了。此即"大众义"。

由此来看，许多解读这首诗的鉴赏文章，有的说它的哲理意味是用池塘的清和深（原诗根本没有"深"的内涵，这是鉴赏者推演出来的），比喻心理的明净；有的说此诗是比喻只有多读书，读好书，用新的知识不断地充实自己，心智才能像方塘一样清澈明净；有的说这仅只是一首说理诗，比喻思想要不断更新才能活跃，才不会停滞和僵化……这说明诗论家也是读者，鉴赏家想为他人解读这首诗，究其实也还是"读者义"——仅只是他自己的理解而已。所以在某种意义上讲，对如何欣赏艺术作品，我同意托尔斯泰的意见：不要强作解人，不要用什么文学原理对读者进行"导读"，而应当让读者自己去深思熟虑地去揣摩原作，久而久之，读者自然会从中得到属于自己的独特的审美享受。（详见《什么

是艺术？》）

志　南

志南，南宋天台僧人，朱熹的方外之友。余不详。

舟　次

古木阴中系短篷[1]，杖藜扶我过桥东。
沾衣欲湿杏花雨，吹面不寒杨柳风[2]。

【注解】

〔1〕短篷：小船。篷：船帆，代指船。

〔2〕杨柳风：古人把应花期而来的风，称为花信风。从小寒到谷雨共二十四候，每候应一种花信，总称"二十四花信风"。其中清明节末期的花信是柳花，或称杨柳风。

【赏析】

诗以善于形容清明前后融和的春意而著名，因朱熹的标举而广为流传。

诗人系舟江边古木下，挂杖上岸，走过小桥，信步向东。眼前杏花盛开，细雨绵绵，杨柳依依，微风拂面。"沾衣欲湿"形象地描写了春雨蒙蒙，似有若无，还有对云霞般的杏花不着痕迹的滋润；"吹面不寒"描写春风拂面，杨柳摇曳，春色怡人的情景栩栩如生。

朱熹有《与志南上人书》云："天台之胜夙所愿……今又闻故人挂锡其间，想见行住坐卧，不离泉声山色之中，尤以不得往同此乐为念。新诗笔势超精，又非往时所见之比。"信中所言，或即指此。

吕祖谦

　　吕祖谦（1137—1181年），字伯恭，学者称东莱先生，婺州（今浙江金华）人。隆兴元年（1163年）进士。历官著作郎、国史院编修。学问渊博，名满天下。有《东莱太史集》。

游　丝

游丝浩荡^{〔1〕}醉春光，倚赖微风故故长。
几度莺声留欲住，又随飞絮过东墙。

【注解】
〔1〕浩荡：无思无虑、心无所主貌。这里是形容游丝在空中随意飘荡。

【赏析】
　　诗写对春日景象的观感，情趣盎然，体贴入微。"浩荡"二字写出了游丝在怡情快意的春风中自由飘移，依仗似有似无的微风，故意卖弄风情，在巧啭的莺声中，与漫天飘飞的柳絮荡过了东墙，让人不由自主地为这浩荡的春光意乱情迷。诗人体物细微，着墨传神。游丝、微风、莺声、飞絮，看似客观描写，实则融汇着主人公的独特感悟。小诗的审美情趣也正是在这种对春光的独特领悟中表现出来的。
　　作者是著名理学家，对大自然生机盎然、自满自足的会心观照，是宋代理学家描写自然的诗歌的重要特色。欣赏理学家这一创作群体的诗词，能体会到唐诗所没有的别样美感。

林　升

　　林升，字云友，又名梦屏，平阳（今属浙江）人。生卒年不详，大约生活在宋孝宗朝

（1163—1189年），是一位擅长诗文的士人。《西湖游览志余》录其诗一首。

题临安邸

山外青山楼外楼，西湖歌舞几时休？
暖风熏得游人醉，直把杭州作汴州[1]。

【注解】

〔1〕汴州：今河南开封市，隋唐时为汴州，北宋建都于此，习称汴京、汴梁，或称东京。

【赏析】

这首诗写于北宋靖康二年（1127年）。1126年，金人攻陷汴梁，掳掠宋徽宗、宋钦宗父子北去，康王赵构逃到杭州，建立南宋。作者目睹偏安江南的这个小朝廷不但没有因国土沦丧而感到耻辱，反而为求苟延残喘，一味屈膝媾和；同时，达官显贵们整日迷恋于杭州的天堂美景，纵情声色，歌舞升平。作者有感于此，在杭州一家旅店的墙壁上写下了这首诗。题目当为后人所加。

诗人将痛彻心扉的悲愤隐藏在对西湖美景的描述中，以山河之美衬托投降派醉生梦死的无耻："直把杭州作汴州"——完全忘却了汴州此时此刻正在金兵的铁蹄下呻吟，君臣将相，恬不知耻到了这种地步，夫复何言！

诗情愤慨至极，却不作谩骂之语，实乃讽喻诗中的杰作，当时就引起了强烈的共鸣，成了被广泛传诵的名诗。

辛弃疾

辛弃疾（1140—1207年），字幼安，号稼轩，齐州历城（今济南）人。作为沦陷区的宋室遗民，弃疾曾登金朝进士第，但不愿为仕北朝。绍兴三十一年（1161年），聚集山东忠义军投奔耿京，从事复国战斗。耿京遇难，率部南归，历任两湖、浙东、福建等地安抚使。一生力主抗金，不被采纳，长期落职闲居。词与苏轼并称"苏辛"。诗亦颇受时人称道，惜诗集已佚，诗名遂被词名所掩。后人辑录其诗有一百多首。

元　日

老病忘时节，空斋晓尚眠。
儿童唤翁起，今日是新年。

【赏析】

稼轩诗名因被词名掩盖，兼其存世诗不多，所以他的诗，对于普通读者来说，很少有人知道。他的诗风如同词风，悲壮雄健，毫宕苍凉，且复用典借语太多，如其七律《送别湖南部曲》即是。这里我们只选《元日》，欣赏稼轩描写日常生活的这首小诗，来看这位爱国志士性情的另一面。

由诗题和正文可知，诗写大年初一。对于一个当年曾"沙场秋点兵"的壮士来说，垂垂老矣的滋味很不好受。春节元日，万象更新，举国同庆，大人小孩在这一天，无论是穷富，都会身着新装，喜气洋洋迎接新的希望。然而对于生活中如此重要的一天，诗人却因为年老多病，竟然给忘记了，天已破晓，爆竹声声，他还在空荡荡的书房里昏睡。等到儿孙们把他叫醒，他才反应过来今天是什么日子。

诗人曾有《丑奴儿》词，描写他年老后对愁情的体悟，他说老来"识尽愁滋味，欲说还休。欲说还休，却道'天凉好个秋'！"词以无言胜有言抒发"愁"情，但在这首诗里，作者选择了生活中的一个特殊节点，以明白朴实的言语，真实地反映了一位老者的悲哀。如果能与他的那些豪情万丈的辞章对比阅读，你会浮想联翩，产生许许多多感想。

王庭筠

王庭筠（1151，一作1156—1202年），字子端，号黄华山主、黄华老人，别号雪溪。河东（今山西永济）人，一作熊岳（今辽宁盖平）人，米芾之甥。金朝文学家、书画家。庭筠文名早著，金大定十六年（1176年）进士，历官州县，仕至翰林修撰。文辞渊雅，字画精美，《中州雅府》收其词作十六首，以幽峭绵渺见长。

绝　句

竹影和诗瘦，梅花入梦香。
可怜今夜月，不肯下西厢。

【赏析】

　　前两句以视觉和嗅觉写居所的清幽。诗人用一个"瘦"字把自然之"竹"和情感之"诗"巧妙地联系在一起，而"入梦香"则将现实与梦境联系起来，并且梅花的香气在梦中都令人陶醉，把梅之超凡、人之痴情写得出神入化。这两句没有直接写"月"，但透过竹影和梅香，可以感受到"月"已在其中。后两句又用"月"引出"西厢"这个特有名词，自然会让人联想到"待月西厢下，迎风户半开；隔墙花影动，疑是玉人来"那个美艳的故事。可怜者，可爱也。当诗人信步庭院时，月光与竹影、梅香是那样令人迷醉；而回到西厢时，月光却不能"下西厢"，多么令人遗憾！遗憾什么呢？诗人没有明说，而是把一切留给读者去想象。这就是司空图所说的"不着一字，尽得风流"。

刘　过

　　刘过（1154—1206年），字改之，号龙洲道人，吉州太和（今江西泰和县）人。宋子虚称其为"天下奇男子，平生以气义撼当世"。曾伏阙上书，力陈恢复方略，未被采纳而落魄江湖。宁宗时曾为辛稼轩幕僚，彼此常以词唱和。他渴望恢复中原，抱有"不斩楼兰心不平""算整顿坤终有时"的雄心壮志。其词多写政治抱负与怀才不遇，词句峻拔，风格豪放。他从思想意识到诗词风格，都是道地的辛派，歌词写得放达遒劲，正好冲淡了宋词的脂粉气，使衰靡的宋词又充盈着勃勃生气。有《龙洲集》传世。

国学经典精神家园丛书

多景楼^[1]醉歌

君不见七十二子从夫子，儒雅强半鲁国士^[2]。
二十八将佐中兴，英雄多是南阳人^[3]。
丈夫生有四方志，东欲入海西入秦。
安能龌龊^[4]守一隅，白头章句浙与闽？
醉游太白呼峨岷^[5]，奇材剑客结楚荆。
不随举子纸上学六韬^[6]，不学腐儒穿凿注五经^[7]。
天长路远何时到？侧身望兮涕沾巾^[8]！

【注解】

〔1〕多景楼：在今江苏镇江北固山甘露寺内，北临大江，风光秀丽，北宋许多名诗人都有题咏。

〔2〕"七十二子"二句：史称孔子有"三千弟子，七十二贤人"，以形容其门徒之盛。其中大部分得意门生为鲁国人。

〔3〕"二十八将"二句：意谓辅佐光武帝刘秀创建东汉的邓禹、吴汉、马武等二十八位将领多半是南阳郡人，与刘秀是同乡。

〔4〕龌龊：这里作拘谨解。

〔5〕太白：秦岭的主峰之一，在陕西武功县南九十里。李白《蜀道难》中的"西当太白有鸟道，可以横绝峨眉巅"即指此山。峨岷：指峨山和岷山，都在蜀中。

〔6〕六韬：古兵书名，相传为西周吕望作，今存六卷。

〔7〕五经：即《诗》《书》《易》《礼》《春秋》。

〔8〕"侧身"句：化用张衡《四愁诗》的"我所思兮在太山，欲往从之梁父艰，侧身望兮涕沾翰"句意。

【赏析】

以豪放闻名的南宋词人刘过，写起诗来也豪气十足。这首七言歌行体就是其代表性的诗作之一。刘过年轻时四次应试皆落榜，在功名上很失望。作于多景楼酒醉后的这首诗，表达了他对科举已心灰意冷，决心抛弃书本，浪游江湖，广交知己，另求报国之路。全诗语言豪放雄壮，情感激越，一气贯注，具有很强的艺术感染力。

诗人首先从赞美孔子及其品学兼优的弟子开篇，意在说明一位圣人出世，便会带动和影响很多人，造就流芳千古的贤士，言外之意是说自己如今接触的都是一些腐儒。这是从"文"的方面看。从"武"的方面看，辅佐刘秀建制立国的二十八将都是同心同德的英雄。引述两个历史久远的典故，意在与南宋小朝廷的文恬武嬉相对比，从反面反映南宋政治的衰弱凋敝。

诗人所处的时代，南宋对金国称臣已久，文臣武将，大多庸碌无能，因循苟安，寡廉鲜耻。思念及此，诗人觉得要想有所作为，必须结交天下英豪——"丈夫生有四方志，东欲入海西入秦。"而这样的抱负，与蜗居斗室、寄身浙闽、雕章琢句的生活是格格不入的，因此诗人决心与之彻底决裂，不再纸上谈兵，像腐儒那样皓首穷经，虚度年华。

"醉游太白呼峨岷，奇材剑客结楚荆"是与书斋生活决裂后对另一种全新生活的深情向往和设想，表现出诗人的豪迈气概和远大理想。以太白山和楚荆为表志的地域历来既是藏龙卧虎、人才荟萃之所，也是"一夫守关，万夫莫开"的兵家必争之地。诗人渴望"醉游太白"，结交那里的"奇材剑客"，联手干一番事业。正当诗人豪气冲天的时候，为什么突然情绪低落，发出了"天长路远何时到？侧身望兮涕沾巾"的悲叹呢？因为诗人的豪情壮志是在多景楼远望、在驰骋想象中迸发出来的。他不是要到秦中去吗？不是想"醉游太白呼峨岷"吗？从宋朝与金国签订和约后，两国便以淮河为界，北方广大山河已尽入金人之手，所以不要说到关中去，就是跨过淮河也不可能。此时他只能登楼远望，凭空幻想，怎不叫人涕下沾巾呢？

叶 茵

叶茵，字景文，笠泽（今江苏吴江）人。不慕荣利，萧闲自放。有《顺适堂吟稿》。

机女叹

机声咿轧到天明，万缕千丝织得成。
售与绮罗人不顾，看纱嫌重绢嫌轻。

【赏析】

诗人描写织女辛辛苦苦纺织纱绢，首先注意到的是她通宵达旦的劳作——诗的第一句表达的就是这层意思；其次是织成一匹"绮罗"所需工料之多——诗的第二句即为此意。"万缕千丝"是言其略数，其实"织得成"一匹纱绢何止千丝万缕啊！

"绮罗人"自然是指富贵人家，然而尽管一匹绫罗来得如此艰辛，在穿金戴银的公子王孙、小姐太太眼里，仍旧不屑一顾，仍要嫌轻道重。两个"嫌"字，把富贵骄之状刻画尽致。

如果从马克思主义阶级斗争的观点来看，作者对统治阶级的奢靡揭露之愤慨、对劳动人民的满腔同情，都是值得肯定的；但是从商品社会的市场规则来说，消费者的挑肥拣瘦不是一种很正常的现象吗？

蚕妇叹

浴蚕才罢喂蚕忙，朝暮蓬头去采桑。

辛苦得丝了租税，终年只著布衣裳。

【赏析】

这一首可与上诗合看，描写对象不同，主题却一样。唐宋以降，为纺织娘鸣不平的诗不少，比较有名的如白居易的《缭绫》、聂夷中的《伤田家》、杜荀鹤和张俞的同题《蚕妇》等。后人将这一类型的诗作总其名为《颠倒诗》，最有名的要算清末民谣《泥瓦匠》：

泥瓦匠，住草房；

纺织娘，没衣裳；

卖盐的，渴淡汤；

种田的，吃米糠；

编凉席的睡光床；

当奶妈的卖儿郎。

这种反常现象看似荒唐，但在现实生活中是再普通不过的了。所有赏析文章都指出这些诗作"深刻揭露了封建社会制度的极端不合理"。其实这种不合理的现象在任何分工发达的社会都存在，正如马克思所说，分工产生了严重的片面化和异己化，因此提出消灭分工的主张。但社会的发展证明，现在的趋势是分工越来越精细，越来越严格，反而成了经济发达的一个标志。

姜 夔

姜夔（1155—1221年），字尧章，号白石道人，饶州鄱阳（今江西波阳）人。幼从父宦游汉阳，后往来于长沙、合肥、扬州、苏杭等地。夔性情恬淡，以布衣交游于公卿间，与范成大、吴潜相友善。多才多艺，工诗词，善书法，妙解音律，自制乐曲。其词以清冷刚健的妙笔开创了体制高雅的风雅词派。诗名在当时仅次于陆游、范成大、杨万里。著《诗说》，论诗主张"吟咏情性"，追求"自然高妙"。

著有《白石道人诗集》《续书谱》等。

除夜自石湖归苕溪[1]（十首选二）

细草穿沙雪半销，吴宫烟冷水迢迢。
梅花竹里无人见，一夜吹香过石桥[2]。

笠泽[3]茫茫雁影微，玉峰重叠护云衣[4]。
长桥[5]寂寞春寒夜，只有诗人一舸归。

【注解】

〔1〕石湖：苏州和吴江之间的风景区，范成大的别墅就在这里。苕溪：这里指吴兴，因境内苕溪而得名，当时姜夔寓居于此。

〔2〕"一夜"句：范祖禹有诗题云："黄鲁直（庭坚）示千叶黄梅，余因忆蜀中冬日山行，江上闻香而不见花，此真梅也。"

〔3〕笠泽：指太湖下游的吴淞江，这里指太湖。

〔4〕玉峰：积雪未消的山峰。护云衣：形容山峰云雾缭绕。

〔5〕长桥：指垂虹桥，在苏州吴江县吴淞江上，始建于北宋。欧阳修《六一诗

话》："松江新作长桥，制度宏丽，前世所未有。"

【赏析】

绍熙二年（1191年）冬，作者到石湖拜访范成大做客，除夕夜乘船回吴兴，途中写下了一组名篇，共十首，此为第一、第七首，描写诗人只身夜渡太湖时的所见所感。宋陈振孙《直斋书录解题》云："石湖范致能（成大）尤爱其诗，杨诚斋（万里）亦爱赏之，赏其《岁除舟行十绝》，以为有裁云缝雾之妙思，敲金戛玉之奇声。"意思是说，这十首诗构思精妙，巧夺天工，音韵铿锵，清越非凡。

这两首七绝写的都是寂静的冬夜行舟图，极具萧散简远之神韵。在第一首中，诗人精心摄取细草、沙地、吴宫、烟水、梅花、竹丛、石桥等物象，建构出一个幽冷、萧索、缥缈的世界。诗人是咏梅高手，"一夜吹香过石桥"句遗形得神，以梅香之清香表现梅花之神韵，非画图所能及。清刘熙载《艺概》云："姜白石词幽韵冷香，令人挹之无尽，拟诸形容，在乐则琴，在花则梅也。"此诗写梅亦如是。

第二首写的是太湖夜景。诗人移舟湖上，极目远望，但见湖水苍茫浩渺，天水一色；夜空中，在积雪未消的光亮的映照下，有一只南归的大雁隐约可见，雁鸣声依稀可闻；重重叠叠的雪峰云雾缭绕。此时，茫茫太湖上唯有回家的大雁与诗人相随相伴，同病相怜。这里的孤雁仿佛成了作者的化身，清冷落寞之情不言而喻。当此普天同庆的除夕之夜，而诗人又刚刚经历过"小红低唱我吹箫"的赏心乐事，现在却不得不"长桥寂寞春寒夜，只有诗人一舸归"，其心情之悲凄孤苦可想而知。

欣赏过这两首七绝后，再看下面的《过垂虹》，你就会发现，诗评家们在赏析古诗文时的一种可叹而又难免的现象，那就是他们或者不融会贯通诗人的全部作品而解读之，或者各说各话，彼此抵牾。欲知详情，且看下文。

过垂虹[1]

自作新词韵最娇，小红[2]低唱我吹箫。
曲终过尽松陵[3]路，回首烟波十四桥。

【注解】

〔1〕垂虹：吴江县一座著名的桥。

〔2〕小红：范成大赠送姜夔的歌伎。

〔3〕松陵：吴江县，原为镇，后改县。

【赏析】

这首诗与上二首写于同时或稍后。

据元人陆友《砚北杂志》载：小红，顺阳公（即范成大）青衣也，有色艺。顺阳公之请老，姜尧章诣之。一日，授简征新声，尧章制《暗香》、《疏影》二曲，公使二妓肄习之，音节清婉。姜尧章归吴兴，公寻以小红赠之。其夕，大雪过垂虹，赋诗曰……"此即这首七绝的创作缘起。

首句"新词"即指《暗香》和《疏影》两首咏梅自度曲（详见本丛书《宋词三百首》）。诗人自己说这两首词"韵最娇"，自得之意，溢于言表。尤其是当他回顾春节前在石湖的那段日子时，小红婉转低唱着他的这两首词，他吹箫伴奏，诗人更加觉得情爱绵绵、如痴如醉了。

有鉴赏文章说，这是诗人于宋光宗绍熙二年（1191年）除夕，携小红由石湖范成大家乘船归湖州，路经垂虹桥时所作，因此题名《过垂虹》。网友对这样的解读提出了不同意见，根据是"姜尧章归吴兴，公寻以小红赠之"。"寻"是过了些日子的意思，这就是说范成大送小红给姜夔是在他回吴兴之后，而不是在范的别墅石湖的时候。由上选之《除夜自石湖归苕溪》亦可知，诗人在除夕夜是独自一人回吴兴的，这一点，诗人自己就写得明明白白："长桥寂寞春寒夜，只有诗人一舸归。"这样来看，所谓"携小红"就说不通了。因此，诗的前两句是应该对除夕之夜范氏别墅伴箫轻歌回忆，第三句"曲终过尽松陵路"是离开石湖，自己独自经过松陵时，对往事的无限眷恋和难以排遣的离愁别恨，所以才有"回首烟波十四桥"的惆怅和迷茫。

可以说，要想正确解读这首诗，关键是要弄清范氏赠送小红给姜夔，是在当时还是在以后。否则意趣就全然不对了。如若"赠妓"是在当时，于是鉴赏此诗的人说："携伴佳人，吹吹唱唱，一路经过垂虹，诗人陶然心醉，因此虽是隆冬雪天，诗中却毫无肃杀寒意，而是气氛热烈，情趣盎然，音调谐和，意象清雅，咏之沁人心脾。"（见上海辞书出版社《宋诗鉴赏辞典》）；如期"赠妓"是在以后，诗评家的解读是："全诗从欢乐转向哀愁，其基调是低沉而伤感的。如果把它当作一首描写男女恋情的作品来引用和发挥，那就背离了作者的原意，是一种不应有的误读。"

谁是谁非，读者的法眼自会判断。

国学经典精神家园丛书

湖上寓居杂咏（十四首选一）

苑墙^[1]曲曲柳冥冥，人静山空见一灯。
荷叶似云香不断，小船摇曳入西陵^[2]。

【注解】

〔1〕苑墙：西湖园林的围墙。

〔2〕西陵：西陵桥，又名西泠桥，在孤山附近。

【赏析】

诗人于宁庆元二、三年间（1196—1197年）定居杭州西湖孤山。庆元六年（1200年），作《湖上寓居杂诗》十四首。

以隐居为志是组诗的基调。诗人笔下的西湖清幽恬淡，诗如其人。范成大谓其"翰墨人品皆似晋宋之雅士"。

诗写庭院夏夜之景和独游之趣。曲曲折折、高低起伏的院墙，晦暗不明的柳荫；院子里静悄悄的，整个空寂的山坳中，只有一眼窗户映射出微弱的灯光。那是诗人的书室吧？他或许正在吟咏苦读，这时有些疲倦，淡淡的清香从浓密的荷塘那里飘来。他终于经不住诱惑，独自乘着小船向西陵划去……没有闹市的喧嚣，没有游人的纷扰，只有在这样的时候，才能真正领略自然之美，人生之味。全诗动静相映，把一些彼此无关的物象连在一起，组成一支静夜曲，予人以无限幽趣。

周　昂

周昂（？—1211年），字德卿，真定（今属江苏）人，王若虚舅父。金代诗人。初任南和主簿，后迁良乡令，入拜监察御史。因诗坐谤讪罪，谪贬东海十余年。起为隆州都军，后复入翰林。周昂的作品以唐代诗人杜甫为法，沉郁苍凉，凝重洗练。由于他在蒙古崛起于朔方之际曾经权行六部员外郎戍边，终于为此遇难，所以后期作品对于金朝国势的急剧衰落感触颇深。除了创作以外，周昂在理论上也颇有见地。他重视作品的思想内容，反对求异尚奇的创作倾向。

晚　望

烟抹平林水退沙，碧山西畔夕阳家。
无人解得诗人意，只有云边数点鸦。

【赏析】

诗的意境悠远委婉，以"无理之妙"写心中之苍凉，深得诗法三昧。云烟淡抹平林，水退沙明，群山翠微，夕阳西下——这幅海边晚景，都是在望眼中呈现出来的。而独立苍茫中的诗人，此时内心涌动着怎样的情思呢？诗人说，我心中的情意是不会有人理解的，我的心思"只有云边数点鸦"能够明白。为什么人与人这样难以沟通，反而不如飞禽善解人意？

欣赏古典诗词，有一种方法叫"知人论世法"，意思是说，无论欣赏哪位诗人的作品，应当对作者的生平事迹和作品产生的时代背景等有所了解，否则就无法解读。据同时代的元好问介绍，周昂曾"坐诗得罪，谪东海上十数年"。据此，诗人在孤居海上十多年间，满怀幽怨愤懑，自在情理之中；此时此刻，眼望夕阳寒鸦，心潮起伏有如大海，也在情理之中。独立苍茫，眼前的活物只有极天云处的数点寒鸦，能明白"诗人意"的想必也只有它们了。

诗以景寄情，写得凄苦怅惘，余音袅袅。

翁　卷

翁卷，字续古，一字灵舒，永嘉（今温州）人。永嘉四灵之一。终生布衣，诗风清苦。有《苇碧轩诗集》。

野　望

一天秋色冷晴湾[1]，无数峰峦远近间。
闲上山来看野水，忽于水底见青山。

【注解】

[1] "一天"句：意谓秋凉渐至，连晴日下的水湾都有了凉意。

【赏析】

　　如此精美的写景诗，让我们不由联想到色彩明丽的秋景照来：连绵起伏的群山层次分明，渐远渐淡，一望无际。诗人为这形态远近各不相同的"无数峰峦"而陶醉，于是产生了观赏山峦的欲望，可是当他登临青山，低头俯视时，却发现青山尽在"野水"里。

　　诗的起句虽然并无深意，只是为点明时令，却必不可少，因为只有在秋高气爽的晴日里，下面三句所写之景才能呈现得如此分明。

　　永嘉四灵的山水诗以空灵透脱称著，虽然才力不足，却给人以很好的艺术享受。近来不少评论家说他们的诗空虚，没有现实内容。我们应当明白，自然美本身既没有阶级性，也与现实没有多少瓜葛。

乡村四月

绿遍山原白满川[1]，子规声里雨如烟。
乡村四月闲人少，才了蚕桑又插田。

【注解】

[1] 白满川：意谓平川上的水田泛着白色的水光。

【赏析】

诗写江南农村初夏风光，语言平实而有味，清丽而安宁，洋溢着浓郁的泥土气息，体现出诗人热爱田园生活的情怀。前两句写自然景象，从视觉角度着眼，不仅捕捉到山水的色彩形象，还写出山水的精神，再加上催耕的鸟声，由静入动，生机勃勃。后两句写农事的繁忙。四句诗，有静有动，绘声绘色，鲜明如事。

山　雨

一夜满林星月白，亦无云气亦无雷。
平明忽见溪流急，知是他山落雨来。

【赏析】

凡是在山区生活过的人，都能体会到这首小诗的生动真实以及诗人观察自然现象的细心敏锐。第三句是"诗眼"——清晨起身，诗人突然发现溪流湍急，一时间他感到有些奇怪？回想昨夜，不是还星月交映、清辉满山吗？通宵既无阴云，也没有听到雷鸣呀？那么，这溪水从何而来？转而一想，他猛然醒悟：肯定是上游的"他山"昨夜大雨滂沱。因为悟到了山区自然景观的奇妙，诗人大概不由自主发出会心的微笑了吧？

"诗眼"之前两句是作者对眼前怪事的回想，"诗眼"之后的结句是作者灵光一闪的妙悟。之所以会有如此妙悟，完全是来自诗人对山区雨季特点的留心观察和对物理现象的深思熟虑。但是话说回来，光有抽象思维而没有形象思维的悟性和炉火纯青的艺术功底，是无法写出如此情景俱佳的好诗的。

赵卯发

赵卯发，昌州人。通判池州。元兵至，同妻雍氏缢死。

裂衣书诗寄弟

城池不高深，无财又无兵。
惟有死报国，来生作弟兄。

【赏析】

作者不是什么文坛名人，仅是池州（治所在今安徽贵池）的一个通判（辅助州官管理政务的官员）。在元兵大军破城之日，决心以死报国，在连纸都没有的危急之时，撕衣襟写下这首绝命诗寄给弟弟，然后与妻子双双以死殉国，其忠烈悲壮，令人为之动容。

诗的语言直白质朴，发自肺腑，是一篇难得的爱国诗章。

此诗未见其他选本。录自厉鹗辑撰的《宋诗纪事》。

夏元鼎

夏元鼎，字宗禹，永嘉人，号云峰散人，又号西城真人。据《蓬莱鼓吹》载："元鼎博览群书，屡试不第。至上饶，夜感异梦，弃官入道。至南岳祝融峰，遇赤城周真人，求其指示，乃大悟，因题诗云云。"著有《阴符经讲义》《图说》等。

绝 句

崆峒访道至湘湖[1]，万卷诗书看转愚。
踏破铁鞋无觅处，得来全不费工夫。

【注解】

[1] 崆峒：山名。甘肃平凉、山西临汾、江西赣县等地皆有此山。此处指甘肃之崆峒山，道教发源地，全真派圣地，相传是黄帝问道于广成子之所。湘湖：指湖南、湖北地区。

【赏析】

作为道教中人，因蟾宫折桂之梦破灭而出家，为求真访道走遍天涯海角。这时候他才明白，为功名而寒窗苦读的"万卷诗书"只会让人越读越蠢，那只是求取功名利禄的工具，而不是终极真理——道。为了得道，他曾"踏破铁鞋"，仍然了无觅处。可是突然有一天，他终于大彻大悟，证得了大道。千辛万苦得不到的东西，他究竟是如何毫不费力地得到的呢？作者没有说，因为"道"是看不见、摸不着、说不出、无形状的"形而上"之体，也就是老子所说的"道之为物，其恍其惚。惚兮恍兮，其中有象；恍兮惚兮，其中有物。窈兮冥兮，其中有精；其精甚真，其中有信"。

单纯就接受美学的观点而言，大多数读者是不会去深究作者到底"得来"的是什么，又是如何"得来"的。他们在意的是"踏破铁鞋无觅处，得来全不费工夫"这两句诗说出了他们在生活实践中亲身体验到的心里话。正因为此，这两句诗才会一直被传诵至今，而且已经成了整个社会的日常用语。

国学经典精神家园丛书

显 万

显万，字致一，浯溪僧。有《浯溪集》。

庵中自题

万松岭上一间屋，老僧半间云半间。
三更云去作行雨，回头方羡老僧闲。

【赏析】

诗意甚佳，这样的诗大概非高僧莫能为。诗有三奇：一间孤零零的小屋，高高地耸立在千万株松柏簇拥的孤峰绝岭上，这已经说明隐居其中的人绝非等闲之辈。如果这还不算奇异的话，那么作者说这一间陋室，老僧拥有半间，闲云拥有半间，闲云与老僧相依为伴——这就大异凡尘了！最奇的是午夜三更，当"云"出山行云布雨时，回头看见老僧依然安然入定，陡然生起羡慕之情，觉得自己虽是来去自在的行云，却不及老僧恬静安闲。

诗名《庵中自题》，说明这是一首写在禅室中的自画像。作者虽为出家人，但对诗法之娴熟恐怕连终生以苦吟为务的职业诗人也要自叹不如。诗中的"云"有居室，有事业，有情感，显得比老僧还要鲜活。这当然是诗歌中屡见不鲜的拟人化手法了。还有层层深入、越出越奇手法的运用，也让人叹为观止。全诗四句，一句一层妙景，一层比一层出人意料。尤其是结句，把"云"和"僧"的心理、神态写得情趣盎然、活灵活现，而又完全切合各自的身份和特性。

仲 皎

仲皎，字如晦，居剡之明心寺。参究禅学，尤精篇章，所交皆文士。于寺立倚阁，又于星子峰前筑白塔，结庐以居，曰闲闲庵。有《梅花赋》及诸诗传世。

静林寺[1]古松

古松古松生古道，枝不生叶皮生草。
行人不见树栽时，树见行人几回老。

【注解】

〔1〕静林寺：在浙江绍兴东南。

【赏析】

以千年古松写人世沧桑，引人多少遐想!

明为咏古松，实则寓含众生无常的佛理。首二句以三个"古"字，着意表现松树之古老。它虽以长寿而名世，也抗拒不了生死无常的自然规律，已经走向枯萎、朽败，树叶已经不再生长，树枝光秃秃的，树皮上长满了野草。生、住、异、灭，这是宇宙万物无一难逃的四个过程。然而来去匆匆的行人，只看见这棵"古松"行将死灭，却无人仔细想想，当初栽培成活的时候，它也曾青翠笔挺，得到过多少人的赞叹！人们更不会想到，这株"古松"曾经亲眼看见人世几度沧桑。诗人将古松与行人对比，用意是在告诉世人：生命短暂，生死无常，只有看破生死，及早觉悟，才能摆脱世俗烦恼，恢复与佛同一的本性，不会因表面的生生灭灭而悲伤，而挣扎。人既然自诩为万物之灵，理当洞晓机要，任运自然，了觉至理，才不枉此生。

某 尼

某尼，法名习静，行脚比丘尼。余不详。

悟道诗

尽日寻春不见春，芒鞋踏遍陇头云。
归来笑拈梅花嗅，春在枝头已十分。

【赏析】

这首诗的意旨是心外求法，犹如龟毛兔角，终不可得。全诗共四句，分两层写，上联是求道，下联是悟道。

作者既然是位比丘尼，是佛门中人，诗题又点明是因"悟道"而作，所以要想正确解读这首诗，不懂佛法必然是隔靴搔痒，言不及义。

首句的"尽日"表示经年累月，时间之久；"春"在这里是象征与众生与佛同样具有的"真如本性"。第二句形容作者为了寻找这"不生不灭、不垢不净、不增不减"的本性，经历过多少磨难，走过多少山山水水、崇山峻岭——这也都是比喻，意在说明求证佛法之艰辛。最后她回到庵中，拈梅偶嗅，突然间，她开悟了——原来"春"就在自家的梅花枝头！——这又是比喻，旨在说明佛心就在自己"心"中；既然如此，当初为什么要走遍天涯海角去苦苦寻找呢？

这首诗的关键词是"悟"，即开悟。《法华经·方便品》云："诸佛世尊，唯以一大事因缘故出现于世：欲令众生开佛知见，欲示众生佛之知见，欲令众生悟佛知见，欲令众生入佛知见。"这是诸佛出世的慈悲用心，也是勤苦修正佛法的唯一目的。

最重要的是，所谓"开悟"，不单单是对佛法教理的通晓，这是所有佛门中人和认真参研过佛典的人都可以做到的，但离"开悟"相距不啻十万八千里；所谓"开悟"，是指明心见性，找到被物欲世情尘封的真如本性。佛法对"开悟"有着明确的标准，大体说来，达到开悟境界的人，首先戒、定、慧具足；其次都有神通；而且在禅定中能"照见五蕴皆空，度一切苦厄"……然而，一旦"入佛知见"，就无法用世俗间的语言文字讲述其

国学经典精神家园丛书

所知所见，只能拈花微笑了。因此这位比丘尼也只能用"归来笑拈梅花嗅，春在枝头已十分"来形容自己的"开悟"了。

赵师秀

赵师秀（1170—1219年），字紫芝，号灵秀、天乐，永嘉人，太祖八世孙。绍熙元年（1190年）进士，曾任高安推官。与徐照、翁卷、徐玑并称"永嘉四灵"。赵师秀的诗歌主张和创作风格很能代表四灵的特色。诗风清苦隽永。有《天乐堂集》《清苑斋集》。

薛氏[1]瓜庐

不作封侯念，悠然远世纷。
惟应种瓜事，犹被读书分[2]。
野水多于地，春山半是云。
吾生嫌已老，学圃未如君[3]。

【注解】

〔1〕薛氏：薛师石，字景石，永嘉人，隐居于会昌湖西，名其室为"瓜庐"，自号瓜庐翁。他是四灵好友，常在一起吟诗。

〔2〕"惟应"二句：意谓薛氏白天忙于种瓜，晚上还要分出时间读书。

〔3〕学圃：学习种蔬菜。语出《论语·子路》："樊迟请学稼，子曰：'吾不如老农。'请学为圃，曰：'吾不如老圃。'"这句是说自己不能像薛氏那样隐居种田。

【赏析】

这首五律是作者题咏诗友薛师石的。首联"不作封侯念，悠然远世纷"赞扬了友人不慕虚荣、超凡脱俗的人品。颔联表明诗友种瓜不是为了谋生，读书也并非为求功名，这都是隐居生活的自得其乐。这一句是化用陶渊明《读山海经》中的"既耕且已种，时还读我书"语意而成。颈联亦由受唐诗人姚合《送宋慎言》中的"驿路多连水，州城半在云"启发而来，写的是薛氏瓜庐四周的景色，但这里的意境与姚诗截然不同。这样的美景洋溢着不带任何人工痕迹的"野趣"，与隐士的情怀非常合拍。

尾联直接抒发作者的感慨，他惋惜自己虽然对朋友的这种隐居生活非常美慕向往，可惜现在还不能像他那样隐逸田园，莳蔬种瓜。

岩居僧

开扉在石层，尽日少人登。
一鸟过寒木，数花摇翠藤。
茗煎冰下水，香炷佛前灯。
吾亦逃名者，何因似此僧？

【赏析】

赵师秀作诗，喜欢追求"清瘦"的美学趣味，故多写荒寒之景，凄清之情，冷寂之境。这样的诗风，很有点唐代姚合、贾岛的韵味。

首联点明诗的题旨：山僧隐居凡尘之外，于岩间凿石而居，常年极少有俗人打扰，一个世外高僧的形象如在眼前。颔联进一步描写僧人居处的山间景象：时或飞过"寒木"的鸟儿只有一只；青藤摇落的山花只有数朵——"一""寒""数"等字，仿佛在不经意间即营造出了清幽脱俗的境界。颈联转入对僧人生活的具体描述：取冰下之水煎茶——冰清玉洁；佛灯前敬香——虔诚如见。僧人的居所、环境、生活都写足了。尾联结以向往之情——我也是一个不求虚荣的人，可是怎样才能像这位"岩居僧"似的逃离世俗、隐身而居呢？

全诗以精练平淡之笔，见清瘦野逸之韵，颇得晚唐精髓，作为"四灵"之冠，甚受时人敬重。死后不久，刘克庄曾作《哭赵紫芝》追悼他："夺到斯人处，词林亦可悲。世间空有字，天下便无诗。"

约 客

黄梅时节家家雨，青草池塘处处蛙。
有约不来过夜半，闲敲棋子落灯花。

【赏析】

这首小诗以其清新隽永、精妙有味而受到广大读者的赏识。

等人是件很不好受的事，人人都有过这样的体验。约好的朋友而久久不至，是焦躁，是埋怨，还是郁闷？这样的心境也许都曾经有过。可是赵师秀当棋友"有约不来"时表现出来的心境却是另一番情趣，十分耐人品味。

小诗的前二句交代了与朋友"有约"的那一晚的水乡夜景：那是一个江南梅雨季节的夏夜，雨声不断，蛙声一片。家家户户落雨的情况，诗人为什么似乎都听到了？甚至连躲藏在长满青草的池塘中青蛙鼓腮鸣叫的样子为什么似乎都看到了？因为他正静候着友人的敲门声，屋里太安静了，宁静致远，所以他对外在世界的一切响动都能异乎寻常地感觉得到，体察得到。这正说明了主人对所约朋友的期望值之高和等待期间的专心致志。然而午夜已过，约好的客人久候不至，主人凝神倾耳的紧张心情自然松弛了下来，现在反而平静淡定了，甚至有些把"约客"候人的事淡忘了，心情也不由自主地移情到了不相干的事情上，怡然闲适地敲打起手边的棋子来，而且好奇地发现叮叮的敲棋声竟然把灯花都震落了。心理活动的这种转化完全符合心理学原理——实验证明，人的专注力很难维持到半小时以上。"闲敲棋子落灯花"一句，真实地描写出诗人的心思在长久地凝定在"有约不来过夜半"之后，注意力的情不自禁的转移。所以这一细节的描写，并不像诗评家们所说的那样，是为了渲染主人的"焦灼不安"。

那么这首诗究竟营造了一个什么样的意境呢？诗人描写的是一种由凝神静气到闲逸淡定的心理转换。等到最后，诗人也许已经忘了他是在等人，而完全沉浸到夏日雨夜的静谧中，甚至可能还会感谢友人的爽约，使他享受到了这样一个独特美妙的不眠之夜呢。

裘万顷

裘万顷（？—1222年），字元量，自号竹斋，洪州新建（今属江西）人。淳熙十四年（1187年）进士。嘉定初，力请外任，为江西抚干。有《竹斋诗集》。

归　兴

新筑书堂壁未干，马蹄催我上长安。
儿时只道为官好，老去方知行路难。
千里关山千里念，一番风雨一番寒。
何如静坐茅斋下，翠竹苍梧仔细看。

【赏析】

　　诗写历尽宦海风波后对隐逸山林的向往。全诗语言清雅，切肤之痛以恬淡出之，深长有味。宋人赵与虤《娱书堂诗话》云："裴元量性恬退，不乐仕，以荐者召为司直，在朝尝赋《归兴》。"

　　自来就以"长安客"比喻为追名逐利而奔波劳神，"马蹄催我上长安"写尽了当初为求功名的劳心费力，竟然到了书斋刚刚建成，墙壁上泥巴还没干，就启程上路了。三、四句将"儿时"的错误认知与"老去"以后的真实感受加以对比，才知道千里求官是怎么回事。儿童时期对当官究竟是好是坏的认识，自身没有任何实践，当然是来自传统意识的误导；然而一旦经过亲身实践，才知道官场险恶有如"蜀道之难"。白居易《太行路》有云："行路难，不在水，不在山，只在人情反复间。"第三句和第四句作者用极其简洁的对比法，逐一作比：儿时—老去，只道—方知，为官好—行路难，揭示了一个真理：许多真知灼见，只有通过亲身实践才能得到。

　　颈联以内心的真情实感，诗人将自己的认知进一步具体化。"千里关山"说明在经年累月的跋涉中，路走得越多，对亲人、故乡的思念也越热切；天涯行旅中，每经受"一番风雨"的吹打，心中有多一分"寒"意。写足了对仕途的厌恶与悔恨，诗人毅然决然转身，表明了他对闲适生活的由衷向往：早知如此，哪如回归山林，心平气静地坐在茅屋之下，观玩"翠竹苍梧"之赏心悦目，体味人生之真谛呢！

　　诗写得语真、情真、意真，对热衷名利者不啻是一服清凉剂。

戴复古

戴复古（1167—约1248年）字式之，自号石屏，天台黄岩（今属浙江台州）人。仕途失意，终生落拓，漫游天下。曾从陆游学诗，是江湖派重要作家。有《石屏诗集》《石屏词》。

庚子荐饥〔1〕

饿走抛家舍，纵横死路岐。
有天不雨粟，无地可埋尸。
劫数惨如此，吾曹忍见之？
官司行赈恤〔2〕，不过是文移〔3〕。

【注解】

〔1〕庚子：宋理宗嘉熙四年（1240年）。荐饥：连年遭受饥荒。荐：重叠的意思。

〔2〕赈恤：救济。

〔3〕文移：意谓官府对百姓的救济，不过是一纸空文而已。移：旧时一种文体，用于官府之间。

【赏析】

宋理宗嘉熙四年（1240年），因连年灾荒，浙东一带满目疮痍，饿殍遍野，然而官府赈灾的文书全然是官样文章。诗人目睹灾荒惨景，深感痛心，共写有六首诗来描述当时的情景，这是其中的第一首。

首联先写逃荒，继写饿死，一幅灾年景象赫然在目。颔联从流民的心理角度继续深化这种凄惨景象：青天湛湛，却徒有其名，连年久旱，点雨不降；人死之后入土为安，如今却连埋葬死人的地方都没有，饿殍遍野，暴尸荒原，要天地又有何用？颈联诗人直抒胸臆，以"吾曹"代指各级官吏：人间悲惨如此触目惊心，我们难道能熟视无睹，无动于衷？悲愤之情喷薄欲出。尾联一针见血地揭露了黑暗腐败的官僚机构是如何应付这场惨绝

宋诗三百首

二二七

人寰的灾荒的，平时以"父母官"自居的上上下下的老爷们，把事关千家万户生死攸关的救灾赈济，当作公文旅行，说不定中饱私囊的还大有人在呢！

诗以荒年灾民的凄惨景象和官场的腐败黑暗为主题，语言凝练，笔墨沉痛，对受灾民众的同情和对政府职能部门的愤怒溢于言表。

江阴浮远堂〔1〕

横冈〔2〕下瞰大江流，浮远堂前万里愁。
最苦无山遮望眼，淮南〔3〕极目尽神州。

【注解】

〔1〕江阴：今属江苏，在长江之滨。浮远堂：在江阴城外君山上，北临长江。

〔2〕横冈：指浮远堂所在之君山。

〔3〕淮南：指今江苏和安徽省长江以北、淮河以南之地。

【赏析】

这是作者登临君山浮远堂时，抒发其爱国情怀的一首小诗。

江阴位于长江南岸，浮远堂就在这里的君山上。当诗人登临时，眼底是波涛汹涌的长河，过长江不远就是淮河。南宋小朝廷偏于江南一隅，以淮水为界，此时中原已沦陷敌手。北望祖国大好河山，爱国忧民之情犹如眼前的长江一样，蓦地迸发出来，汹涌澎湃，不能自己。诗人将"大江流"与"万里愁"并举，极言其为国而愁、为民而愁之情的无边无际。

结尾两句继写愁情，却以"怨"情寄愁抒恨，可谓妙笔生花。古诗常以山遮望眼为愁，以不见所思为恨；此诗却以"无山遮望眼"为愁，以"极目尽神州"为恨。何以故？因无山遮挡，才使沦丧之地尽收眼底，才令人想起山河破碎，才会让感时伤事、悲国忧民之情有如长江之水，汹涌难禁。

国学经典精神家园丛书

山 村

山崦^{〔1〕}谁家绿树中，短墙半露石榴红。
萧然门巷无人到，三两孙随白发翁。

万竹梢头云气生，西风吹雨又吹晴。
题诗未了下山去，一路吟声杂水声。

【注解】

〔1〕山崦：山间。

【赏析】

　　戴复古在江湖派诗人中，算是才气较高的，诗的成就也当名列前茅。他主张写诗"须教自我胸中出，切忌随人脚后行"，这在宋代诗坛实属难能可贵。上选两首山水田园诗，很能看出他的创新精神。

　　第一首描写的是山村的宁静恬静。诗人望见山岰间有一户农家掩隐在绿树丛中，火红的石榴花探身出墙，虽然显得有点萧条冷落，但看到两三个活泼可爱的小孙子跟随着白发老翁说说笑笑，一派天伦之乐在这小小的山村里洋溢弥漫开来。一种世外桃源般的情趣油然而生，作者的赞美、歆慕之情也不经意地流露于字里行间。

　　第二首写作者下山途中的所见所感。前两句对云生竹林、晴雨不定的描述，生动真实地表现了深山野岭中的气象特点。一天的旅行，让他思如泉涌，诗情大发，走了一路，题诗一路，仍然意犹未尽，直到归途中，还在吟咏。别有情趣的是诗人下山时，吟诗朗朗，而在西风吹过一阵雨后，此时水流突然增大的小溪，也与他一路伴唱，随着他的吟诗声追下山来。

　　诗人写山村的美丽色彩明丽，写深山的气象有声有色，写自己的雅兴情趣盎然。这样的山水诗，在宋人的诗苑里，颇具特色。

夜宿田家

簦笠相随走路歧〔1〕，一春不换旧征衣。
雨行山崦黄泥坂，夜扣田家白板扉。
身在乱蛙声里睡，心从化蝶梦中归〔2〕。
乡书十寄九不达，天北天南雁自飞。

【注解】

〔1〕"簦笠"句：意谓独自一人东西漂泊，只有草帽和雨伞相伴。簦（dēng）：雨伞。

〔2〕"心从"句：用庄周梦中化蝶的典故。详见前杨万里《道旁小憩观物化》的赏析。

【赏析】

诗人旅途夜宿农家，触发羁旅乡愁之情，形诸笔墨，情致委婉，布衣寒士的漂泊孤苦之情不言而喻。

首联写旅途苦况，以"簦笠相随"形容其孤独，以"路歧"写路途艰难。次句以衣着概写寒酸，一唱三叹，感慨殊深。颔联切入正题，进一步写行路之难。颈联中，蛙声聒噪，梦中化蝶，极尽飘泊无依、身世茫茫之致。旅夜情景逼真形象，旅途实情孤寂索寞，和谐地融合在了一起。尾联抒发思乡之情，以景结情，甚有余味。鸿雁南来北去，却不能捎来一封家书；鸿雁皆有归宿，自己却长年漂泊在外，有家难回。面对鸿雁，看看自己，不禁教人顿生迷茫怅惘之恨。

全诗层次井然，词语质朴，读之令人浮想联翩。

高翥

高翥（1170—1241年），字九万，号菊磵（古同"涧"），余姚（今属浙江）人。终生布衣，浪迹江湖。在江湖派诗人中，才情较高，风格清秀，语言朴素。有《菊磵小

国学经典精神家园丛书

集》。

秋日（三首选一）

庭草衔秋自短长，悲蛩传响答寒螿[1]。
豆花似解通邻好，引蔓殷勤远过墙。

【注解】

〔1〕蛩（qióng）：蟋蟀。螿（jiāng）：寒蝉。

【赏析】

小诗写庭院初秋景象。在诗人眼里，一草一虫似乎都是有知、有情、有灵性的活物：院中的小草咀嚼着秋的味道，正在一天天地慢慢枯黄；蟋蟀与寒蝉互相问答，一起鸣唱着秋之悲凉；豆荚上残留的朵朵淡黄色小花，也许是感觉到有些孤单，牵引着藤蔓，殷勤地越过墙头，爬进了邻居家的庭院。

整首诗四句全是写景，每样景物又无不具有浓浓的人情味，而作者将自己丰富的主观情感寄寓在这些自然景象中，以"无我之境"寓"有我之情"，深得宋人诗画之审美情趣。

晓出黄山寺

晓上篮舆出宝坊[1]，野塘山路尽春光。
试穿松影登平陆，已觉钟声在上方。
草色溪流高下碧，菜花杨柳浅深黄。
杖藜切莫匆匆去，有伴行春不要忙。

【注解】

〔1〕篮舆：竹轿。宝坊：对寺庙的敬称。

【赏析】

首句点题，说明一大早便乘竹轿离开寺院；次句放笔描绘在山路上行进时的满目春光。尽管身在轿中，迎面而来的山光水色，在沁人心脾的晨曦中反而显得更加色彩分明。晓风送爽，花香袭人。

中间两联是对山下平原景象的描绘。诗人首先从听觉的角度，说明从山巅隐约传来钟声，知道自己离昨晚留宿的山寺此时已经很远了，迎接自己的是另一番风光：溪水蜿蜒，草色碧绿，交相辉映，碧波荡漾；金黄色的油菜花随风起伏，摇曳的杨柳婀娜多姿；碧绿高低错落，嫩黄深浅有致，春回大地，生机盎然。映入眼帘的春色，无不令人赏心悦目。

结尾两句没有因袭七言律诗抒情寓理的常用手法，而是以别有深意的良言奉劝："杖藜切莫匆匆去，有伴行春不要忙"——自然之美不在于行程的多少，而在于心境的宁静。春光之绚丽多彩、生气勃勃，不是走马观花者能够感悟的，只用心观照，物我相融，方可体会个中三昧。

概括言之，这首七律可分作两层欣赏：前六句为第一层，叙事写景双管齐下，描写山间美景，由寺之高、山之深、原之景，自高而下，次序井然；最后两句议论为第二层，表达了诗人对大自然的由衷热爱和与美学原理深相契合的审美感悟。

杜 耒

杜耒（？—1227年），字子野，号小山，南城（今属江西）人。与赵师秀、书商陈起交游。七绝多佳句。

寒 夜

寒夜客来茶当酒，竹炉汤沸火初红。
寻常一样窗前月，才有梅花便不同。

【赏析】

这是一首清新淡雅而又韵味无穷的友情诗。前两句写友人寒夜来访，主人点火烧茶，以茶代酒，招待客人；后两句写窗外绽放的梅花使得今晚的窗前明月别有一番韵味。

诗写得看似平淡，却暗含着几种艺术手法。一是善用衬托。因有梅花的陪衬，窗前之月才别具韵味，在嗅觉和视觉上也使人感觉大不相同。二是巧用暗示。"才有梅花"与朋友夜访相呼应，用梅花象征友谊的高雅芳洁。三是善写细节。寒夜客访，汤沸火红，宾主情谊之深不言而喻，因此说今夜的月色格外不同。

整首诗语言清新自然，选词用字都仿佛随口而出，表现的意境却清新雅致、隽永有味。

李叔达

李叔达，字颖士。余不详。

舟中闻木犀[1]

地近孤城水合流，天风吹下广寒秋。
岩花似喜幽人[2]至，先遣清香到小舟。

【注解】

〔1〕木犀：即桂花。

〔2〕幽人：指隐逸幽居的高人。语出《易·履》："履道坦坦，幽人贞吉。"孔颖达疏："幽人贞吉者，既无险难，故在幽隐之人守正得吉。"李杜等诗中多用此词。

【赏析】

诗人的想象新奇可喜，他把山岩上开放的桂花想象成是广寒宫中的嫦娥派遣到人间，专门是来迎接"幽人"的信使。他在小船中闻到了桂花的清香，知道岩桂已经为世外高士的到来而欣喜非常，所以"先遣清香"前来迎接。作者自喻"幽人"，他的身份和品格不用自我介绍，嫦娥的使者已经事先知道了，言外之意，他是非凡之人。

开篇两句看似平淡，实属必要，既交代了地点和时令，扣住了诗题，也使诗境中的"孤城"与"幽人"、"合流"与"小舟"、"木犀"与"清香"等有了呼应。

诗的意旨高雅，构思新颖，是首脍炙人口的佳作。

叶绍翁

叶绍翁，字嗣宗，号靖逸，处州龙泉（今属浙江）人。生卒年不详。博学工诗，卜隐于西湖之滨。与著名学者真德秀友善。有《靖逸小稿》《四朝见闻录》。

游园不值

应怜屐齿印苍苔，小扣柴扉久不开。
春色满园关不住，一枝红杏出墙来。

【赏析】

这是宋诗中的名篇，被传诵至今，历久不衰。诗人乘兴来到一座小花园门前，想看看园里的花木。他轻敲了几下柴门，没有人回应；又敲了几下，依旧没有人应答。诗人猜想，大概是主人怕园里的满地青苔被人践踏，所以才闭门谢客的。诗人在花园外面徘徊着，有点扫兴。在他正准备离去时，抬头之间，忽见墙上一枝盛开的红杏探出头来。

诗人一枝盛开的红杏花，领略到满园热闹的春色，感受到了美丽的春光，也算不虚此行了。

"春色满园关不住"是全诗意趣的枢纽，也是读者根据自己的需要扩充其意义的联想点；至于"红杏出墙"成了移情别恋的口头禅，说明一首诗的"作者义""读者义"和"大众义"有着多么大的区别，这在古诗欣赏中是一个十分有趣的现象。

田家三咏

抱儿更送田头饭，画鬓浓调灶额烟。
争信春风红袖女，绿杨庭院正秋千。

【赏析】

南宋后期的所谓江湖派诗人，不少人终身布衣，流落江湖，漂泊民间，所以他们的许多描写农村生活的作品貌似田园诗，却比传统的田园诗更贴近生活，更具泥土气息。叶绍翁的这首诗就很能说明问题。

诗人打破时空关系，用首联写农妇，用尾联写城里的少女，以此形成鲜明对照，仿佛是两个特写镜头，清晰而明快，形象地揭示出了城乡之间的巨大差别。

诗人写农妇，用的是她怀抱幼儿，还要给田间送饭的镜头。然而下一句的描写却是书斋诗人所想不到的，没有农村生活经验，不会注意到农村妇女是如何梳洗打扮的。有鉴赏文章说农妇爱美，故用"灶灰画鬓"。灶灰是白色的，如何"画鬓"？诗中说得明明白白，是"浓调灶额烟"，这是农村炮制墨色的一种土办法：将灶火长期倒流到灶门上方（"额"）的黑烟，用植物油调和。这种土墨，不但可以供妇女画眉染鬓，还能用来写字作画。

写城市里的少妇少女，选择的也是具有象征意味的一个镜头：打秋千。诗人特别地将"绿杨"与"红袖"这样鲜艳的色彩，再置之于"春风"中，荡人心魂。但是不要忘了，这两句作者是用了"争信"二字振起的。这是诗人以鸣不平的口气，替农妇说的话：你们怎能相信，在你们调烟画鬓、抱儿送饭的时候，正是富贵人家的女子们在"绿杨庭院"里打秋千的时候。作者刻意进行如此鲜明的对照描写，究竟有没有揭露、批判的意思，读者可以自行体会；但由"争信"二字可以明显看出诗人的愤愤不平。

叶绍翁的七律通常喜欢采用前后联陡然转身的艺术手法，但在逻辑关系上却各有不同。比如上面的《游园不值》的转折是一种因果关系，而这一首是对比关系。

严 羽

严羽，字丹丘，一字仪卿，自号沧浪逋客，邵武莒溪（今属福建）人。生卒年不详。他的《沧浪诗话》因以禅味喻诗而名世，诗论强调"妙悟""兴趣"与"崇古"，力纠宋代诗作散文化、议论化之弊。

临川逢郑遄之[1]云梦

天涯十载无穷恨，老泪灯前语罢垂。
明发又为千里别，相思应尽一生期。
洞庭波浪帆开晚，云梦兼葭鸟去迟[2]。
世乱音书到何日？关河一望不胜悲。

【注解】

〔1〕临川：今属江西。郑遄之：诗题似脱一"之"字，应为《临川逢郑遄之之云梦》。之为动词，意为前往。

〔2〕"云梦"句：用《诗经·兼葭》语意，表示分手后盈盈一水，相思无尽。云梦：古泽名，今已消失，一般指今湖北长江两岸。

【赏析】

"十年离乱后，长大一相逢""今夕复何夕，共此灯烛光"，便是首联的出处；"明日巴山道""风尘何所期"，便是颔联的出处；"路出寒山外，人归暮雪时"也很切合颈联的意境；而"明日隔山岳，世事两茫茫""故关衰草遍，离别正堪悲"，则颇合尾联的情致。神韵派的祖师爷严羽，想达到"说不出来"的境界，不料却全被一一说了出来。看来，批评家千万不要轻易涉足创作，严羽自己说过："诗有别起，非关理也。"他论诗着重"透彻玲珑"和"潇洒"，而自己的作品却粘皮带骨，常常有模仿的痕迹。

不过话说回来，我们在欣赏古诗时，不一定非要在某句某词的出处上死抠，因此影响艺术享受。就这首诗来说，作者与好友郑遄之在动乱的岁月旷别十年，有一天在临川不期而遇，可惜第二天朋友又要离去，惊喜、惋惜、期待、悲伤，真可谓五味杂陈，感慨万端。词语可以模仿、套用，但如此语真意切的感情却是模仿不来的。

邵　定

邵定，字中立，庐陵（今江西吉安）人。生卒年不详。温粹博雅，通《周易》《春

国学经典精神家园丛书

秋》。环宅遍植梅、竹、兰、桂、莲、菊各十余本，深衣大带，婆娑其间，自称六艺老人。

山　中

白日看云坐，清秋对雨眠。
眉头无一事，笔下有千年。

【赏析】

诗写作者的山中岁月。由小传可知，这是一位逍遥尘世的隐逸之士，人生之情趣也异于常人。白日清秋，看云对雨，应作互文看，白日指终日如此，清秋概括四季。起首两句写出了主人公的超尘脱俗及其生活之闲适高雅，为"眉头无一事"做足了铺垫。惊人之处是最后一句："笔下有千年"——气势不凡，铿锵磅礴。这与"眉头无一事"并不矛盾——这是对普天之下费话连篇、空洞无物的八股文章的无比蔑视。

乐府三首

妾心如镜面，一规〔1〕秋水清；
郎心如镜背，磨杀不分明。

小窗寒烛夜，结纽缀郎襟；
不结寻常纽，结郎长远心。

郎心如纸鸢，断线随风去；
愿得上林〔2〕枝，为妾萦留住。

【注解】

〔1〕一规：圆形。

〔2〕上林：即"上林苑"，原为秦汉时皇家花园名，借指树木。

【赏析】

三首小诗皆为模仿南朝乐府民歌之作，却也有模有样，情味喜人。

第一首模拟女子口吻，以圆镜比喻自己的全心全意，以"秋水"比喻情深无瑕。相比之下，她怨恨情郎的心像镜背一样，模棱两可，模糊不清，令人捉摸不透。同样是以镜子作比，一正一反，形象贴切，生动有趣。

第二首写女子在寒夜小窗微弱的烛光下，为情郎结缀纽扣时的所思所愿。在这静悄悄的深夜里，她一边缝缀，一边暗暗祝愿：希望这结住的不是普普通通的纽扣，而是情郎永远不变的心。

最后一首比喻"郎心"犹如断线的风筝。虽然风筝已经"随风"远去，但痴情的女子仍不死心，她希望奇迹出现，有高大茂密的树木为她留住这风筝，好让她重温旧梦，再续前缘。

三首小诗有着某种内在的联系：先说"郎心"暧昧不明，已经透露出一种不祥之兆；续言女子的殷殷祝愿，已经隐含着大难临头；结末悲剧终于上演。

主题思想虽然仍旧是"痴心女子负心汉"，但设喻生动贴切，言情雅而不俗，措辞浅而意深，值得欣赏。

陈 起

陈起，字宗之，钱塘人。生卒年不详。书商兼诗人，曾为江湖、布衣诗人刊行《江湖集》等，许多人的诗歌因之得以保存流传。与江湖诗人友善，许多诗人都与他有交往。宝庆初，他因写有"秋雨梧桐皇子府，春风杨柳相公桥"的诗句，讽刺史弥远废杀皇太子而立宋理宗，因此被流放，《江湖集》被毁版，不少江湖诗人被牵连，朝廷甚至下令禁止士大夫写诗。史死后方解禁。这就是南宋末年有名的"江湖诗祸"。著有《芸居乙稿》。

夜过西湖

鹊巢犹挂三更月，渔板[1]惊回一片鸥。

吟得诗成无笔写，蘸他春水画船头。

【注解】

〔1〕渔板：渔人夜间捕鱼，以木击船板，惊鱼入网。

【赏析】

诗的前两句描绘了这样一幅画面：树枝的鹊巢上方明月高悬，夜半更深时分，捕鱼的人还在忙碌，他们正在敲击渔板，驱赶鱼群入网。一片海鸥被惊扰，惶恐不安地回旋飞翔。这是诗人月夜乘船游西湖时，无意间看到的景象。他突然诗兴大发，一行行的诗句在脑海中涌现出来。可惜此时此刻无纸无墨，怎么办？恰恰是在这时，最美的诗句反而成就了："蘸他春水画船头。"

诗人蘸春水写在船头的那首诗是什么？没有传下来。而且用湖水写在船头，想必很快就蒸发了。倒是他后来追忆当时情景的这首诗流传下来，并博得了后人的好评。

刘克庄

刘克庄（1187—1269年），初名灼，字潜夫，号后村居士，莆田（今属福建）人。南宋豪放派诗人、词人、诗论家。出身世家，以荫入仕，赐同进士出身。官至工部尚书，为官三起三落，在朝时间不长。以龙图阁学士致仕。卒谥文定。诗属江湖诗派。他比较关心时事，作品的内容也较丰富，在江湖派诗人中，他的成就最高。有《后村先生大全集》。

落　梅

一片能教一断肠，可堪平砌^{〔1〕}更堆墙。
飘如迁客来过岭，坠似骚人去赴湘。
乱点莓苔多莫数，偶粘衣袖久犹香。
东风谬掌花权柄，却忌孤高不主张^{〔2〕}。

【注解】

〔1〕可堪：哪堪。平砌：铺满台阶。

〔2〕"东风"二句：意谓东风掌握着百花的生杀之权，却忌恨梅花的孤高，不知怜惜，不为它做主，反而肆意摧残。晏几道《与郑介夫》："春风自是人间客，主张繁华得几时？"这里反其意而用之。主张：主宰。

【赏析】

诗作于嘉定十三年（1220年），其时作者虽任建阳（今属福建）令，却赋闲在家。

《咏梅》是刘克庄所有咏梅诗的翘楚。当时南宋小朝廷偏安东南一隅，已处于风雨飘摇之中，而统治阶级的上层人物却过着纸醉金迷的生活。作者虽有一腔报国热情，不但得不到重用，反而一再被诬陷排挤，于是诗人借"落梅"曲折地表达了他心中的悲愤。

首联的意思是说：每一片凋零的梅花都令人愁肠欲断，更何况飘落的梅花铺满了台阶、堆满了高墙呢？一向被人歌颂、敬仰的梅花，如今却倍受冷落，任其飘零，怎能不叫人肝肠寸断？这一情调是全诗主旋律，以下的叙事抒情都是围绕这一基调展开的。

颔联列数历史上无数被流放贬谪的志士仁人，哪一个不是像这零落飘洒的梅花，随风四散，历尽艰辛？譬如被远放湘江自溺殉国的屈原，被流放过五岭的韩愈、柳宗元、苏东坡……"飘如迁客来过岭，坠似骚人去赴湘"一联不但对仗工整，而且将无法一一罗列的许多典实，巧妙地隐含在地名中，让读者凭借自己对历史的了解去搜索；尤其是诗人采用一笔双写的手法，不仅用"迁客""骚人"的迁谪放逐来比喻"落梅"，而且用梅花"零落成泥碾作尘，只有香如故"的高洁品格来赞美"迁客""骚人"，手法非常高明。

颈联与陆游的《卜算子·咏梅》有异曲同工之妙。诗人在此实际上是在借落梅赞美那些遭谪放逐但仍坚守气节的志士仁人。

尾联是点睛之笔。"东风谬掌花权柄，却忌孤高不主张"——看似指"东风"滥用对百花生杀予夺的权力，实则将控诉的矛头直指当朝掌权者，说让这些人执掌国之权柄，实在荒谬绝伦。他们能干什么？只会妒贤嫉能，摧残英才！

就是因为这一句，诗人被指控诽谤朝廷，沉冤十年不受重用。这就是历史上与"乌台诗案"齐名的"落梅诗案"。后来他在《贺新郎·宋庵访梅》一词中愤怒地抗议道："老子平生无他过，为梅受取风流罪。"此后索性每有不平，便借梅花寄情言志，写下一百三十多首咏梅诗来抒发其郁结心中的愤懑。

这首咏梅诗不同于一般的咏物诗，作者把落梅与志士有机地融为一体，将丰富的情感寄寓在有意无意的比兴笔墨之中。刘克庄针对南宋"国脉微如缕"的悲剧，一生写有大量慷慨激昂的诗词，其爱国之心"似放翁"，豪迈之志"似稼轩"，用梅花的品格来概括他的气节和品德，毫不为过。

国学经典精神家园丛书

西 山

绝顶遥知有隐君，餐芝种术麑为群[1]。
多应午灶茶烟起，山下看来是白云。

【注解】

〔1〕芝：灵芝，古人认为食之可长生。术：白术，草药。麑：指鹿一类的动物。

【赏析】

刘克庄是个关心现实的诗人，作文赋诗，多以民生疾苦、时局政事为题，这首诗却写得仙容道骨之气十足。

作者开始两句用异峰突兀之笔，便将一位卓然不凡的"隐君"推到了读者面前：他远离红尘，隐居在人迹罕至的西山"绝顶"，以灵芝、白术为食，与鹿为伴。接下来对这位"隐君"的描述更具神秘感，让读者怀着悠然神往的仰慕之情去想象其超凡脱俗：西山脚下纷纷扰扰的世俗中人，有时偶尔仰望险峰绝顶，只见白云缭绕，神奇莫测。诗人自己猜想说，这多半应该是那位山中隐士在烧煮午茶吧？猜想之中，充满了诗人对这位"隐君"的仰慕之情。

刘克庄偶然写到的隐士都是一些耿直高洁之士，他由衷赞美他们的超逸不群，同时流露出倾慕向往之情。这从另一方面，说明一个诗人思想感情的复杂多样性。

赵希路

赵希路，或作希桐。字谊父，汴（河南开封）人。宋太祖九世孙。生时颇有诗名，有《抱拙小稿》。

次萧冰崖梅花韵

冰姿琼骨净无瑕，竹外溪边处士家。
若使牡丹开得早，有谁风雪看梅花？

【赏析】

诗为唱和一个叫萧冰崖的诗人的梅花诗而作。这位姓萧的诗人的生平事迹已不可考，原作也已佚失，因而无从得知和诗与原作的题旨有无关联。

这首七绝先从形貌品格和生长处所写梅花之晶莹剔透、冰清玉洁，突出梅花傲雪独放、卓尔不群的本性。但是作者的本意并不是在单纯歌颂梅花，三、四句才是这首诗的精要所在："若使牡丹开得早，有谁风雪看梅花？"——这一问来得突兀，细品却大有深意。然则深意所在？是在嘲讽世人只图富贵华美，根本不会去在意什么品格与风骨吗？还是像有的鉴赏文章所说的，只因为梅花不畏冰雪严寒，傲然开放，所以才会受到世人的敬重，人们才会踏雪前来观赏？用心体会诗人的这两句，若将反问句改作同义肯定句，意思显然是说：只要牡丹开得早，谁也不会顶风雪冒严寒来看梅花。为什么？因为世俗中人哪一个不是思想浅薄、目光如豆、只图热闹的庸人？大红大绿、随波逐流才是他们的心理特征。开在冰天雪地里的梅花之所以会被他们偶然一顾，那是因为满足了他们聊胜于无的空虚罢了，难道他们真的能理解梅花精神的真谛？

还有的鉴赏文章说，作者在这里是自比梅花，表达了作者一种自甘寂寞、孤芳自赏、不与世俗同流合污的情怀。作者在嘲讽世风的同时，在字里行间的背后，是有那么一些意思。

乐雷发

乐雷发，字声远，号雪矶，生卒年不详。道州宁远（今属湖南）人。宝祐元年（1253年）特科状元，授翰林馆职。元兵犯边，以病归乡。诗风雄伟激昂，有《雪矶丛稿》。

秋日行村路

儿童篱落带斜阳，豆荚姜芽社肉[1]香。
一路稻花谁是主？红蜻蛉伴绿螳螂。

【注解】

[1] 社肉：秋天祭祀社神的肉。

【赏析】

这是诗人在一个秋天的傍晚，经过郊野的一处村庄时所见到的景象。

起首两句用六种物象将欢庆丰收、喜迎神社时的节日气氛描绘得有如一幅浓郁的风俗画：在如火如荼的金色夕阳照耀下，一个农家院落的篱笆旁，孩子们正在快乐地玩耍；家家户户为了迎接秋社活动，都在准备祭品，豆荚、姜芽和社肉的香味扑鼻而来，空气中弥漫着诱人的浓香。最精彩的是诗人一路行来，所见到的村外路旁的景象：连绵起伏的稻田正在抽穗扬花，万籁俱寂，红蜻蜓上下飞舞，绿螳螂在稻叶上爬动——此时此刻，它们仿佛反倒成了整个田野的主人。这和谐恬静的农家风光，谁能不为之悠然心醉？

鲜明亮丽的色彩对比，给人在感官留下的印象异常强烈而深刻，所以印象派只用色彩来表现世界。唐宋诗人似乎对印象派的绘画理论无师自通，运用起来得心应手，比如李商隐《日射》的"回廊四合掩寂寞，碧鹦鹉对红蔷薇"，韩偓《深院》的"深院下帘人昼寝，红蔷薇映碧芭蕉"，陆游《水亭》的"一片风光最画得？红蜻蜓点绿荷心"等。乐雷发的这一结句也是很精彩的一例。

李俊民

李俊民（1176—1260年），字用章，自号鹤鸣老人，泽州晋城（今属山西）人。少习二程理学，金章宗承安年间，以经义举进士第一，弃官教授乡里，后隐居嵩山。金亡后，忽必烈召之不出，卒谥庄靖。能诗文，其诗感伤时世动乱，颇多幽愤之音。有《庄靖集》。

闻蔡州破

不周力摧天柱折^[1]，阴山怨彻青冢^[2]骨。
方将一掷赌乾坤，谁谓四面无日月！
石马汗滴昭陵^[3]血，铜人泪泣秋风客^[4]。
君不见，
周家美化^[5]八百年，遗恨黍离^[6]诗一篇！

【注解】

〔1〕"不周"句：典出《淮南子·天文篇》："昔者共工与颛顼争帝，怒而触不周之山，天柱折，地维绝。"这里以共工指蒙古，以颛顼指金朝。

〔2〕青冢：即王昭君墓，在今内蒙古呼和浩特市南郊。

〔3〕昭陵：唐太宗李世民墓，在今陕西礼泉县东北，陵前有六骏石刻。

〔4〕"铜人"句："秋风客"指汉武帝刘彻。援用李贺《金铜仙人辞汉歌》有"茂陵刘郎秋风客"句。汉武帝曾铸捧露盘铜人于汉宫，魏明帝欲迁之，铜人潸然泪下。

〔5〕周家：指周王朝。美化：意谓淳美的教化。

〔6〕黍离：诗见《诗经·王风》。《毛诗序》云："《黍离》，闵宗周也。周大夫行役至宗周，过故宗庙宫室，尽为禾黍，闵周室之颠覆，彷徨不忍去，而作是诗也。"

【赏析】

蔡州属金廷南京路，地处淮水支流汝水，南与宋接壤。金哀宗天兴二年（1233年），金朝在南宋与蒙古大军的夹击下，蔡州城破，金帝自缢，称雄百年的金王朝灭亡。诗人当时正在嵩山隐居，闻此消息，伤痛之余，写下了这首为故国而唱的挽歌。

起首借用两个典故，意在暗喻蒙古大军之凶悍和金廷之崩灭，以及全国民众的悲怨。三、四两句以孤注一掷的赌博比喻金哀宗的走投无路。当蒙古大军压境，金帝听众朝臣白华建言，逃往蔡州，曾经希图与南宋联手抵抗蒙古大军；而南宋君臣受够了金朝的欺凌，认为"国家之于金虏，盖万世之必报之仇"，不但没有接受金人的建议，反而与蒙古达成联合灭金的协议。天兴二年八月，联军攻蔡，城池被围得铁桶一般。"谁谓四面无日月"即指当时蔡州的这种末日般的局势。不久城破，哀宗自缢而死。

颈联借汉唐典实形容蔡州城破时的惨状。蔡州粮尽时，哀宗曾下令为将士杀马二百匹以救急；蒙军进城，将金廷洗掠一空，并押解宫人北去。战马犹如唐太宗的"六骏"，为金人献出了生命；宫人犹如"铜人辞汉"，洒泪而行。亡国景象，惨不忍睹。

结末诗人以"君不见"领起，悲叹自己面对天道轮回，只能像周朝亡国的大夫一样，为逝去的故国唱一曲《黍离》的悲歌。

面对风云诡异、纷纭复杂的历史突变，是无法用一首只有八句的七律描述的，诗人采用几成定规的引事用典的艺术手法，以高度浓缩的笔墨，既概括了金朝灭亡的那段惊心动魄的历史，也抒发了自己的亡国之痛。这是此诗最明显的艺术特色。

元好问

元好问（1190—1257年），字裕之，号遗山，太原秀容（今山西忻州）人。北魏鲜卑族拓跋氏后裔。七岁能诗，十四岁从学郝天挺，六载而业成。兴定五年（1221年）进士。正大元年（1224年），中博学宏词科，授儒林郎，充国史院编修，历镇平、南阳、内乡县令。八年（1231年）秋，受诏入都，除尚书省掾、左司都事，转员外郎。金亡不仕，元宪宗七年卒于获鹿寓舍。工诗文，在金元之际颇负重望。诗词风格沉郁，并多伤时感事之作。其《论诗》绝句三十首在中国文学批评史上很有影响。作有《遗山集》，又名《遗山先生文集》，编有《中州集》。

论诗三十首（选三）

其 四

一语天然万古新，豪华落尽见真淳。
南窗白日羲皇上，未害渊明是晋人。

【赏析】

元好问在二十八岁时，创作了一组很有影响的论诗绝句，共有三十首，纵论自汉魏至北宋诸多名家巨匠诗歌创作的艺术特点和艺术风格，由此体现了作者的诗学主张和审美情趣。这一首专论晋代诗人陶渊明。

元好问在以诗论诗时，采用高度概括的形式，以鸟瞰式的视角，从每个诗人的整体特征把握其艺术特色，以自己的审美观点予以褒贬。对陶诗也一样，他说陶诗字字句句天然浑成，妙手天成，尽弃浮华，犹如天籁，显露出真朴淳厚的美质，所以历久而弥新，真正称得上是万古常新的艺术珍品。

自然美、本色美是真正的美，正如天生丽质的少女，不需要刻意化妆一样；相反，浓妆艳抹只会使天然的美被掩盖，使原本的丑更加惨不忍睹。元好问另有一诗赞赏陶潜云："此翁岂作诗？直写胸中天。"可看作是这两句的注解。

陶诗何以会如此"真淳"呢？第三句"南窗白日羲皇上"就是从陶渊明的内心深处探寻这一答案的。陶潜"自谓羲皇上人"，所以他的诗完全是率性任真、心无染垢的自然流露。他之归隐田园，不是待价而沽，不是沽名钓誉，实实在在是他喜爱"任性自适"之情性的自觉选择。但他毕竟是生活在公元三世纪的晋代，而不是三皇五帝的上古，所以说尽管他的内心世界和行为作风与古人依稀仿佛，但他毕竟"是晋人"。

其 七

慷慨歌谣绝不传，穹庐一曲本天然。
中州万古英雄气，也到阴山敕勒川。

【赏析】

这首是评论北朝民歌《敕勒歌》的。关于《敕勒歌》，我们在本丛书《古诗三百首》中已解读，读者可参阅。作为北方少数民族出身、生活的元好问，在推崇历代名家的同时，重视雄健豪迈的北方民歌，是十分自然的。

元好问既赞美北方民歌的慷慨壮阔的气势、浑然天成的特色，也为这首源自鲜卑族民歌的"万古英雄气"感动，因而予以由衷的赞叹。元好问论诗，崇尚阳刚之美，这与他生活在刚健质朴、粗犷放达的北方少数民族地区有关。

其十二

望帝春心托杜鹃，佳人锦色怨华年。
诗家总爱西昆[1]好，独恨无人作郑笺[2]。

【注解】

　〔1〕西昆：宋初朝臣杨亿、刘筠等，作诗刻意效法李商隐，唯华丽精巧是求，时称西昆体。

　〔2〕郑笺：指东汉经学家郑玄为儒家经典所作的笺注。

【赏析】

　这首诗评论的是唐代诗人李商隐。关于李商隐，详见本丛书《唐诗三百首》。作者引用《锦瑟》中的诗句，因《锦瑟》一诗词义隐晦，聚讼纷纭，多种笺解，似都难以服众。在这首诗中，元好问表达了对李商隐诗歌含情深邃的向往，同时也对难以索解表示了遗憾和嘲讽。作者认为，历来的诗人都喜欢李商隐的诗，却因其诗意晦涩而怨恨没人能做出明白的诠释。这样看待李诗，有褒有贬。所谓褒，是公正地指出了李诗的精微幽慧；所谓贬，是指李诗隐晦迷离，让人不得不像注经那样去猜测。

论诗三首（选一）

晕碧裁红点缀匀，一回拈出一回新。
鸳鸯绣出从教看，莫把金针度与人。

【赏析】

　这是元好问的另一组论诗之作。在这首诗里，作者以绘画、刺绣作比来谈写诗的诀窍，以及无法传授的真谛。高手作画或刺绣，渲染青碧，裁剪朱红，把作品点缀得均匀得体、光彩照人。创作者可以将绣成的鸳鸯交给人们去观赏，但不会把那枚能绣出仪态万千的图画的金针传授给别人。诗人以此作喻，暗示写诗的真谛是难以传授的。

　话说回来，即便有"金针"传授与你，你也绣不出好花。何以故？所谓"金针，亦即画家手中的彩笔，绣工手中的金针，只不过是进行创作的工具，他们都是在经过成年累月的勤学苦练后，彩笔和金针在他们手里才会有如神助。写诗也一样，语言文字只不过是所有诗人的工具，但不是所有掌握语言文字的人都会写诗。诗歌创作需要具备这样一些素养：一是要有先天性的禀赋；二是要静下心来，善于将思想感情化为栩栩如生的景物；三是要锤炼语言，做"吟安一个字，拈断三茎须"的功夫。所以说，元好问的所谓"金针"，仅只是一个善巧比喻，其实内里的含义是非常丰富的。

同儿辈赋未开海棠

枝间新绿一重重，小蕾深藏数点红。
爱惜芳心莫轻吐，且教桃李闹春风。

【赏析】

作为金末元初最有成就的文坛盟主和宋金对峙时期北方文学的主要代表，被尊为北方文雄和一代文宗的元好问，其文学创作确有过人之处，这首七绝便是一个明证。

此诗作于元好问晚年，时金朝已亡，他回到故乡，抱定了与世无争的态度，过着遗民生活。他自觉已无力周济天下，于是决心坚守节操，独善其身。此诗借未开海棠，表明了自己的这种心态。

许多诗论家发现，自唐以降，大多数诗人创作的七绝，都将机关要妙聚集在第三句上。为什么要"爱惜芳心莫轻吐"？由诗人前二句的浓墨重彩，让人觉得在他笔下展示的，不单只是花蕾，而仿佛是青春期好奇而又羞涩地窥探神秘世界的少女。真正的"芳心"是不应该轻易吐露的，像桃李那样在春风中追逐、嬉闹，只是一种炫耀，一种浅薄的表现。而海棠就不一样，她深藏在浓绿之中，那么矜持高洁，不趋时，不与群芳争艳。这正是令诗人深为感动的，因为她仿佛就是自己精神的写照。

爱惜自己的芳心吧，静静地蓄积，悄悄地储藏，酿得越久，才越醇厚芬芳！

方 岳

方岳（1199—1262年），字巨山，号秋崖，徽州祁门（今属安徽）人。理宗绍定五年

（1232年）进士。官至吏部侍郎。因忤权贵贾似道之流，终生仕途失意。诗词多写田园风光，纯朴自然。他的诗在当时名声很高，工七律，精心雕琢，思致入妙。他喜欢用典故、成语组织精巧的对偶，如元明以来戏曲和小说常引用的"不如意事常八九，可与语人无二三"，就是他的诗。方回称赞他"不江西，不晚唐，自为一家"。著有《秋崖集》。

湖上（四首选一）

沙暖鸳鸯傍柳眠，春来亦懒避湖船。
佳人窈窕惜颜色，自照晴波整翠钿。

【赏析】

　　诗写佳人游湖。画的一端，柳垂沙暖，对对鸳鸯交颈而卧；游船从旁边经过，它们也懒得躲开，画面和谐宁静。在画面的主题位置上，有一位佳人正整理头饰。成语"顾影自怜"说的大概就是这位佳人吧？她为什么在游湖的时候，不去观赏自然美景，而要面对波平如镜的湖水整理翡翠头饰呢？因为她自己都为自己的身材苗条、貌若天仙而惊讶了，情不自禁自怜自爱了。她的这一举止，很明显是因为看到了柳树傍、沙窝中交颈而眠的鸳鸯，有所感而为。那对鸳鸯真是痴情到了极点，春情上来，游船从旁划过，也懒得去理会。"佳人"见此情景，能不心有所动吗？

　　方岳有多首游湖之作，大多与这首一样，摄取两三个典型镜头，从景物描写中传达出某种情趣，让读者自己去品赏，去玩味，因此被誉作"自为一家"。

春　思

春风多可太忙生[1]，长共花边柳外行。
与燕作泥蜂酿蜜，才吹小雨又须晴。

【注解】

　　〔1〕"春风"句：意谓春风真是太忙了。多可：多么的意思。忙生：忙碌貌。

【赏析】

这是一首立意新颖、构思奇妙的好诗。作者似乎对春风既有赞誉，又有同情、惋惜。他说春风太忙了，要管的事情太多了。你瞧，花儿从生到谢，她都得在一旁陪伴照料；柳树发青飞絮，她都得与之一路同行；她还要和燕子一同衔泥做窝，帮助蜜蜂采花酿蜜；刚刚吹来阴云下一阵小雨缓减旱情后，就得赶紧放晴，以利农夫桑妇劳作。

诗人从始至终，用拟人化的笔调，选择富有典型意义的细节，描述春风体贴入微、博大仁爱的胸怀与恩惠，赞美、体谅大自然对人间的关爱和操劳，同时折射出了诗人的博爱情怀。许多鉴赏文章只注意拟人化艺术手法的运用，忽略了诗人通过赞美春风所表达的对天地自然的感恩之心，而这才是此诗真正的命意之所在。

利　登

利登，字履道，号碧涧，金川（今属四川）人。生卒年不详。宋理宗宝庆年间流离奔徙，晚年始举进士。有《骰稿》一卷。

次琬妹月夕思亲之什追录

缓作行程早作归，倚门亲语苦相思。
白头亲老今多病，不似当初别汝时。

【赏析】

这首诗以家常语写骨肉亲，字字淡定，句句感人。清人曹庭栋《宋百家诗存·骰稿序》有段记述，为我们提供了深入解读这首诗的创作缘起。曹文说："群盗四起，（利登）扶侍母妹避乱于梅川。梅川令莫公雅嗜词翰，邀登及文士数辈，方举诗酒会，盗旋犯，梅川仓皇徙佛岩，又徙崆峒。一时流离奔走之苦，俱为赋咏，委曲绘出。晚年始举进士，故其诗云：'乾坤双鬓改，日月寸心死。誓从鹿豕游，乃复叨一第。'又云：'悔把渔竿不到头，骰蒉一卷避乱时。'所作居多。其《次琬妹〈月夕思亲〉》一绝云（即上选诗），口头语而意极凄婉，令人不堪卒读。"

由此可知，诗是唱和作者妹妹利琬的《月夕思亲》的。利琬的原作已不可知，既名"思亲"，想必也是抒发离乱中的相思之情吧。作为应答之作，作者第一句淡淡说出，却难掩深情。其时妹妹已经出嫁，与夫家即将远行他乡。"缓作行程"是希望她与娘家人多待几天；"早作归"是希望她离家后多体谅老母对她的殷殷思情，尽早归省。为什么要这样说呢？第二句便是对这一般勤叮咛的解释：你走之后，老母亲肯定要天天倚门而望，要不停地向我们亲口诉说对你的苦苦思念啊。

尾联两句进一步从母亲的角度加强希望亲人早日相聚的殷切之情。诗人突出老母如今年迈多病，并将现在的情形与她初嫁时相比，知道这样写，必然会深深打动妹妹的亲情之念，从而达到她"早作归"的期待。

任何诗文，技巧、才思固然重要，但只有那些真心流出的肺腑之言才能动人心弦。因为说到底，没有情感，就没有艺术。

罗与之

罗与之，字与甫，一字北涯，号雪坡，螺川（今属江西）人。宋理宗端平年间累举不第，遂归隐。其诗为刘克庄赏识。有《雪坡小稿》。

商　歌〔1〕

东风满天地，贫家独无春。
负薪花下过，燕语似讥人。

【注解】

〔1〕商歌，古代乐府旧题。"商"是五音之一，象征萧瑟的秋天，所以，这是一种哀怨悲凉的歌曲。

【赏析】

诗人一开始说"东风满天地"，本想对春回大地热情赞颂一番，可是当他举目环视四海之内饥寒交迫的穷苦人家后，马上又把涌到口边的颂歌咽了下去。何以至此？"贫家独无春"——唯独家境贫穷的人被排除出了春天，诗人的激情因此一落千丈，再也没有心情吟唱春歌了。开篇两句显现出来的已经是一种令人黯然神伤的对比，接下来的"负薪花下过"再将这一对比具体化——连盛开的鲜花都没有穷人的份，虽然他们天天背负着柴草从花下走过，可哪有心情去赏花？家中的妻儿老小连春天的温暖都享受不到，还在等着他们背回柴火取暖呢！最后一句特别尖刻，将"贫家"的苦难再推进一层：连从头上飞过的燕子，呢喃鸣叫，似乎也在讥笑他们！

诗题《商歌》，似乎也暗寓着这样的用意：对于穷苦人家而言，春天也像秋天一样萧瑟凄凉。由此可见，诗人用多重强烈而尖锐的对比，说出了一个让天地都黯然销魂的事实：人世间任何美好的东西都与穷人无缘！这就使诗人从个人感情中跳出来，具有更深刻的社会意义。

为贫苦人、劳动者鸣不平的诗歌多矣，像罗与之这样沉痛、尖锐的怒吼，在整个唐宋诗坛上，还是第一次看到。

张 琰

张琰（？—1276年），字汝玉，广陵（今扬州）人。身高七尺，长髯，有节概。曾为李庭芝部下州牙兵（麾下掌旗兵）。元兵至，破城后，力战而死。

出塞曲

腰间插雄剑[1]，中夜龙虎吼。
平明登前途，万里不回首。
男儿当野死，岂为印如斗！
忠诚表壮节，灿烂千古后。

【注解】

〔1〕雄剑：宝剑之一，传说为铸剑良匠莫干所造。

【赏析】

这首五律的作者不是诗人，而是一名普普通通的军人——掌旗兵。但诗写得豪情万丈，壮怀激烈，既似李白的《侠客行》，又有岳飞爱国名篇《满江红》的气势。放在整个宋诗中，也是难得之作。

扬州地处南北要冲，南宋末年，为抵抗异族入侵，此地多有壮烈之举。南宋名将李庭芝在扬州殉国，至今有祀。此诗的作者，既为扬州人氏，且为李庭芝部下，殉于扬州守城之役，其刚烈之气与慷慨赴难的英雄气概，跃然纸上。

剑是壮士的象征，首联以剑在腰间的龙虎之吼，表明佩带者杀敌守土的勇猛无畏。颔联气贯长虹，视死如归的气概呼之欲出。后两联真诚坦率地表达了对生死、功名、忠义、节操等人生价值观的态度，大义凛然，读之令人肃然起敬。

一个普普通通的掌旗兵，能有如此义薄云天的民族气节，中华民族之所以历尽苦难而越战越强，此无他，就因为有他们在。

陈文龙

陈文龙，字志忠，一字君贲，兴化军（治今福建莆田）人。咸熙四年（1268年）进士第一。累迁参知政事。元兵至杭被俘，不屈饿死。谥忠肃。

元兵俘至合沙，诗寄仲子

斗垒[1]孤危势不支，书生守志定难移。
自经沟渎非吾事[2]，臣死封疆是此时。
须信累囚堪衅鼓[3]，未闻烈士竖降旗。
一门百指沦胥[4]尽，唯有丹衷天地知。

【注解】

〔1〕斗垒：形容营垒小而没有实力。

〔2〕"自经"句：典出《论语·宪问》，略云孔子对管仲的评价，认为管仲不像愚

夫愚妇那样，为小信小义而自尽，因为他有远大的志向，所以才能辅佐齐桓公称霸天下。

〔3〕累囚：被拘系的囚徒。衅鼓：用动物或人血涂塞鼓的缝隙。古代新器铸成，都要杀牲以其血涂器隙，叫作"衅"。这一句意思是说，宁可被敌人杀死，用他的血去涂鼓，也不会屈服。

〔4〕百指：十口家人的别称。沦胥：相率沦丧的意思。

【赏析】

南宋灭亡前后，慷慨赴难、英勇就义的孤臣义士特别多，而且大多是文人。这与有宋一代的"养士"国策有关。早于文天祥、陆秀夫等人而殉国的陈文龙是其先行者之一。他是在元兵大举进攻福州城，家属十口相继死难，城破被俘，押送杭州，绝食而死的。

首联说明元军大兵压境、独立难支的险恶形势以及自己以身殉国的坚定决心。中间两联先引用典故，说明忠节所在，义不容辞。末联用举家相继死难的悲壮忠烈（从诗题可知，其次子犹存），为后世留下"唯有丹衷天地知"的誓言。

这首绝命诗写得大义凛然、气贯长虹，与文天祥、陆秀夫、谢枋得等人的诗章合奏出一曲惊天地、泣鬼神的爱国主义交响乐。

谢枋得

谢枋得（1226—1289年），字君直，号叠山，信州弋阳（今属江西）人。宝祐四年（1256年）与文天祥同科中进士。德祐元年为江东制置，知信州，率兵抗元。城陷后，流亡建阳，以卖卜教书度日。后被协迫至大都（今北京），绝食死。门人私谥文节。他的诗不以技巧取胜，纯是至性中流出。后人集其诗文为《叠山集》。

庆全庵桃花

寻得桃源好避秦，桃红又见一年春。
花飞莫遣随流水，怕有渔郎来问津。

【赏析】

元朝统一中国后，谢枋得心系故国，意欲避世而不得。元世祖忽必烈至元二十三年（1286年），程文海荐宋臣二十二人，以谢枋得为首，枋得力辞；二十四年，忽必烈降旨相召，又不赴；二十五年，降元的留梦炎以枋得老师的身份荐举，枋得写《却聘书》谢绝。可是到了二十六年，枋得还是被福建行省强行送往大都，于是绝食而死。

全诗题旨由陶渊明的《桃花源记》演绎化出。作者没有直接描写庆全庵中桃花盛开的景色，而是借景抒情，把这所幽静的小庙，比作逃避秦王朝暴政的世外桃源，希望在这里隐居避难。作为亡国孤臣，诗人不忍目睹山河破碎、满目疮痍的凄惨景象，于是想在自己的小天地里营造一个"桃花源"，但愿神不知鬼不觉地了此残生。所以他害怕桃花随水漂流出去而泄露个中"秘密"，像《桃花源记》说的那样，被"渔郎"发现，从而潜入他的这个隐秘的避难所。然而世人的奸诈打破了他一厢情愿的天真，福建行省参政魏天祐为了邀功，竟将他强行押送到了元大都（今北京市），不但毁了他"桃源避秦"的美梦，而且要了他的命！

生逢乱世，连个好梦也做不成！悲夫哉！

武夷山中

十年无梦得还家，独立青峰野水涯。
天地寂寥山雨歇，几生修得到梅花^[1]？

【注解】

〔1〕"几生"句：意谓不知要修行几生几世，才能达到梅花的品格。

【赏析】

2007年，福建省高考题给出了这首诗，让考生回答：1.这首诗体现了诗人什么样的思想感情？2."天地寂寥山雨歇"一句对表情达意有什么作用？

答案是：1.表达了破国亡家的痛苦之情，并借梅花的意象表现了诗人孤傲不群、坚贞自励的情怀。2.这句诗借景抒情，通过描写山雨过后天地寂寥的景象，表达了诗人孤傲寥落的情怀。当然，命题者为给考生提供必要的参考，在诗后附有关于作者生平的简要介绍。

可是，欣赏一首好诗，如果仅只停留在这样的层面上，是无法享受到艺术作品的审美快感的。

南宋亡国后，谢枋得仍以江东提刑、江西招谕使知信州（治所在今江西上饶）的身份在浙赣一带抵抗元兵。不久，信州失守，他隐名埋姓，逃入武夷山，转徙山区长达十二年。其间，文天祥已就义，妻子和两个儿子被掳，许多南宋旧臣纷纷投靠新主，东南一带的抗元烽火已被扑灭。

谢枋得隐居后，曾卖卜于建阳，大部分时间浪游出没于武夷山的峻岭群峰间。首句"十年无梦得还家"概述的就是这段颠沛流离的经历。妻儿被掳，国破家亡，岂止无家可还，连回家的梦都不曾有过，其悲痛凄绝之情怎可言传！

"独立青峰野水涯"字面上似乎是在描写武夷奇观，骨子里暗寓着诗人云霄独立的孤傲气节。眼前之景奇峰挺秀，野水悠悠，与故国河山依稀仿佛，空旷寂静而没有着落；孤身独立于崇山峻岭间，诗人的心情悲怆孤独，怅然若失。没有人烟，脚下的青峰凄清寂寞；不见渔舟，眼前唯有烟波浩渺的野水；这巍然挺立的青峰，不就是诗人形象的写照吗？

"天地寂寥山雨歇"以自然景象隐喻山河大地的万马齐喑。南宋覆亡后，各地的抗元斗争也曾风起云涌，作为孤臣孽子，谢枋得何尝没有东山再起、力挽狂澜的冲动；然而，十年过去了，抗元的武装灰飞烟灭了，大地复又归于寂寥，天下大势已定，浪迹萍踪的昔日忠臣，如今将何以自处？末句"几生修得到梅花"便是对这一问题的回答。梅花凌风傲雪，品格高洁，一枝独秀，报春绽放，这样的品格，几生几世才能修到！——诗人期待着这一天。

这一天还真的到来了。至元二十六年（1289年），谢枋得被强征入都，不甘辱节仕元，绝食殉道，以"零落成泥碾作尘，只有香如故"的节操，成就了流芳千古的英名。

吕人龙

吕人龙，字首之，淳安人。宋理宗景定三年（1262年）进士。终承务郎。有《凤山集》。

春 归

过却清明艳冶天，梨花飞雪柳森烟。
欲凭莺燕留春住，无奈东风信杜鹃〔1〕。

【注解】

〔1〕杜鹃：传说为蜀帝杜宇的魂魄所化。常夜鸣，声音凄切。其啼声似"不如归去"。古人多以杜鹃表达悲苦哀伤、思乡怀旧之情。

【赏析】

春归难留，却怨春风偏信杜鹃。想象奇特。

爱春、惜春、留春是古诗词中常见的歌咏题材。首二句极力渲染春光明媚、生机盎然的绮美景象，为的是给后两句的主旨做铺垫。姹紫嫣红、莺歌燕舞是春色满园的象征。想让"莺燕"把春光留住的渴望，将诗人对春天的挚爱表现得非常充分，从而使"无奈东风信杜鹃"的惋惜、怨恨之情也显得格外真诚。

结句是"诗眼"。诗人用拟人化的手法，把"东风"亦即春风说成是有知觉、有感情的活物，他所以不听莺燕的挽留，最终还是走了，是因为他听信了杜鹃"不如归去"的呼唤。如此表达爱春、惜春之情，真可谓神来之笔。

周 密

周密（1232—1298年），字公谨，号草窗、萧斋、四水潜夫等。祖籍济南，后流寓吴兴（今浙江湖州）。理宗朝淳祐年间为义乌令。宋亡不仕，与王沂孙、张炎等人共结词社，以漫游吟咏为乐，且能诗善画。与吴文英齐名，时人称"二窗"。

周密交游很广，在宋末词坛俨然是领导人物。南宋能诗的词人，除了姜夔，就是他了。他的诗使人联想到精致的盆景。

周密著述甚富，有《草窗旧事》《齐东野语》《武林旧事》《癸辛杂识》《云烟过眼录》等。编有《绝妙好词》。

野　步

麦陇风来翠浪斜，草根肥水噪新蛙。
羡他无事双蝴蝶，烂醉东风野草花。

【赏析】

　　漫步于郊原田野，这是人人都有过的雅兴。可是能不能在信步原野的时候，享受自然美带来的快感，那就是另一回事了。这位宋词名家是怎样领略大自然带给他的审美愉悦的呢？

　　麦浪在春风的抚弄下起伏荡漾，犹如碧波般地向远方涌去；青蛙在稻田草根的肥水里尽情欢唱。诗人眼望波涛滚滚的麦浪，耳听此起彼伏的蛙鸣，缓步走进一片野花盛开的草地。他看到一对蝴蝶翩翩起舞，忽高忽低，仿佛喝醉了酒一样……

　　此诗的妙处在最后两句。蝴蝶舞姿蹁跹，本性使然，可诗人偏偏认定它们的舞蹈是因为喝醉了酒才会这样。诗人被这双自由酣畅的蝴蝶所感动，渴望也能像蝴蝶一样，无忧无虑、旁若无人地醉倒在这暖暖的春风里。"美他无事"，这才是诗人内心的真实感受。他将这种情感施之于蝴蝶，而且认定它们喝醉了，因而才那么舒心快意，这样的情感，进一步强化了诗人对春日田野风光的流连忘返。

　　诗的前两句是爱春情感的缘起，后两句是爱春情感的抒发。诗人以清新优雅的语言描绘了春日野步的美感享受，给热爱大自然的人们留下了深刻的印象。

国学经典精神家园丛书

西塍废圃

吟蛩鸣蜩[1]引兴长，玉簪花落野塘香。
园翁莫把秋荷折，留与游鱼盖夕阳。

【注解】

〔1〕蛩（qióng）：蟋蟀。蜩（tiáo）：蝉。

【赏析】

　　网上对这首诗的解读是以问答的形式出现的。一问：表达了作者怎样的感情？答：表达了作者对宁静、和谐、自然生活的喜爱之情。二问：作者使用了什么样的艺术手法描写景色？答：分别从听觉、视觉与嗅觉描绘景色。听觉：蟋蟀、蝉的鸣叫，虽是秋日，叫声却婉转悠扬，充满生机；视觉：玉簪花凋落一地，虽已零落，却仍能散发阵阵香气，清新怡人；嗅觉：落花的阵阵香味。动静结合，以动衬静——动态的鸣蝉、蟋蟀，静态的玉簪花、夕阳，突出表现了废园的幽静。野塘中虽只有秋荷，但"留与游鱼盖夕阳"又让其充满了温情，夕阳的一抹红色，也给整幅画面笼罩了一层暖色。可见，虽是"废园"，但"废而不冷"。

　　网文说：理解本诗要抓住虽为"废园"，却"废"而不冷这一重点。具体解答时，结合诗句来说明其如何不冷：秋日虫鸣，却能引发出兴致；洁白的玉簪花虽落，却有缕缕幽香；野塘虽只有秋荷，但有夕阳如伞罩在荷叶上，鱼儿在荷叶的保护下可以自由嬉戏。

　　为应付考试，这样解读，亦无不可。但作为欣赏，这样解释则未免太肤浅了。这首诗的重点是最后两句。诗中除了作者所描写的景物，出现了两个人——一个是园翁，一个是隐身于幕后的诗人。他劝园翁不要把荷叶折掉，为的是好给鱼儿留一把遮阳伞。诗人虽然隐身幕后，对自然界生命无微不至的关怀却尽显无余。在这种关怀中，蕴含着的是一种"民胞物与"的博爱情怀。

　　北宋哲学家张载《西铭》曰："民吾同胞，物吾与也。"意思是说，民为同胞，物为同类，全都是上天所赐，所以我与他人，乃至万物，都应该相亲相爱。换言之，真正的人应当有"恻隐"之心。后来人们把这句话简化成"民胞物与"。这一思想，与老庄的"天人合一"、孔孟的"仁爱"思想互相包容，形成了中华文明的显著特色，并被体现在历代文人的文学创作中，比如王维的"人鸟不相乱，见兽皆相亲"，王禹偁的"惟有鹭鸶知我意，时时翘足对船窗"等，皆为明证。诗人规劝园翁留下荷叶，好在夕阳西下时分为游鱼抵挡秋夜的寒气，这样施爱于万物的情怀，不正是这首诗的命意之所在吗？

为杨大芳悼亡

帐中蝶化真成梦，镜里鸾孤枉断肠。
吹彻玉箫人不见，世间难觅返魂香。

【赏析】

这首悼亡诗是为一个名叫杨大芳的人代笔，写得很美，而且事出有因。据周密自己撰写的《癸辛杂识》说："大芳娶谢氏，谢亡未殓，有蝶大如扇，其色紫褐，翩翩自帐中徘徊飞集窗户间，终日乃去。"

古诗中魂魄化蝶之事屡有所见，且无不言之凿凿。如诗人李彭在其《日涉园集》所写《蝴蝶引》并序有云：

杨昊明之，世家苏州，少孤力学，娶同郡江氏。妇翁官江州征市，明之尽室与俱来。予与江君既亲且旧，以故过江君，始与明之相识。后一年，明之挟册游上国，抵许州，客食亲馆，一夕暴卒。卒之明日，有蝴蝶大如掌许，徘徊翔舞于江氏旁，竟日乃去。始闻讣，聚族相与哭，蝴蝶复来绕江氏，起居饮食不置也。夫明之不得其死，未能割爱于少妻稚子，故化蝶以归耳。世之罕闻异事，人之英伟不凡，死有遗恨，精爽不没；没能化物，出游人间，以自表见，亦可为流涕者矣。予与明之善，故作此诗以悼之云。

文天祥

文天祥（1236—1283年），字宋瑞、履善，号文山，吉州庐陵（今江西吉安）人。宝祐四年（1256年）举进士第一。官至丞相，封信国公。恭帝德祐元年（1275年），元兵长驱南下，文天祥于家乡起兵抗元。次年，临安被围，他奉命议和，因抗争被拘，后脱逃，转战于赣闽等地，兵败被俘，就义于大都（今北京）。

文天祥是宋末著名的民族英雄。他后期的诗愤激之情、悲壮之怀充盈激荡，感人至深。其诗章是宋亡之际爱国诗歌的最强音，并以此为宋诗画上了一个光辉灿烂的句号。

有《文山全集》二十卷传世。存诗八百余首，前期二百余首多咏物应酬之作；后期五百余首多以亡国惨痛为旨，悲愤壮烈，如《扬子江》《过零丁洋》等为千古绝唱。

过零丁洋[1]

辛苦遭逢起一经[2]，干戈寥落四周星[3]。
山河破碎风飘絮，身世浮沉[4]雨打萍。

惶恐滩〔5〕头说惶恐，零丁洋里叹零丁。

人生自古谁无死，留取丹心照汗青〔6〕。

【注解】

〔1〕零丁洋：在今广东珠江口外，1278年年底，文天祥率军在广东五坡岭与元军激战，兵败被俘，囚禁他的船经过零丁洋。

〔2〕起一经：指自己由科举出身。

〔3〕寥落：一作"落落"。四周星：四年的意思。

〔4〕浮沉：一作"飘摇"。

〔5〕惶恐滩：在今江西万安县，急流险恶，是赣江十八滩中最险峻的一处。1277年，文天祥在江西被元军打败，所率军队死伤惨重，妻子儿女也被俘。他从惶恐滩一带撤退到了福建汀州。

〔6〕汗青：史册。古代制作记事的竹简时，须用火烤去水分，故称汗青。

【赏析】

在中国历史上，文天祥是一位重要而特殊的人物。他早年虽然豪奢淫逸，但只因抗击元军而至于被俘，元朝百般劝降，坚贞不屈，从容就死，成了爱国主义的英雄，千百年来受到赞誉备至的推崇。

诗作于祥兴二年（1279年），亦即作者被元军俘虏后的第二年正月过零丁洋时。前二句回顾平生；中间四句紧承"干戈寥落"，是作者对局势的看法。宋朝自临安弃守，恭帝赵㬎被俘，事实上已经灭亡，虽有各地军民自动组织起来抵抗，已无济于事。文天祥、张世杰等人拥立的端宗赵昰在逃难中惊悸而死，陆秀夫复立八岁的赵昺四处流亡，最后背着小皇帝投海殉国，南宋覆亡。文天祥的老母此时也被俘，妻妾被囚，大儿丧亡，用山河破碎形容这种局面，国事家事，真像"风抛"柳絮，"雨打"浮萍，无根无据，再贴切不过了。

颈联修辞对仗实乃神来之笔，妙绝古今！巧用地名是唯独中国诗歌才有的艺术特色之一，这正是中国诗人喜欢通过感觉把握事物的思维方式的一种表现。不过古人以富于视觉形象的地名入诗，如"雨昏青草湖边过，花落黄陵庙里啼"等只突出了诗意的视觉色彩，从来没有过像文天祥的这两句，妙不可言地将心理感受也借地名表现出来了。当文天祥在江西吉水被元军打败，从惶恐滩撤退时，前有大海，后有追兵，如何闯过九死一生的危险，这是他当时最忧惧最惶恐的事了；后来身陷囹圄，被押送过江，心绪孤苦伶丁，过的又是零丁洋——是天意？还是巧合？昨日"惶恐"于惶恐滩，今日"零丁"于零丁洋，这真是千古未有的奇遇，也是千古难再的绝唱！

尾联笔势一转，由现在过渡到将来，由沉郁、迷茫、困惑转而为开拓、豪放、洒脱。"人生自古谁无死，留取丹心照汗青"，诗格与人格，浑然一体，激越高亢，从此激励、感召着无数志士仁人献身于伟大的正义事业！

这首诗表现了作者在国破家亡时坚贞不屈的高尚品质和视死如归、为国捐躯的英勇精神。作品直抒胸臆，豪气纵横，沉痛至极，实乃千古绝唱。

金陵驿（二首选一）

草合离宫[1]转夕晖，孤云飘泊复何依？
山河风景元无异，城郭人民半已非。
满地芦花和我老，旧家燕子傍谁飞？
从今别却江南路，化作啼鹃带血归[2]。

【注解】

〔1〕草合：长满了野草。离宫：皇帝的临时住所。

〔2〕带血归：古人有杜鹃啼血泣归之说，故云。

【赏析】

诗作于文天祥被俘第二年（1279年）押赴元大都，途经金陵（今南京）时。时值深秋，诗人在被押送途中，途经旧地，抚今思昔，黍离之悲，亡国之痛，悲壮气绝，撼动人心。

夕阳落照，当年金碧辉煌的皇帝行宫掩映在萋萋荒草之中，一个辉煌文明的王朝难道就这样灰飞烟灭了？诗人久久地凝望着，久久地沉思着……

山河依旧，城郭已非，昔日的民众如今已经成了元朝的臣民。自己本想挽狂涛于既倒，如今却成了故国的阶下囚，看看满地白茫茫的芦花，在风雨的摧残下，也和自己一样衰朽了。

那些豪门贵戚如今风光不再，从前依傍他们的燕子现于何处安身呢？

"从今别却江南路，化作啼鹃带血归！"在我被迫离开故乡之时，就让我的忠魂化作啼血的杜鹃，死后回到故园吧！此联既是《扬子江》"臣心一片磁针石，不指南方不肯休"的再次申诉，又与诗人《过零丁洋》里的"人生自古谁无死，留取丹心照汗青"唱出的同样是那感天地、泣鬼神的以死报国的赤胆忠心。

正气歌

余囚北庭[1]，坐一土室。室广八尺，深可四寻[2]。单扉低小，白间[3]短窄，污下[4]而幽暗。当此夏日，诸气萃然[5]：雨潦[6]四集，浮动床几，时则为水气；涂泥半朝[7]，蒸沤历澜[8]，时则为土气；乍晴暴热，风道四塞，时则为日气；檐阴薪爨[9]，助长炎虐，时则为火气；仓腐寄顿[10]，陈陈[11]逼人，时则为米气；骈肩杂遝[12]，腥臊汗垢，时则为人气；或圊溷[13]，或毁尸，或腐鼠，恶气杂出，时则为秽气。叠是数气，当之者鲜不为厉[14]。而予以孱弱，俯仰其间，于兹二年矣，幸而无恙！是殆有养致然[15]，然尔亦安知所养何哉？孟子曰："吾善养吾浩然之气[16]。"彼气有七，吾气有一，以一敌七，吾何患焉！况浩然者，乃天地之正气也。作《正气歌》一首。

天地有正气，杂然赋流形[17]。下则为河岳，上则为日星。于人曰浩然，沛乎塞苍冥[18]。皇路当清夷[19]，含和吐明庭[20]。时穷节乃见[21]，一一垂丹青[22]：

在齐太史简[23]，在晋董狐笔[24]；在秦张良椎[25]，在汉苏武节[26]。为严将军头[27]，为嵇侍中血[28]；为张睢阳齿[29]，为颜常山舌[30]。或为辽东帽[31]，清操厉冰雪；或为出师表[32]，鬼神泣壮烈；或为渡江楫[33]，慷慨吞胡羯；或为击贼笏[34]，逆竖头破裂。是气所磅礴，凛烈万古存。当其贯日月，生死安足论！地维[35]赖以立，天柱[36]赖以尊。三纲[37]实系命，道义为之根。

嗟予遘阳九[38]，隶也实不力[39]。楚囚缨其冠[40]，传车送穷北[41]。鼎镬甘如饴[42]，求之不可得。阴房阗[43]鬼火，春院闷[44]天黑。牛骥同一皂，鸡栖凤凰食[45]。一朝蒙雾露[46]，分作沟中瘠[47]。如此再寒暑，百沴自辟易[48]。哀哉沮洳场[49]，为我安乐国。岂有他谬巧，阴阳不能贼！顾此耿耿在，仰视浮云白。悠悠我心悲，苍天曷有极！哲人日已远，典刑在夙昔[50]。风檐展书读，古道照颜色。

【注解】

〔1〕北庭：汉时北匈奴所居之地，这里指元都燕京。

〔2〕寻：古时长度单位，八尺为寻。

〔3〕白间：未经油漆的白木窗户。

〔4〕污下：低洼。

〔5〕萃然：丛集貌。

〔6〕潦：地上的积水。

〔7〕半朝：半间屋子。

〔8〕蒸沤历澜：几经气蒸水沤，土室到处都是烂泥。

〔9〕爨（cuàn）：烧火做饭。

〔10〕仓腐：仓库中腐烂的粮食。寄顿：存放。

〔11〕陈陈：语本《史记·平准书》："太仓之粟，陈陈相因。"指积压已久。

〔12〕骈（pián）肩：肩靠肩。杂遝（tà）：拥挤纷乱。

〔13〕圊溷（qīng hún）：厕所。

〔14〕厉：病。

〔15〕"是殆"句：意谓这大概是由于我善于养气的缘故。

〔16〕"吾善"句：语出《孟子·公孙丑上》。

〔17〕流形：各种品类、形体。指宇宙万物。

〔18〕"于人"二句：意谓这种正气，在人叫浩然之气，它盛大无比，充满天空。

〔19〕皇路当清夷：意谓每当太平盛世的时候。皇路：国运。清夷：清平。

〔20〕含和吐明庭：意思是说，如果朝廷圣明，就会得到和谐的发扬，亦即有正气的人将执掌政权。明庭：圣明的朝廷。

〔21〕时穷节乃见：意谓只有当时局危急之际，忠贞刚直之士的节操才会显露出来。

〔22〕一一垂丹青：他们的画像都会被流传，为后世所景仰。丹青：绘画作品。

〔23〕在齐太史简：鲁襄公二十五年（公元前548年），齐崔杼杀其君，齐太史写道："崔杼弑其君。"崔杼怒杀太史。太史的两个弟弟仍旧这样写，又被崔杼杀害。太史的第三个弟弟还是照样写，崔杼知正义终不可磨灭，只得由他，齐国南史氏听说崔杼弑君杀史官，执简赶来，听说史册已写定，这才中途折回。太史简于是在后世成了为忠于史实、秉笔直书的榜样。

国学经典精神家园丛书

〔24〕在晋董狐笔：董狐是春秋时晋国的史官。晋灵公欲杀大夫赵盾，盾奔齐，其从子赵穿乃攻灵公于桃园弑之，赵盾犹未出境，闻之而返，不讨赵穿弑君之罪，因此太史董狐写道："赵盾弑其君。"以示于朝，赵盾曰："非我也，穿也。"董狐曰："子为正卿，亡不出境，反不讨贼，非子弑君而何？"孔子曰："董狐，古之良史也，书法不隐！"

〔25〕在秦张良椎：张良先世为韩国人，秦灭韩，张良募力士为韩报仇，以百二十斤重之铁椎行刺始皇于博浪沙（今河南原阳县东南），误中副车，良与壮士皆遁。始皇大怒，下令大索不得。张良后来辅佐刘邦建立汉朝。事见《史记·留侯世家》。

〔26〕在汉苏武节：汉武帝时，苏武出使匈奴被留，匈奴逼降未遂，乃使牧羊北海（今贝加尔湖），执汉节十九年，节毛尽脱，至昭帝时始归。事见《汉书·李广苏建传》。

〔27〕为严将军头：严将军指严颜。汉献帝建安十九年，刘备兵入蜀，欲取刘璋而代之，璋将严颜曰："蜀中有断头将军，无降将军也。"事见《三国志·蜀志·张飞传》。

〔28〕为嵇侍中血：嵇侍中指嵇绍，嵇康子。晋惠帝时，王室内讧，成都王兵犯惠帝乘舆，杀侍中嵇绍于帝前，血溅帝衣，侍臣请涤之，帝曰："此嵇侍中血，勿去！"事见《晋书·嵇绍传》。

〔29〕为张睢阳齿：唐安史之乱，张巡守睢阳城（今河南商丘），每与贼战，大呼誓师，气血涌荡，以致眦裂流血，齿牙皆碎。事见《旧唐书·张巡传》。

〔30〕为颜常山舌：安史之乱时，常山太守颜杲卿与平原太守颜真卿起兵讨贼，兵败被执，不屈，贼割其舌，骂贼不绝而死。事见《新唐书·颜杲卿传》。

〔31〕或为辽东帽：三国时，在野名士魏人管宁德行高洁，喜戴白帽，避乱辽东。追随避难者甚众，不久聚居成邑，由于他的教化，民众和睦而居。事详《三国志·魏志·管宁传》。

〔32〕或为出师表：指诸葛亮北伐出师前所呈后主刘禅《出师表》一事。

〔33〕或为渡江楫：东晋元帝偏安江左，祖逖时为奋威将军，率军北伐，渡江，中流击楫而誓曰："不能清中原而复济者，有如大江！"

〔34〕或为击贼笏：唐自安史之乱后，藩镇割据称帝者甚众。朱泚将称帝，招段秀实计议其事，秀实以笏击泚，遂被害。事见《旧唐书·段秀实传》。

〔35〕地维：古人认为大地四面八方有巨绳维系，故称。

〔36〕天柱：古代相传，天有八柱支撑，因而不塌陷。

〔37〕三纲：封建社会用以维持社会与家庭的等级秩序的三种伦常，即君为臣纲，父

为子纲，夫为妻纲。

〔38〕嗟予遘阳九：意思是说，可叹我遇上了这千百年难逢的灾难岁月。阳九：犹言厄运，道家以天厄为阳九，地亏为百六。

〔39〕隶也实不力：意谓我实在无能为力。隶：作者对自己的谦称，犹言"仆"。

〔40〕楚囚缨其冠：《左传·成功九年》载，春秋时，楚人钟仪被郑国俘虏，送到晋国，晋侯见了问："南冠而絷者谁也？"有司对曰："郑人所献楚囚也。"这里作者是说，自己被拘囚着，把从江南戴来的帽带系紧，表示虽为囚徒，仍不忘宋朝。

〔41〕传车：驿车。穷北：极北之地。

〔42〕鼎镬（huò）：古代酷刑，用鼎之类器具煮人。饴：糖浆。

〔43〕阴房：阴暗的牢房。阒（qù）：寂静。

〔44〕閟（bì）：锁闭。

〔45〕"牛骥"二句：意谓牛和骏马同槽，鸡和凤凰共处，比喻贤愚不分，杰出的人和平庸的人都关在一起。骥：良马。皂：马槽。鸡栖：鸡窝。

〔46〕蒙雾露：感染疾病。

〔47〕分作沟中瘠：意思是说，自己必定要成为沟中的枯骨。分：料，估量。沟中瘠：弃于沟中的枯骨。

〔48〕"如此"二句：意谓在这种环境里过了两年，各种致病的毒气都自行退避，不敢来侵害我了。百沴（lì）：各种邪恶之气。辟易：退避。

〔49〕沮洳（jù rù）场：低下阴湿的地方。

〔50〕"哲人"二句：意思是说，古代忠义之士虽然离我们已经远去了，但他们永远是后人学习的榜样。

【赏析】

宋末帝赵昺祥兴元年（1278年）十二月，文天祥在广东潮阳五坡岭兵败被俘，次年十月被押至元大都。狱中三年，备受刑逼，始终坚贞不屈。1281年夏，在湿热、腐臭的牢房中，文天祥写下了与《过零丁洋》一样名垂千古的《正气歌》，以气贯长虹、光照日月的浩然正气，千百年来，鼓舞激励着炎黄子孙。他以一身正气与非人的环境抗争，以历代英烈为楷模，谱写了这篇千古绝唱，赢得了身后无数爱国志士的景仰和效仿。

《正气歌》应分作三大段来欣赏：从"天地有正气"到"一一垂丹青"十句为第一段，开宗明义，指出人所具有的浩然之气，是天地正气在人身上的体现，也是成就宇宙万物的元神，表现于苍穹，则为日月星辰；表现于大地，则为江河山岳。这种正气无处不在，无时不有。当国泰民安的时代，秉承正气之士则为国家之栋梁，可使天下太平，百姓安居乐业；国家危难之际，秉承正气之士则为忠臣烈士，扶危救难，杀身成仁，英名彪炳千古。开篇堂堂正正，浩气横空，为全诗奠定了惊天地、泣鬼神的壮烈基调。

第二段从"在齐太史简"至"道义为之根"共二十四句，列举我国历史上十二位忠义之士可歌可泣的悲壮事迹，证明只有这样的志士，地维才赖以系，天柱才赖以立，人伦才赖以存。人世之所以能维持，全在于道义；道义之所以能确立，全在于正气。

第三段从"嗟余遘阳九"至结尾二十六句。分三个层次：

首层六句，慨叹国破家亡的厄运之际，身为朝廷孤臣，无力扶危救亡，竟至沦为囚徒，因而感慨万端。然后表明自己已经做好了随时殉国的准备，决心为国捐躯，即便遭受鼎煮之酷刑，也将甘之如饴，坦然就义。

次层用"阴房阗鬼火"至"苍天曷有极"十六句备写牢狱境况。作者说他在牢狱中受尽了七气的摧残。七气为"水、土、日、火、米、人、秽"气。然而正因为有充盈于他心中的天地正气，种种邪恶之气不但不能伤害他，反而成了他的"安乐国"。是什么智谋巧计，使诸般邪气不能侵害他呢？那就是浩然正气赋予他的耿耿忠心，是"为天地立心，为生民立命，为往圣继绝学，为万世开太平"（张载语）的使命感。

第三层即结尾四句，回应开篇"天地有正气"之主题，指出远古的贤哲虽然离开我们已经很久了，但他们的正气所铸的忠烈事迹，给后人树立了光辉的榜样。我坐在房檐下展读圣贤的典藏，亲切地感觉到传统的美德，有如永恒的"古道"一样照耀着我，使我永远不会迷失方向。作者以如此从容镇定的心态结束全诗，使我们更加深切地体会到了浩然之气在他身上磅礴着怎样伟大的力量。

1283年年初，在拒绝了元世祖最后一次利诱之后，文天祥在刑场向南拜祭，在柴市（今北京交道口南大街）慷慨就义，终年四十八岁。他在刑场上写下这样一首绝笔诗：

昔年单舸走维扬，万死逃生辅宋皇。

天地不容兴社稷，邦家无主失忠良。

神归嵩岳风雷变，气哇烟云草树荒。

南望九原何处是，尘沙黯淡路茫茫。

衣冠七载混毡裘，憔悴形容似楚囚。

龙驭两宫崖岭月，貔貅万灶海门秋。

天荒地老英雄丧，国破家亡事业休。

惟有一腔忠烈气，碧空常共暮云愁。

彭秋宇

彭秋宇，南宋末年人。余不详。

秋兴（二首选一）

西风卷地送凄凉，目断归帆落日黄。
雁过江天云漠漠，龙游沧海水茫茫。
故人入梦三更月，近事惊心两鬓霜。
试把浊醪浇磊魂，尊中犹带芷兰香。

【赏析】

这首七律选自《忠义集》。写诗人登临纵目所产生的感慨、忧虑，最后以忠贞自许作结，饱含慷慨激昂之情。传统思维中，愁的外在意象就是秋，心因秋而有所动，故为"愁"也。作者写作此诗时，国已亡去，毫无希望，故触目皆悲，所谓"感时花溅泪，恨别鸟惊心"也。"云漠漠""水茫茫"，对用叠字，语气悠扬，表现出绝望迷惘的心情和悲伤的无边无际。"芷兰香"出自屈原《楚辞》美人香草的传统，喻自己忠贞不变的志向和节操，恰如其分。

这首诗前四句写景物，句句写景，又句句言情，情景交融，构成一种悲凉的境界。后四句叙事、抒情、言志相结合，含蓄而又形象地表现了诗人的耿耿忠心。

曾澈

曾澈，盱江（今为江西广昌县政府所在地）人。人称神童，十岁而夭。

九龄行

我生九龄气食牛，喑呜顿挫无匹俦。
白云无根起天末，一身万事同悠悠。
低头拱手事先觉，谈笑未了成仇雠。
一誉不足胜百毁，言语起灭如浮沤。
圣贤可与知者道，麟凤岂在山中游？
蘧然梦觉大槐国^{〔1〕}，江花昨夜生凉秋。

【注解】

〔1〕大槐国：典出唐人传奇《南柯太守传》，略言书生淳于棼醉卧槐荫下，睡梦中做了大槐安国驸马，任南柯郡太守，荣华富贵，显赫一时。醒来发现大槐安国就是槐树上的大蚂蚁洞，南柯郡就是槐树最南枝上的小蚂蚁洞。后人常以此比喻富贵荣华如梦幻泡影。

【赏析】

清厉鹗《宋诗纪事》引元人杜木《谷音》云：鲍当过旴江，遇一童子，眉目疏朗，语必援古今，惊问，逆旅主人子也。明年载访，死矣。得其诗一首于其同舍生。

九龄作诗如此，可谓神童。然如此情思，实为老者所有，早夭不亦宜乎？看来所谓神童，并非吉祥之兆。

真山民

真山民，姓名、生卒年皆不详，自呼山民，或云名桂芳，括苍（在今浙江丽水西）人。宋末进士。时人赞叹他"不愧乃祖文忠西山（真德秀）"，以是疑其姓真。痛值乱亡，深自湮没，惟所至好题咏。有《真山民集》。

泊舟严滩[1]

天色微茫入暝钟，严陵滩上系孤篷。
水禽与我共明月，芦叶同谁吟晚风？
隔浦人家渔火外，满江愁思笛声中。
云开休望飞鸿影，身即天涯一断鸿。

【注解】

〔1〕严滩：亦名严陵滩，位于浙江桐庐县南。相传为东汉严子陵垂钓处。严少时与汉光武帝刘秀是同学，刘称帝后，严隐名埋姓，归隐富春江，刘征召不出。

【赏析】

各地在高考语文测试中，多次把这首诗列入试题，让学生回答并解析本诗表现了诗人什么样的思想感情。

首先，诗人说明那是在一个清冷暗淡的黄昏，诗人坐在严陵滩上的一叶小舟中，报时的钟声在微茫的暮色中回荡。"严陵滩上系孤篷"突出这一"孤"字，而且是在严子陵垂钓的富春江，为全诗奠定了基调。下面诗人运用多种艺术手段，目的都是为了表现这种"孤"的悲苦心绪。

颔联用渲染夜景之清凄来使"孤"情具体化。明月高悬，思情悠悠，悲哉国破家亡，故人零落，还会有谁能来与我赏月吟诗呢？时下只有江上的水鸟了。江水茫茫，晚风拂面，有谁能和我一起咏诗论文呢？也只有萧瑟悲鸣的芦叶吧。这两句写得沉痛至极，悲苦至极。孤寂之境有如画出。

颈联将孤寂之情再翻进一层。闪烁犹如鬼火的渔灯，隐约可见的渔村，远隔江面，时隐时现；如泣如诉的笛声在江面上回荡不已，撩拨着漂泊的游子愁思满江。不难想象，一个浪迹萍踪的亡国孤臣，此时此刻岂不愁肠欲断！

尾联以"飞鸿"作比，紧扣"孤"字，悲痛欲绝之情令人鼻酸。鸿雁传书，家书万金，毕竟尚可慰藉离人于万一。可如今连传信的飞鸿也"休望"！国破家亡，妻离子散，茕茕孑立，形影相吊，孤苦之况，真是欲哭无泪矣！最后诗人绝望地说，即使是云开日出，也休想有飞鸿传书的好事，自己现在就是一只失群落单的孤鸿。鸿雁南来北往，尚且有家可回；自己家破人亡，已经无家可归。人生至此，夫复何言！悲苦孤寂之情，于"身即天涯一断鸿"中和盘托出。

亡国遗民的无限哀痛，在这首诗中全然出自真情实感，作者再以叙事、写景、抒情、比喻等连环相扣、逐层推进的艺术手法刻意渲染，读来不禁一洒恻然之泪。

杜鹃花得红字〔1〕

愁锁巴云往事空，只将遗恨寄芳丛。
归心千古终难白，啼血万山多是红。
枝带翠烟深夜月，魂飞锦水旧东风。
至今染出怀乡恨，长挂行人望眼中。

【注解】

〔1〕得红字：古时多人赋诗的一种方式，每常分定押韵之字作为限制。分得"红"字，红属"东"韵，便要求通篇押"东"韵。

【赏析】

诗人借咏杜鹃花以寄托故国之思，取材与题旨悄然契合，对表现主题思想起到了相得益彰的效果。

杜鹃在古诗中因其出典的特殊性，每有亡国之恨，没有不被采用的。在这里，诗人同样先从杜鹃入题，然后过渡到杜鹃花，最后抒情言志，表达故国之思。

"愁锁巴云"，由杜鹃的典故生发，使人自然地联系到望帝杜宇化杜鹃的故事。诗人把环境描写成愁云密锁，一片凄凉黯然，为全诗定调。望帝已化杜鹃，往事成空，渺如小云烟，无法挽回，所以诗以"往事空"三字打住，然后一笔拉回，说杜鹃把满腔的遗恨都寄托在漫山遍野鲜红怒放的杜鹃花上了。"往事"涵盖的内容很多，而"遗恨"却只有国破家亡的离乱之恨。换句话说，一切都可以忘却，唯独对故国的思念永远铭刻心间。

颔联仍写杜鹃鸟。杜鹃啼叫"不如归去"，直到口角出血，直至染红漫山遍野的杜鹃花。杜鹃眷恋故国的心千古不变，怨冲日月；诗人眷恋故国的哀伤又何尝不是像杜鹃泣血一样呢？

颈联正写杜鹃花。出句承上，杜鹃啼血，染红杜鹃花，于是杜鹃花也就充满了愁思哀怨，在夜月下，丛生的枝叶，萦绕着青翠的烟雾。这是实笔写景，对句改为虚拟，说杜鹃的魂魄一定仍然记得往日锦江边的东风，会时时刻刻飞回到朝思暮想的锦水之滨。这一点思乡情是千年不改之精魂。故国之思，鸟犹如此，何况乎人！此联意境缠绵悱恻，凄美动人。

尾联意旨由颈联的意境化出：这漫山遍野的杜鹃花是杜鹃泣血染成，是杜鹃魂魄的化身，思乡之恨充斥人间，行人见了，怎能不为之感动得潸然泪下？"行人"者，诗人也。

李白《宣城见杜鹃花》云："蜀国曾闻子规鸟，宣城还见杜鹃花。一叫一回肠一断，三春三月忆三巴。"李白见杜鹃而起乡思，已然低回伤感；真山民由杜鹃而生亡国之恨，与李白比，更是愁肠九回，寸寸裂断，但表现手法比李诗含蓄得多。此即咏物诗与写景抒情诗区别之所在。

汪元量

汪元量（1241—1317年），字大有，号水云、江南倦客，钱塘人。原为南宋宫廷琴师。恭宗德祐二年（1276年），临安陷，三宫被俘北去，汪随留燕京，常往监中探望被囚禁的文天祥，以诗唱和，遂成莫逆之交。后出家修道南归。他的许多诗词记载了宋亡前后的诸多事，时人以"诗史"目之。著有《水云集》、《湖山类稿》及《水云词》。

湖州歌（九十八首选三）

北望燕云[1]不尽头，大江东去水悠悠。
夕阳一片寒鸦外，目断东西四百州[2]。

青天淡淡月荒荒，两岸淮田尽战场。
宫女不眠开眼坐，更听人唱哭襄阳[3]。

销金帐[4]下忽天明，梦里无情亦有情。
何处乱山可埋骨？暂时相对坐调笙。

【注解】

〔1〕燕云：燕指燕京，云指云州。五代石敬瑭把燕云十六州割让给契丹，北宋虽置燕山府路和云中府路，实未划入版图。

〔2〕四百州：泛指宋朝的领土。北宋时号称"八百军州"，至南宋，北方国土尽失，故云。

〔3〕襄阳：治所在今湖北襄樊，当时是南宋边防重镇。咸淳四年（1268年）元军攻破襄樊，顺江东下，势如破竹，宋亡遂成定局。民众对此痛心疾首，有《哭襄阳》歌在民间流传。

〔4〕销金帐：饰以金线的围帐。

【赏析】

汪元量是南宋覆灭的见证人，他有大量诗词记述了宋朝灭亡前后的史实，后人称之为"诗史"。《湖州歌》共有九十八首，详细记录了满朝后妃和四岁的宋恭宗赵㬎被掳北上的途中以及诗人的所见、所闻、所感。作为这个悲惨时代的亲身经历者，他的诗作真实且感人。

南宋亡国，诗人也成了元军的俘虏，与文武朝臣、后宫嫔妃一同被掳掠，坐船北上。船行大江，北望元朝的燕云诸州，他心里清清楚楚地知道，有宋一代三百余年的历史，就像这奔腾汹涌的大江一样，已经一去不返了。他放眼西望，夕阳下寒鸦悲鸣，暮云苍茫，那里不正是南宋王朝的"四百州"的大好河山吗？诗人此时的心情不难想象——这就是第一首诗为我们呈现出的情景。

这首七绝通篇以一"望"字振起：北望是早已沦为敌手的燕云，那里可能就是自己后半生的最后归宿；眼前是悠悠东去的大江，"逝者如斯夫"，一切都已无可挽回；放眼"东南"，"四百州"锦绣河山在这夕阳西下时分，唯见寒鸦一片，惨不忍睹。"三十六宫随辇去，不堪回首望吴云"——国破家亡的伤痛，尽在这一"望"中矣！

如果说前诗抒写亡国之痛，尽在"望"中，那么第二首的去国之悲则尽在一"哭"字。月荒空暗，满目疮痍，田园荒芜，烽火连天。月光下，一个宫女独坐船头，彻夜不眠，泪花莹莹，悲戚呜咽的《哭襄阳》的歌声在死寂的夜空中回响。在这里，诗人把一个宫女枯坐船头的特写镜头放在"青天澹澹月荒荒"的背景下，再配以《哭襄阳》的哀乐，组成了一部影像鲜明的微型电影，将亡国之悲表现得格外沉痛。

第三首则是用"死"字来抒发亡国之恨。作为任人宰割的亡国之囚，路途中的欺凌势必一言难尽。沉睡于舟船帐中的宫女们，似乎一夜都在梦中。梦里的情景混乱重叠，悲喜难分——时而是昔日的京华盛景，时而是旅途的血泪悲情。元兵的呼喊声突然把她们从梦境中唤醒，天亮了，她们又将开始生死未卜的旅程。她们不知道目的地在哪里，更不知道等待自己的是什么样的命运，但有一种预感始终萦绕心头，那就是方式不同的"死"！不是死于途中，就是死于塞外。哪里才是埋葬这把朽骨的荒山呢？这样的困惑只能郁结心中，谁也不会回答她们。无论如何，苦思不如忘却，还是暂时把渺茫难测的死亡问题抛开，对坐调筝，借乐忘情吧。

如果说"举杯消愁愁更愁"是男人们排遣郁闷的方法，那么女性"调筝"又何尝不是"愁更愁"呢？然而死亡的困扰是任什么办法都排遣不掉的。诗人将"何处乱山可埋骨？"这一问题放在一个特定的环境下，凸显亡国之恨的刻骨铭心，对后世不营是暮鼓晨钟。

总之，九十八首《湖州歌》篇篇可读，为我们了解南宋亡国这段惨痛的历史提供了真实感人的艺术记录。

潼 关^[1]

蔽日乌云拨不开，昏昏勒马度关来。
绿芜径路人千里，黄叶邮亭^[2]酒一杯。
事去空垂悲国泪，愁来莫上望乡台^[3]。
桃林塞^[4]外秋风起，大漠天寒鬼哭哀。

【注解】

〔1〕潼关：位于陕西省渭南市县北，为关中要塞。

〔2〕邮亭：古时的驿站。

〔3〕望乡台：原指古代久戍不归或流落外乡的人为眺望故乡而登临的高台，后来演变为人死后进入阴间的鬼门关。

〔4〕桃林塞：指今潼关东、灵宝西一带。

【赏析】

元世祖至元二十六年（1289年），被软禁了十三年的南宋末帝赵请求皈依藏传佛教，忽必烈准其于西藏萨迦寺剃度，汪元量护送他到甘州（今甘肃张掖），中途返回，路经潼关，感慨万端，写下此诗以寄悲怀。

开篇两联交代时令和背景：那是一个乌云蔽日的日子，诗人骑马返回潼关。他千里远行，虽然绿野苍茫，但驿站的树叶已黄。他在驿站里喝了一杯酒，满怀悲伤，千头万绪，突然一齐涌上心来。有了这样的铺陈，为下面的抒情拓开了广阔的空间。

颈联两句将亡国之痛写得催人泪下。国家败亡已过去十多年了，为此而伤心痛哭，徒然悲伤而已；南望故园，烟水茫茫，更添凄苦。"事去空垂悲国泪，愁来莫上望乡台"，这真是一字一滴泪，一字一滴血！

尾联总写自己此时此刻的悲痛绝望。诗人刚刚与曾经朝夕相处的可怜的小皇帝挥泪分手，一个年仅四岁的孩子，被当作亡国的象征，重兵押送北上，在走投无路的境况下，如今只好削发为僧。他有什么过错？从甘州到西藏，万水千山，也不知道前面有多少凶险在等着他？秋风大漠，天寒鬼哭，一个年仅十几岁的少年，举目无亲，该是多么可怜啊！此情此景，不是连"鬼哭"都要哀伤不已吗！

宋诗写亡国之痛的，大概无过于此了。汪元量倘若没有亲身经历过那场翻天覆地的历史悲剧，也写不出这样催人泪下的悲歌。

梁　栋

梁栋（1242—1305年），字隆吉，其先湘州人，迁镇江。咸淳四年（1268年）进士。选宝应簿，调钱塘仁和尉。宋亡，弟柱字中砥，入茅山从老氏学，栋往依焉。乙巳，无疾卒。有《梁隆吉诗钞》。

野水孤舟二首

前村雨过溪流乱，行路迷漫都间断。
孤洲尽日少人来，小舟系在垂杨岸。

主人空有济川心，坐见门前水日深。
袖手归来茅屋下，任他鸥鸟自浮沉。

【赏析】

有的鉴赏文章把这两首诗合并为一首来解读，但从意旨和韵脚看，似作两首比较恰当。

第一首写雨后一处孤独的沙洲之寂寥冷落。溪水乱流，路径阻断，甚至连行船的水路都无法通行了，因此主人索性把小舟系在了河岸上。而导致这路断人稀之艰难境况的原因，是由于"前村"刚刚下过一场大雨。

诗人真的是为了写景而写景吗？如果不是，那又有何深意呢？看过第二首，也许能有所启发。

次章前两句写景，后两句抒情。"主人空有济川心，坐见门前水日深。"作者慨叹他空有"济川"之心，无奈门前的水一天比一天深。"水日深"显然是承接上一首语意而来，而"济川心"则由李白《行路难》的"长风破浪会有时，直挂云帆济沧海"化出。既然这一切都成了美丽的泡影，因此自然引出了"袖手归来茅屋下，任他鸥鸟自浮沉"的结局。将诗人这两首看似纯粹写景的七绝，放在南宋小王朝风雨飘摇、江河日下的大背景下，就可以明白作者寄托之所在了。

林景熙

林景熙（1242—1310年），字德阳，号霁山，温州平阳（今属浙江）人。咸淳七年（1271年）自太学生授泉州教官。历礼部架阁、从政郎。入元不仕。有《林霁山集》。

梦 回

梦回荒馆月笼秋，何处砧声唤客愁。
深夜无风莲叶响，水寒更有未眠鸥。

【赏析】

和大批宋室遗民一样，林景熙晚年因亡国之思而伤痛不已，他的诗作满怀凄楚苍凉之情。这首《梦回》很能代表他的诗作的这种情调。

诗以"梦"为题，却没有直接写梦，而梦境自明；没有直接抒情，而情在言外。内心的幽怨，纯以景物显现，读之怆然不能释怀。

首句点明诗旨，不是写梦，而是描写"梦回"后的所见所闻。旅居"荒馆"，梦醒后唯见月笼秋江，漂泊凄楚之苦可想而知。

次句是梦醒时听到的令人断肠的阵阵寒砧捣衣声，这声音从远处传来，回荡在寂寥的夜空中，触动着他本就郁结于心间的国破家亡的愁思。此情此景，让人觉得一切音响都显得格外清晰，格外敏锐。

结尾两句所传达的就是这样一种心境：虽然风尘不动，但池塘中的莲叶似乎正在瑟瑟作响；江边的沙鸥大概是因为江水太寒冷，也难以成眠，发出一阵阵骚动声。深夜里的这一切，既是诗人境况的真实写照，更是诗人悲苦心境的真实反映。这正如王国维所说："一切景语皆情语也。"个人际遇的凄凉，故国覆亡的悲愁，虽然只字未提，却于写景中流露在字里行间，感人的艺术力量同时也不期然地充盈其中了。

谢 翱

谢翱（1249—1295年），字皋羽，号宋累，长溪（今福建霞浦）人，徙居浦城（今属福建）。进士不第，追随文天祥抗元。文天祥被俘，他脱身潜伏民间，与南宋遗民结月泉吟社。诗风沉挚悲凉，节操卓然。有《晞发集》，辑有《天地间集》。

书文山卷[1]后

魂飞万里程，天地隔幽明[2]。
死不从公死，生如无此生。
丹心浑[3]未化，碧血[4]已先成。
无处堪挥泪，吾今变姓名。

【注解】

〔1〕卷：这里指文天祥的诗文集。

〔2〕幽明：指阴间和阳世。

〔3〕浑:全。

〔4〕碧血:典出《庄子·外物》:"苌弘死于蜀,藏其血,三年化为碧。"以此比喻文天祥丹心长存人间,但壮志未酬而身死。

【赏析】

这是文天祥就义后不久,谢翱为他的诗文集题写的诗。诗以饱含感情的笔触,抒写亡国之痛。由死生相隔、无缘重逢到壮志未酬、碧血垂青,再到无处挥泪、决心归隐,写到伤心处,不辨是诗是泪,字字用血泪凝成,读之令人泣下。

据记载,谢翱壮年投文天祥戎幕,第二年在漳水之滨挥泪而别,从此未能再见。"飞"字写出了作者闻忠烈死讯后的焦灼不安和情迷意乱。颔联"死不从公死,生如无此生"两句石破天惊,撼人心魄。颈联由文天祥的"人生自古谁无死,留取丹心照汗青"归结为自己的悼念之情,沉痛而悲壮。

尾联以欲哭无泪引出遁迹山林的决心,忠愤之情溢于言表。

宋恭宗赵㬎

宋恭宗赵㬎(1271—1323年),度宗子。咸淳十年(1274年)即位,建元德祐。二年,元兵入临安,掳至上都,降封瀛国公。后出家为僧,不久因下选一诗被赐死。

在燕京作

寄语林和靖,梅花几度开〔1〕?
黄金台下客,应是不归来〔2〕。

【注解】

〔1〕"寄语"二句:关于林和靖爱梅的故事,详见前《山园小梅》赏析。

〔2〕"黄金"二句:典出《战国策·燕策一》,略云燕昭王曾筑黄金台以待贤士,天下人才齐至,终于复国雪耻。黄金台遗址在今河北蓟县,此处代指元大都燕京。

【赏析】

宋南北朝两代末期，丧权辱国到了极点：先是北宋靖康二年（1127年）宋徽宗、钦宗被金人掳掠北去，后是这位四岁的小皇帝被元兵北掳。国事至此，焉得不亡？

公元1275年，临安（杭州）城破，太皇太后谢氏、皇太后全氏，抱着尚在襁褓之中的小皇帝，在元军的押解下，恓惶北上。他在元大都（北京）作"客"十三年，十七岁出家，法号合尊。元英宗至治三年（1323年），当他知道了自己的身世后，写下了这首诗表达他的亡国之思。小诗尽管写得很隐讳，还是触怒了元英宗，因此被下令赐死。

四句诗都是借典故抒发隐情。前二句问林和靖：我离开临安后，梅花开过几次了？后二句仿佛依然是在与林道对话：我现在已经是黄金台下的"客人"人，大概不可能再回临安了。表面上看起来，这好像与"亡国之思"风马牛不相及，然而仔细品味，怀念故国之情还是隐然其间。此即"其称文小而其指极大，举类迩而见义远"之谓也。

无名氏

无名氏，或作佚名、失名。皆指姓名不可考者。

杂诗二首

旧山虽在不关身，且向长安过暮春。
一树梨花一溪月，不知今夜属何人？

无定河[1]边暮角声，赫连台[2]畔旅人情。
函关[3]归路千余里，一夕秋风白发生。

【注解】

〔1〕无定河：古称生水、朔水。源于定边县，流经靖边县后称为无定河，经米脂、绥德入黄河。

〔2〕赫连台：又名"髑髅台"，东晋末年夏国为赫连勃勃所筑的"京观"（古代战

争中积尸封土其上以表战功的土丘）。台凡二，一在支阳（今甘肃境内），一在长安附近，然距无定河均甚远。查《延安府志》，延长县有髑髅山，为赫连勃勃所筑的另一座髑髅台，与无定河相距不远，诗中"赫连台"当即指此。

〔3〕函关：即函谷关。

【赏析】

历代都有大量无名氏的艺术创作，由于作者都来自社会底层，所以他们的作品往往更充实，更感人。这两首无名氏的《杂诗》便是明证。

第一首可以与常建的"家园好在尚留秦，耻作明时失路人。恐逢故里莺花笑，且向长安过一春"（《落第长安》）对比欣赏。两首诗不但字句相似，声韵相近，主旨亦相通。但诗的意境及其产生的艺术效果，又有着明显差别。"且向长安过暮春"与常健的诗只有一字之差，但常把他的心境主要集中在落第后的沮丧，这首诗却是对"独在异乡为异客"的抽象概括。"一树梨花一溪月"是故乡的景色。眼下又是暮春时节，旧山的梨花怕又开了吧？然而这一切都"虽在不关身"了，"不知今夜属何人？"总之，与己无关了，写尽了其心境之苦涩。

第二首写西北边地羁旅之乡思。无定河与赫连台这两个地名，以其地域和所能唤起的对自古以来发生在这里的战争的联想，形成一个特殊意境，为后二句抒情创造了浓郁的氛围。在那荒僻的无定河流域和阴森的赫连台所构成的苍茫背景上，向晚吹起的角声凄厉哀怨，流落此间的羁旅之情悲凉忧伤。然而归途遥远而险恶，以致使游子"一夕秋风白发生"。诗人用夸张手法，不直言思乡和愁情，思乡愁情因此一句却显得更为浓重。